BESTSELLER

Jojo Moyes nació en 1969 y se crió en Londres. Periodista y escritora, coordinó durante años la sección de arte y comunicación del diario inglés *The Independent*. Vive con su marido y sus tres hijos en una granja en Essex, Inglaterra. Autora de best sellers internacionales, de entre sus obras cabe destacar *Regreso a Irlanda*, *La Casa de las Olas*, *El bazar de los sueños*, *Uno más uno*, *París para uno y otras historias*, *La chica que dejaste atrás*, *La última carta de amor*, *Yo antes de ti*, convertida en película con el título *Antes de ti*, y sus secuelas, *Después de ti* y *Sigo siendo yo*, con las que ha vendido millones de ejemplares en todo el mundo.

Para más información, visita la página web de la autora:
www.jojomoyes.com

También puedes seguir a Jojo Moyes en Facebook, Twitter e Instagram:
Jojo Moyes
@JojoMoyes
@jojomoyesofficial

Biblioteca
JOJO MOYES

Uno más uno

Traducción de
Mario Grande

DEBOLSILLO

Papel certificado por el Forest Stewardship Council®

MIXTO
Papel procedente de
fuentes responsables
FSC® C117695
www.fsc.org

Penguin
Random House
Grupo Editorial

Título original: *The One Plus One*

Primera edición en Debolsillo: febrero de 2016
Decimosexta reimpresión: agosto de 2021

© 2014, Jojo Moyes Ltd.
© 2015, Penguin Random House Grupo Editorial, S.A.U.
Travessera de Gràcia, 47-49. 08021 Barcelona
© Mario Grande, por la traducción
Diseño de la cubierta: Adaptación del diseño original
de Roberto de Vicq de Cumptich

Printed in Spain – Impreso en España

ISBN: 978-84-663-2953-8
Depósito legal: B-25.848-20152

Impreso en QP Print

P 3 2 9 5 3 B

ED

E d Nicholls estaba tomando café con Ronan en la sala de creativos cuando entró Sidney. Detrás de él venía un hombre al que reconoció vagamente, otro de los Trajeados.

—Os hemos estado buscando —dijo Sidney.

—Bueno, ya nos habéis encontrado —dijo Ed.

—En realidad a Ronan no, a ti.

Ed los observó un momento, luego lanzó una pelota de espuma roja al techo y la capturó. Miró de reojo a Ronan. Investacorp había adquirido la mitad de las acciones de la empresa hacía más de año y medio, pero Ed y Ronan seguían pensando en ellos como los Trajeados. Era uno de los calificativos más amables que les dedicaban en privado.

—¿Conoces a una mujer llamada Deanna Lewis?

—¿Por qué?

—¿Le has dado alguna información sobre el lanzamiento del nuevo software?

—¿Qué?

—Es una pregunta sencilla.

Ed miró alternativamente a los dos Trajeados. El ambiente estaba extrañamente cargado. Su estómago, un ascensor atestado, inició un lento descenso a los pies.

—Puede que hayamos hablado del trabajo. Nada en concreto, que yo recuerde.

—¿Deanna Lewis? —preguntó Ronan.

—Tienes que ser claro en esto, Ed. ¿Le has dado alguna información sobre el lanzamiento de SFAX?

—No. Quizá. ¿Qué es esto?

—La policía está abajo registrando tu despacho, con dos sabuesos de la Autoridad de Servicios Financieros. El hermano de Deanna ha sido detenido por tráfico de información privilegiada. Por la que tú les diste sobre el lanzamiento del software.

—¿Deanna Lewis? ¿Nuestra Deanna Lewis? —Ronan empezó a limpiarse las gafas, gesto que hacía cuando se ponía nervioso.

—El fondo de inversión de su hermano ganó dos coma seis millones de dólares el primer día de operaciones. Ella solita ingresó ciento noventa mil en su cuenta particular.

—¿El fondo de inversión de su hermano?

—No entiendo —dijo Ronan.

—Te lo explicaré con detalle. Nos consta que Deanna Lewis habló a su hermano del lanzamiento de SFAX. Según ella, Ed aquí presente le había dicho que iba a ser un exitazo. Y adivina. Dos días después el fondo de su hermano se cuenta entre los mayores compradores de acciones. ¿Qué le dijiste a ella exactamente?

Ronan lo miró fijamente. Ed se esforzó por ordenar las ideas. Cuando tragó saliva se pudo oír de un modo bochornoso. El equipo de desarrollo de producto miraba por encima de las mamparas del otro lado de la oficina.

—No le dije nada. —Parpadeó—. No lo sé. Quizá dijera algo. No era ningún secreto de estado.

—Sí era un jodido secreto de estado, Ed —replicó Sidney—. Se llama tráfico de información privilegiada. Según ella, le diste fechas, calendario. Le dijiste que la empresa iba a ganar una fortuna.

—¡Miente! Habla por hablar. Estábamos… teniendo un rollo.

—¿Querías tirártela y por eso largaste para impresionarla?

—No fue así.

—¿Mantuviste relaciones sexuales con Deanna Lewis? —Ed notó que Ronan lo fulminaba con su mirada miope.

Sidney levantó las manos.

—Necesitas llamar a tu abogado.

—¿Por qué habría de tener problemas? —preguntó Ed—. No he obtenido ningún beneficio. Ni siquiera sabía que su hermano tuviera un fondo de inversión.

Sidney miró hacia atrás. De pronto, los rostros encontraron algo interesante en lo que fijar la vista en sus respectivas mesas de trabajo.

—Ahora tienes que irte —dijo bajando la voz—. Quieren entrevistarte en comisaría.

—¿Qué? Esto es una locura. Tengo reunión de software dentro de veinte minutos. No voy a ir a ninguna comisaría.

—Y obviamente estás suspendido de empleo y sueldo hasta que lleguemos al fondo de este asunto.

Ed amagó una carcajada.

—¿Te estás quedando conmigo? Tú no puedes suspenderme de nada. La empresa es mía. —Volvió a lanzar al aire y capturar la pelota de espuma, dándoles parcialmente la espalda. Nadie se movió—. No voy a ir. Esta empresa es nuestra. Díselo, Ronan.

Miró a Ronan, pero este tenía la vista fijamente clavada en algún punto del suelo. Ed miró a Sidney, que negó con la cabeza. Luego levantó la mirada a los dos hombres de uniforme que habían aparecido detrás de él; a su secretaria, que se tapaba la boca con la mano; al tramo enmoquetado que se abría entre él y la puerta, y la pelota de espuma cayó silenciosamente al suelo entre sus pies.

CAPÍTULO 1

JESS

*J*ess Thomas y Nathalie Benson se dejaron caer en los asientos de su furgoneta, estacionada a suficiente distancia de la casa de Nathalie como para que no pudieran verlas desde dentro. Nathalie estaba fumando. Lo había dejado por cuarta vez hacía seis semanas.

—Ochenta libras semanales, aseguradas. Y la paga extra. —Nathalie dejó escapar un grito—. Maldita sea. La verdad es que me entran ganas de conocer a la fulana propietaria del maldito pendiente y estampárselo por hacernos perder el trabajo.

—A lo mejor no sabía que estaba casado.

—Sí que lo sabía. —Antes de conocer a Dean, Nathalie había estado dos años con un hombre que resultó tener no una, sino dos familias en la otra punta de Southampton—. Ningún hombre soltero tiene almohadones a juego encima de la cama.

—Neil Brewster sí —dijo Jess.

—La colección de música de Neil Brewster es un sesenta y siete por ciento Judy Garland y un treinta y tres por ciento Pet Shop Boys.

Llevaban limpiando juntas todos los días laborables desde hacía cuatro años, desde que el Beachfront Holiday Park quedó convertido en un paraíso truncado, salpicado de solares edificables. Desde que los promotores prometieron la entrada libre a la piscina a las familias de la localidad y convencieron a todo el mundo de que una gran urbanización de alto nivel reportaría beneficios para la pequeña población costera, en vez de quitarle lo que le quedaba de vida. En el lateral de su pequeña furgoneta blanca estaba pintado el desvaído rótulo «Servicios de Limpieza Benson & Thomas». Nathalie había añadido debajo: «¿Algo sucio? ¿Podemos serle útiles?», hasta que Jess le hizo ver que durante dos meses la mitad de las llamadas que habían recibido no habían tenido nada que ver con la limpieza.

Ahora casi todo el trabajo se concentraba en la urbanización de Beachfront. En la ciudad nadie tenía dinero —ni ganas— para contratar a una limpiadora, salvo los médicos, el notario y alguna que otra clienta como la señora Humphrey, cuya artritis le impedía limpiar ella misma. Por un lado era un buen trabajo. Trabajabas para ti, te organizabas los horarios, la mayor parte de las veces elegías y decidías quiénes eran tus clientes. El lado negativo, curiosamente, no eran los clientes chungos (y siempre había al menos un cliente chungo) o que fregar retretes ajenos te dejara con la sensación de estar un escalón por debajo de lo que habías previsto en la escala social. A Jess no le importaba sacar bolas de pelo ajenas de los sumideros ni que la mayoría de quienes alquilaban casas de vacaciones parecieran sentirse en la obligación de vivir como cerdos durante una semana.

Lo que no le gustaba era acabar averiguando mucho más de lo deseable sobre las vidas de los demás.

Jess podía hablar de las compras compulsivas secretas de la señora Eldridge: las facturas de zapatos de diseño almacenadas en la papelera del cuarto de baño y las bolsas de ropa sin estrenar, con las etiquetas todavía puestas, en el armario. Podía contar que Lena Thompson llevaba cuatro años intentando quedarse embarazada y solía hacerse dos pruebas de embarazo al mes (según los rumores, sin quitarse los pantis). Podía contar que el señor Mitchell, el de la casa grande detrás de la iglesia, ganaba un salario de seis cifras (dejaba las nóminas en la mesa de la sala; Nathalie juraba que lo hacía a propósito) y que su hija fumaba secretamente en el cuarto de baño.

Si le diera por ahí, podría haber hablado de las mujeres que salían con un aspecto inmaculado, el pelo arreglado, las uñas pintadas, levemente perfumadas con fragancias caras, a quienes les daba igual dejar a la vista las bragas sucias en el suelo; o de los adolescentes cuyas toallas tiesas ella se negaba a recoger sin unas tenacillas. Había matrimonios que dormían todas las noches en camas separadas, y, cuando las esposas le pedían que cambiara las sábanas de las habitaciones de invitados, insistían con vehemencia en que «últimamente habían tenido montones de invitados»; y de retretes que exigían máscara de gas y una placa de alerta por sustancias tóxicas.

Y luego, de vez en cuando, te topabas con una buena clienta como Lisa Ritter, te ponías a pasarle el aspirador por el suelo y te encontrabas con un pendiente de diamantes y un montón de información que no te hacía ninguna falta saber.

—Probablemente es de mi hija, de cuando vino a casa la última vez —había dicho Lisa Ritter con voz algo temblorosa por el mal trago, mientras sostenía el pendiente en la mano—. Tiene unos iguales que este.

—Por supuesto —había replicado Jess—. Probablemente le hayan dado con el pie y fue a parar a su dormitorio.

O ha llegado en el zapato de alguien. Sabíamos que sería algo de eso. Lo siento. De haber sabido que no era suyo, nunca la hubiera molestado por esto.

Y en ese preciso momento, al girarse la señora Ritter y alejarse, había comprendido que acababan de perder una clienta. Nadie te da las gracias por repartir malas noticias a domicilio.

Al final de la calle un niño aún con pañales cayó al suelo como un árbol talado y, tras un breve silencio, se oyó un alarido. La madre, con ambos brazos cargados de bolsas de la compra en perfecto equilibrio, se detuvo y lo miró fijamente con muda desesperación.

—Fíjate, ya oíste lo que dijo la semana pasada, que prescindiría de su peluquera antes que de nosotras.

Nathalie puso cara de decir que Jess vería algo positivo incluso en un apocalipsis nuclear.

—Antes que de «las limpiadoras». Eso es distinto. A ella no le importa si se trata de nosotras, de Limpiarrápido o de las Chicas de la Mopa. —Nathalie meneó la cabeza—. En absoluto. A partir de ahora, para ella siempre seremos las limpiadoras que sabemos la verdad sobre que su marido la engaña. Para mujeres como ella es importante. Hay que guardar las apariencias, ¿no?

La madre dejó las bolsas en el suelo y se agachó para coger en brazos al niño.

Jess puso los pies descalzos en el salpicadero y escondió la cara entre las manos.

—Mierda. ¿Cómo vamos a compensar este dinero, Nat? Era nuestro mejor trabajo.

—La casa estaba impecable. En realidad solo había que darle un repaso dos veces por semana.

Nathalie miró por la ventanilla.

—Y siempre pagaba puntualmente.

Jess seguía contemplando el pendiente de diamantes. ¿Por qué no habían pasado de él? Habría sido mejor haberlo robado.

—Vale, nos ha echado. Vamos a cambiar de tema, Nat. No puedo ponerme a llorar antes de entrar a trabajar en el pub.

—Entonces, ¿te ha llamado Marty esta semana?

—No me refería a cambiar a ese tema.

—Bueno, ¿ha telefoneado?

—Sí. —Jess suspiró.

—¿Te ha dicho por qué no te llamó la semana pasada? —Nathalie quitó los pies de Jess del salpicadero.

—No. —Jess notó sus ojos clavados en ella—. Y no, no ha enviado el dinero.

—Oh, vamos. Tienes que hacer que la Agencia de Protección de Menores le obligue. No puedes seguir así. Debe enviar dinero a sus hijos.

Era una discusión eterna.

—Todavía…, todavía no está bien —dijo Jess—. No puedo agobiarlo. Todavía no ha encontrado trabajo.

—Bueno, ahora vas a necesitar más dinero. Hasta que encontremos otro trabajo como el de Lisa Ritter. ¿Cómo está Nicky?

—Oh, fui a casa de Jason Fisher para hablar con su madre.

—Lo dirás en broma. Me pone los pelos de punta. ¿Ha dicho que le obligará a dejar en paz a Nicky?

—Algo parecido.

Nathalie siguió mirando a Jess y bajó la barbilla unos centímetros.

—Me dijo que si volvía a poner los pies en su casa me iba a dar mi merecido. A mí y a mis…, ¿cómo dijo?…, a mí y a mis «frikizoides» hijos. —Jess bajó el espejo del copiloto y se arregló el pelo, volviendo a hacerse la coleta—. Oh, y luego me contó que su Jason era incapaz de hacerle daño a una mosca.

—Lo típico.

—Normal. Yo llevaba a Norman. Y, bendito sea, dejó una enorme plasta junto a su Toyota y no sé por qué a mí se me olvidó que llevaba una bolsa de plástico en el bolsillo.

Jess puso otra vez los pies arriba.

Nathalie volvió a apartarlos y pasó una toallita húmeda por el salpicadero.

—Ahora en serio, Jess. ¿Cuánto hace que se fue Marty? ¿Dos años? Eres joven. No puedes estar esperando a que él se aclare. Cuando te caes de un caballo, tienes que volver a subirte —dijo con una mueca.

—Volver a subirte al caballo. Suena bien.

—A Liam Stubbs le gustas. Podrías montar ese caballo perfectamente.

—Cualquier par reconocido de cromosomas X podría montar a Liam Stubbs. —Jess cerró la ventanilla—. Prefiero leer un libro. Además, creo que los chicos ya han tenido suficientes trastornos en su vida como para jugar a Conoce a Tu Nuevo Tío. —Levantó la vista y arrugó la nariz—. Tengo que hacer la merienda y luego prepararme para ir al pub. Antes voy a hacer una ronda rápida de llamadas, para ver si algún cliente quiere que hagamos un extra. Además, quién sabe, a lo mejor no nos echa.

Nathalie bajó la ventanilla y expulsó una larga bocanada de humo.

—Claro, Dorothy. Y nuestro siguiente trabajo va a ser limpiar la Ciudad Esmeralda al final del Camino de las Baldosas Amarillas.

En el número 14 de Seacove Avenue retumbaba el estruendo de explosiones lejanas. Tanzie había calculado últimamente que, desde que cumplió los dieciséis, Nicky había pasado el ochenta y ocho por ciento de su tiempo libre en su habitación. Jess no podía reprochárselo.

Dejó la caja de los materiales en el recibidor, colgó la cazadora, subió por las escaleras con el leve disgusto habitual por el grado de desgaste de la alfombra y empujó la puerta de la habitación de Nicky. Tenía puestos unos cascos y estaba gritándole a alguien; el olor a hierba era tan intenso que tiraba de espaldas.

—Nicky —dijo; y alguien estalló en una rociada de balas—. Nicky. —Se dirigió a él y le quitó los cascos, de tal forma que el chico se volvió con aire momentáneamente perplejo, como alguien despertado de golpe de su sueño—. ¿Conque trabajando duro, eh?

—Una pausa en el estudio.

Levantó un cenicero y se lo puso delante de las narices.

—Creía que te lo había advertido.

—Es de anoche. No podía dormir.

—En casa no, Nicky. —Era inútil decírselo. Todos fumaban en casa. Se dijo para sus adentros que podía sentirse afortunada de que él no hubiera empezado antes de los quince—. ¿Ha vuelto ya Tanzie? —Se agachó a recoger los calcetines y colillas desparramados por el suelo.

—No. Oh. Han llamado del colegio después de comer.

—¿Qué?

Tecleó algo en el ordenador y luego se volvió a ella.

—No lo sé. Algo del colegio.

Le levantó un mechón del pelo teñido de negro y allí estaba: una herida reciente en el pómulo. Él apartó la cabeza.

—¿Estás bien?

Se encogió de hombros, mirando para otro lado.

—¿Han vuelto a meterse contigo?

—Estoy bien.

—¿Por qué no me has llamado?

—No tenía saldo. —Se echó para atrás y lanzó una granada virtual. La pantalla estalló en una bola de fuego. Volvió a ponerse los cascos y concentrarse en la pantalla.

Nicky había ido a vivir con Jess de forma permanente hacía ocho años. Era hijo de Marty y Della, una mujer con la que Marty había salido poco tiempo antes de cumplir los veinte. Nicky había llegado silencioso y precavido, flaco y larguirucho, con un apetito voraz. Su madre se había juntado con una nueva panda y había acabado desapareciendo en algún lugar de los Midlands con un hombre llamado Big Al, que no miraba a nadie a los ojos y siempre llevaba una eterna lata de cerveza Tennent's Extra en su puño descomunal. A Nicky lo habían encontrado en la sala de taquillas del colegio y, cuando las trabajadoras sociales insistieron, Jess había dicho que podía quedarse con él.

—Justo lo que necesitabas —había dicho Nathalie—. Otra boca que alimentar.

—Es mi hijastro.

—Lo has visto dos veces en cuatro años. Y tú ni siquiera has cumplido los veinte.

—Bueno, así son las familias hoy en día.

Después se había preguntado algunas veces si esa había sido la gota que había colmado el vaso, la causa de que Marty eludiera toda responsabilidad con respecto a su familia. Pero Nicky era un buen chico, debajo de todo ese pelo negro como ala de cuervo y el delineador de ojos. Era cariñoso con Tanzie y, cuando tenía días buenos, hablaba, reía y dejaba que Jess le diera un abrazo al vuelo, y ella estaba contenta con él, aun cuando en ocasiones tenía la sensación de haberse agenciado fundamentalmente una persona más por la que preocuparse.

Salió al jardín con el teléfono y respiró hondo.

—¿Sí, oiga? Soy Jessica Thomas. Tenía un mensaje de que llamara. —Se produjo una pausa.

—¿Está Tanzie…? ¿Va todo bien?

—Todo va bien. Perdone. Debería habérselo dicho. Soy el señor Tsvangarai, el profesor de matemáticas de Tanzie.

—Oh. —Se lo imaginó: un hombre alto con traje gris. Cara de director de funeraria.

—Quería hablar con usted porque hace unas semanas tuve una conversación muy interesante con un antiguo colega mío que trabaja en el St. Anne's.

—¿El St. Anne's? —Jess frunció el ceño—. ¿El colegio privado?

—Sí. Tienen un programa de becas para niños excepcionalmente dotados para las matemáticas. Y, como usted ya sabe, nosotros ya habíamos calificado a Tanzie como especialmente dotada.

—Porque es buena en matemáticas.

—Mejor que buena. Bueno, la semana pasada le hicimos realizar el examen de prueba. No sé si ella se lo habrá dicho. Le envié una carta a casa, pero no estoy seguro de que usted la haya visto.

Jess miró con los ojos entrecerrados a una gaviota en el cielo. A unos cuantos jardines de distancia, Terry Blackstone había empezado a cantar al son de una radio. Se decía que era capaz de cantar todo el repertorio de Rod Stewart si creía que no lo miraba nadie.

—Hemos recibido los resultados esta mañana. Y ella lo ha hecho bien. Extraordinariamente bien. Señora Thomas, si está usted de acuerdo, al St. Anne's le gustaría entrevistar a su hija para una plaza escolar becada.

—¿Plaza escolar becada? —repitió como un papagayo.

—El St. Anne's corre con una parte importante de los gastos de escolarización de ciertos niños excepcionalmente dotados. Eso quiere decir que Tanzie accedería a una educación de primera categoría. Posee una habilidad extraordinaria para los números, señora Thomas. Estoy convencido de que esta podría ser una gran oportunidad para ella.

—¿El St. Anne's? Pero... está en la otra punta de la ciudad. Necesitará uniforme, material... No conocerá a nadie...

—Hará amistades. Pero eso son menudencias, señora Thomas. Esperemos a ver qué ofrece el colegio. Tanzie es una chica con un talento extraordinario. —Hizo una pausa y, como ella no dijo nada, añadió bajando la voz—: Llevo casi veintidós años enseñando matemáticas, señora Thomas. Y nunca he encontrado una chica que capte los conceptos como ella. Creo que ha llegado a un punto en el que no tengo nada que enseñarle. Algoritmos, probabilidades, números primos...

—Vale. Ahí es donde me pierdo, señor Tsvangarai.

—Estaré en contacto —dijo él con una risita.

Jess colgó el teléfono y se dejó caer pesadamente en la silla de jardín de plástico blanco que había adquirido una bonita pátina de musgo esmeralda. Vagó con la mirada por las cortinas de las ventanas que Marty siempre había pensado que eran demasiado chillonas, el triciclo de plástico rojo del que nunca se había decidido a desprenderse, las colillas del vecino esparcidas como confeti por el camino de la entrada, los listones carcomidos de la cerca a través de los cuales el perro insistía en meter la cabeza. Pese al optimismo sin fundamento que le atribuía Nathalie, Jess cayó en la cuenta de que los ojos se le habían llenado inesperadamente de lágrimas.

Que te dejara el padre de tus hijos acarreaba un montón de consecuencias horribles: el tema del dinero, disimular la cólera por el bien de los hijos, la forma en que tus amigas casadas te trataban ahora como si fueras una posible cazamaridos. Pero lo peor de todo, peor que la interminable, implacable y agotadora batalla que te robaba energías y dinero, era que ser una madre soltera cuando no estabas en absoluto preparada para ello te condenaba a la soledad más espantosa del mundo.

CAPÍTULO 2

TANZIE

*H*abía veintiséis coches estacionados en el aparcamiento del St. Anne's. Dos filas de grandes y relucientes 4×4 en batería a ambos lados de un camino de grava, entrando y saliendo de sus espacios en un ángulo de cuarenta y un grados de promedio antes de que se metiera el siguiente de la fila.

Tanzie los miró mientras cruzaba con su madre desde la parada del autobús; los conductores hablaban ilegalmente por teléfono o se dirigían gesticulando a niños rubios de ojos saltones en los asientos traseros. Jess levantó la barbilla y jugueteó con las llaves de casa en la mano que llevaba libre, como si fueran las llaves del coche que acabaran de dejar estacionado por las inmediaciones. No hacía más que mirar de reojo. Tanzie se figuró que le preocupaba encontrarse con alguna de sus clientas de la limpieza y que pudieran preguntarle qué estaba haciendo allí.

Tanzie nunca había entrado en el St. Anne's, aunque había pasado por delante en autobús al menos diez veces, dado que el dentista de la Seguridad Social estaba en la misma calle.

Desde fuera solo había un seto interminable, podado exactamente a noventa grados (se preguntó si el jardinero utilizaría un transportador), y unos grandes árboles cuyas ramas bajas y acogedoras se extendían sobre los campos de juego como si su misión fuera dar cobijo a los niños.

Los niños del St. Anne's no se tiraban unos a otros las mochilas a la cabeza ni se arrinconaban entre sí contra la pared del patio para quitarse el dinero de la comida. No había profesores de voz cansina empeñados en meter a los adolescentes en las aulas. Las chicas no se habían enrollado seis veces la falda por la cintura. No fumaba nadie. Su madre le apretó la mano. A Tanzie le hubiera gustado que dejara de mostrarse tan nerviosa.

—Qué bonito, ¿verdad, mamá?

—Sí —asintió ella como con un graznido.

—El señor Tsvangarai me contó que todos los alumnos de matemáticas de bachillerato han obtenido sobresaliente o matrícula. Qué bien, ¿verdad?

—Impresionante.

Tanzie tiró levemente de la mano de su madre para llegar antes al despacho del director.

—¿Crees que Norman me echará de menos con una jornada tan larga?

—¿Qué jornada larga?

—En el St. Anne's se sale a las seis. Y hay club de matemáticas los martes y jueves y a mí me gustaría ir.

Su madre la miró de reojo. Se la veía cansada. Últimamente siempre estaba cansada. Esbozó una de esas sonrisas que para nada lo son y entraron.

—Hola, señora Thomas. Hola, Costanza. Me alegro de conocerlas. Tomen asiento.

El despacho del director tenía el techo alto, con pequeñas rosetas de yeso blanco cada veinte centímetros y diminutos capullos entre una y otra justo en medio. La sala estaba llena de muebles antiguos y por el mirador podía verse a un hombre recorriendo arriba y abajo un campo de cricket con un cortacésped. Alguien había dejado en una mesita una bandeja con café y galletas. Parecían caseras. Su madre solía hacer galletas de este tipo antes de que su padre se marchara.

Tanzie se sentó en el borde del sofá y miró a los dos hombres que tenía delante. El del bigote sonreía igual que una enfermera antes de ponerte una inyección. Tanzie se fijó en que su madre había dejado el bolso sobre el regazo y tapaba con la mano el borde que Norman había mordisqueado. No paraba de mover la pierna.

—Este es el señor Cruikshank. El director de matemáticas. Y yo soy el señor Daly, el director del centro desde hace dos años.

Tanzie levantó la vista de la galleta.

—¿Hacen cuerdas?

—Sí.

—¿Y probabilidades?

—También.

El señor Cruikshank se inclinó hacia delante.

—Hemos estado mirando los resultados de tu prueba. Y creemos, Costanza, que deberías hacer el examen de secundaria de matemáticas el próximo curso y quitártelo de en medio. Porque creo que disfrutarías más con problemas de bachiller.

Ella lo miró.

—¿Tiene ejercicios?

—En la sala de al lado. ¿Quieres verlos?

No podía creer que se lo estuviera preguntando. Por un momento se le pasó por la cabeza decir «pues claro», como Nicky. Pero se limitó a asentir con la cabeza.

El señor Daly sirvió a Jess un café.

—Iré derecho al grano, señora Thomas. Sabe usted perfectamente que su hija tiene una capacidad extraordinaria. Solo habíamos visto una vez resultados como los suyos, de un alumno que llegó a ser profesor en Trinity.

El otro siguió con su perorata. Ella desconectó un poco, de manera que lo único que oyó fue «… para un grupo muy selecto de alumnos con una capacidad manifiestamente inusual hemos creado una nueva beca de igualdad de oportunidades». Bla, bla, bla. «Ofrecería a un niño que de otro modo tal vez no pudiera beneficiarse de las ventajas de un colegio como este la oportunidad de desarrollar todo su potencial en…». Bla, bla, bla. «Aunque sigamos con mucha atención hasta dónde puede llegar Costanza en el campo de las matemáticas, también querríamos asegurarnos de que estén bien equilibrados otros aspectos de su vida de estudiante. Tenemos un amplio programa de deportes y música». Bla, bla, bla. «Los niños matemáticos suelen estar dotados para los idiomas…». Bla, bla, bla. «Y el teatro, muy popular entre las chicas de su edad».

—En realidad a mí solo me gustan las matemáticas —le dijo—. Y los perros.

—Bueno, en cuanto a perros no tenemos mucho, pero te ofreceríamos muchas oportunidades de crecer en matemáticas. Aunque creo que te sorprenderías de cuántas otras cosas te pueden hacer disfrutar. ¿Tocas algún instrumento?

Negó con la cabeza.

—¿Estudias algún idioma?

En el despacho se hizo un cierto silencio.

—¿Alguna otra cosa que te interese?

—Vamos a nadar los viernes —dijo su madre.

—No hemos ido a nadar desde que papá se marchó.

Su madre sonrió, pero insistió algo azorada:

—Sí que hemos ido, Tanzie.

—Una vez. El 13 de mayo. Pero ahora trabajas los viernes.

El señor Cruikshank salió del despacho y regresó un momento después con los ejercicios. Ella se llevó a la boca la última galleta, luego se levantó y fue a sentarse junto a él. Había traído un montón. ¡Sobre cosas que ella ni había empezado a estudiar todavía!

Se puso a verlos con él, mostrándole lo que había hecho y lo que no, con el ruido de fondo de la conversación que mantenían su madre y el director.

Sonaba como si todo fuera perfectamente. Tanzie dejó que su atención viajara a lo que había en el papel.

—Sí —estaba diciendo en voz baja el señor Cruikshank, con el dedo en la página—. Pero lo curioso de los procesos de renovación es que, si esperamos un cierto tiempo predeterminado y luego observamos la amplitud del intervalo de renovación, deberíamos esperar que sea mayor que el intervalo medio.

¡Ella ya lo sabía!

—¿Por eso a los monos les cuesta más teclear «Macbeth»? —dijo.

—Efectivamente —sonrió él—. No estaba seguro de que hubieras dado teoría de la renovación.

—En realidad no la he dado. Pero el señor Tsvangarai me habló de ella una vez y miré en internet. Me gustó el tema de los monos.

Hojeó los ejercicios. Había toneladas. Los números le cantaban. Podía sentir su cerebro tarareando las ganas que tenía de leerlos. Sabía que tenía que venir a este colegio.

—Mamá —normalmente no interrumpía, pero estaba tan emocionada que olvidó los buenos modales—, ¿crees que podríamos llevarnos algunos de estos ejercicios?

El señor Daly los examinó. No pareció importarle la falta de modales.

—¿Nos sobran algunos, señor Cruikshank?

—Puedes llevarte estos.

¡Se los tendió! ¡Así de simple! Fuera sonó una campana y pudo ver a los niños pasar por la ventana del despacho, haciendo ruido con los pies en la gravilla.

—Entonces, ¿ahora qué...?

—Bueno, nos gustaría ofrecer a Costanza..., Tanzie..., una beca. —El señor Daly levantó de la mesa una carpeta reluciente—. Este es nuestro folleto informativo, más la documentación necesaria. La beca cubre el noventa por ciento de la escolarización. Es la beca más generosa ofrecida por nuestro colegio. Normalmente el máximo es el cincuenta por ciento, dada la larga lista de espera de alumnos con esperanzas de entrar aquí.

Alargó el plato hacia Tanzie. Alguien había repuesto las galletas. Realmente este era el mejor colegio del mundo.

—El noventa por ciento —dijo su madre dejando la galleta en el plato.

—Me doy perfecta cuenta de que sigue suponiendo un considerable esfuerzo financiero. Además del uniforme y los gastos de transporte y los extras que ella quisiera tener, como música o viajes de estudios. Pero me gustaría enfatizar que es una oportunidad increíble. —Se inclinó hacia delante—. Nos encantaría tenerte aquí, Tanzie. Tu profesor de matemáticas dice que es un disfrute trabajar contigo.

—Me gusta el colegio —dijo tomando otra galleta—. Sé que muchas de mis amigas dicen que es aburrido. Pero yo prefiero el colegio a casa.

Todos soltaron una carcajada de incomodidad.

—No por ti, mamá —puntualizó cogiendo otra galleta—. Es que mi madre tiene que trabajar mucho.

Todos callaron.

—Como todos, hoy día —dijo el señor Cruikshank.

—Bueno, tienen muchas cosas en que pensar —concluyó el señor Daly—. Y estoy seguro de que tendrán más preguntas que hacernos. Pero ¿por qué no terminan el café y luego hago que un alumno les enseñe el resto del colegio? Después podrán comentar esto entre ustedes.

Tanzie estaba en el jardín lanzando una pelota a Norman. Estaba decidida a que algún día la recogiera y se la trajera de vuelta. Había leído en alguna parte que la repetición incrementaba por cuatro la probabilidad de que un animal aprendiera a hacer algo. Aunque no estaba segura de que Norman supiera contar.

Habían recogido a Norman del refugio de animales después de que su padre se hubiera marchado y su madre hubiera permanecido once noches seguidas sin dormir, preocupada por que los fueran a asesinar en la cama en cuanto se dieran cuenta de que él se había marchado. Buenísimo con los chicos, un fantástico perro guardián, le habían dicho en el centro de acogida.

—Pero es muy grande —no dejó de repetir su madre.

—Pues más disuasorio —le dijeron con sonrisas animosas—. ¿Ya le hemos dicho que es buenísimo con los chicos?

Al cabo de dos años su madre seguía diciendo que Norman era una enorme máquina de comer y cagar. Babeaba encima de los cojines y aullaba en sueños, andaba a paso lento por la casa dejando tras de sí un rastro de pelos y malos olores. Según su madre, en el centro de refugio tenían razón: nadie se atrevería a entrar a robar en la casa por temor a que Norman lo matara gaseándolo.

Había dejado de intentar echarle de la habitación de Tanzie. Cuando ella se despertaba por la mañana, él siempre estaba atravesado ocupando tres cuartas partes de la cama, con las patas peludas sobre la sábana, y ella tiritando bajo una punta diminuta del edredón. Su madre solía despotricar sobre los pelos y la higiene, pero a Tanzie no le importaba.

Acogieron a Nicky cuando ella tenía dos años. Tanzie se acostó una noche y, al despertar, él estaba en el cuarto de invitados y su madre solo le dijo que iba a quedarse y que era su hermano. Tanzie le había preguntado una vez qué material genético creía él que compartían y le había contestado: «El gen del perdedor raro». Ella asumió que era broma, aunque no sabía lo suficiente de genética como para entender por qué.

Estaba aclarándose las manos en el grifo de fuera cuando les oyó hablar. La ventana de Nicky estaba abierta y sus voces salían al jardín.

—¿Has pagado la factura del agua? —decía Nicky.

—No. No he tenido ocasión de ir a la oficina de correos.

—Pone que es un último aviso.

—Ya sé que es un último aviso. —Su madre se mostró cortante, como hacía siempre que se hablaba de dinero. Hubo una pausa. Norman recogió la pelota y la dejó a sus pies. Allí quedó, llena de babas, asquerosa—. Perdona, Nicky. No quiero seguir con esta conversación. Mañana por la mañana lo arreglo. Te lo prometo. ¿Quieres hablar con tu padre?

Tanzie sabía cuál sería la respuesta. Nicky ya nunca quería hablar con su padre.

—Hola.

Tanzie se puso justo debajo de la ventana y se quedó quieta. Podía oír la voz tensa de su padre por Skype.

—¿Va todo bien?

Se preguntó si acaso creía él que había ocurrido algo malo. Tal vez volviera si creyera que Tanzie tenía leucemia. Una vez había visto por la tele una película en la que unos padres divorciados volvían a juntarse porque la hija tenía leucemia. Pero ella no quería tener leucemia para nada, porque las agujas le hacían desmayarse y tenía un pelo muy bonito.

—Todo está perfectamente —dijo su madre, que no le había contado que a Nicky le habían pegado.

—¿Qué pasa?

Pausa.

—¿Ha cambiado la decoración tu madre? —peguntó Jess.

—¿Qué?

—El nuevo papel pintado.

—Ah. Ya.

¿La casa de la abuela tenía nuevo papel pintado? A Tanzie le sonó raro. Su padre y la abuela estaban viviendo en una casa que ella quizá ya no reconocería. Habían transcurrido trescientos cuarenta y ocho días desde la última vez que había visto a su padre. Y cuatrocientos treinta y tres desde que había visto a su abuela.

—Tengo que hablar contigo del colegio de Tanzie.

—¿Por qué? ¿Qué ha hecho?

—No se trata de eso, Marty. Le han ofrecido una beca en el St. Anne's.

—¿En el St. Anne's?

—Piensan que se sale en matemáticas.

—El St. Anne's —dijo como si no se lo creyera—. Bueno, sabía que era inteligente, pero…

Se le notaba complacido. Ella apoyó la espalda en la pared y se puso de puntillas para oír mejor. Quizá volviera si ella iba al St. Anne's.

—Nuestra niña en el colegio pijo, ¿eh? —Tenía la voz henchida de orgullo. Tanzie se lo imaginaba preparando lo que iba a contar a sus colegas en el pub. Solo que no podía ir a ningún pub. Porque siempre le decía a su madre que no tenía dinero para gastar—. Entonces, ¿cuál es el problema?

—Bueno…, es una beca sustanciosa. Pero no lo cubre todo.

—¿Y eso qué quiere decir?

—Quiere decir que todavía tenemos que encontrar quinientas libras por trimestre. Y el uniforme. Y las quinientas libras de la matrícula.

El silencio duró tanto que Tanzie se preguntó si se habría quedado colgado el ordenador.

—Dicen que una vez que llevemos allí un año podemos solicitar una ayuda de emergencia. Una especie de beca por la que, en caso de merecerlo, pueden darte una cantidad adicional. Pero básicamente necesitamos reunir aproximadamente dos de los grandes para que pueda pasar el primer año.

Y entonces su padre se echó a reír. A reír de verdad.

—Es una broma, ¿no?

—No, no es ninguna broma.

—¿Cómo voy a reunir yo dos de los grandes, Jess?

—Había pensado que yo...

—Ni siquiera tengo un trabajo de verdad todavía. Aquí no se mueve nada. Tengo... lo justo para tenerme en pie. Lo siento, nena, pero es imposible.

—¿No puede ayudar tu madre? Quizá tenga algunos ahorros. ¿Puedo hablar con ella?

—No. Ha... salido. Y no quiero que le des un sablazo. Bastantes preocupaciones tiene ya.

—No le voy a dar un sablazo, Marty. Solo había pensado que a lo mejor querría ayudar a su única nieta.

—Ya no es la única nieta. Elena ha tenido un niño.

—No sabía que Elena estuviera embarazada.

—Ya, iba a decírtelo.

Tanzie tenía un primo. Y ella no se había enterado. Norman estaba tendido a sus pies. La miró con sus grandes ojos castaños, luego se giró despacio con un gruñido, como si estar tumbado en el suelo fuera de lo más difícil.

—Bueno..., ¿y si vendemos el Rolls?

—No puedo vender el Rolls. Voy a volver a empezar otra vez con las bodas.

—Lleva oxidándose en el garaje desde hace casi dos años.

—Ya lo sé. Ya iré a por él. Aquí no tengo dónde guardarlo.

Se les notaba la voz crispada. Sus conversaciones solían terminar así. Oyó a su madre respirar hondo.

—¿Puedes pensártelo por lo menos, Marty? Ella tiene muchas ganas de ir a ese sitio. Muchas, muchas ganas. Cuando el profesor de matemáticas habló con ella, se le iluminó la cara como no la había visto desde…

—Desde que me marché.

—No he querido decir eso.

—Así que todo es culpa mía.

—No, todo no es culpa tuya, Marty. Pero no voy a ponerme ahora a fingir que tu marcha ha sido un motivo de alegría para ella. Tanzie no entiende por qué no la visitas. No entiende por qué ya casi no te ve.

—No tengo para el billete, Jess. Lo sabes. No tiene sentido que sigas metiéndote conmigo. He estado enfermo.

—Ya lo sé.

—Puede venir a verme cuando quiera. Ya te lo he dicho. Mándame a los dos en las vacaciones de mediados de curso.

—No puedo. Son muy pequeños para hacer solos un trayecto tan largo. Y no tengo para los billetes de los tres.

—Y supongo que eso también es culpa mía.

—Oh, por lo que más quieras.

Tanzie se clavó las uñas en las palmas de las manos. Norman seguía mirándola, expectante.

—No quiero discutir contigo, Marty —dijo su madre en voz baja y calma, como cuando un profesor intenta explicarte algo que ya deberías saber—. Solo quiero que pienses si hay alguna forma de que puedas aportar algo. Cambiaría la vida de Tanzie. Significaría que nunca va a tener que pasar los agobios… que nosotros pasamos.

—No puedes decir eso.

—¿Qué quieres decir?

—¿No ves las noticias, Jess? Todos los licenciados están sin trabajo. No importa la educación que recibas. Tendrá que pasar agobios. —Hizo una pausa—. No. No tiene ningún sentido que nos endeudemos por esto. Por supuesto que estos colegios te van decir que todo es especial y que ella es especial y que las oportunidades de su vida van a ser impresionantes si va allí, etcétera, etcétera. Eso es lo que hacen. —La madre no dijo nada—. No, si es tan inteligente como dicen que es, saldrá adelante. Tendrá que ir al McArthur's como todo el mundo.

—Como esos cabrones que se pasan el tiempo maquinando cómo pegarle a Nicky. Y las chicas que llevan un palmo de maquillaje y no hacen gimnasia por si se rompen una uña. No es su sitio, Marty. Para nada.

—Ahora pareces una esnob.

—No, parezco alguien que reconoce que su hija es algo diferente. Y quizá necesite un colegio que la estimule.

—No puedo hacerlo, Jess. Lo siento —dijo con voz distraída, como si hubiera oído algo a lo lejos—. Oye. Tengo que irme. Pónmela por Skype el domingo.

Se hizo un largo silencio.

Tanzie contó hasta catorce.

Oyó abrirse la puerta y la voz de Nicky:

—Ha ido bien, entonces.

Tanzie se inclinó hacia delante y rascó la barriga a Norman. Cerró los ojos para no ver la lágrima que había caído encima de él.

—¿Hemos comprado lotería últimamente?

—No.

Esa pausa duró nueve segundos. Luego resonó la voz de la madre en el silencio del aire.

—Bueno, creo que quizá deberíamos empezar a hacerlo.

CAPÍTULO 3

ED

*D*eanna Lewis. Puede que no fuera la chica más guapa, pero desde luego sí era la que obtenía la máxima puntuación de todo el campus en el sistema de puntuación de Chicas a las Que Echarías Uno Sin Tener Que Beberte Antes Cuatro Pintas ideado por Ed y Ronan. Como si ella siquiera los hubiera mirado.

Apenas se había fijado en él en los tres años de universidad, salvo la vez que estaba lloviendo y ella estaba en la parada y le pidió que la llevara de vuelta a la facultad en su Mini. Se le había paralizado la lengua de tal modo durante todo el tiempo que ella permaneció en el asiento del copiloto que no logró articular más que un vagamente ahogado «Tranquila» cuando la dejó salir al llegar. Y esa palabra consiguió inexplicablemente abarcar tres octavas. Ella se había agachado a despegarse la bolsa vacía de patatas fritas de la suela de la bota, dejándola caer delicadamente en el suelo del coche antes de cerrar la puerta.

Y si Ed estaba pillado, lo de Ronan era aún peor. Su amor lo había dejado noqueado como si le hubiera caído encima una de esas pesas de los dibujos animados. Le escribía poemas, le enviaba flores anónimas el día de San Valentín, le sonreía en la cola del comedor y procuraba no deprimirse si ella no se daba cuenta. Y después de graduarse y constituir su empresa, dejaron de pensar en mujeres para pensar en el software —hasta el punto de que el software se convirtió en el objeto preferido de sus pensamientos— y Deanna Lewis se transformó en un dulce recuerdo de la universidad. «Oh…, Deanna Lewis» se decían el uno al otro con la mirada perdida, como si pudieran verla a cámara lenta por encima de las cabezas de los demás parroquianos del pub.

Y luego, hacía tres meses, unos seis meses después de que Lara se hubiera ido llevándose el apartamento de Roma, la mitad de su cartera de acciones y lo que le quedaba a Ed de ganas de tener una relación, Deanna Lewis le había pedido amistad por Facebook. Había vivido un par de años en Nueva York, pero estaba de vuelta y quería recuperar algunos de los viejos amigos de la universidad. ¿Se acordaba de Reena? ¿Y de Sam? ¿Quedaban para tomar algo?

Después le dio vergüenza no habérselo contado a Ronan. Ronan estaba dedicado al mejoramiento del software, se dijo para sus adentros. Le había costado una eternidad quitarse a Deanna de la cabeza. Estaba en los primeros escarceos para salir con esa chica del comedor social. Pero lo cierto era que Ed llevaba un montón de tiempo sin salir con nadie y tenía ganas de que Deanna Lewis viera a dónde había llegado al cabo de un año de haber vendido la empresa.

Porque resultaba que el dinero te convertía en alguien con ropa, piel, pelo y cuerpo diferentes. Y Ed Nicholls ya no parecía el pardillo mudo del Mini. No mostraba señales evidentes de riqueza, pero sabía que, a los treinta y tres, la llevaba como una fragancia invisible.

Quedaron en un bar del Soho. Ella se disculpó: Reena había salido pitando a última hora. Tenía un niño. Enarcó una ceja con un punto de ironía al decirlo. Sam, cayó él en la cuenta después, no apareció. No preguntó por Ronan.

No podía apartar la mirada de ella. Era la misma, pero en mejor. Llevaba una melena de color castaño que le caía por los hombros como en un anuncio de champú. Era más simpática de lo que él recordaba, más humana. Puede que incluso las chicas de oro bajaran un poco a la tierra una vez que salían del ámbito de la universidad. Ella se rio con todos sus chistes. Él la notó sorprendida porque no era la persona que recordaba. Y eso le hizo sentirse bien.

Se despidieron al cabo de un par de horas. No abrigaba muchas esperanzas de volver a verla, pero ella lo llamó un par de días después. Esta vez fueron a un club y bailó con ella, y, cuando levantó los brazos por encima de la cabeza, él tuvo que hacer esfuerzos para no imaginársela atada a una cama. A la tercera o cuarta copa le explicó que acababa de salir de una relación. La ruptura había sido horrible. No estaba segura de querer emprender algo serio. Él correspondió como es debido. Le habló de Lara, su exmujer, que le había dicho que su trabajo era su gran amor y que tenía que dejarle para conservar la cordura.

—Un poco melodramático —dijo Deanna.

—Es italiana. Y actriz. Con ella todo es melodramático.

—Era —le corrigió ella.

Lo dijo mirándole a los ojos, lo mismo que le miraba la boca cuando hablaba, cosa que le distraía extrañamente. Él le habló de la empresa: las primeras versiones de prueba que Ronan y él habían creado en su habitación, los fallos técnicos del software, las reuniones con un magnate de la comunicación que los había llevado a Texas en su avión privado y les había insultado cuando rechazaron su oferta de compra.

Le contó el día de su salida a bolsa, cuando se había sentado al borde de la bañera a contemplar por el móvil la continua subida de las acciones y se había echado a temblar al darse cuenta de cuánto iba a cambiar su vida.

—¿Tan rico eres?

—Me va bien. —Fue consciente de que estaba muy cerca de parecer un capullo—. Bueno…, me iba mejor hasta que me divorcié, obviamente… Me va bien. Ya sabes, en realidad no me interesa el dinero. —Se encogió de hombros—. Simplemente, me gusta hacer lo que hago. Me gusta la empresa. Me gusta tener ideas y trasladarlas a cosas que verdaderamente sirvan a la gente.

—Pero la vendiste…

—Estaba haciéndose demasiado grande y me dijeron que, si la vendíamos, los tíos con traje podrían hacerse cargo de la parte financiera. Nunca me ha interesado esa vertiente del negocio. Solo poseo un montón de acciones. —La miró fijamente—. Tienes el pelo precioso. —No tenía ni idea de por qué demonios lo había dicho.

Ella lo besó en el taxi. Deanna Lewis había vuelto lentamente el rostro de él hacia el suyo con una mano esbelta y muy cuidada y lo había besado. Aunque ya habían transcurrido más de doce años desde los tiempos de la universidad —doce años en los que Ed Nicholls había estado casado brevemente con una modelo/actriz/loquefuera—, una vocecilla dentro de su cabeza no paraba de decirle: Deanna Lewis me está besando. Y no solo lo estaba besando: se recogió la falda y deslizó sobre él una larga y esbelta pierna —haciendo caso omiso del taxista, por lo visto—, se apretó contra él y le deslizó las manos por debajo de la camisa hasta que fue incapaz de hablar o pensar. Y cuando llegaron al piso de él, tenía la voz pastosa y estúpida y no solo no esperó a que le devolvieran el cambio, sino que ni siquiera comprobó cuánto había en el fajo de billetes que entregó al taxista.

El sexo fue fantástico. Oh, Dios, qué bueno. Ella hacía movimientos porno, por amor de Dios. Con Lara, en los últimos meses, el sexo había sido como si estuviera haciéndole una especie de favor, en función de una serie de circunstancias que solo ella parecía comprender: haberle prestado la debida atención, haber pasado suficiente tiempo con ella, haberla sacado a cenar o haber comprendido que había herido sus sentimientos.

Cuando Deanna Lewis lo vio desnudo, en su mirada brilló un destello de hambre. Oh, Dios, Deanna Lewis.

Volvió el viernes por la noche. Se había puesto unas braguitas con lazos a los costados de los que se podía tirar para que cayeran lentamente por los muslos como una onda de agua. Después lio un canuto y él, que no fumaba habitualmente, notó que la cabeza le daba vueltas placenteramente, puso los dedos en su sedoso pelo y, por primera vez desde que Lara se marchó, sintió que la vida era algo muy bueno.

—He hablado a mis padres de nosotros —comentó ella al cabo de un rato.

—¿A tus padres? —dijo él sin acabar de despejarse.

—No te importa, ¿verdad? Es tan bueno... sentir que... vuelvo a ser algo, ¿sabes?

Ed se sorprendió con la mirada fija en algún punto del techo. «No hay problema», se dijo para sus adentros. Mucha gente cuenta los rollos a sus padres. Incluso a las dos semanas».

—He estado muy deprimida. Y ahora me siento... —le sonrió— feliz. Terriblemente feliz. Me despierto pensando en ti. Todo va a salir bien.

Él tenía la boca extrañamente reseca. No estaba seguro de que fuera por el canuto.

—¿Deprimida?

—Ya estoy bien. Claro, mis viejos se han portado muy bien. Tras el último episodio me llevaron al médico y me pusieron la medicación adecuada. Por lo visto te quita inhibiciones, pero no puedo decir que nadie se queje. ¡Ja, ja, ja, ja!

Él le pasó el canuto.

—Siento las cosas con mucha intensidad, ¿sabes? Según mi psiquiatra, soy excepcionalmente sensible. Hay quien va por la vida dando botes. No soy de esas. A veces me entero de la muerte de un animal o el asesinato de un niño en otro país y me paso llorando todo el día. Literalmente. Ya me pasaba en la universidad. ¿No te acuerdas?

—No.

Le puso la mano en la polla. De pronto Ed tuvo la certeza de que no iba a levantarse.

Ella lo miró. El pelo le tapaba a medias la cara y se lo apartó.

—Es un desastre quedarse sin trabajo y sin casa. No tienes ni idea de lo que significa quedarse pelada. —Lo miró fijamente, como valorando cuánto iba a contarle—. Quiero decir pelada del todo.

—¿A qué..., a qué te refieres?

—Bueno..., debo un montón de dinero a mi ex, pero le he dicho que no puedo pagarle. Ahora tengo demasiadas cosas cargadas en la tarjeta de crédito. Pero él no para de llamarme, insistiendo una y otra vez. Es muy estresante. No entiende lo estresada que estoy.

—¿De cuánto estás hablando?

Se lo dijo. Y, como se quedó boquiabierto, añadió:

—Y no te ofrezcas a prestármelo. No aceptaría dinero de mi chico. Pero es una pesadilla.

Ed procuró no pensar en el significado de la expresión «mi chico» que ella había utilizado.

La miró de reojo y vio que le temblaba el labio inferior. Se preocupó.

—Hum..., ¿estás bien?

Le respondió con una sonrisa demasiado rápida, demasiado ancha.

—¡Estoy bien! Gracias a ti, ahora sí que estoy bien. —Le recorrió el pecho con el dedo—. Además, ha sido una maravilla salir a cenar sin pensar si podía permitírmelo.

Le besó un pezón.

Esa noche durmió con un brazo echado por encima de él. Ed permaneció despierto, lamentando no poder telefonear a Ronan.

Ella volvió al viernes siguiente y al otro también. No parecía captar las indirectas que él dejaba caer sobre las cosas que tenía que hacer el fin de semana. Su padre le había dado dinero para que salieran a comer.

—Dice que es un alivio verme otra vez feliz.

Él le dijo que estaba resfriado cuando ella llegó cruzando la calle a todo correr desde la boca de metro. Probablemente lo mejor era que no lo besara.

—No me importa. Lo tuyo es mío —dijo pegándose a su cara durante veinte largos segundos.

Comieron en la pizzería de al lado. Él había empezado a sentir un pánico difuso y consciente al verla. Experimentaba a todas horas «sentimientos» sobre las cosas. Ver un autobús rojo la hacía feliz, ver una planta marchita en la ventana de un café le daba ganas de llorar. Era excesiva en todo. A veces se ponía a hablar y se olvidaba de comer con la boca cerrada. En su casa hacía pis con la puerta del cuarto de baño abierta. Sonaba como si un caballo de visita estuviera aliviándose.

No estaba preparado para eso. Ed quería vivir solo en su casa. Quería el silencio, el orden de su rutina habitual. No se creía que se hubiera sentido solo alguna vez.

Esa noche le había dicho que no quería acostarse con ella.

—Estoy muy cansado.

—Estoy segura de que podría animarte... —Había empezado a abrirse camino bajo el edredón. Luego hubo una pelea que podría haber resultado divertida en otras circunstancias: ella intentando llegar con la boca a sus genitales y él tirando desesperadamente para arriba de sus axilas.

—De verdad. Deanna. No..., ahora no.

—Entonces podemos acurrucarnos. ¡Ahora sé que no me quieres solo por mi cuerpo! —Se echó el brazo de él por encima y soltó un leve gruñido de placer, como un animal pequeño.

Ed Nicholls tenía los ojos abiertos como platos en la oscuridad. Tomó aliento.

—Esto..., Deanna..., hum..., el próximo fin de semana tengo un viaje de trabajo.

—¿A un sitio bonito? —dijo recorriéndole el muslo con el dedo.

—Hum..., Ginebra.

—¡Oh, qué bonito! ¿Me llevas en la maleta? Podría esperarte en la habitación del hotel. Relaja ese ceño fruncido. —Alargó un dedo y le frotó la frente. Él hizo como que no se inmutaba.

—Ah, ¿sí? Qué bien. Pero no es esa clase de viaje.

—Qué suerte tienes. Me encanta viajar. Si no estuviera pelada, me pasaría la vida en el avión.

—¿Sí?

—Es mi pasión. Me encanta ser un espíritu libre, ir a donde se me antoje.

Se incorporó, sacó un cigarrillo del paquete de la mesilla y lo encendió.

Él llevaba un rato tumbado, pensando.

—¿Tienes acciones?

Ella se apartó y se recostó en la almohada.

—No me sugieras que juegue en la bolsa, Ed. No tengo suficiente para jugar.

—No es un juego —le salió sin pensar.

—Entonces, ¿qué es?

—Vamos a sacar una cosa. Dentro de un par de semanas. Va a ser un cambio radical.

—¿Una cosa?

—No puedo decirte mucho más. Pero llevamos trabajando en ella una temporada. Nuestras acciones se van a disparar. Nuestros comerciales están centrados en eso.

Ella no dijo nada.

—Quiero decir, ya sé que no hemos hablado mucho de trabajo, pero esto va a suponer una gran cantidad de dinero.

—¿Me estás pidiendo que me juegue las pocas libras que me quedan en algo que ni siquiera sé cómo se llama?

—No te hace falta saberlo. Lo único que necesitas es comprar acciones de mi empresa. —Se puso de costado—. Mira, consigue unos miles de libras y te garantizo que en dos semanas tendrás suficiente para pagarle a tu ex. ¡Y entonces serás libre! ¡Podrás hacer lo que quieras! ¡Viajar por el mundo!

Hubo un largo silencio.

—¿Es así como ganas dinero, Ed Nicholls? ¿Te traes mujeres a la cama y haces que compren acciones tuyas por valor de miles de libras?

—No, es...

Cuando se volvió, vio que lo había dicho en broma. Ella recorrió con el dedo la silueta de su cara.

—Eres muy bueno conmigo. Y es una idea bonita. Pero ahora mismo no tengo miles de libras a mano.

Las palabras salieron de su boca antes de que se diera cuenta de lo que estaba diciendo:

—Yo te las presto. Si ganas dinero, me las devuelves. Si no, la culpa es mía por haberte dado un mal consejo.

Ella no paró de reír hasta que se dio cuenta de que no lo había dicho en broma.

—¿Harías eso por mí?

Ed se encogió de hombros.

—La verdad es que ahora no me suponen mucho cinco de los grandes. «Y pagaría diez veces más si eso significara que te marchas».

—Uau —dijo poniendo unos ojos como platos—. Es lo mejor que ha hecho nadie por mí en toda mi vida.

—Oh…, eso lo dudo.

Le extendió un cheque antes de que se fuera a la mañana siguiente. Había estado recogiéndose el pelo y haciendo mohínes ante el espejo del recibidor. Olía levemente a manzana.

—Deja el nombre en blanco —dijo al caer en la cuenta de lo que estaba haciendo él—. Se lo encargaré a mi hermano. Se le da bien el rollo de las acciones. ¿Qué estoy comprando otra vez?

—¿Hablas en serio?

—No puedo evitarlo. Cuando estoy cerca de ti no puedo pensar con claridad. —Deslizó la mano por sus bóxers—. Te lo devolveré lo antes posible. Te lo prometo.

—Como quieras. Lo único… es que no le digas a nadie nada de esto.

Su falso alivio rebotó por las paredes del apartamento, tapando la voz de alarma en su cabeza.

Ed contestó a casi todos los correos electrónicos que ella le mandó después. Le dijo que estaba bien haber pasado tiempo con alguien que comprendía las dificultades de haber salido de una relación seria, la importancia de pasar tiempo solo. Las respuestas de ella fueron breves, evasivas. Curiosamente, no dijo nada concreto sobre el lanzamiento del producto ni del precio astronómico que habían alcanzado las acciones. Debía de haber ganado más de cien mil libras. Quizá hubiera perdido el cheque. Quizá estuviera pateando Guadalupe mochila al hombro. Cada vez que pensaba en lo que le había dicho se le retorcía el estómago. De modo que procuraba no pensar en ello.

Cambió el número del teléfono móvil, diciéndose para sus adentros que era un accidente haber olvidado decírselo a ella. Hasta que los correos electrónicos cesaron. Pasaron dos meses. Ronan y él salían y se quejaban de los Trajeados; Ed lo escuchaba mientras valoraba los pros y contras de la chica del comedor social y se daba cuenta de que había aprendido una buena lección. O se había librado de un marrón. No estaba seguro.

Y luego, dos semanas después del lanzamiento del SFAX, mientras estaba repantigado en la sala de creativos, lanzando distraídamente al techo una pelota de espuma y oyendo a Ronan hablar de la mejor forma de resolver un fallo técnico en el software de pagos, entró Sidney, el director financiero, y Ed comprendió inmediatamente que podías crearte problemas mucho peores que una novia plasta.

—Ed.

—¿Qué?

Breve pausa.

—¿Así es como contestas a una llamada de teléfono? ¿En serio? ¿A qué edad exactamente vas a adquirir algunas habilidades sociales?

—Hola, Gemma. —Ed suspiró, sacando una pierna de la cama para sentarse.

—Dijiste que ibas a llamarme. Hace una semana. Por eso he pensado, sabes, que debes de estar atrapado bajo un gran mueble.

Él miró por la habitación. La chaqueta del traje que colgaba en la silla. El reloj, que le decía que eran las siete y cuarto. Se frotó la nuca.

—Sí. Bueno. Han surgido unos asuntos.

—Te he llamado antes al trabajo. Me han dicho que estabas en casa. ¿Estás enfermo?

—No, no estoy enfermo…, solo trabajando en algo.

—¿Significa eso que tienes tiempo de venir a ver a tu padre?

Cerró los ojos.

—Ahora mismo estoy muy ocupado.

Su silencio era opresivo. Se imaginó a su hermana al otro extremo de la línea. Con la mandíbula tensa.

—Pegunta por ti. Lleva preguntando por ti un montón de tiempo.

—Ya iré, Gem. Solo que… ahora tengo que resolver una cosa.

—Todos tenemos algo que resolver. Llámalo, ¿vale? Aunque no puedas montarte en uno de tus dieciocho coches de lujo para visitarlo. Llámalo. Le han trasladado a Victoria Ward. Le pasarán el teléfono si lo llamas.

—Dos coches. Pero de acuerdo.

Creyó que ella iba a colgar, pero no fue así. Oyó un leve suspiro.

—Estoy muy cansada, Ed. Mis jefes no están por la labor de reducirme la jornada. Así que tengo que ir allí todos los fines de semana. Mamá es la que carga con todo. La verdad es que me vendría muy bien un poco de ayuda.

Sintió una punzada de culpa. Su hermana no era ninguna quejica.

—Ya te he dicho que intentaré ir.

—Eso dijiste la semana pasada. Mira, puedes llegar en cuatro horas de coche.

—No estoy en Londres.

—¿Dónde estás?

Miró por la ventana el cielo del anochecer.

—En la costa sur.

—Estás de vacaciones.

—No estoy de vacaciones. Es complicado.

—No puede ser muy complicado. No tienes ningún compromiso.

—Sí. Gracias por recordármelo.

—Oh vamos. Es tu empresa. Las normas las dictas tú, ¿no? Pues concédete unas vacaciones extra de dos semanas.

Otro largo silencio.

—Te vas a convertir en un hurón.

Ed respiró hondo antes de contestar.

—Lo arreglaré, te lo prometo.

—Y llama a mamá.

—Lo haré.

Hubo un clic al quedar interrumpida la comunicación.

Ed permaneció un momento contemplando el teléfono, luego marcó el número del despacho de su abogado. La llamada saltó directamente al buzón de voz.

Los agentes de la investigación habían abierto todos los cajones del piso. No los habían volcado, como hacen en las películas, pero sí registrado metódicamente, poniéndose guantes, tanteando entre las camisetas, examinando todos los archivos. Se habían llevado los dos portátiles, los pendrives y los teléfonos. Había tenido que firmar un recibo, como si todo aquello se hiciera en su propio beneficio.

—Vete de la ciudad, Ed —le había dicho su abogado—. Vete y procura no pensar demasiado. Te llamaré si hace falta que vengas.

Por lo visto, también habían investigado esta casa. Como había pocas cosas, les había costado menos de una hora.

Ed echó un vistazo por la habitación de la casa de vacaciones, el edredón de lino que las limpiadoras habían puesto limpio esa mañana, los cajones con un guardarropa de emergencia de vaqueros, calzoncillos, calcetines y camisetas.

Sidney también le había dicho que se fuera.

—Si esto sale, vas a joder seriamente el precio de nuestras acciones.

Ronan no había hablado con él desde el día en que la policía había ido a la oficina.

Contempló el teléfono. Gemma era la única con quien podía hablar sin tener que explicarle todo lo ocurrido. Todos sus conocidos trabajaban en el sector y, salvo Ronan, no estaba seguro de a cuántos podía considerar amigos de verdad. Miró a la pared. Pensó en que había ido y vuelto de Londres cuatro veces en la última semana porque no sabía qué hacer estando sin trabajo. Recordó la noche anterior, cuando se había sentido tan enfadado con Deanna Lewis, con Sidney, con qué carajo le había ocurrido a su vida, que había tirado contra la pared una botella de vino blanco y la había hecho añicos. Pensó en la probabilidad de que volviera a ocurrir si dejaban que se las apañara solo.

Había que tirar hacia delante. Se puso la chaqueta, tomó el llavero del armario cerrado junto a la puerta de atrás y se dirigió al coche.

CAPÍTULO 4

JESS

*T*anzie siempre había sido un poco diferente. Cuando tenía un año, ponía las piezas en fila o las ordenaba por formas y luego quitaba algunas para dar lugar a nuevas series. Para cuando cumplió dos años, ya estaba obsesionada con los números. Incluso antes de empezar el colegio ya había husmeado en la colección de libros de matemáticas para dos, tres, cuatro y cinco años en la librería del barrio. Le decía a Jess que la multiplicación era «otra forma de hacer la suma». A los seis ya sabía explicar el significado de «teselado».

A Marty no le gustaba. Le hacía sentirse incómodo. Claro que Marty se sentía incómodo con cualquier cosa que no fuera «normal». Pero eso era lo que hacía feliz a Tanzie, ponerse a resolver problemas que ninguno de ellos entendía. La madre de Marty, en las raras ocasiones en que los visitaba, solía llamar «empollona» a Tanzie. No lo decía como si serlo fuera algo bueno.

—Entonces, ¿qué vas a hacer?

—No hay nada que pueda hacer en este momento.

—¿No se sentirá rara mezclándose con todos los chicos de un colegio privado?

—No lo sé. Sí. Pero eso será problema nuestro. No suyo.

—¿Y si se aleja de ti? ¿Y si se relaciona con pijos y se avergüenza de sus orígenes? Es un decir. Creo que puedes hacerle un lío. Creo que podría perder de vista de dónde procede.

Jess miró de reojo a Nathalie, que iba al volante.

—Procede de la Herencia de un Destino de Mierda, Nat. Me haría muy feliz que perdiera de vista eso.

Algo raro había sucedido desde que Jess le había contado a Nathalie lo de la entrevista. Como si se lo hubiera tomado de manera personal. Había estado toda la mañana con la cantinela de que sus hijos estaban muy contentos en la escuela local, y de que ella se alegraba mucho de que fueran «normales», y que a un niño no le servía de nada ser «diferente».

En cambio, Tanzie estaba más ilusionada de lo que lo había estado desde hacía meses. Había sacado un diez en matemáticas y un nueve coma nueve en razonamiento no verbal (y se había enfadado mucho por haber perdido esa décima). El señor Tsvangarai, al telefonear para comunicárselo, dijo que podría haber otras fuentes de financiación. Detalles, repitió. Jess no pudo evitar pensar que la gente que decía que el dinero era un «detalle» era la que nunca había tenido que preocuparse por él.

—Y sabes que tendrá que llevar un uniforme muy cursi —dijo Nathalie cuando llegaron a Beachfront.

—No llevará ningún uniforme cursi —respondió Jess irritada.

—Pues se reirán de ella por no ir como los demás.

—No llevará ningún uniforme cursi porque no va a ir a ningún sitio. No tengo ninguna esperanza de llevarla allí, Nathalie. ¿Vale?

Jess se bajó del coche, cerró de un portazo y echó a andar para no tener que escuchar nada más.

Solo los vecinos llamaban «parque de vacaciones» a Beachfront; los promotores lo llamaban «destino turístico». Porque no era un parque de vacaciones como el parque de caravanas Sea Bright de lo alto de la colina, un caótico laberinto de casas móviles abolladas por los vientos y tiendas con extensiones. Este era un pulcro ramillete de «espacios vivos» de diseño entre cuidadas veredas. Tenía club deportivo, spa, canchas de tenis, un enorme complejo de piscinas, un puñado de boutiques de precios exorbitantes y una pequeña tienda de comestibles para que los residentes no tuvieran que aventurarse en los desorganizados confines de la ciudad.

Martes, jueves y viernes Benson & Thomas limpiaban las dos casas de tres habitaciones que daban al club, luego iban a las casas más nuevas: seis casas modernistas con fachada de cristal en lo alto del acantilado de piedra caliza sobre el mar.

El señor Nicholls tenía en el camino de la entrada un Audi inmaculado que nunca habían visto moverse. Una vez había venido su hermana con dos niños pequeños y un marido canoso (dejaron la casa impecable). El señor Nicholls iba rara vez y, en el año que llevaban limpiando la casa, nunca había utilizado la cocina ni el cuarto de la lavadora. Jess ganaba un dinero extra ocupándose de sus toallas y sábanas, lavándolas y planchándolas semanalmente para huéspedes que nunca iban.

Era una casa amplia; los suelos de pizarra resonaban, en las salas había grandes esteras y un costoso sistema de sonido fijado a la pared. Los ventanales de la fachada daban al amplio arco azul del horizonte. Pero no había fotografías por las paredes ni señales de que allí viviera alguien. Nathalie siempre decía que, incluso cuando venía aquí, parecía que estaba de camping. Se notaba que había habido mujeres —Nathalie encontró una vez un lápiz de labios en el cuarto de baño, y el año pasado habían descubierto unas diminutas braguitas de encaje (La Perla) debajo de la cama y el sujetador de un bikini—, pero no había mucho más que sugiriera algo sobre él.

—Está aquí —murmuró Nathalie. Al cerrar la puerta de la entrada, resonó una voz de hombre, fuerte y airada, por el pasillo. Nathalie hizo una mueca—. Las limpiadoras —gritó. No hubo respuesta.

La discusión continuó durante todo el tiempo que llevó limpiar la cocina. Había utilizado un tazón y en la papelera había dos envases de cartón de comida para llevar. En la esquina del frigorífico había cristales rotos, pequeños restos verdes, como si alguien hubiera recogido los grandes y no se hubiera preocupado de los más pequeños. Y había vino por las paredes. Jess las lavó concienzudamente. Nathalie y ella trabajaron en silencio, hablando en murmullos, haciendo como que no podían oírle.

Jess pasó al comedor, quitó el polvo de los marcos de los cuadros con una bayeta, centrando un par de centímetros los que estaban torcidos para dejar claro que los había limpiado. Sobre la mesa de fuera había una botella vacía de Jack Daniel's con un vaso. Los recogió y los guardó. Pensó en Nicky, que había vuelto ayer del colegio con un corte en la oreja y las rodilleras de los pantalones manchadas. Evitó por todos los medios hablar de ello. La vida que ahora prefería consistía en personas del otro lado de la pantalla: chicos a los que Jess no había conocido ni conocería jamás, gente que él llamaba SK8R-BOI y TERM-N-ATOR, que se disparaban y destripaban mutuamente por diversión. ¿Quién iba a reprochárselo? Su vida real parecía ser la auténtica zona de guerra.

A raíz de la entrevista, Jess había permanecido despierta, practicando cálculos mentales, haciendo sumas y restas de un modo que habría hecho reír a Tanzie. Vendía mentalmente sus posesiones, hacía listas de todas y cada una de las personas a quienes podría pedirles dinero. Pero las únicas personas dispuestas a ofrecer dinero a Jess eran los tiburones que circulaban por el vecindario con sus tipos de interés ocultos de cuatro cifras. Había visto a vecinos pedir prestado a estos amistosos agentes que de pronto te miraban torvamente. Y no dejaba de darle vueltas a las palabras de Marty. ¿Era tan malo el McArthur's? A algunos niños les iba bien allí. No había ninguna razón para que Tanzie no fuera uno de ellos si se mantenía al margen de los camorristas.

La dura realidad se alzaba como un muro de ladrillo: Jess iba a tener que decir a su hija que no encontraba solución al problema. Jess Thomas, la mujer que siempre hallaba una salida, que se pasaba la vida diciendo a sus hijos que Todo Tiene Arreglo, no era capaz de arreglarlo.

Cargó con la aspiradora por el pasillo, haciendo un gesto de dolor al golpearse con ella en la espinilla, y llamó a la puerta por si el señor Nicholls quería que limpiara el despacho. Siguió un silencio roto de pronto cuando ella volvió a llamar:

—Sí, soy plenamente consciente de eso, Sidney. Me lo has dicho quince veces, pero eso no significa…

Demasiado tarde: ella ya había entreabierto la puerta. Jess empezó a disculparse, pero el hombre levantó una mano sin apenas mirarla, como si ella fuera una especie de perro —«estate quieta»—; luego se inclinó hacia delante y le dio con la puerta en las narices. El portazo retumbó por toda la casa.

Jess se quedó paralizada por aquella reacción, con un hormigueo de vergüenza en la piel.

—Te lo he dicho —dijo Nathalie mientras frotaba furiosamente el cuarto de baño de invitados minutos después—. En los colegios privados no enseñan buenos modales.

Cuarenta minutos después Jess metía en su bolsa de viaje todas las impolutas toallas y sábanas blancas del señor Nicholls, apretándolas con más fuerza de la necesaria. Bajó y dejó la bolsa en el recibidor junto a la caja del material. Nathalie estaba abrillantando los pomos de las puertas. Era una de sus manías. No soportaba huellas de dedos en grifos y pomos.

—Señor Nicholls, ya nos vamos.

Él estaba en la cocina, contemplando el mar desde la ventana, con una mano en la cabeza como si se hubiera olvidado de que la tenía allí. Tenía el pelo castaño y llevaba unas gafas supuestamente de moda pero que le hacían parecer que iba disfrazado de Woody Allen. Era de constitución delgada y atlética, pero el traje que llevaba le quedaba como a un chico de doce años obligado a ir a un bautizo.

—Señor Nicholls.

Él hizo un leve movimiento de cabeza, luego suspiró y se dirigió al pasillo.

—Bien —dijo distraído, sin dejar de mirar la pantalla del móvil—. Gracias.

Esperaron.

—Hum, querríamos nuestro dinero, por favor —dijo Jess.

Nathalie había terminado de abrillantar y doblaba y desdoblaba el paño. Odiaba las conversaciones de dinero.

—Creía que les pagaba la empresa administradora.

—Llevan tres semanas sin pagarnos. Y nunca hay nadie en la oficina. Si quiere usted que continuemos necesitamos ponernos al día.

Rebuscó en los bolsillos y sacó un billetero.

—Bien. ¿Cuánto les debo?

—Treinta por tres semanas. Y tres semanas de lavandería.

Él levantó la vista, enarcando una ceja.

—Le dejamos un mensaje en el teléfono la semana pasada.

Meneó la cabeza, como si no cupiera esperar de él que recordara semejante cosa.

—¿Cuánto es todo?

—Ciento treinta y cinco en total.

Contó los billetes.

—No tengo tanto en efectivo. Miren, les daré sesenta y haré que les envíen un cheque con el resto. ¿De acuerdo?

En otra ocasión Jess habría dicho que sí. En otra ocasión habría aceptado. Al fin y al cabo, no las estaba despidiendo. Pero estaba muy harta de los ricos que nunca pagan a tiempo y suponen que, como para ellos setenta y cinco libras no son nada, para ella tampoco debían serlo. Harta de clientes que la tenían en tan poca consideración como para darle con la puerta en las narices sin una sola disculpa.

—No —dijo con voz inusitadamente clara—. Necesito el dinero ahora, por favor.

Él la miró a los ojos por primera vez. Nathalie frotaba como una posesa el picaporte de una puerta.

—Tengo facturas que pagar. Y quienes me las envían no me dejan aplazar el pago semana tras semana.

Él se quitó las gafas y la miró con el ceño fruncido, como si ella estuviera actuando de un modo especialmente impertinente. Lo cual hizo que se sintiera aún más molesta.

—Tendré que mirar arriba —dijo desapareciendo.

Ellas permanecieron en un incómodo silencio mientras oían cerrar cajones bruscamente y golpetear las perchas en el armario. Finalmente él regresó con un puñado de billetes.

Separó unos cuantos y se los alargó a Jess sin mirarla siquiera. Ella estuvo a punto de decirle que no hacía falta que se comportara como un capullo, que la vida sería un poco más llevadera si las personas se trataran entre sí como seres humanos, cosa que habría hecho que Nathalie desgastara la mitad del picaporte con su ímpetu. Pero cuando iba a hablar, sonó el teléfono. El señor Nicholls dio media vuelta sin decirle nada y atravesó a grandes zancadas el pasillo para contestar.

—¿Qué es lo que hay en la cesta de Norman?

—Nada.

Jess estaba organizando la compra, sacando las cosas de las bolsas con un ojo puesto en el reloj. Tenía un turno de tres horas en The Feathers y poco más de una hora para hacer la merienda y cambiarse. Metió dos latas al fondo de las baldas, escondiéndolas detrás de los paquetes de cereales. Estaba harta de las animosas etiquetas de «marca blanca» del supermercado.

Nicky se agachó y tiró del trozo de tela de tal forma que el perro, a regañadientes, tuvo que levantarse.

—Es una toalla blanca. Jess, es cara. Norman la ha llenado de pelos. Y de babas.

La levantó entre dos dedos.

—Luego la lavo —dijo ella sin mirarlo.

—¿Es de papá?

—No, no es de tu padre.

—No entiendo…

—Me hace sentir mejor, ¿vale? ¿Puedes poner esto en el congelador?

—Shona Bryant estaba riéndose de Tanzie en la parada del autobús. Por la ropa —dijo yendo de un lado para otro de la cocina.

—¿Qué le pasa a su ropa? —Jess se volvió a Nicky con una lata de tomate en la mano.

—Que la hiciste tú. Y le pusiste un montón de lentejuelas.

—A Tanzie le gustan las cosas brillantes. Además, ¿cómo sabe que la he hecho yo?

—Le preguntó a Tanzie de dónde era la ropa y Tanzie se lo dijo. Ya sabes cómo es.

Tomó un paquete de cereales que le daba Jess y lo colocó en la balda.

—Shona Bryant es la que dijo que nuestra casa era rara porque teníamos demasiados libros.

—Pues Shona Bryant es idiota.

—Oh. Y tenemos un aviso de la empresa de electricidad.

Jess dio un pequeño suspiro.

—¿Cuánto?

Él se dirigió al montón de papeles del aparador y rebuscó.

—Más de doscientas en total.

Ella sacó un paquete de cereales.

—Lo arreglaré.

Nicky abrió la puerta del frigorífico.

—Deberías vender el coche.

—No puedo venderlo. Es el único bien de tu padre. —A veces Jess no estaba del todo segura de por qué seguía defendiendo a su marido—. Ya lo resolverá él cuando se aclare. Ahora ve arriba. Viene alguien.

La vio acercarse por el camino de atrás.

—¿Le estamos comprando cosas a Aileen Trent?

Nicky la vio abrir la cancela y cerrarla con cuidado tras de sí.

Jess no pudo ocultar cómo se le ruborizaban las mejillas.

—Por esta vez.

Él la miró fijamente.

—Dijiste que no teníamos dinero.

—Mira, es para consolar a Tanzie de lo del colegio cuando tenga que decírselo.

Jess había tomado la decisión camino de casa. Todo aquello era absurdo. Si apenas podían sobrevivir. No tenía sentido ni siquiera pararse a pensarlo.

Él seguía mirándola.

—Pero Aileen Trent. Tú dijiste...

—Y has sido tú quien me ha dicho que se metían con Tanzie por la ropa. A veces, Nicky... —Jess alzó las manos—. A veces el fin justifica los medios.

Nicky le aguantó la mirada hasta que la hizo sentirse incómoda. Y luego subió.

—He traído una buena selección de cosas para la señorita experta. Usted sabe que a todas les encantan las etiquetas de diseño. Y me he tomado la libertad de traer unas cuantas cosas con lentejuelas, que ya sé que su Tanzie es una especie de urraca.

La voz de «vendedora» de Aileen resultaba distante, con una dicción muy precisa. Resultaba raro, viniendo de alguien a quien Jess había visto expulsar habitualmente del pub King's Arms. Se sentó en el suelo con las piernas cruzadas, rebuscó en su bolsa negra, sacó una selección de ropas y las extendió cuidadosamente sobre la alfombra.

—Este es un top Hollister. A las chicas les encanta Hollister. Muy caro en las tiendas. En la otra bolsa traigo más cosas de diseño aunque me dijiste que no buscabas primera calidad. Oh, y dos caramelos, por si quieres uno.

Aileen hacía una ronda a la semana por el barrio. Jess siempre la había despachado con un tajante gracias-pero-no-gracias. Todo el mundo sabía de dónde sacaba Aileen sus gangas con las etiquetas todavía puestas.

Pero eso había sido antes.

Levantó los tops expuestos, uno a rayas brillantes, el otro rosa pálido. Se imaginaba a Tanzie con ellos.

—¿Cuánto?

—Diez por el top, cinco por la camiseta y veinte por las deportivas. Fíjate que en la etiqueta pone que se venden a ochenta y cinco. Es un buen descuento.

—No puedo gastarme tanto.

—Bueno, como eres una clienta nueva, puedo hacerte una oferta de promoción. —Aileen levantó un cuaderno, entrecerrando los ojos para mirar los números—. Te llevas las tres prendas y también unos vaqueros. De regalo —sonrió, con la piel cerosa—. Treinta cinco libras por un atuendo completo, calzado incluido. Y solo por este mes voy a añadir una pulsera. No vas a encontrar estos precios en T. J. Maxx.

Jess contempló las ropas extendidas en el suelo. Quería ver sonreír a Tanzie. Quería que supiera que en la vida pueden ocurrir cosas buenas inesperadas. Quería que tuviera algo que la reconfortara cuando le diera la noticia.

—Espera.

Atravesó la cocina en dirección al bote de cacao del armario, donde guardaba el dinero para pagar la luz. Contó las monedas y las fue echando en la mano sudorosa de Aileen antes de que le diera tiempo a pensar en lo que estaba haciendo.

—Un placer hacer negocios contigo —dijo Aileen doblando el resto de la ropa y guardándola cuidadosamente en la bolsa—. Volveré dentro de dos semanas. Cualquier cosa que quieras hasta entonces, ya sabes dónde encontrarme.

—Creo que con esto bastará, gracias.

Lanzó a Jess una mirada sabia. «Todas dicen lo mismo, cariño».

Nicky no levantó la vista del ordenador cuando entró Jess.

—Nathalie traerá a Tanzie después del club de matemáticas. ¿Te las arreglarás solo?

—Claro.

—No fumes.

—Hum.

—¿Vas a estudiar algo?

—Claro.

Jess fantaseaba algunas veces con qué clase de madre sería si no estuviera siempre trabajando. Haría tartas, sonreiría más, estaría encima de ellos mientras hacían los deberes. Haría lo que ellos quisieran que hiciera, en vez de responder invariablemente: «Lo siento, cariño, tengo que hacer la cena»; «Cuando ponga esta lavadora»; «Tengo que irme, cariño, cuéntamelo cuando vuelva de mi turno».

Contempló su expresión inescrutable y tuvo un extraño presentimiento.

—No te olvides de sacar a Norman. Pero no vayas por la tienda de licores.

—Ni que fuera por allí.

—Y no te pases toda la tarde delante del ordenador. —Tiró para arriba de la cinturilla de sus vaqueros—. Y súbete los calzoncillos antes de que te aprieten si te los subo yo.

Se volvió y esbozó una sonrisa. Al salir de la habitación, Jess se dio cuenta de que no podía recordar la última vez que la había visto.

CAPÍTULO 5

NICKY

*M*i padre es un gilipollas.

CAPÍTULO 6

JESS

*E*l pub The Feathers estaba entre la biblioteca (cerrada desde enero) y la tienda de *fish and chips* Happy Plaice y, una vez dentro, era posible pensar que aún estábamos en 1989. A Des, el dueño, nunca lo había visto nadie más que con viejas camisetas de conciertos, vaqueros y, si hacía frío, una cazadora de cuero. Una noche tranquila, si te pillaba por banda, podía explicarte con todo detalle los méritos de una Fender Stratocaster frente a una Rickenbacker 330 o recitar con la misma devoción que un poeta la letra entera de *Money for Nothing*.

The Feathers no era elegante al estilo de los bares de Beachfront ni servían marisco fresco, buenos vinos o menús adaptados a familias con niños chillones. Servían diversas variedades de animales muertos con patatas y se burlaban de la palabra «ensalada». Lo más atrevido era Tom Petty en la máquina de discos y una vieja diana para jugar a los dardos en la pared.

Pero era una fórmula que daba resultado. The Feathers era una rareza en una población costera: funcionaba todo el año.

—¿Está Roxanne? —Jess empezó a sacar las bolsas de patatas fritas y Des salió de la bodega, donde había estado conectando un barril de cerveza fría.

—No. Está haciendo algo con su madre. —Se quedó pensando un momento—. Sanadora. No, echadora de cartas. Psiquiatra. Psicóloga.

—¿Espiritista?

—La que te dice cosas que ya sabes y se supone que debes hacer que te impresiona.

—Vidente.

—Treinta libras la entrada están pagando por sentarse con un vaso de vino blanco barato y gritar «¡Sí!» cuando alguien pregunta si hay alguien entre el público con un pariente cuyo nombre empiece por J. —Se agachó a cerrar la puerta de la bodega con un gruñido—. Yo podría predecir algunas cosas, Jess. Sin cobrarte treinta libras por eso. Predigo que en este mismo momento la tal espiritualista está en su casa frotándose las manos y pensando: «¡Menudo puñado de títeres!».

Jess sacó la bandeja de vasos limpios del lavavajillas y se puso a colocarlos en las estanterías de encima de la barra.

—¿Crees en todas esas majaderías?

—No.

—Claro. Eres una chica sensata. A veces no sé qué decirle. Su madre es la peor. Se cree que tiene un ángel de la guarda. Un ángel. —La imitó, mirándose el hombro y dando en él una palmadita—. Se cree que la protege. No la protegió de gastarse toda la indemnización en las teletiendas. Un ángel le habría dicho algo. «Mira, Maureen, no te hace ninguna falta esa lujosa funda de plancha con una foto de un perro. Mejor metes un poco en el plan de pensiones».

Por triste que le pareciera, Jess no pudo evitar soltar la carcajada.

—Llegas pronto. —Des consultó su reloj.

—Cambio de zapatos. —Chelsea deslizó el bolso por debajo de la barra y luego se arregló el pelo—. He estado chateando con uno de mis ligues —dijo a Jess como si Des no estuviera allí—. Es absolutamente fantástico.

Todos los ligues de Chelsea por internet eran fantásticos. Hasta que los conocía en persona.

—David, se llama. Está buscando a alguien a quien le guste cocinar, limpiar y planchar. Y salir de vez en cuando.

—¿Al supermercado? —preguntó Des.

Chelsea no hizo caso. Tomó un paño y se puso a secar vasos.

—Deberías meterte tú también, Jess. Salir y airearte un poco en vez de pudrirte aquí con este montón de viejos carcamales.

—No tan viejos, tú —dijo Des.

Había fútbol, de manera que Des sacaría patatas fritas y tacos de queso gratis y, si se sentía particularmente generoso, minirrollos de salchicha. Jess había estado llevándose a casa las sobras de los tacos, con la aprobación de Des, para hacer macarrones con queso, hasta que Nathalie le habló de la estadística de cuántos hombres se lavaban las manos después de ir al váter.

El bar se llenó, empezó el partido y la velada transcurrió sin incidencias; ella sirvió pintas en los silencios del comentarista y volvió a pensar en el dinero. A finales de junio, habían dicho en el colegio. Si no se matriculaba en ese plazo, se acabó. Estaba tan ensimismada que no oyó a Des hasta que le plantó un cuenco de buñuelos de patata en la barra.

—Hay algo que te quería decir. La semana que viene tendremos nueva caja registradora. De esas que solo hay que tocar la pantalla.

Ella se apartó de los dispensadores.

—¿Una nueva caja registradora? ¿Por qué?

—Esta es más vieja que yo. Y no todas las camareras se manejan tan bien como tú, Jess. La última vez que Chelsea estuvo sola, faltaban once libras cuando cerré la caja. Pídele que sume una ginebra doble, una pinta de Webster's y una bolsa de panchitos y se pone bizca. Tenemos que avanzar con los tiempos. —Pasó la mano por una pantalla imaginaria—. Precisión digital. Te va a encantar. No vas a tener que usar el cerebro para nada. Como Chelsea.

—¿No puedo seguir con esta? Soy un desastre con los ordenadores.

—Haremos formación. Medio día. Sin cobrar, me temo. Va a venir un tipo.

—¿Sin cobrar?

—Solo tocar-tocar-arrastrar por la pantalla. Como en *Minority Report.* Pero sin los calvos. Fíjate, todavía tendremos a Pete. ¡Pete!

Liam Stubbs entró a las nueve y cuarto. Jess estaba de espaldas a la barra y él se inclinó hacia delante y le murmuró al oído:

—Hola, tía buena.

—Oh, tú otra vez —dijo ella sin volverse.

—Vaya bienvenida. Una pinta de Stella, por favor, Jess. —Echó un vistazo a la barra y añadió—: Y cualquier otra cosa que tengas en oferta.

—Tenemos unos cacahuetes muy ricos.

—Estaba pensando en algo más… mojado.

—Entonces te pondré esa pinta.

—Sigues haciéndote de rogar, ¿eh?

Conocía a Liam del colegio. Era uno de esos hombres que te parten el corazón en pedacitos si se lo permites; el típico chico palabrero de ojos azules que pasa de ti en el colegio, quiere llevarte a la cama en cuanto te quitan el aparato y te sale vello y después si te he visto no me acuerdo. Tenía el pelo castaño y los pómulos altos y ligeramente bronceados. Hacía de taxista por las noches y los viernes tenía un puesto de flores en el mercado y, siempre que pasaba ella, susurraba: «Tú. Yo. Detrás de las dalias. Ahora», lo suficientemente en serio como para hacerle perder el paso. Su mujer lo había abandonado más o menos cuando Marty se había marchado. («Un asuntillo de infidelidad en serie. Hay mujeres muy quisquillosas»). Y hacía seis meses, después de uno de los especiales de madrugada de Des, habían acabado en el servicio de señoras con las manos de él debajo de su blusa y Jess deambulando con una sonrisa tonta durante varios días.

Estaba echando en el cubo de la basura los envases vacíos de cartón de las patatas fritas cuando apareció Liam por la puerta de atrás. Se acercó de manera que ella tuvo que apoyarse en la pared del patio del pub. Su cuerpo estaba a un palmo del suyo y dijo suavemente:

—No puedo dejar de pensar en ti.

Mantenía alejada de ella la mano que sostenía el cigarrillo. En eso era un caballero.

—Eso se lo dirás a todas.

—Me gusta verte moverte por la barra. La mitad del tiempo veo el fútbol y la otra mitad me imagino que te tengo echada sobre ella.

—¿Quién dice que el romanticismo ha muerto?

Dios, qué bien olía. Jess se revolvió para zafarse de él antes de hacer algo que pudiera lamentar. Estar cerca de Liam Stubbs le hacía revivir sensaciones cuya existencia había olvidado.

—Pues déjame que te corteje. Déjame sacarte por ahí. Tú y yo. Una cita en serio. Vamos, Jess. Vamos a probar.

Jess se apartó de él.

—¿Qué?

—Lo que has oído.

Lo miró fijamente.

—¿Quieres que tengamos una relación?

—Lo dices como si fuera una palabra sucia.

Se zafó de él y miró de reojo a la puerta de atrás.

—Tengo que volver a la barra, Liam.

—¿Por qué no sales conmigo? —dijo él acercándose—. Sabes que sería fantástico —añadió en un susurro.

—Y también sé que tengo dos hijos y dos trabajos y que te pasas la vida en el coche y que en tres semanas tú yo estaríamos discutiendo en un sofá sobre a quién le toca sacar la basura. —Le sonrió dulcemente—. Y entonces perderíamos para siempre el apasionado idilio de encuentros como este.

Él levantó un mechón de sus cabellos y lo dejó deslizarse entre sus dedos. Su voz era un gruñido amable.

—Qué cínica. Me vas a romper el corazón, Jess Thomas.

—Y tú vas a hacer que me despidan.

—¿Significa eso que no podemos echar un polvete?

Ella logró soltarse y se encaminó a la puerta de atrás, esforzándose porque se le fuera el rubor de las mejillas. De pronto se detuvo.

—Oye, Liam.

Él levantó la vista después de apagar el cigarrillo.

—No podrías prestarme quinientas libras, ¿verdad?

—Si las tuviera, por supuesto, nena —dijo mandándole un beso mientras ella entraba.

Estaba ocupada retirando vasos y platos vacíos de la barra, con las mejillas todavía sonrosadas, cuando lo vio. Tuvo que mirar dos veces. Estaba sentado solo en un rincón y tenía tres pintas vacías delante.

Se había puesto unas deportivas Converse, vaqueros y una camiseta; estaba mirando fijamente el móvil, toqueteando la pantalla y levantando de vez en cuando la vista cuando todo el mundo celebraba un gol. Mientras Jess lo contemplaba, levantó sediento una cerveza y se la bebió de un largo trago. Probablemente creía que con los vaqueros pasaba desapercibido, pero llevaba escrito «forastero» en la frente. Demasiado dinero. El tipo de elaborado desaliño que solo es posible con dinero. Cuando miró a la barra, ella se volvió inmediatamente, sintiendo que su estado de ánimo se ensombrecía.

—Bajo a por más aperitivos —dijo a Chelsea camino de la bodega. «Agh», murmuró para sus adentros. «Agh, agh, agh». Cuando volvió a subir, él había pedido otra pinta y no levantaba la vista del móvil.

La noche se alargó. Chelsea habló sobre sus contactos de internet. El señor Nicholls bebió unas cuantas pintas más y Jess desapareció cada vez que él se acercaba a la barra, al tiempo que procuraba no cruzar la mirada con Liam. A las diez menos diez en el pub no quedaba más que un puñado de rezagados, los delincuentes habituales, como los llamaba Des. Chelsea se puso el abrigo.

—¿A dónde vas?

Chelsea se agachó a pintarse los labios en el espejo detrás de los dispensadores.

—Des me dijo que podía salir un poco antes. —Frunció los labios—. Una cita.

—¿Una cita? ¿Quién tiene una cita a estas horas de la noche?

—Es una cita en casa de David. Está todo en orden —aseguró, mientras Jess la miraba fijamente—. También va a ir mi hermana. Él dijo que sería bonito que estuviéramos los tres.

—Chels, ¿has oído alguna vez la expresión «derecho a roce»?

—¿Qué?

Jess la miró un momento.

—Nada... Que lo pases bien.

Estaba poniendo el lavaplatos cuando él se acercó a la barra. Tenía los ojos semicerrados y se balanceaba ligeramente, como si fuera a empezar un baile de estilo libre.

—Una pinta, por favor.

Ella metió otros dos vasos al fondo de la bandeja de rejilla.

—Ya no se sirve más. Son más de las once.

Él miró al reloj.

—Falta un minuto —dijo con voz pastosa.

—Ya ha bebido usted bastante.

Él parpadeó despacio, mirándola fijamente. Llevaba el pelo corto y castaño ligeramente levantado por un lado.

—¿Quién es usted para decirme si he bebido bastante?

—La persona que sirve las bebidas. Así es como suele funcionar. —Jess le aguantó la mirada—. Ni siquiera me reconoce, ¿verdad?

—¿Debería?

Ella lo miró largamente.

—Espere.

Salió de la barra, se dirigió a la puerta batiente y, mientras él la contemplaba, perplejo, la abrió y dejó que le cayera en la cara, levantando la mano y abriendo la boca como si fuera a decir algo.

Volvió a abrir la puerta y se quedó plantada delante de él.

—¿Me reconoce ahora?

—¿Es usted...? —Parpadeó—. ¿La vi ayer?

—La limpiadora. Sí.

Él se pasó la mano por el pelo.

—Ah. El asunto de la puerta. Estaba... manteniendo una conversación delicada.

—Un «ahora no, gracias», también suele funcionar, creo.

—De acuerdo, lo pillo. —Se apoyó en la barra. Jess procuró permanecer impasible cuando se le escurrió el codo.

—¿Eso es una disculpa?

—Lo siento —dijo con voz pastosa—. Lo siento mucho, mucho, mucho. Muchísimo, oh Dama de la Barra. ¿Y ahora puedo beber algo?

—No. Son más de las once.

—Porque usted me ha entretenido hablando.

—No tengo tiempo de sentarme aquí mientras usted se toma otra pinta.

—Pues póngame un chupito. Vamos. Necesito beber algo más. Póngame un chupito de vodka. Tome. Quédese con el cambio. —Estampó un billete de veinte sobre la barra. El impacto retumbó por todo su cuerpo de tal forma que notó como un latigazo en la cabeza—. Solo uno. Bueno, que sea doble. Me lo tomo en dos segundos. En un segundo.

—No. Ya ha bebido bastante.

Llegó la voz de Des desde la cocina.

—Oh, por lo que más quieras, Jess, ponle un trago.

Jess aguardó un momento, con la mandíbula tensa, y después se giró y le puso un vodka doble. Registró el dinero y luego sin decir nada dejó el cambio encima de la barra. Él se bebió el vodka de un trago, resollando sonoramente al dejar el vaso, y dio media vuelta tambaleándose ligeramente.

—Ha olvidado el cambio.

—Quédeselo.

—No lo quiero.

—Pues métalo en su hucha para obras benéficas.

Ella lo tomó y se lo puso en la mano.

—La obra benéfica de Des es el día de Des Harris en el Memphis Fund —dijo—. Conque tome su dinero.

Él parpadeó y dio dos traspiés mientras ella le abría la puerta. Fue entonces cuando Jess vio lo que había sacado del bolsillo. Y el Audi superreluciente del aparcamiento.

—Usted no va a conducir.

—Estoy bien —protestó, dejando caer las llaves—. Además, por aquí no hay coches a estas horas de la noche.

—No puede conducir.

—Estamos en medio de la nada, por si no se había dado cuenta. —Hizo un gesto al cielo—. Estoy a kilómetros de distancia de todo, perdido en el puñetero centro de la nada. —Al inclinarse hacia delante soltó una vaharada de alcohol—. Iré muy, muy despacio.

Quitarle las llaves de la mano fue vergonzosamente fácil de lo borracho que estaba.

—No —dijo ella volviendo adentro—. No voy a ser responsable de que tenga usted un accidente. Volvamos dentro, le llamaré un taxi.

—Deme las llaves.

—No.

—Está usted robándome las llaves.

—Estoy salvándole de que le quiten el carné —dijo ella manteniéndolas fuera de su alcance, y se encaminó al bar.

—Oh, por el amor de Dios —dijo él como si ella le provocara el colmo de la irritación. A ella le dieron ganas de atizarle una patada.

—Le llamaré un taxi... Siéntese aquí. Le devolveré las llaves cuando haya montado.

Envió un mensaje a Liam desde el teléfono en la sala de atrás.

«¿Quiere esto decir que estoy de suerte?», contestó.

«Si te gustan con vello. Y varones».

Cuando salió, el señor Nicholls ya se había ido. Su coche seguía allí. Lo llamó dos veces, preguntándose si se habría dirigido a un arbusto para aliviarse, cuando se dio cuenta de que estaba allí mismo, profundamente dormido en el banco de fuera.

Primero se le ocurrió dejarlo allí. Pero hacía fresco y las brumas marítimas eran impredecibles, aparte de que probablemente despertaría sin la cartera.

—No voy a llevarme eso —dijo Liam por la ventanilla del conductor cuando detuvo el taxi en el aparcamiento.

—Está bien. Solo está dormido. Puedo decirte a dónde tiene que ir.

—No, no. El último al que llevé dormido me vomitó encima de las fundas de los asientos cuando lo desperté. Luego, no sé cómo, se las apañó para salir corriendo.

—Vive en Beachfront. No creo que vaya a salir corriendo. —Consultó el reloj—. Vamos, Liam. Es tarde. Quiero irme a casa.

—Pues déjalo. Lo siento, Jess.

—De acuerdo. ¿Y si me quedo en el coche mientras tú lo sacas? Si vomita, ya lo limpiaré yo. Luego puedes llevarme a casa. Él puede pagarlo. —Recogió el cambio de donde él lo había tirado al pie del banco y lo contó—. Trece libras serían suficientes, ¿no?

—Ah, Jess —dijo poniendo mala cara—. No me lo pongas difícil.

—Por favor, Liam. —Sonrió. Puso una mano sobre su brazo—. Porfa.

Él miró la carretera.

—Está bien.

Jess bajó la cabeza hasta el rostro dormido del señor Nicholls, luego se incorporó y asintió con la cabeza.

—Dice que está bien.

Liam negó con la cabeza. El aire de coqueteo de antes se había evaporado.

—Oh, vamos, Liam. Ayúdame a meterlo. Tengo que ir a casa.

El señor Nicholls estaba tumbado con la cabeza en el regazo de ella, como un niño mareado. Ella no sabía dónde poner las manos. Las puso en el respaldo del asiento trasero y estuvo todo el trayecto rezando para que no vomitara. Cada vez que gruñía o cambiaba de postura, ella bajaba la ventanilla o se inclinaba para ver qué cara tenía. Ni se te ocurra, le decía en silencio. Ni se te ocurra. Faltaban dos minutos para llegar a la urbanización cuando zumbó su móvil. Era Belinda, la vecina. Miró la pantalla iluminada con los ojos entrecerrados: «Los chicos han vuelto a meterse con tu Nicky. Lo pillaron en la tienda de patatas fritas. Nigel lo ha llevado al hospital».

Un gran peso frío le oprimió el pecho.

«Voy para allá», tecleó.

«Nigel dice que se quedará con él hasta que llegues. Yo estoy con Tanzie».

«Gracias, Belinda. Llegaré lo antes posible».

El señor Nicholls cambió de postura y dio un sonoro ronquido. Ella lo miró, con su costoso corte de pelo y sus vaqueros demasiado azules, y se puso furiosa de repente. De no haber sido por él ya podría haber estado en casa. Habría sacado ella al perro a pasear y no Nicky.

—Ya hemos llegado.

Jess lo orientó hacia la casa del señor Nicholls; al llegar, lo tomaron cada uno de un brazo y lo llevaron a rastras entre los dos, aunque a Jess le fallaron un poco las rodillas por su sorprendente peso. Él se revolvió un poco al llegar a la puerta y ella rebuscó entre las llaves para dar con la que era, hasta que decidió que sería más fácil usar la suya.

—¿Dónde quieres dejarlo? —preguntó Liam resoplando.

—En el sofá. No voy a cargar con él hasta arriba.

Lo colocó enérgicamente en la postura de recuperación. Le quitó las gafas, le echó por encima una chaqueta que había por allí y dejó caer las llaves en la mesita que había limpiado ese mismo día.

Y entonces se sintió capaz de pronunciar estas palabras:

—Liam, ¿puedes dejarme en el hospital? Nicky ha tenido un accidente.

El coche se lanzó a toda velocidad por las calles silenciosas y vacías. La cabeza le daba vueltas. Le daba miedo lo que pudiera encontrarse. ¿Serían graves las heridas? ¿Lo habría visto Tanzie? Y luego, por debajo del miedo, cosas estúpidas y prosaicas como: «¿Tendré que quedarme en el hospital?». Un taxi desde allí costaría quince libras como poco.

—¿Quieres que espere? —preguntó Liam al llegar a Urgencias.

Ella había salido corriendo por la pista sin asfaltar antes de que él hubiera frenado del todo.

Estaba en un cubículo lateral. Cuando la enfermera levantó la cortina para que pasara, Nigel se levantó de la silla de plástico, con su rostro amable y fofo lleno de inquietud. Nicky miraba para el otro lado, con el pómulo cubierto por un apósito y un moretón que se extendía por la cuenca del ojo. Le habían puesto un vendaje provisional a la altura del nacimiento del pelo.

Tuvo que hacer esfuerzos por reprimir un sollozo.

—Tienen que ponerle puntos. Pero quieren que se quede aquí. Comprobar si hay fracturas y todo eso. —Nigel parecía confuso—. No ha querido que llamara a la policía. —Hizo un gesto como señalando al exterior—. Si te parece bien, voy a volver con Belinda. Es tarde…

Jess le dio las gracias en un susurro y se acercó a Nicky. Puso la mano en la manta, a la altura del hombro.

—Tanzie está bien —susurró él sin mirarla.

—Lo sé, cariño. —Se sentó en la silla de plástico junto a la cama—. ¿Qué pasó?

Él se encogió levemente de hombros. A Nicky nunca le gustaba hablar de ello. Total, ¿para qué? Todo el mundo sabe cómo funciona. Si pareces un friki, te zurran. Si sigues pareciendo un friki, siguen yendo a por ti. Es la lógica aplastante e implacable de una ciudad pequeña.

Y, por una vez, ella no supo qué decirle. No podía decirle que estaba bien porque no lo estaba. No podía decirle que la policía echaría mano a los Fisher porque jamás lo haría. No podía decirle que las cosas cambiarían antes de lo que pensaba porque, cuando eres adolescente, en tu imaginación la vida se reduce a dos semanas por delante y ambos sabían que en ese plazo no iba a cambiar nada. Ni probablemente después.

—¿Está bien? —dijo Liam cuando la vio acercarse lentamente al coche. Se había quedado sin adrenalina y tenía los hombros caídos de agotamiento. Abrió la puerta de atrás para coger la cazadora y el bolso, y, en el espejo retrovisor, los ojos de él lo captaron todo.

—Vivirá.

—Cabrones. Se lo decía a tu vecino. Alguien debería hacer algo. —Ajustó el espejo—. Yo mismo les daría una lección si no fuera porque tengo que mirar por mi licencia. Aburrimiento, no es más que eso. No saben hacer otra cosa más que meterse con alguien. No te dejes nada, Jess.

Tuvo que montar a medias en el coche para alcanzar la cazadora. Al hacerlo notó algo bajo los pies. Semisólido, cilíndrico. Movió el pie, alargó la mano al suelo y la subió con un abultado fajo de billetes. Lo contempló a la media luz que había y luego se fijó en lo que había a su lado en el suelo. Una tarjeta de identificación plastificada, como las que se usan en las oficinas. Las dos cosas debían de habérsele caído al señor Nicholls cuando iba tirado en el asiento trasero. Sin pensárselo dos veces lo guardó todo en el bolso.

—Toma —dijo rebuscando en el monedero, pero Liam levantó una mano.

—No. Déjalo. Bastante tienes con lo tuyo. —Le guiñó un ojo—. Llámanos cuando necesites que te lleven. Por cuenta de la casa. Dan lo ha liquidado.

—Pero...

—No hay pero que valga. Vete ya, Jess. Cuida de que tu hijo se ponga bien. Nos vemos en el pub.

Estuvo a punto de llorar de gratitud. Se quedó con la mano levantada, mientras él daba la vuelta al aparcamiento y gritaba por la ventanilla del conductor:

—Pero deberías decirle que si procurase ir un poco más normal, a lo mejor no le machacaban la cabeza tan a menudo.

CAPÍTULO 7

JESS

Se quedó adormilada durante la madrugada en la silla de plástico del hospital, despertándose de vez en cuando por la incomodidad y el ruido sordo de tragedias distantes en el pabellón al otro lado de la cortina. Observó a Nicky, dormido una vez que le hubieron dado los puntos, preguntándose qué debía hacer para protegerlo. Se preguntó qué se le pasaría a él por la cabeza. Se preguntó, con un nudo en el estómago que ya no parecía abandonarla, qué iba a pasar en adelante. A las siete asomó por la cortina una enfermera para decir que le haría un té con una tostada. Este pequeño detalle amable la obligó a luchar por contener lágrimas de vergüenza. El médico pasó poco después de las ocho y dijo que probablemente Nicky se quedaría una noche más para descartar que hubiera sufrido alguna hemorragia interna. Había una sombra en la radiografía que no tenían del todo clara y preferían asegurarse. Lo mejor que podía hacer Jess era irse a casa a descansar un poco. Nathalie llamó para decir que llevaba a Tanzie al colegio con sus hijos y que todo iba bien.

Todo iba bien.

Se apeó del autobús dos paradas antes de su casa, se dirigió a casa de los Fisher, llamó a la puerta y les dijo, con toda la educación de que fue capaz, que si Jason volvía a acercarse a Nicky tendría que vérselas con la policía. Acto seguido Leanne Fisher le escupió y dijo que si no se iba de una puta vez le tiraría un puto ladrillo a su puta ventana. Mientras se iba, Jess oyó las carcajadas que estallaron dentro de la casa.

Era exactamente la respuesta que esperaba.

Entró en su casa vacía. Pagó la factura del agua con lo que debía haber sido el dinero del alquiler. Pagó la luz con el dinero de la limpieza. Se duchó, se cambió, hizo el turno de la comida en el pub, tan absorta en sus pensamientos que tardó diez segundos en darse cuenta de que Stewart Pringle le había puesto la mano en el culo. Le vertió despacio encima de los zapatos su media pinta de Best Bitter.

—¿Por qué has hecho eso? —gritó Des cuando Stewart se quejó.

—Si a ti te parece bien, quédate ahí y que te toque el culo a ti —contestó, y volvió a lavar los vasos.

—No deja de tener razón —dijo Des.

Pasó el aspirador por toda la casa antes de que volviera Tanzie. Estaba tan fatigada que debería haber estado en coma, pero sentía tanta furia que probablemente lo hacía todo al doble de velocidad. Era incapaz de estarse quieta. Limpió, dobló y ordenó porque, de lo contrario, habría bajado de los ganchos del mohoso garaje el viejo mazo de Marty, habría ido a casa de los Fisher y habría hecho algo que hubiera acabado con ellos de una vez. Limpió porque, de lo contrario, habría salido a su pequeño jardín descuidado, habría levantado la mirada al cielo y se habría puesto a gritar y gritar y gritar y no estaba segura de que hubiera sido capaz de parar.

Cuando oyó pasos por el camino, la casa estaba impregnada del tufo tóxico del abrillantador de muebles y el limpiador de cocinas. Respiró hondo dos veces, tosió un poco, respiró hondo otra vez antes de abrir la puerta con una forzada sonrisa tranquilizadora en la cara. Nathalie tenía las manos puestas en los hombros de Tanzie, que se adelantó, le rodeó la cintura con los brazos y apretó, sin abrir los ojos.

—Él está bien, cariño —dijo Jess acariciándole el pelo—. Todo va bien. No es más que una estúpida pelea de chicos.

Nathalie tocó a Jess en el brazo e hizo un leve gesto con la cabeza.

—Cuídate —dijo, y se fue.

Jess hizo un sándwich a Tanzie, la vio ir a la parte umbría del jardín a hacer algoritmos y se propuso hablarle al día siguiente del St. Anne's. Mañana se lo contaría sin falta.

Y luego desapareció en el cuarto de baño y desenrolló el dinero del señor Nicholls que había encontrado en el taxi. Cuatrocientas ochenta libras. Las colocó en montones en el suelo con la puerta cerrada.

Jess sabía lo que debía hacer. Por supuesto que lo sabía. El dinero no era suyo. Era una lección que había inculcado a sus hijos: no robar. No tomar lo que no te pertenece. Actúa como es debido y al final serás recompensado.

Actúa como es debido.

Pero una nueva voz más oscura había empezado a zumbarle por lo bajo en los oídos. ¿Por qué vas a devolverlo? Él no lo iba a echar en falta. Estuvo inconsciente en el aparcamiento, en el taxi, en su casa. Podría habérsele caído en cualquier sitio. Al fin y al cabo, te lo has encontrado por casualidad. ¿Y si se lo hubiera encontrado otra persona de por aquí? ¿Crees que se lo devolvería?

Su tarjeta de seguridad decía que el nombre de su empresa era Mayfly. Su nombre era Ed.

Devolvería el dinero al señor Nicholls. Su cerebro daba vueltas al mismo tiempo que la secadora de la ropa.

Pero seguía sin decidirse.

Jess no solía pensar nunca en el dinero. Marty trabajaba cinco días a la semana en una empresa local de taxis, se ocupaba de las finanzas y por lo general tenían suficiente como para que él fuera al pub un par de noches y ella saliera alguna noche con Nathalie. De vez en cuando tenían vacaciones. Unos años se daban mejor que otros, pero iban tirando.

Hasta que Marty se hartó. Fue durante unas vacaciones de camping en Gales donde estuvo lloviendo a cántaros ocho días y Marty se fue poniendo cada vez peor, como si el tiempo que hacía pudiera tomarse como una cuestión personal.

—¿Por qué no podemos ir a España o algún sitio cálido? —murmuraba asomándose por la puerta de entrada de la tienda empapada—. Esto es una mierda. Esto no son unas puñeteras vacaciones.

Se cansó de su trabajo, en el que encontraba cada vez más motivos de queja. Los demás conductores estaban contra él. El jefe lo engañaba. Los pasajeros eran tacaños.

Y luego empezó con los proyectos. Las camisetas hechas a todo correr para una banda que desapareció de las listas de ventas tan rápido como había llegado. La estafa piramidal en la que se metieron dos semanas demasiado tarde. Una noche, al volver del pub, le dijo a Jess que el negocio estaba en la importación/exportación. Había conocido a un tipo que podía conseguir electrodomésticos baratos de India y podían vendérselos a alguien que él conocía. Pero luego —sorpresa, sorpresa— ese alguien a quien se lo iban a vender resultó no ser tan de fiar como Marty había prometido. Las pocas personas que compraron los electrodomésticos se quejaron de que hacían saltar su instalación eléctrica y el resto se oxidaron, incluso estando en el garaje, de manera que sus escasos ahorros se convirtieron en un montón de inútiles cachivaches blancos que hubo que llevar, a razón de catorce a la semana, a la basura en el coche de Marty.

Y luego vino el Rolls-Royce. Al menos a esto sí le vio sentido Jess. Marty lo pintó de gris metalizado y se ofreció como chófer para bodas y funerales. Se lo compró en eBay a un hombre de los Midlands y yendo por la M6 se averió a mitad de camino. Algo relacionado con el motor de arranque, dijo el mecánico mirando debajo del capó. Pero cuanto más lo miraba, más problemas le veía. El primer invierno que pudo utilizarlo se metieron ratones en la tapicería, de manera que necesitaron dinero para poner asientos nuevos antes de alquilarlo. Y resultó que la sustitución de asientos tapizados de Rolls-Royce era lo único que no podía hacerse en eBay. Por lo tanto, se quedó en el garaje como recuerdo cotidiano de su incapacidad para salir adelante.

Ella se había hecho cargo de la economía cuando Marty empezó a pasar buena parte del día en la cama. La depresión era una enfermedad, todo el mundo lo decía. Pero, por lo que contaban sus colegas, no parecía sufrirla las dos noches que seguía yendo al pub.

Cuando Jess abrió todos los sobres con los extractos del banco y recuperó la libreta de ahorros de su sitio en la mesa del recibidor, pudo comprobar por sí misma el agujero que tenían. Intentó hablar con él un par de veces, pero él se echaba el edredón por encima de la cabeza y decía que era superior a sus fuerzas. Fue por aquel entonces cuando sugirió que quizá se marchara una temporada a casa de su madre. A decir verdad, Jess sintió alivio al verlo partir. Ya tenía bastante con Nicky

—que seguía siendo un fantasma silencioso y larguirucho—, Tanzie y los dos trabajos.

—Ve —le había dicho, acariciándole el pelo. Recordó que había pensado cuánto tiempo había pasado desde que lo tocara por última vez—. Ve un par de semanas. Te sentirás mejor si desconectas un poco.

Él la había mirado sin decir nada, con los ojos enrojecidos, y le había apretado la mano.

Eso había sido hacía dos años. Ninguno de los dos había barajado seriamente la posibilidad de que volviera.

Procuró aparentar normalidad hasta que Tanzie se fue a la cama, preguntándole qué había comido en casa de Nathalie, contándole lo que había hecho Norman mientras ella había estado fuera. Le peinó los cabellos, se sentó en su cama y le leyó algo de Harry Potter, como si fuera una niña mucho más pequeña, y por una vez Tanzie no le dijo que realmente prefería hacer matemáticas.

Cuando Jess se aseguró de que Tanzie se había dormido, telefoneó al hospital. La enfermera le contó que Nicky se encontraba bien: la radiografía no había detectado ninguna lesión en el pulmón. La pequeña fractura en la cara sanaría por sí sola.

Telefoneó a Marty, que escuchó en silencio y luego preguntó:

—¿Sigue poniéndose eso en la cara?

—Lleva un poco de rímel, sí.

Hubo un largo silencio.

—No lo digas, Marty. Ni se te ocurra.

Colgó antes de que él pudiera decirlo.

Y luego telefoneó la policía a las diez menos cuarto para decir que Jason Fisher había negado tener conocimiento de los hechos.

—Había catorce testigos —dijo con la voz tensa por el esfuerzo de no alzar la voz—. Incluido el hombre de la tienda de *fish and chips*. Atacaron a mi hijo. Fueron cuatro.

—Sí, pero los testigos únicamente nos son de utilidad si pueden identificar a los autores, señora. Y el señor Brent dice que no estaba claro quién estaba provocando la pelea. —Suspiró como si ella ya supiera cómo eran los adolescentes—. Tengo que decirle, señora, que según los Fisher empezó su hijo.

—Mi hijo tiene tantas probabilidades de empezar una pelea como el mismísimo Dalái Lama. Estamos hablando de un chico incapaz de poner la funda del edredón sin preocuparse por si puede hacer daño a alguien.

—Solo podemos actuar si hay pruebas, señora.

Los Fisher. Con su reputación, como para que alguien «recordara» lo que había visto.

Jess hundió la cabeza entre las manos por un momento. Nunca les darían tregua. Y la siguiente sería Tanzie, en cuanto empezara la secundaria. Sería un blanco fácil por su amor a las matemáticas, sus rarezas y su total falta de malicia. Jess sintió frío. Pensó en el mazo de Marty en el garaje y en que le entraban ganas de ir a casa de los Fisher y…

Sonó el teléfono. Descolgó.

—¿Y ahora qué pasa? ¿Va a decirme que se golpeó a sí mismo? ¿Es eso?

—¿Señora Thomas?

Ella parpadeó.

—¿Señora Thomas? Soy el señor Tsvangarai.

—Oh. Señor Tsvangarai, lo siento, no es un buen momento.

Levantó la mano y vio que estaba temblando.

—Siento llamarla tan tarde, pero es un asunto muy urgente. He descubierto algo interesante. Lo llaman la Olimpiada de Matemáticas —dijo pronunciando despacio estas palabras.

—¿La qué?

—Es una cosa nueva, en Escocia, para estudiantes superdotados. Una competición de matemáticas. Y todavía estamos a tiempo de inscribir a Tanzie.

—¿Una competición de matemáticas? —Jess cerró los ojos—. Sabe, es muy bonito, señor Tsvangarai, pero ahora mismo nos están pasando un montón de cosas y creo que no...

—Señora Thomas, hay premios de quinientas, mil y cinco mil libras. Cinco mil libras. Si gana, tendría usted resueltos los gastos del primer año en el St. Anne's.

—Repita eso.

Jess se sentó en la silla mientras él se lo explicaba con detenimiento.

—¿Es eso cierto?

—Lo es.

—¿Y cree usted que podría ganar?

—Hay una categoría especial para su grupo de edad. No veo que pueda fallar.

Cinco mil libras, cantó una voz en su cabeza. Suficiente para los gastos de Tanzie en los dos primeros años.

—¿Dónde está la trampa?

—No hay trampa. Bueno, tiene que hacer matemáticas avanzadas, claro. Pero no veo que eso pueda constituir ningún problema para Tanzie.

Ella se levantó y volvió a sentarse.

—Y tendrían que viajar a Escocia, por supuesto.

—Más datos, señor Tsvangarai, más datos. —La cabeza le daba vueltas—. Todo esto es verdad, ¿no? ¿No es ninguna broma?

—No soy ningún bromista, señora Thomas.

—Joder. ¡Joder! Es usted un encanto, señor Tsvangarai.

Le oyó reír de vergüenza.

—Entonces, ¿qué hacemos ahora?

—Bueno, no exigen prueba de acceso, dado que les he enviado algunos ejemplos del trabajo de Tanzie. Entiendo que están muy interesados en admitir niños de colegios menos aventajados. Y entre usted y yo, por supuesto, es una enorme ventaja que ella sea chica. Pero tenemos que decidir rápidamente. Mire, solo quedan cinco días para la Olimpiada de este año.

Cinco días.

Al día siguiente terminaba el plazo de inscripción en el St. Anne's. Se quedó pensando en mitad de la habitación. Luego subió a todo correr, sacó el dinero del señor Nicholls de donde estaba escondido entre sus medias y, sin pensárselo dos veces, lo metió en un sobre, garabateó una nota y escribió con buena letra la dirección con la indicación EN MANO y pensó que podría pasarse mañana cuando fuera a limpiar.

Se lo devolvería. Hasta el último penique.

Pero ahora mismo no tenía elección.

Esa noche Jess se sentó a la mesa de la cocina e ideó un plan. Miró los horarios de tren a Edimburgo y se echó a reír un tanto histéricamente, miró luego el precio de tres billetes de autobús (187 libras, más otras 13 del taxi a la estación) y el coste de llevar a Norman una semana a una residencia canina (94 libras). Se llevó las palmas de las manos a los ojos y permaneció así un rato. Y luego, una vez que lo niños se hubieron dormido, buscó las llaves del Rolls-Royce, salió, quitó los excrementos de ratón del asiento del conductor e intentó arrancarlo.

Lo consiguió al tercer intento.

Jess permaneció en el garaje, que siempre olía a humedad, rodeada de viejos muebles de jardín, piezas de coche, cubos de plástico, dejando que funcionara el motor. Luego se inclinó hacia delante y quitó la pegatina de la licencia, que llevaba casi dos años caducada. Y no tenía seguro.

Apagó el motor y permaneció sentada hasta que se fue disipando el olor a gasolina y pensó por centésima vez: haz lo correcto.

CAPÍTULO 8

ED

Ed.Nicholls@mayfly.com: No olvides lo que te dije. Puedo recordarte los detalles si pierdes la tarjeta.
Deanna1@yahoo.com: No lo olvidaré. Toda la noche grabada en mi memoria. ;-)

Ed.Nicholls@mayfly.com: ¿Hiciste lo que te dije?
Deanna1@yahoo.com: Estoy en ello.
Ed.Nicholls@mayfly.com: ¡Ya me dirás si te da buenos resultados!
Deanna1@yahoo.com: Bueno, teniendo en cuenta tu última actuación, me asombraría que no fuera así ;-o

Deanna1@yahoo.com: Nadie ha hecho nunca por mí lo que has hecho tú.
Ed.Nicholls@mayfly.com: De verdad. No fue nada.

Deanna1@yahoo.com: ¿Quieres que quedemos el próximo fin de semana?
Ed.Nicholls@mayfly.com: Mucho trabajo ahora. Ya te diré.
Deanna1@yahoo.com: Creo que fue bueno para los dos ;-)

El detective le dejó terminar de leer las dos hojas de papel, luego se las pasó a Paul Wilkes, el abogado de Ed.

—¿Algún comentario al respecto, señor Nicholls?

Había algo atroz en ver e-mails privados incluidos en un documento oficial: la frescura de sus primeras respuestas, los dobles sentidos apenas disimulados, las caritas sonrientes (pero ¿cuántos años tenía, catorce?).

—No tienes que decir nada —dijo Paul.

—Todo eso puede referirse a cualquier cosa —dijo Ed apartando los documentos—. «Ya me dirás si te da buenos resultados». Podría haber estado diciéndole que hiciera algo sexual. De hecho, podría ser un e-mail sexual.

—¿A las once y catorce minutos de la mañana?

—¿Y qué?

—¿En una oficina sin tabiques?

—No tengo inhibiciones.

El detective se quitó las gafas y lo miró serio.

—¿Un e-mail sexual? ¿Seguro? ¿Eso es lo que estaba usted haciendo aquí?

—Bueno, no. En este caso, no. Pero no es esa la cuestión.

—Pues yo diría que sí, señor Nicholls. Hay páginas y páginas en la misma línea. Habla usted de seguir en contacto... —hojeó los documentos— para ver si «puedo ayudarte en algo más».

—Pero no es lo que parece. Ella estaba deprimida. Estaba pasándolo mal al haberse separado de su ex. Lo único que yo quería era... hacerle un poco más llevadera la situación. Ya se lo he dicho.

—Solo unas pocas preguntas más.

Tenían preguntas, perfecto. Querían saber cada cuánto tiempo había visto a Deanna. A dónde habían ido. Cuál era la naturaleza exacta de su relación. No le creyeron cuando dijo no saber mucho de la vida de ella y nada de la de su hermano.

—¡Oh, vamos! —protestó Ed—. ¿No ha tenido usted nunca una relación basada en el sexo?

—La señorita Lewis no dice que estuviera basada en el sexo. Dice que ustedes dos mantenían una relación «íntima e intensa», que se conocían desde los tiempos de la universidad y que usted estaba empeñado en que ella llevara a cabo su propuesta y que la presionó en este sentido. Dice que no tenía ni idea de estar cometiendo una ilegalidad por seguir su consejo.

—Pero... lo dice como si nuestra relación fuera mucho más de lo que tuvimos. Y yo no la obligué a hacer nada.

—Luego admite que le dio la información.

—¡No estoy diciendo eso! Lo que estoy diciendo...

—Creo que mi cliente está diciendo que no se le puede hacer responsable de que la señorita Lewis hubiera podido malinterpretar la naturaleza de su relación —terció Paul—. Ni de la información que ella pudiera haber pasado a su hermano.

—Además no teníamos una relación. Lo que se llama una relación.

El detective se encogió de hombros.

—¿Sabe una cosa? No me importa la naturaleza de su relación. No me importa si se la tiró o no. Lo que importa, señor Nicholls, es que usted dio a esa joven una información que el 28 de febrero, según contó ella a una amiga, «iba a proporcionarnos grandes beneficios». Y las cuentas bancarias de su hermano y ella revelan que de hecho obtuvieron grandes beneficios.

Una hora después, en libertad bajo fianza durante quince días, Ed se hallaba en el despacho de Paul. Paul sirvió whisky para ambos. Ed estaba acostumbrándose extrañamente al sabor del alcohol fuerte durante el día.

—No me pueden responsabilizar por lo que ella contara a su hermano. No puedo andar comprobando si cualquier posible ligue tiene un hermano que trabaja en la banca. Solo quería ayudarla a ella.

—Bueno, desde luego que lo hiciste. Pero a los del servicio del mercado de capitales y los de crimen organizado no les importa cuáles fueran los motivos, Ed. Su hermano y ella han ganado una barbaridad de dinero y lo han hecho ilegalmente por la información que le diste a ella.

—¿Quiénes son esa gente? No tengo ni idea de lo que me estás hablando.

—Bueno, imagina un departamento dedicado a combatir el crimen organizado en el ámbito de las finanzas. O el crimen en general. Son los que te están investigando ahora.

—Lo dices como si pudieran acusarme de algo —dijo Ed dejando el whisky a su lado en la mesa.

—Sí, es muy probable. Y creo que podemos estar muy pronto ante un tribunal. Estos casos procuran acelerarlos.

Ed lo miró fijamente. Luego hundió la cabeza entre las manos.

—Es una pesadilla. Yo solo quería que ella se fuera, Paul. Nada más.

—Bueno, a lo más que podemos aspirar por ahora es a convencerlos de que eres un pardillo al que la situación le venía grande.

—Magnífico.

—¿Se te ocurre alguna idea mejor?

Ed negó con la cabeza.

—Entonces cállate.

—Necesito hacer algo, Paul. Necesito volver al trabajo. No sé qué hacer si no estoy trabajando. En el quinto pino voy a volverme majara.

—Bueno, yo de ti me estaría quietecito. Los de mercado de capitales pueden filtrar esto y entonces se pondría en marcha el ventilador de la mierda. Los medios se te echarían encima. Lo mejor que puedes hace es irte al quinto pino otra semana o así. —Paul garabateó una nota en su bloc de papel pautado.

Ed contempló la escritura del revés.

—¿De veras crees que esto acabará saliendo en los periódicos?

—No lo sé. Es probable. Sería una buena idea hablar con tu familia para que estén sobre aviso de la publicidad negativa.

Ed apoyó las manos en las rodillas.

—No puedo.

—¿No puedes qué?

—Contarle todo esto a mi padre. Está enfermo. Esto le…

Negó con la cabeza. Cuando al fin levantó la vista, Paul estaba mirándolo fijamente.

—Bueno, eso tienes que decidirlo tú. Pero ya te he dicho que creo que lo prudente es que permanezcas alejado por si estalla o cuando estalle esto. Evidentemente, Mayfly no te quiere en sus oficinas hasta que todo se aclare. Hay mucho dinero de por medio en el SFAX. Por eso necesitas mantenerte alejado de cualquiera que tenga relación con la empresa. Ni llamadas. Ni correos electrónicos. Y si alguien te localiza por casualidad, no le cuentes nada, por lo que más quieras. —Tapó la pluma, dando la conversación por terminada.

—Conque tengo que esconderme donde nadie me vea, cerrar el pico y dar vueltas a los pulgares hasta que me metan en la cárcel.

Paul se levantó y cerró la carpeta que tenía sobre la mesa.

—Bueno, hemos puesto a nuestro mejor equipo con esto. Y haremos todo lo posible para impedir que acabe así.

Ed se quedó parpadeando en las escaleras del despacho de Paul, entre edificios de cristal, mensajeros retirando el casco de sus cabezas sudadas y mujeres sin medias riéndose de camino al parque para tomar sus sándwiches, y sintió una aguda nostalgia de su antigua vida. La de la máquina de Nespresso en el despacho y su secretaria saliendo a por sushi y su piso con vistas a la City, con el único inconveniente de tener que sentarse en el sofá de la sala de creativos y escuchar a los Trajeados enrollarse sobre pérdidas y ganancias. La verdad era que nunca había comparado su vida con la de nadie, pero ahora sentía una envidia terrible de la gente que lo rodeaba, con sus preocupaciones cotidianas y su capacidad de volver en metro a su casa con su familia. ¿Qué tenía él? Semanas de encierro en una casa vacía sin nadie con quien hablar, con la perspectiva inminente de ser llevado a juicio.

Echaba de menos el trabajo más de lo que había echado de menos a su esposa. Lo echaba de menos como a una amante constante; echaba de menos seguir una rutina. Volvió a pensar en la semana pasada, cuando despertó en el sofá de Beachfront sin recuerdo de cómo había llegado allí, la boca tan seca como si se la hubieran llenado de algodón y las gafas perfectamente dobladas en la mesita del café. Era la tercera vez en muchas semanas que había estado tan borracho que no podía recordar cómo había vuelto a casa y la primera vez que había despertado con los bolsillos vacíos.

Comprobó el teléfono (nuevo, con solo tres contactos). Había dos mensajes de voz de Gemma. No había llamado nadie más. Ed suspiró y pulsó Borrar, luego se dirigió por la soleada acera hasta el aparcamiento. En realidad él no era be-

bedor. Lara siempre había insistido en que con el alcohol echaba barriga y roncaba en cuanto tomaba más de dos copas. Pero ahora mismo sentía una insólita y acuciante necesidad de beber.

Ed permaneció un rato en el piso vacío, salió a tomar un bocado en una pizzería, volvió a casa y luego montó en el coche y se encaminó hacia la costa. Deanna Lewis danzaba ante él durante todo el trayecto desde Londres. ¿Cómo podía haber sido tan estúpido? ¿Por qué no había pensado en la posibilidad de que ella se lo contara a alguien? ¿O tal vez se le estaba escapando algo más siniestro? ¿Habían planeado esto entre su hermano y ella? ¿Era una especie de estrategia psicótica de venganza por haberla dejado?

El enfado de Ed iba en aumento a cada kilómetro que pasaba. Podría también haberle dado las llaves de su casa, su número de cuenta —igual que a su exesposa— y haber permitido que Deanna lo dejara en la ruina. Aunque eso habría sido mejor. Al menos habría conservado el trabajo, su amigo. Poco antes de la salida de Godalming, ya fuera de sí, Ed paró en la autovía y marcó el número del móvil de ella. La policía se había incautado de su antiguo móvil, con todos los contactos almacenados como prueba. Pero creyó que recordaba el número. Y ya tenía preparado lo primero que pensaba decirle: «¿Qué demonios pensabas que estabas haciendo?».

Pero el teléfono estaba apagado.

Ed se sentó en un área de descanso, teléfono en mano, dejando que su enfado se enfriara poco a poco. Dudó, pero luego marcó el número de Ronan. Era uno de los pocos que se sabía de memoria.

Sonó varias veces antes de que contestara.

—Ronan...

—No me está permitido hablar contigo, Ed —dijo con voz cansada.

—Sí. Ya lo sé. Solo quería decirte…

—¿Decirme qué? ¿Qué querías decirme, Ed?

La voz de Ed quedó tapada por la repentina cólera de la voz de Ronan.

—¿Sabes una cosa? Lo cierto es que me trae sin cuidado el asunto de la información privilegiada. Aunque evidentemente es un puñetero desastre para la empresa. Pero tú eras mi colega. Mi amigo más antiguo. Yo nunca te habría hecho esto.

Un clic y el teléfono se calló.

Ed permaneció allí un rato con la cabeza apoyada sobre el volante. Esperó hasta que el zumbido de su mente desapareció y luego puso el intermitente, arrancó despacio y enfiló hacia Beachfront.

—¿Qué quieres, Lara?

—Hola, cariño. ¿Cómo estás?

—Eh…, no muy bien.

—¡Oh, no! ¿Qué pasa?

Nunca supo si era una característica italiana, pero su exesposa tenía un modo de hacerle sentir mejor. Le tomaba la cabeza ente las manos, le pasaba los dedos por el pelo, se lo revolvía, chasqueaba maternalmente la lengua. En los últimos tiempos le había irritado, pero ahora, en la carretera vacía en plena noche, lo echaba de menos.

—Es… una cosa del trabajo.

—Oh. Una cosa del trabajo —dijo en tono displicente.

—¿Cómo estás, Lara?

—Mi madre me está volviendo loca. Y en el piso hay un problema con el techo.

—¿Y el trabajo?

Ella se mordió los labios.

—He ido a una audición para un espectáculo en el West End y me dijeron que parezco muy mayor. ¡Muy mayor!

—No pareces muy mayor.

—¡Ya lo sé! ¡Puedo aparentar dieciséis! Cariño, necesito hablarte del techo del piso.

—Lara, es tu casa. Te dieron la liquidación.

—Pero dicen que va a costar mucho dinero. Mucho dinero. No tengo nada.

—¿Qué ha pasado con la liquidación? —dijo él sin alterar el tono de voz.

—No hay nada. Mi hermano necesitaba algo de dinero para su empresa y ya sabes que la salud de mi padre no es buena. Y luego tenía algunas tarjetas de crédito…

—¿Te lo has gastado todo?

—No tengo suficiente para el techo. Dicen que este invierno habrá goteras. Eduardo…

—Bueno, siempre puedes vender el grabado que te llevaste de mi casa en diciembre.

Su abogado había dejado caer que era culpa suya por no haber cambiado las cerraduras de las puertas. Como hacía todo el mundo, por lo visto.

—Estaba triste, Eduardo. Te echaba de menos. Solo quería un recuerdo tuyo.

—Vaya. Del hombre que decías que ya no soportabas ver.

—Estaba furiosa cuando dije eso. —Dijo «furiozza». En los últimos tiempos siempre estaba «furiozza».

Se restregó los ojos y puso el intermitente para indicar que se desviaba a la carretera de la costa.

—Solo quería un recuerdo de cuando éramos felizzes.

—Pues la próxima vez que me eches de menos podrías llevarte, no sé, una foto nuestra enmarcada, no una serigrafía de catorce mil libras de Mao Tse-Tung en edición limitada.

—¿Te da igual que no tenga nadie a quien recurrir? —dijo en un susurro, casi insoportablemente íntimo. Eso le ponía las pelotas tensas. Y ella lo sabía.

Ed miró por el espejo retrovisor.

—Bueno, ¿por qué no se lo pides a Jim Leonards?

—¿Qué?

—Me llamó su mujer. Curiosamente, no está muy contenta.

—¡No fue más que una vez! Solo salí una vez con él. Además ¡a ti no te importa con quién salgo! —Ed se la imaginó con la mano perfectamente cuidada levantada y los dedos extendidos de frustración por tener que vérselas con «el hombre más irritante de la tierra»—. Tú me abandonaste. ¿Acaso debo ser una monja toda la vida?

—Tú me abandonaste a mí, Lara. El 27 de mayo, de vuelta de París. ¿Te acuerdas?

—¡Detalles! ¡Siempre tergiversas mis palabras con detalles! ¡Por eso es por lo que tuve que dejarte!

—Creía que era porque yo solo amaba mi trabajo y no comprendía las emociones humanas.

—¡Te dejé porque tienes una polla diminuta! ¡Diminuta! ¡Como una jamba!

—Querrás decir una gamba.

—Una gamba. Una cigala, lo que sea, pero muy pequeña. ¡Diminuta!

—Entonces creo que quieres decir gamba. Aunque, como te largaste con un valioso grabado en edición limitada, como mínimo podrías haberla llamado «langosta»… Pero claro. Da igual.

No dejaba de preguntarse qué significaba aquella sarta de improperios italianos. Recorrió varios kilómetros que después no recordaba haber recorrido. Y luego suspiró, puso la radio y clavó la mirada en la aparentemente interminable carretera negra que tenía por delante.

Gemma telefoneó cuando estaba abandonando la carretera de la costa. Ed respondió antes de que le diera tiempo a pensar si debía hacerlo o no.

—No me lo digas. Estás muy ocupado.

—Estoy conduciendo.

—Y tienes un manos libres. Mamá quiere saber si vas a venir a comer el día de su aniversario.

—¿Qué aniversario?

—Oh, vamos, Ed. Te lo dije hace meses.

—Lo siento. Ahora mismo no puedo consultar mi diario.

Gemma dio un hondo suspiro.

—Mamá va a hacer una comida especial en casa para ellos. Papá saldrá del hospital solo para eso. Ella quería que estuviéramos. Tú dijiste que podías ir.

—Oh, sí.

—¿Sí qué, que te acuerdas o que vas a ir?

Tamborileó con los dedos en el volante.

—No lo sé.

—Oye, papá preguntó por ti ayer. Le dije que estabas enfrascado en un proyecto del trabajo, pero está muy débil. Esto es muy importante para él. Para ellos dos.

—Gemma, ya te he dicho…

La voz de ella explotó en el interior del coche.

—Sí, ya lo sé. Estás muy ocupado. Me contaste que te están pasando cosas.

—¡Que me están pasando cosas! ¡No tienes ni idea!

—¡Oh, no, seguro que soy incapaz de entenderlo! No soy más que una estúpida trabajadora social que no gana un salario de seis cifras. Es nuestro padre, Ed. El hombre que lo sacrificó todo para que tuvieras una puta educación. Cree que te va de maravilla. Y no va a durar mucho. Tienes que ir a verlo y decirle las cosas que deben decir los hijos a sus padres moribundos.

—No se está muriendo.

—¿Cómo demonios lo sabes si llevas dos meses sin verlo?

—Vale, iré. Solo que tengo que…

—Joder. Eres empresario. Haces que ocurran cosas. Haz que esto ocurra. O juro que te…

—No te oigo bien, Gem. Lo siento, la cobertura aquí es francamente mala… —Imitó el sonido de interferencias.

—Una comida —dijo ella con voz de trabajadora social, calmada y conciliadora—. Una comida de nada, Ed.

Él vio un coche de policía por delante y miró el cuenta-kilómetros. En el arcén había un viejo Rolls-Royce con un faro estropeado bajo el resplandor naranja de una farola. Al lado había una niña que sujetaba a un perro enorme con una correa y volvió la cabeza lentamente cuando él pasó.

—Y sí, comprendo que tienes un montón de compromisos y que tu trabajo es muy importante. Todos lo comprendemos, señor Gran Tecnocapullo Acelerado. Pero ¿es mucho pedir una simple comida?

—Espera, Gem. ¡Hay un accidente más adelante!

Junto a la niña había un adolescente fantasmal —¿chico?, ¿chica?— con una melena de color oscuro y los hombros hundidos. Y un poco más alejada del policía, que estaba escribiendo algo, había otra niña, no, una mujer pequeña con el pelo recogido en una coleta. Levantaba las manos exasperada, gesto que le recordó a Lara. «¡Eres irritante!».

No había recorrido ni cien metros cuando cayó en la cuenta de que conocía a aquella mujer. Se esforzó en recordar: ¿del pub?, ¿de la urbanización? Le vino una imagen de ella con las llaves de su coche, un recuerdo quitándole las gafas en su casa. ¿Qué estaba haciendo allí con unos niños a esa hora de la noche? Frenó y miró por el espejo retrovisor para observar. Solo distinguía el grupo. La niña se había sentado en el oscuro arcén, el perro parecía una enorme mole negra a su lado.

—¿Estás bien, Ed? —rompió el silencio la voz de Gemma.

No estaba del todo seguro de qué era lo que le había hecho detenerse. Puede que un intento de aplazar el regreso a su casa vacía. Puede que, teniendo la vida tan desbaratada, participar en una escena semejante no le pareciera raro. Puede que, contra toda evidencia, quisiera convencerse de que no era un completo gilipollas.

—Te llamaré, Gem. Es alguien que conozco.

Colgó, maniobró para dar media vuelta y se dirigió despacio por la mal iluminada carretera hasta el coche de policía. Frenó al otro lado de la calzada.

—Hola —dijo Ed bajando la ventanilla—. ¿Puedo ayudar en algo?

CAPÍTULO 9

TANZIE

*E*l buen humor de Tanzie desapareció en cuanto vio a Nicky con la cara hinchada. Parecía otro y tuvo que hacer esfuerzos por fijar los ojos en él cuando lo que quería era mirar para otro lado, incluso al estúpido cuadro de caballos al galope de la pared de enfrente, que ni siquiera parecían caballos. Quiso contarle lo de la competición de matemáticas y la inscripción en el St. Anne's, pero no pudo, con el olor a hospital en la nariz y el ojo deformado de su hermano. Tanzie se repetía «han sido los Fisher, han sido los Fisher», y se asustó porque no podía creer que ningún conocido suyo hiciera esto sin motivo alguno.

Cuando Nicky se levantó para bajar por el pasillo, ella puso delicadamente su mano en la de él, y, aunque lo normal hubiera sido que él le dijera: «Lárgate, pequeñaja», se limitó a apretarle un poco los dedos.

Su madre había tenido las consabidas discusiones con el personal del hospital sobre que no era su madre de verdad, pero como si lo fuera. Y no, él no tenía asignada una trabajadora social. Y siempre hacía sentirse un poco rara a Tanzie, como si Nicky no formara parte de la familia, aunque fuera uno más.

Nicky salió muy despacio de la habitación y se acordó de dar las gracias a la enfermera.

—Buen chico, ¿verdad? —dijo ella—. Qué educado.

La madre estaba recogiendo sus cosas.

—Eso es lo que más duele —dijo—. Lo único que quiere es que lo dejen en paz.

—Pues no es así como funcionan por aquí las cosas, ¿verdad? —La enfermera sonrió a Tanzie—. Cuida de tu hermano, ¿eh?

Mientras se dirigía a la entrada principal detrás de él, Tanzie se preguntó qué sugería sobre su familia el hecho de que todas las conversaciones terminaran invariablemente con una mirada extraña y la palabra «Cuidaos».

Jess preparó la cena, dio a Nicky tres pastillas de diferente color y se sentaron juntos en el sofá a ver la televisión. Echaban el concurso *Total Wipeout,* que normalmente hacía partirse de risa a Nicky, pero apenas había dicho una palabra desde que habían vuelto a casa y Tanzie no creía que se debiera al golpe en la mandíbula. Su madre estaba ocupada arriba. Tanzie podía oírla abrir y cerrar cajones, yendo y viniendo por el rellano. Estaba tan ocupada que se le pasó que ya era hora de ir a la cama.

Tanzie acarició a Nicky con el dedo.

—¿Duele?

—¿Duele qué?

—La cara.

—¿Qué quieres decir?

—Bueno..., tiene una forma rara.

—La tuya también. ¿Te duele?

—Ja, ja.

—Estoy bien, renacuaja. Déjalo. —Pero como se quedó mirándolo añadió—: De verdad... Olvídalo. Estoy bien.

Entró su madre y puso la correa a Norman. Estaba echado en el sofá y no quería levantarse y tuvo que hacer cuatro intentos para sacarlo por la puerta. Tanzie iba a preguntarle si pensaba sacarlo a pasear, pero llegó la escena en la que la rueda hace caer al agua a los concursantes desde sus pequeños pedestales y se olvidó. Entonces volvió a entrar su madre.

—Vamos, chicos, poneos las cazadoras.

—¿Las cazadoras? ¿Por qué?

—Porque nos vamos. A Escocia —dijo como si tal cosa.

Nicky no apartó la mirada de la televisión.

—¿Nos vamos a Escocia?

—Sí. Vamos a ir en coche.

—Pero si no tenemos coche.

—Iremos en el Rolls.

Nicky miró de reojo a Tanzie y luego a su madre.

—No tienes seguro.

—Llevo conduciendo desde que tenía doce años. Y jamás he tenido un accidente. Mira, iremos por carreteras secundarias y casi siempre de noche. Mientras nadie nos pare, iremos bien.

Ambos se quedaron mirándola.

—Pero tú has dicho...

—Ya sé lo que he dicho. Pero a veces el fin justifica los medios.

—¿Qué significa eso?

La madre echó los brazos al aire.

—Nicky, en Escocia hay una competición de matemáticas que podría cambiarnos la vida. Ahora mismo no tenemos dinero para los billetes. Esa es la verdad. Ya sé que ir en coche no es lo mejor, tampoco estoy diciendo que esté bien, pero, a menos que se os ocurra algo mejor, vamos a montar en el coche y lo seguimos hablando.

—¿No hay que hacer el equipaje?

—Está todo en el coche.

Tanzie sabía que Nicky estaba pensando lo mismo que ella, que su madre se había vuelto loca de remate. Pero había leído en algún sitio que las personas dementes son como los sonámbulos, a quienes lo mejor es no molestarlos. De modo que asintió despacio con la cabeza, como si todo esto encajara perfectamente. Tomó la cazadora y fueron al garaje por la puerta de atrás. Norman ya estaba sentado en el asiento trasero con una mirada que decía: «Sí, yo también». El coche olía un poco a cerrado y Tanzie no quiso poner las manos en los asientos porque había leído en algún sitio que los ratones orinaban constantemente y que la orina de ratón podía transmitir ochocientas enfermedades.

—¿Puedo ir a por los guantes de una carrera? —dijo.

Su madre la miró como si fuera ella la que estaba loca, pero asintió con la cabeza, de manera que Tanzie echó a correr, se los puso y pensó que se sentía un poco mejor.

Nicky se sentó cautelosamente en el asiento delantero y quitó el polvo del salpicadero con los dedos.

Su madre abrió la puerta del garaje, arrancó y salió con cuidado al camino de la entrada. Luego se bajó, cerró y echó la llave del garaje. Acto seguido se sentó y se quedó pensativa unos momentos:

—Tanze, ¿llevas papel y lápiz?

Ella rebuscó en la mochila y se lo dio. Su madre no quería que supiera lo que estaba escribiendo, pero lo vio por entre los asientos.

Salió del coche y lo clavó en la parte inferior de la puerta,
donde no pudiera verse desde la calle. Volvió a sentarse en el
mordisqueado asiento del conductor y con un leve ronroneo
el Rolls se perdió en la oscuridad de la noche.

Les llevó diez minutos comprobar que a su madre se le había
olvidado conducir. Hacía mal incluso cosas que Tanzie sabía
—espejo, intermitentes, maniobras— y conducía echada encima del volante, aferrada a él como las abuelas que van a dos
por hora por el centro de la ciudad y rayan las puertas de los
coches en las columnas del aparcamiento municipal.

Pasaron por el Rose and Crown, la zona industrial con
el moderno lavadero de coches y el almacén de alfombras. Tanzie pegó la nariz a la ventanilla. Estaban abandonando oficial-
mente la ciudad. La última vez que había salido fue cuando el
viaje del colegio a Durdle en el que Melanie Abbot se mareó
en el autobús e inició una reacción en cadena de vomitonas que
afectó a toda la clase.

—Tranquila —se decía su madre—, calma y tranquilidad.

—No se te ve tranquila —dijo Nicky, que estaba jugando
con la Nintendo, con los pulgares revoloteando a ambos lados
de la pequeña y reluciente pantalla.

—Nicky, necesito que mires el mapa. No juegues ahora
con la Nintendo.

—Bueno, lo que es seguro es que tenemos que ir al norte.

—Pero ¿dónde está el norte? Llevo años sin conducir por
aquí. Necesito que me digas hacia dónde deberíamos ir.

Miró de reojo un indicador.

—¿Queremos coger la M3?

—No lo sé. Te lo estoy preguntando.

—Déjame ver. —Tanzie se aproximó desde atrás y le quitó a Nicky el mapa de las manos—. ¿Cómo está bien puesto?

Dieron dos vueltas a la rotonda mientras ella se aclaraba con el mapa y luego salieron a la carretera. Tanzie la recordaba vagamente. Habían ido una vez por allí cuando sus padres habían tratado de vender aparatos de aire acondicionado.

—¿Puedes dar la luz de atrás, mamá? No veo nada.

Su madre se giró hacia atrás.

—El interruptor debe de esta encima de tu cabeza.

Tanzie alargó el brazo y apretó con el pulgar. Podía haberse quitado los guantes, pensó. Los ratones no sabían andar cabeza abajo. A diferencia de las arañas.

—No funciona.

—Nicky, tendrás que encargarte tú del mapa. —Le lanzó una mirada de reojo, irritada—. Nicky.

—Sí. Lo haré. Solo me falta coger estas estrellas doradas. Son cinco mil puntos.

Tanzie dobló el mapa como mejor supo y se lo devolvió por entre los asientos delanteros. Nicky seguía con los cinco sentidos puestos en el juego. A decir verdad, las estrellas doradas eran difíciles de conseguir.

—¿Vas a dejar ese chisme?

Él suspiró, cerrándolo de golpe. Estaban pasando por delante de un pub que no reconoció y luego un hotel nuevo. Su madre decía que tenían que salir a la M3, pero Tanzie llevaba un montón de tiempo sin verla indicada. A su lado, Norman inició un gemido en voz baja; calculó que faltaban treinta y ocho segundos antes de que su madre dijera que se estaba poniendo de los nervios.

Fueron veintisiete.

—Tanzie, haz callar al perro, por favor. Así es imposible concentrarse. Nicky, necesito de verdad que mires el mapa.

—Está poniéndolo todo perdido de babas. Creo que necesita salir. —Tanzie se corrió para un lado.

Nicky entrecerró los ojos para ver las señales.

—Si sigues por esta carretera, creo que acabaremos en Southampton.

—Pero esa es la dirección equivocada.

—Es lo que dije.

El olor a gasolina era muy fuerte. Tanzie se preguntó si habría alguna fuga. Se llevó el guante a la nariz.

—Creo que deberíamos volver a donde estábamos y empezar de nuevo —dijo Nicky.

Con un gruñido, la madre tomó la siguiente salida. Todos hicieron como que no oían rechinar el volante al girarlo a la derecha para reemprender viaje en el sentido opuesto.

—Tanzie, por favor, haz algo con el perro. Por favor. —El pedal del embrague del Rolls estaba tan duro que casi tenía que ponerse de pie para cambiar de marcha. Levantó la vista y señaló el desvío de la ciudad.

—¿Qué hago, Nicky? ¿Salgo por aquí?

—Oh, Dios. Se ha tirado un pedo. Me estoy ahogando.

—Nicky, por favor, ¿puedes mirar el mapa?

Tanzie recordó que su madre odiaba conducir. No se le daba bien procesar la información con la rapidez necesaria. Siempre decía que no tenía bien las sinapsis. Además, todo hay que decirlo, el tufo que reinaba en el coche era tan apestoso que impedía pensar con lucidez.

A Tanzie le empezaron a dar arcadas.

—¡Me voy a morir!

Norman movió su vieja cabezota para mirarla con ojos tristes, como si ella estuviera verdaderamente mal.

—Hay dos desvíos. ¿Tomo este o el siguiente?

—El siguiente, por supuesto. Oh no, lo siento… Este.

—¿Qué?

La madre dio un volantazo, evitando por poco el borde de hierba, para tomar la salida. El coche vibró al golpear el bordillo y Tanzie tuvo que soltarse la nariz para agarrar el collar de Norman.

—Por lo que más quieras, ¿puedes...?

—Quería decir el siguiente. Este nos desvía un montón de kilómetros.

—Llevamos casi media hora en la carretera y estamos más perdidos que cuando salimos. Dios mío, Nicky...

Fue entonces cuando Tanzie vio los destellos de luz azul. Deseó que el coche de policía se alejara. Pero lo que hizo fue acercarse cada vez más hasta que el coche se llenó de luz azul.

Nicky se giró con dificultad en el asiento.

—Hum, Jess, creo que quieren que te detengas.

—Mierda. Mierda, mierda, mierda. Tanzie, no has oído nada.

Su madre respiró hondo, asió el volante con ambas manos y aminoró la marcha.

Nicky se hundió un poco más en el asiento.

—Hum, ¿Jess?

—Ahora no, Nicky.

La policía también frenó. A Tanzie empezaron a sudarle las palmas de las manos. «Todo va a salir bien».

—Me imagino que no es el momento de decirte que me he traído la hierba.

CAPÍTULO 10

JESS

Así pues, allí estaba, en el borde de hierba de una carretera de doble carril a las doce menos veinte de la noche, con dos policías que se comportaban no como si fuera una peligrosa delincuente, que era lo que ella se esperaba, sino una auténtica estúpida. Todo cuanto decían tenía un tonillo condescendiente: ¿Suele usted sacar a su familia a dar una vuelta en coche a altas horas de la noche, señora? ¿Con un solo faro? ¿No era usted consciente, señora, de que su carné caducó hace dos años? Y eso que todavía no habían llegado a que no tenía seguro. Era cuestión de tiempo.

Nicky estaba sudando, esperando que le encontraran la hierba. Tanzie era un fantasma silencioso y pálido a unos metros de distancia, con su cazadora de lentejuelas reluciente bajo las luces mientras abrazaba a Norman por el pescuezo para tranquilizarlo.

Jess se echaba la culpa de todo. No podía haber salido peor.

Y en eso apareció el señor Nicholls.

Cuando bajó la ventanilla, ella notó que se le iba el poco color que le quedaba en la cara. Y se le pasaron un millón de cosas por la cabeza, como quién iba a hacerse cargo de los niños si la metían en la cárcel, y, en caso de que se tratara de Marty, si se acordaría de cosas como que Tanzie crecía y había que comprarle zapatos nuevos en vez de esperar a que las uñas se le curvaran sobre los dedos de los pies. Y quién cuidaría de Norman. Y por qué no había hecho lo primero que tenía que haber hecho, que era devolver al señor Nicholls su estúpido fajo de dinero. Y si Ed iba a decir a la policía que, encima, era una ladrona.

Pero no lo hizo. Preguntó en qué podía ayudar.

El Policía Número Uno se volvió lentamente para mirar a Ed por encima del hombro. El Número Uno era un hombre de pecho fuerte y grueso, bien plantado, de los que se toman a sí mismos muy en serio y se enfurecen si los demás no lo hacen.

—¿Y usted es...?

—Edward Nicholls. Conozco a esta mujer. ¿Qué pasa? ¿Problemas con el coche?

Miró el Rolls sin acabar de creerse que estuviera verdaderamente en la carretera.

—Efectivamente —dijo el Policía Número Dos.

—Carné caducado —murmuró Jess procurando olvidarse de su corazón desbocado—. Quería llevar a los chicos a alguna parte. Y ahora supongo que volveré a llevármelos a casa.

—Usted no va a ninguna parte —dijo el Policía Número Uno—. Su coche está embargado. La grúa está de camino. Conducir por una vía pública sin licencia válida es una infracción de la sección treinta y tres de la Ley de Matriculación e Impuestos sobre Vehículos. Lo que significa que su seguro quedará invalidado.

—No tengo ningún seguro.

Ambos se volvieron hacia ella.

—El coche no está asegurado. No estoy asegurada.

Sintió la mirada del señor Nicholls clavada en ella. ¿Qué demonios? En cuanto metieran los datos lo verían de todas maneras.

—Hemos tenido problemas. Era la única forma que se me ocurrió de llevar a los chicos fuera.

—Es usted consciente de que conducir sin licencia ni seguro es delito. Y comporta una posible pena de cárcel.

—Además el coche no es mío. —Jess dio una patada a una piedra que había en la hierba—. Es lo que van a ver a continuación en cuanto acaben con el tema de la base de datos.

—¿Ha robado usted el coche, señora?

—No, no he robado el vehículo. Lleva en mi garaje desde hace dos años.

—Eso no responde a mi pregunta.

—Es el coche de mi exmarido.

—¿Sabe él que se lo ha llevado usted?

—Si me hubiera cambiado de sexo y me llamara Sid no se habría enterado. Lleva en el norte de Yorkshire desde…

—Sabe, quizá no debería decir nada más. —El señor Nicholls se pasó la mano por la cabeza.

—¿Quién es usted, su abogado?

—¿Es que lo necesita?

—Conducir sin carné válido y seguro es un delito en virtud de la sección treinta y tres de la Ley de Matriculación e Impuestos sobre Vehículos…

—Sí. Ya lo ha dicho. Bueno, creo que usted necesitaría asesoramiento antes de decir nada más…

—Jess —dijo ella.

—Jess. —Ed miró a los policías—. Agentes, ¿tiene que ir a comisaría esta mujer? Porque está claro que está muy afectada. Y, dada la hora, creo que los chicos necesitan ir a casa.

—Será denunciada por conducir sin licencia y seguro. Su nombre y dirección, señora.

Jess se los dio al Policía Número Uno.

—El coche está matriculado en esta dirección, sí. Pero bajo una Notificación Reglamentaria de Fuera de Circulación, lo que significa...

—Que no debería conducirse por una vía pública. Ya lo sé.

—Una vergüenza que no lo pensara antes de salir, ¿no? —dijo con esa mirada de los profesores a los niños de ocho años para que se sientan pequeños. Hubo algo en esa mirada que le puso a Jess fuera de sí.

—¿Sabe una cosa? —dijo—. ¿Cree usted que habría sacado a mis hijos de casa a las once de la noche de no haber sido absolutamente necesario? ¿Cree usted que esta noche estaba yo tan tranquila en mi casita y pensé: «Ya está, voy a llevarme a mis chicos y a mi puñetero perro para meternos en un montón de problemas y...»?

—Lo que usted pensara no es asunto mío, señora. Lo que a mí me interesa es que usted ha sacado a la vía pública un vehículo sin asegurar y posiblemente peligroso.

—Estaba en una situación desesperada, ¿vale? Y no me encontrará en su maldita base de datos porque nunca he hecho nada malo...

—O nunca la han pillado.

Los dos policías se quedaron mirándola. En el arcén, Norman se echó en el suelo con un gran suspiro. Tanzie lo miraba todo en silencio, con unos ojos como platos. «Oh, Dios», pensó Jess. Murmuró unas disculpas.

—Se la denunciará por conducir sin la documentación necesaria, señora Thomas —dijo el Policía Número Uno, extendiéndole una hoja de papel—. Tengo que advertirle de que recibirá una citación judicial y que se enfrenta a una posible multa de cinco mil libras.

—¿Cinco de los grandes? —Jess se echó a reír.

—Y tendrá que pagar para recoger esto —al agente no le salió la palabra «coche»— del depósito policial. Tengo que decirle que cada día de estancia en él cuesta quince libras.

—Perfecto. ¿Y cómo debo sacarlo del depósito si no se me permite conducirlo?

—Le aconsejo que saque todos sus objetos personales antes de que llegue la grúa. Una vez que se haya ido, declinamos toda responsabilidad sobre el contenido del vehículo.

—Por supuesto. Porque evidentemente sería demasiado esperar que un coche esté seguro en un depósito policial —murmuró.

—Pero, mamá, ¿cómo vamos a ir a casa?

Hubo un breve silencio. Los policías se retiraron.

—Yo les llevaré —dijo el señor Nicholls.

Jess se apartó de él.

—Oh. No. No, gracias. Estamos bien. Iremos caminando. No está lejos.

Tanzie la miró con los ojos entrecerrados, como queriendo averiguar si lo decía en serio, y luego se puso en pie con gesto de fatiga. Jess recordó que Tanzie solo llevaba el pijama bajo la cazadora. El señor Nicholls miró de reojo a los niños.

—Yo voy hacia allá. —Señaló la ciudad con la cabeza—. Ya sabe dónde vivo.

Tanzie y Nicky no dijeron nada, pero Jess observó cómo Nicky se dirigía cojeando hasta el coche y se ponía a sacar las bolsas. No podía hacerle llevar todo aquel peso hasta casa. Había unos tres kilómetros.

—Gracias —dijo secamente—. Muy amable por su parte. —No pudo mirarle a los ojos.

—¿Qué le ha pasado a su chico? —dijo el Policía Número Dos.

—Mírelo en su base de datos —contestó bruscamente, y se dirigió al montón de bolsas.

Se alejaron de la policía en silencio. Jess iba sentada en el asiento del copiloto del impecable coche del señor Nicholls, con la mirada puesta en la carretera. Tenía la impresión de que nunca se había sentido tan incómoda. Aunque no podía verlos, notaba el silencio pasmado de los niños ante la cadena de sucesos de la noche. Les había fallado. Vio cómo los setos daban paso a las vallas y muros de ladrillo y las calles oscuras a las farolas. Le resultaba increíble que solo hubieran estado fuera hora y media. Parecía toda la vida. Una multa de cinco mil libras. Y, casi seguro, la retirada del carné. Y comparecer ante un tribunal. Y se había cargado la última oportunidad de que Tanzie ingresara en el St. Anne's.

Jess sintió que se le formaba un nudo en la garganta.

—¿Está usted bien?

—Estupendamente.

Seguía sin mirar al señor Nicholls. Él no sabía. Claro que no. Por un breve y terrible momento después de haber aceptado montar en su coche se había peguntado si esto era un truco. Él esperaría a que se hubiera ido la policía y luego haría algo espantoso para vengarse de ella.

Pero era peor. Estaba procurando ser de ayuda.

—¿Puede girar a la izquierda aquí? Vivimos por ahí. Vaya hasta el final, gire a la izquierda y luego la segunda a la derecha.

La parte pintoresca de la ciudad había quedado un kilómetro atrás. Aquí en Danehall los árboles estaban desnudos incluso en verano y había coches quemados sobre montones de ladrillos como esculturas municipales sobre pequeños pedestales. Había tres clases de casas, según la calle: adosadas, con revestimiento tosco o de pequeños ladrillos de color castaño con ventanas de PVC. Él giró a la izquierda y siguió por Seacole Avenue, aminorando la marcha cuando ella le indicó su casa. Miró al asiento de atrás y vio que durante el corto trayecto Tanzie se había quedado dormida y tenía la boca entreabierta y la cabeza apoyada en Norman que, a su vez, apoyaba la mitad de su mole en el cuerpo de Nicky. Nicky miraba impasible por la ventanilla.

—¿A dónde querían ir?

—A Escocia. —Se frotó la nariz—. Es una larga historia.

Él esperó.

Ella empezó a mover involuntariamente la pierna.

—Necesito que mi hija vaya a unas Olimpiadas Matemáticas. Los billetes eran caros. Aunque no tan caros como ser detenidos por la pasma, visto lo visto.

—Unas Olimpiadas Matemáticas.

—Ya lo sé. Yo tampoco lo había oído nunca hasta hace una semana. Ya le he dicho que era una larga historia.

—Entonces, ¿qué va a hacer?

Jess miró a Tanzie en el asiento de atrás; la niña roncaba suavemente. Se encogió de hombros. No podía expresarlo con palabras.

El señor Nicholls se fijó de pronto en la cara de Nicky. Se quedó mirándolo, como si fuera la primera vez que lo veía.

—Sí, eso es otra historia.

—Tiene usted un montón de historias.

Jess no habría sabido decir si él estaba mostrando interés o simplemente esperando a que se bajara del coche.

—Gracias. Por traernos. Muy amable.

—Sí, bueno, le debía una. Estoy seguro de que fue usted quien me llevó del pub a casa la otra noche. Me desperté en casa con el coche estacionado en el aparcamiento del pub y la peor resaca del mundo. —Hizo una pausa—. También tengo un vago recuerdo de haberme portado como un gilipollas. Posiblemente por segunda vez.

—No pasa nada —dijo ella poniéndose colorada hasta las orejas—. De verdad.

Nicky había abierto la puerta del coche, haciendo moverse a Tanzie, que se restregó los ojos y miró a Jess entre parpadeos. Luego miró despacio alrededor, rememorando los acontecimientos de la noche.

—¿Esto significa que no nos vamos?

Jess reunió las bolsas que llevaba a sus pies. Esta no era una conversación para tenerla en público.

—Vamos dentro, Tanze. Es tarde.

—¿Esto significa que no vamos a ir a Escocia?

Jess esbozó una sonrisa forzada al señor Nicholls.

—Gracias otra vez.

Puso las bolsas en la acera. El aire era sorprendentemente fresco. Nicky estaba esperando a la puerta.

—¿Significa esto que no voy a ir al St. Anne's? —dijo Tanzie con voz temblorosa.

Jess intentó sonreír.

—No vamos a hablar de eso ahora, cariño.

—Pero ¿qué vamos a hacer? —preguntó Nicky.

—Ahora no, Nicky. Vamos dentro.

—Ahora debes a la policía cinco de los grandes. ¿Cómo vamos a ir a Escocia?

—Chicos, por favor, ¿podemos entrar?

Norman gruñó, se levantó con gran dificultad del asiento trasero y salió tranquilamente del coche.

—No has dicho «Ya lo arreglaremos» —dijo Tanzie con voz de pánico—. Siempre dices «Ya lo arreglaremos».

—Ya lo arreglaremos —dijo Jess sacando los edredones del maletero.

—Esa no es la voz que pones cuando vamos a arreglarlo de verdad. —Tanzie se echó a llorar.

Fue tan inesperado que al principio Jess no supo cómo reaccionar.

—Toma. —Lanzó los edredones a Nicky y metió medio cuerpo dentro del coche para ayudar a Tanzie a salir—. Tanzie…, cariño. Sal. Es tarde. Ya hablaremos de esto.

—¿De que no voy a ir al St. Anne's?

El señor Nicholls tenía la mirada clavada en el volante como si aquello fuera demasiado para él. Jess empezó a disculparse en voz baja.

—Está cansada —dijo tratando de rodear a su hija con el brazo. Tanzie se zafó—. Lo siento mucho.

En ese momento sonó el móvil del señor Nicholls.

—Gemma —dijo con voz cansada, como si se lo esperara.

Jess pudo oír un zumbido airado, como si hubiera una avispa atrapada en el teléfono.

—Lo sé —dijo él en voz baja.

—Yo quiero ir al St. Anne's —lloró Tanzie. Se le habían caído las gafas, Jess no había tenido tiempo de ir a la óptica a que se las ajustaran, y se tapó los ojos con las manos—. Por favor, mamá, déjame ir. Seré buena. Déjame ir allí.

—Shhh. —A Jess se le hizo un nudo en la garganta. Tanzie nunca pedía nada—. Tanzie…

En la acera, Nicky se dio la vuelta, como si no pudiera verlo.

El señor Nicholls dijo por el teléfono algo que ella no pudo entender. Tanzie se había echado a llorar. Era un peso muerto.

—Vamos, cariño —dijo Jess tirando de ella.

Tanzie se había agarrado a la puerta.

—Por favor, mamá. Por favor. Por favor.

—Tanzie, no puedes quedarte en el coche.

—Por favor.

—Oh. Vamos, nena.

—Yo los llevaré —dijo el señor Nicholls.

Jess se dio con la cabeza contra el marco de la puerta.

—¿Qué?

—Yo los llevaré a Escocia. —Acababa de colgar el teléfono y seguía mirando el volante—. Resulta que tengo que ir a Northumberland y Escocia no queda tan lejos. Los dejaré allí.

Todos callaron. Al final de la calle se oyó una carcajada y un coche cerrado de un portazo. Jess se arregló la cola de caballo, que se le había ladeado.

—Mire, su ofrecimiento es muy amable, pero no podemos aceptar que nos lleve.

—Sí —dijo Nicky inclinándose hacia delante—. Sí, sí podemos, Jess. —Miró de reojo a Tanzie—. De verdad. Podemos.

—Pero si ni siquiera lo conocemos. No puedo pedirle que…

El señor Nicholls no la miró.

—Solo los voy a llevar. No es nada del otro mundo.

Tanzie se sorbió los mocos y se frotó la nariz.

—Mamá, por favor.

Jess miró a Tanzie, al magullado Nicky y luego al señor Nicholls. Jamás había tenido tantas ganas de salir corriendo de un coche.

—No puedo ofrecerle nada —dijo con voz levemente temblorosa—. Nada en absoluto.

Él enarcó una ceja y miró al perro.

—¿Ni siquiera pasar el aspirador al coche después?

Respiró algo más hondo de lo que hubiera resultado diplomático y dijo:

—Bueno…, vale, eso sí puedo.

—Muy bien —dijo—. Entonces le sugiero que durmamos todos un poco y les recojo mañana a primera hora.

CAPÍTULO 11

ED

*U*na vez que se hubo ido de la urbanización de Danehall, a Edward Nicholls le llevó unos quince minutos preguntarse qué era lo que acababa de hacer. Había aceptado llevar nada menos que hasta Escocia a la borde de su limpiadora, a sus dos hijos raritos y a un enorme perro apestoso. ¿En qué demonios había estado pensando? Recordó la voz de Gemma, el escepticismo con el que había repetido sus palabras:

—Vas a llevar a una niñita que no conoces y a su familia a la otra punta del país y se trata de una «emergencia». Bien. —Pudo oír el entrecomillado. Una pausa—. Guapa, ¿verdad?

—¿Qué?

—La madre. ¿Tetas grandes? ¿Pestañas largas? ¿Dama en apuros?

—No es eso. Eeeh... —No había sido capaz de decir nada con ellos en el coche.

—Me lo tomo como un sí, entonces. —Suspiró profundamente—. Por lo que más quieras, Ed.

Mañana por la mañana se pasaría, se disculparía y explicaría que había ocurrido algo. Ella lo comprendería. Además, también le parecería raro compartir coche prácticamente con un extraño. No había dado saltos de alegría ante el ofrecimiento.

Le daría algo para el billete de tren de los chicos. Al fin y al cabo, no era culpa suya que la mujer —¿Jess?— hubiera decidido conducir un coche sin licencia ni seguro. Mirándolo fríamente —los polis, los niños raritos, la excursión nocturna—, ella era sinónimo de problemas. Y Ed Nicholls no necesitaba más problemas en su vida.

Con estos pensamientos en la cabeza se lavó, se cepilló los dientes y cayó en el primer sueño decente que había tenido en varias semanas.

Detuvo el coche a la puerta de la casa poco antes de las nueve. Se había propuesto llegar antes, pero no había sido capaz de recordar dónde estaba la casa y, como las viviendas municipales eran una masa en expansión de calles idénticas, había estado yendo a ciegas de un lado para otro durante casi media hora hasta que reconoció la Avenida Seacole.

Era una mañana fresca y tranquila, con el aire cargado de humedad. La calle estaba vacía, aparte de un gato anaranjado que caminaba muy ufano por la calzada con la cola como un signo de interrogación. Danehall parecía algo menos hostil de día, pero aun así comprobó dos veces si tenía el coche bien cerrado una vez que se hubo bajado de él.

Levantó la vista a las ventanas. En una de las habitaciones de arriba colgaban gallardetes blancos y rosas y en el porche de la entrada se balanceaban lánguidamente dos cestas. Al lado, en el camino de la entrada, había un coche cubierto por una lona alquitranada. Y luego vio al perro. Dios mío. Qué tamaño. Ed lo recordó tumbado en el asiento trasero la noche pasada. Al volver a montar esta mañana quedaba todavía un leve eco de su aroma.

Abrió cautelosamente el pestillo de la cancela por si el perro le atacaba, aunque se limitó a volver la cabeza con indiferencia, se puso a la sombra de un árbol esmirriado y se tumbó de costado, levantando sin muchas ganas una pata con la vaga esperanza de que le rascaran la barriga.

—Voy a entrar, gracias —dijo Ed.

Recorrió el camino y se detuvo a la puerta. Tenía bien preparado su breve discurso: «Hola, lo siento mucho, pero ha ocurrido algo muy importante en el trabajo y me temo que no voy a poder tomarme libres los dos próximos días. Ahora bien, me encantaría contribuir a financiar la Olimpiada de su hija. Creo que es fantástico que se esfuerce tanto en los estudios. Conque aquí tiene para el billete de tren».

Si esta mañana sonaba menos convincente que anoche, bueno, qué se le iba a hacer. Se disponía a llamar a la puerta cuando vio ondeando al viento la hoja de papel clavada a la puerta con un alfiler:

FISHER, MALDITO DESPOJO, HE DICHO A LA POLICÍA

Mientras volvía a ponerse de pie, se abrió la puerta. Era la niña.

—Ya hemos hecho el equipaje —dijo entrecerrando los ojos, con la cabeza ladeada—. Mamá decía que no vendría, pero yo sabía que sí y por eso le dije que no le dejaría deshacer las maletas hasta las diez. Y ha venido con cincuenta y tres minutos de sobra. Lo que en realidad es unos treinta y tres minutos mejor de lo que había calculado.

Él parpadeó.

—¡Mamá! —dijo abriendo la puerta de par en par.

Jess estaba en el pasillo, como si se hubiera quedado petrificada. Llevaba unos vaqueros cortados y una camisa con las mangas remangadas. Y el pelo recogido. No tenía el aspecto de alguien que estuviera preparando un viaje por todo lo largo del país.

—Hola. —Ed esbozó una sonrisa.

—Oh. Muy bien. —Jess meneó la cabeza. Él supo que la niña había dicho la verdad: ella no esperaba que viniera—. Le ofrecería un café, pero tiré la leche anoche antes de salir.

Bajó el chico restregándose los ojos. Todavía tenía la cara hinchada y ahora coloreada con una impresionante gama de morados y amarillos. Contempló el montón de maletas y bolsas de basura del recibidor y dijo:

—¿Cuáles nos vamos a llevar?

—Todas —dijo la niña—. También he metido la manta de Norman.

Jess miró recelosa a Ed. Él abrió la boca, pero no le salió nada. El pasillo estaba repleto de viejas ediciones baratas.

—¿Puede coger esta bolsa, señor Nicholls? —dijo la niña tirando de ella—. Antes he intentado levantarla porque Nicky no puede llevar peso ahora, pero es demasiado pesada para mí.

—Claro. —Se agachó, pero se detuvo un momento antes de incorporarse. ¿Cómo iba a hacer esto?

—Escuche, señor Nicholls… —Jess estaba delante de él. Tan incómoda como él—. Sobre este viaje…

Y entonces se abrió de golpe la puerta de entrada. Era una mujer con un pantalón de chándal y camiseta, que blandía un bate de béisbol.

—¡Suéltela! —rugió.

Él se quedó petrificado.

—¡Manos arriba!

—¡Nat! —gritó Jess—. ¡No le pegues!

Él las levantó despacio, volviéndose hacia ella.

—¿Qué demo...? —dijo ella mirando a Ed y Jess—. ¿Jess? Oh, Dios mío. Creía que había alguien en tu casa.

—Hay alguien en mi casa. Yo.

La mujer dejó caer el bate y luego lo miró a él horrorizada.

—Oh, Dios mío. Es... Oh, Dios. Oh, Dios, lo siento. Vi la puerta abierta y la verdad es que lo tomé por un ladrón. Creía que era... —Se rio nerviosa y luego lanzó una mirada de angustia a Jess, como si él no la viera—. Ya sabes quién.

Ed suspiró. La mujer puso el bate tras ella y esbozó una sonrisa.

—Ya sabe cómo es esta zona...

Él retrocedió un paso y asintió con la cabeza.

—Está bien. Bueno..., necesito coger el teléfono. Lo he dejado en el coche.

Pasó a su lado con las manos en alto y atravesó el camino de la entrada. Abrió y cerró la puerta del coche y luego volvió a cerrarla con llave por hacer algo mientras procuraba pensar con claridad por encima del pitido que tenía en los oídos. «Márchate», le decía una vocecilla. «Vete. No tienes que volver a verla más. No tienes por qué hacer esto ahora».

A Ed le gustaba el orden. Le gustaba saber qué iba a pasar. En esta mujer todo sugería la... desmesura que tan nervioso le ponía.

Estaba a mitad del camino de la entrada cuando los oyó hablar a través de la puerta entreabierta, que dejaba escapar sus voces por el jardín.

—Voy a decirle que no.

—No puedes, Jess. —La voz del chico—. ¿Por qué?

—Porque es demasiado complicado. Trabajo para él.

—Limpias su casa. No es lo mismo.

—Además, no lo conocemos. ¿Cómo voy a decir a Tanzie que no suba a un coche con alguien que no conoce, si yo lo hago?

—Lleva gafas. No tiene pinta de asesino en serie.

—Cuéntaselo a las víctimas de Dennis Nilsen. Y a las de Harold Shipman.

—Conoces a demasiados asesinos en serie. Le echaremos encima a Norman si hace algo malo. —Otra vez la voz del chico.

—Eso. Con lo útil que ha sido Norman protegiendo a esta familia en otras ocasiones.

—Pero eso el señor Nicholls no lo sabe.

—Mira. Es como todos. Probablemente anoche se sintió involucrado en el drama. Pero está claro que no desea hacerlo. Habrá que decírselo suavemente a Tanzie.

Tanzie. Ed la vio correr por el patio trasero, con el pelo flotando al aire. Vio al perro dirigirse trabajosamente a la puerta de atrás, mitad perro, mitad yak, dejando tras de sí un rastro intermitente de babas.

—Lo voy a cansar para que vaya dormido la mayor parte del viaje. —La niña apareció jadeante delante de Ed.

—Perfecto.

—Soy muy buena en matemáticas. Vamos a ir a una Olimpiada para poder ganar dinero y matricularme en un colegio donde hacen matemáticas avanzadas. ¿Sabe usted cómo me llamo, en código binario?

—¿Tanzie es tu nombre completo? —preguntó mirándola.

—No, pero es el que uso.

Ed hinchó los carrillos.

—Hum, bien. 01010100 01100001 01101110 01111010 01101001 01100101 00001101 00001010 00001101 00001010.

—¿Qué ha dicho al final, 1010 o 0101?

—1010. Total. —Solía jugar a esto con Ronan.

—Uau. Qué bien lo ha dicho.

Ella pasó por delante de él y empujó la puerta.

—Nunca he ido a Escocia. Nicky no hace más que decirme que hay manadas de haggis salvajes. Pero es una mentira, ¿no?

—Por lo que yo sé, hoy día son todos domésticos —dijo.

Tanzie lo miró fijamente. Luego sonrió y casi gruñó al mismo tiempo.

Y Ed vio claro que viajaría a Escocia.

Las dos mujeres callaron cuando él abrió la puerta. Miraron las bolsas que él recogió con ambas manos.

—Tengo que coger algunas cosas antes de irnos —dijo dejando caer la puerta tras él—. Y se han olvidado de Gary Ridgway. El asesino de Green River. Pero son ustedes fantásticas. Ellos eran todos miopes y yo tengo hipermetropía.

Costó media hora salir de la ciudad. El sol daba de frente en lo alto de la colina y eso, unido al tráfico de las vacaciones de Pascua, convirtió la fila de coches en una caravana malhumorada. Jess iba sentada a su lado, callada e incómoda, con las manos apretadas entre las rodillas.

Él había puesto el aire acondicionado, pero no eliminaba el olor del perro, de modo que lo quitó y fueron todos con las ventanillas abiertas. Tanzie no paraba de hablar: ¿Ha ido alguna vez a Escocia? ¿De dónde es? ¿Tiene casa allí? Entonces, ¿por qué vive aquí?

Tenía que resolver un asunto de trabajo, dijo él. Era más fácil que: «Estoy en espera de juicio y una posible condena a siete años de cárcel».

—¿Tiene esposa?

—Ya no.

—¿Fue usted infiel?

—Tanzie —dijo Jess.

Él parpadeó. Miró de reojo por el espejo retrovisor.

—No.

—En el programa de *Jeremy Kyle* la persona suele ser infiel. A veces tiene otro hijo y tiene que hacer una prueba de

ADN y normalmente, cuando sale bien, la mujer parece que quiere pegar a alguien. Aunque la mayoría se echan a llorar.

Tanzie entrecerró los ojos para mirar por la ventanilla.

—Están un poco locas estas mujeres, sobre todo. Porque los hombres todos tienen otro hijo con otra. O montones de novias. Por eso estadísticamente es muy probable que vuelvan a hacerlo. Pero ninguna mujer parece pensar nunca en las estadísticas.

—No veo mucho *Jeremy Kyle* —dijo mirando de reojo el GPS.

—Yo tampoco. Solo cuando voy a casa de Nathalie cuando mamá está trabajando. Ella lo graba mientras está limpiando para verlo por la noche. Tiene cuarenta y siete episodios en el disco duro.

—Tanzie —dijo Jess—, creo que probablemente el señor Nicholls necesite concentrarse.

—Está bien.

Jess estaba retorciéndose un mechón de pelo. Había puesto los pies en el asiento. La verdad es que Ed odiaba que la gente pusiera los pies en los asientos. Aunque se descalzaran.

—Entonces, ¿por qué le dejó su mujer?

—Tanzie.

—Estoy siendo educada. Tú dices que es bueno mantener una conversación educada.

—Lo siento —dijo Jess.

—No. Está bien. —Se dirigió a Tanzie a través del espejo retrovisor—. Creía que yo trabajaba demasiado.

—Nunca dicen eso en *Jeremy Kyle*.

El tráfico disminuyó y salieron a la carretera de doble carril. Hacía buen día y él estuvo tentado de tomar por la carretera de la costa, pero no quiso arriesgarse a un nuevo atasco. El perro gemía, Nicky jugaba con la Nintendo con la cabeza baja en profunda concentración y Tanzie hablaba cada vez menos. Puso la radio —una emisora de música— y por un momento o dos empezó a pensar que aquello podía salir bien. Le iba a llevar como mucho un día, si no había mucho tráfico. Y siempre era mejor que permanecer enclaustrado en casa.

—Según el GPS, tenemos por delante unas ocho horas si no hay atascos —dijo.

—¿Por autopista?

—Bueno, sí. —Miró de reojo a su izquierda—. Ni siquiera un Audi de alta gama tiene alas. —Esbozó una sonrisa para dejar claro que estaba bromeando, pero Jess seguía con expresión seria.

—Eh… Hay un pequeño problema.

—Un problema.

—Tanzie se marea si vamos rápido.

—¿Cómo de rápido? ¿A ciento treinta? ¿A ciento cuarenta?

—Eh…, en realidad, a ochenta. Puede que a sesenta y cinco.

Ed miró de reojo por el espejo retrovisor. ¿Eran imaginaciones suyas o la niña se había puesto un poco pálida? Iba mirando por la ventanilla con la mano en la cabeza del perro.

—¿A sesenta y cinco? —Aminoró la marcha—. Será una broma, ¿no? Eso significa que tenemos que ir a Escocia por carreteras secundarias.

—No. Bueno, quizá. Mire, es posible que ya no le pase. Pero no viaja mucho en coche y solíamos tener grandes problemas con eso… No quiero estropear su magnífico coche.

Ed volvió a mirar de reojo por el retrovisor.

—No podemos ir por carreteras secundarias. Es absurdo. Tardaríamos días en llegar allí. Además, ella va a ir bien. Este coche es nuevo. Tiene una suspensión de primera. Nadie se marea en él.

Ella miró al frente.

—Usted no tiene hijos, ¿verdad?

—¿Por qué lo pregunta?

—Por nada en especial.

Llevó veinte minutos desinfectar y dar champú al asiento trasero y, aun así, cada vez que entraba en el coche, Ed notaba un cierto tufo a vómito. Jess pidió un cubo en una gasolinera y empleó el champú que había metido en una de las bolsas de los chicos. Nicky se sentó en un bordillo al lado del garaje, oculto tras un par de grandes gafas de sol, y Tanzie se sentó con el perro y un pañuelo de papel arrugado en la boca, como una tísica.

—Lo siento —repetía Jess, arremangada y con gesto serio de concentración.

—Está bien. Es usted quien lo está limpiando.

—Le pagaré una limpieza a fondo después.

Él enarcó una ceja. Estaba poniendo una bolsa de basura de plástico encima del asiento para que los chicos no se mojaran al volver a sentarse.

—Bueno, de acuerdo, ya lo haré yo. Así olerá mejor.

Al poco rato montaron otra vez en el coche. Nadie comentó el olor. Él bajó la ventanilla al máximo y se puso a reprogramar el GPS.

—Bien —dijo—. Escocia. Por carreteras secundarias. —Pulsó el botón de «Destino»—. ¿Glasgow o Edimburgo?

—Aberdeen.

—Aberdeen. Por supuesto. —Miró hacia atrás procurando que la voz no delatara su desesperación—. ¿Todo el mundo bien? ¿Agua? ¿Una bolsa de plástico para el asiento? ¿Las bolsas para el mareo a mano? Bien. Vámonos.

Ed oyó la voz de su hermana al ponerse de nuevo en camino. «Ja, ja, ja, Ed. Te está bien empleado».

Poco después de Portsmouth empezó a llover. Ed tomó carreteras secundarias, sin pasar nunca de setenta, notando el delicado goteo de la lluvia por el resquicio de ventanilla que no había sido capaz de cerrar del todo. Iba todo el tiempo concentrado en no pisar demasiado el acelerador. Ir a tan poca velocidad era una frustración continua, como no poder rascarse cuando algo te pica. Acabó poniendo el regulador de velocidad.

A ese ritmo pudo dedicarse a observar discretamente a Jess. Ella seguía callada, mirando para otro lado, como si él hubiera hecho algo que la disgustara. Recordó cuando le había reclamado el dinero en el pasillo de su casa, alzando la barbilla —era bastante baja—. Seguía dando la impresión de que lo tomaba por gilipollas. «Vamos», se dijo él para sus adentros. «Dos, como mucho tres días. Y luego no volverás a verlos nunca. Vamos a ser amables».

—Entonces, ¿limpia usted muchas casas?

Ella frunció un poco el ceño.

—Sí.

—¿Tiene muchos clientes habituales?

—Es un complejo turístico.

—Y... ¿era esto lo que quería hacer?

—¿Que si quería limpiar casas? —Enarcó una ceja como para comprobar que le había preguntado eso—. Pues no. Yo quería ser buceadora profesional. Pero tuve a Tanze y no pude hacer que el cochecito flotara.

—Vale, era una pregunta idiota.

Ella se frotó la nariz.

—No es el trabajo de mis sueños, no. Pero está bien. Puedo sacar adelante a los chicos y la mayoría de la gente para la que limpio me gusta.

La mayoría.

—¿Da para vivir?

Ella volvió bruscamente la cabeza.

—¿Qué quiere decir?

—Lo que he dicho. ¿Da para vivir? ¿Es lucrativo?

—Vamos tirando.

—De eso nada —dijo Tanzie desde atrás.

—Tanze.

—Siempre estás diciendo que no nos llega el dinero.

—Es una forma de hablar. —Jess se ruborizó.

—¿Y usted qué hace, señor Nicholls? —dijo Tanzie.

—Trabajo en una empresa que crea software. ¿Sabes lo que es?

—Por supuesto.

Nicky levantó la vista. Ed lo vio quitarse los cascos. Apartó la vista cuando vio que el chico lo miraba.

—¿Diseña juegos?

—No, juegos no.

—Entonces, ¿qué?

—Bueno, en los últimos años hemos estado trabajando en un software que esperamos que nos acerque a una sociedad sin dinero en efectivo.

—¿Cómo funcionaría?

—Bueno, cuando compras algo o pagas una factura, coges el teléfono, que tiene una cosa algo parecida a un código de barras, y por cada transacción pagas una cantidad pequeñísima, como cero coma cero uno libras.

—¿Pagar para pagar? —dijo Jess—. Nadie va a querer.

—En eso se equivoca. A los bancos les encanta. A los comerciantes les gusta porque les da un sistema uniforme en vez de tarjetas, efectivo, cheques…, y pagas por transacción menos que con una tarjeta de crédito. Con lo que funciona para ambas partes.

—Algunos de nosotros no usamos tarjetas de crédito más que en situación desesperada.

—Entonces tendría que estar vinculada a su cuenta corriente. No tendría usted que hacer nada.

—Si los bancos y minoristas lo adoptan, no tenemos nada que hacer.

—Todavía queda mucho.

Se hizo un breve silencio. Jess se llevó las rodillas a la barbilla y las rodeó con los brazos.

—O sea que básicamente los ricos se hacen más ricos, bancos y comerciantes, y los pobres, más pobres.

—Bueno, en teoría, quizá. Pero ese es el truco. Se paga tan poco que ni te enteras. Y será muy práctico.

Jess murmuró algo que él no captó.

—¿Cuánto ha dicho que es? —preguntó Tanzie.

—Cero coma cero uno por transacción. Supone menos de un penique.

—¿Cuántas transacciones al día?

—¿Veinte? ¿Cincuenta? Depende de cada uno.

—O sea, quince peniques al día.

—Exacto. Una minucia.

—Tres libras con cincuenta a la semana —dijo Jess.

—Ciento ochenta y dos libras al año —dijo Tanzie—. Según lo cerca que la tarifa esté de un penique. Y si es un año bisiesto.

Ed levantó una mano del volante.

—Como máximo. Ni aun así se puede decir que sea mucho.

Jess se volvió para atrás.

—¿Qué podemos comprar con ciento ochenta y dos libras, Tanze?

—En el híper dos pares de pantalones, cuatro blusas y un par de zapatos para ir al colegio. Un equipo de gimnasio y un paquete de cinco pares de calcetines blancos. Eso si lo compras en el híper. Total, ochenta y cinco con noventa y siete. Cien corresponde a la compra de nueve punto dos días, dependien-

do de si viene alguien y mamá compra una botella de vino. Eso
sería la marca del híper. —Tanzie hizo una pausa—. O un mes
del impuesto de bienes inmuebles de clase D. Nosotros somos de
clase D, ¿verdad, mamá?

—Sí, así es. Salvo que nos hayan recalificado.

—O tres días en el centro de vacaciones de Kent en temporada baja. Ciento setenta y cinco libras, IVA incluido. —Se
inclinó hacia delante—. Es a donde fuimos el año pasado. Nos
dieron una noche gratis más porque mamá arregló las cortinas
del hombre. Y tenían un tobogán de agua.

Hubo otro breve silencio.

Ed fue a decir algo cuando apareció la cabeza de Tanzie
entre los asientos.

—O un mes de limpieza de mamá en una casa de cuatro
habitaciones, incluida la lavandería de sábanas y toallas, según
las tarifas actuales. Eso serían tres horas de limpieza y uno
coma tres horas de lavandería.

Se recostó en el asiento, toda satisfecha.

Siguieron casi cinco kilómetros más, torcieron a la derecha en un cruce y luego a la derecha por una carretera estrecha.
Ed quiso decir algo, pero se había quedado temporalmente sin
voz. Detrás de él, Nicky volvió a ponerse los cascos y se echó
para atrás en el asiento. El sol se ocultó por un breve instante
detrás de una nube.

—De todas maneras —dijo Jess poniendo los pies descalzos en el salpicadero e inclinándose hacia delante para poner
música—, esperemos que le vaya bien con eso, ¿eh?

CAPÍTULO 12

JESS

*L*a abuela de Jess decía a menudo que la clave de una vida feliz era tener poca memoria. Claro que eso fue antes de quedar demente y olvidarse de dónde vivía, pero Jess tomó nota. Tenía que olvidarse de ese dinero. No iba a sobrevivir metida en un coche con el señor Nicholls si le daba muchas vueltas a lo que había hecho. Marty solía decirle que tenía la peor cara de póquer del mundo: sus sentimientos asomaban como reflejos en un estanque inmóvil. Ya confesaría dentro de unas horas. O se volvería loca de la tensión y se pondría a arrancar trozos de tapicería con las uñas.

Sentada en el coche, escuchando el parloteo de Tanzie, se dijo para sus adentros que encontraría una forma de pagárselo todo antes de que él descubriera lo que había hecho. Lo sacaría del premio de Tanzie. Ya se le ocurriría algo. Se dijo que no era más que un hombre que se había ofrecido a llevarlos y con quien tenía que mantener una conversación educada unas horas al día.

Y miraba de cuando en cuando a los chicos y pensaba: «¿Qué otra cosa podría haber hecho?».

No debería haber sido difícil recostarse en el asiento y disfrutar del viaje. Las carreteras secundarias estaban flanqueadas de flores silvestres y, cuando escampó, las nubes dejaron ver cielos de un azul de postal de los años cincuenta. Tanzie no había vuelto a marearse y a cada kilómetro que se alejaban de casa notaba que los hombros le empezaban a bajar poco a poco de las orejas. Ahora se daba cuenta de que llevaba meses sin sentirse ni remotamente en calma. Últimamente vivía agobiada por el redoble constante de las preocupaciones: ¿Qué iban a hacer los Fisher? ¿Qué pasaba por la cabeza de Nicky? ¿Qué iba a hacer con Tanzie? Y el triste zumbido del bajo: Dinero. Dinero. Dinero.

—¿Está bien? —dijo el señor Nicholls.

—Estupendamente, gracias —murmuró Jess, sacada de sus pensamientos.

Ambos se hicieron un gesto vago con la cabeza. Él no se había relajado. Se notaba por la mandíbula tensa a ratos y los nudillos blancos en el volante. Jess no sabría decir qué había detrás de su ofrecimiento a llevarlos, pero estaba segura de que lo había lamentado desde aquel mismo momento.

—Hum, ¿hay alguna posibilidad de que deje de tamborilear?

—¿Tamborilear?

—Con los pies. En el salpicadero.

Se miró los pies.

—Me distrae mucho.

—Quiere que deje de tamborilear con los pies.

—Sí. Por favor —dijo él mirando por el parabrisas.

Ella bajó los pies, pero estaba incómoda, de modo que enseguida volvió a levantarlos y cruzarlos sobre el asiento. Apoyó la cabeza en la ventanilla.

—La mano.

—¿Qué?

—Su mano. Ahora está dándose en la rodilla.

Se había puesto a tamborilear sin darse cuenta.

—Quiere que esté completamente inmóvil mientras conduce.

—No estoy diciendo eso. Pero el tamborileo me dificulta la concentración.

—¿No puede conducir si muevo alguna parte de mi cuerpo?

—No se trata de eso.

—¿De qué se trata, entonces?

—Es el tamborileo. Lo encuentro… irritante.

Jess respiró hondo.

—Chicos, que nadie se mueva. ¿De acuerdo? No tenemos que irritar al señor Nicholls.

—No son los chicos —dijo él en voz baja—. Es usted.

—Es que no paras de moverte, mamá.

—Gracias, Tanze —dijo Jess aplaudiendo ante su cara.

Recobró la postura, apretó los dientes y se concentró en estarse quieta.

Cerró los ojos y dejó de pensar en el dinero, el estúpido coche de Marty, sus preocupaciones por los niños, dejando que se fueran disipando con el paso de los kilómetros. Y a medida que la brisa por la ventanilla abierta le daba en la cara y la música le llenaba los oídos, por un momento se sintió una mujer con un tipo de vida completamente distinto.

Hicieron un alto para comer en un pub de las inmediaciones de Oxford. Se estiraron y suspiraron de alivio al mover las articulaciones y los miembros entumecidos. El señor Nicholls desapareció dentro del pub y ella se sentó a una mesa de fuera y sacó los sándwiches que había hecho esa mañana a todo correr, cuando por fin estuvo claro que iban a llevarlos.

—Marmite* —dijo Nicky al llegar y separar dos rebanadas de pan.

—Tenía prisa.

—¿Tenemos algo más?

—Mermelada.

Suspiró y rebuscó en la bolsa. Tanzie estaba sentada en un extremo del banco, enfrascada en sus ejercicios de matemáticas. En el coche no podía leer porque se mareaba, por eso quería aprovechar cualquier oportunidad para trabajar. Jess la vio garabatear ecuaciones algebraicas en el cuaderno de ejercicios, abstraída, y se preguntó por centésima vez de dónde habría salido aquella niña.

—Bueno —dijo el señor Nicholls al llegar con una bandeja—. Creí que nos vendría bien algo de beber. —Acercó dos botellas de cola a los chicos—. Como no sabía qué quería usted, he traído varias cosas. —Había comprado una cerveza italiana, que parecía una pinta de sidra; un vaso de vino blanco; otra cola; limonada y una botella de zumo de naranja. Para él, agua mineral. En medio había un montón de patatas fritas de diferentes sabores.

—¿Ha comprado todo eso?

—Había cola. No podía salir a preguntar.

—No llevo tanto dinero.

—Es una bebida. No es como si le hubiera comprado una casa.

Entonces sonó su teléfono. Lo cogió y fue a grandes zancadas a la otra punta del aparcamiento, con una palma en la nuca mientras caminaba.

—¿Voy a ver si quiere algún sándwich de los nuestros? —dijo Tanzie.

* Pasta para untar elaborada con extracto de levadura muy popular en el Reino Unido. *(N. del T.)*

Jess lo miró, con una mano hundida en el bolsillo, hasta que lo perdió de vista.

—Ahora no —dijo.

Nicky no dijo nada. Cuando ella le preguntó dónde le dolía más, contestó que estaba bien.

—Todo irá bien —dijo Jess alargando la mano—. De verdad. Ahora tenemos estos días, resolvemos lo de Tanze y pensamos lo que vamos a hacer. A veces hace falta tiempo para aclarar las ideas. Se ve todo mucho mejor.

—No creo que el problema sea lo que tengo en la cabeza.

Le dio los analgésicos y vio cómo se los tomaba con la cola.

Nicky llevó al perro a pasear, con los hombros caídos y arrastrando los pies. Ella se preguntó si tendría cigarrillos. Estaba tristón porque la Nintendo se le había quedado sin batería unos treinta kilómetros antes. Jess no estaba segura de que supiera qué hacer si no estaba enganchado quirúrgicamente a una máquina de videojuegos.

Lo vieron marchar en silencio.

Jess pensó en cómo habían ido disminuyendo sus ya escasas sonrisas, en su tensión permanente, su aspecto de pez fuera del agua, pálido y vulnerable, en las pocas horas que pasaba fuera de su habitación. Pensó en su rostro resignado e inexpresivo en el hospital. ¿Quién había dicho aquello de que eres tan feliz como el menos feliz de tus hijos?

Tanzie volvió a sus ejercicios.

—Cuando sea adolescente voy a vivir en otro sitio, creo.

Jess la miró.

—¿Qué?

—Creo que quizá viva en una universidad. No quiero ser vecina de los Fisher. —Escribió un número en el cuaderno de ejercicios, luego borró una de las cifras y la sustituyó por un cuatro—. Me asustan un poco —dijo en voz baja.

—¿Los Fisher?

—Tuve una pesadilla con ellos.

Jess tragó saliva.

—No tienes por qué tenerles miedo —dijo—. Son unos chicos estúpidos. Lo que han hecho es de cobardes. No son nada.

—Pues parecen algo más que nada.

—Tanze, voy a pensar lo que vamos a hacer con ellos y lo vamos a solucionar. ¿Vale? No debes tener pesadillas. Lo voy a solucionar.

Permanecieron en silencio. La carretera estaba en silencio, salvo el ruido distante de un tractor. Los pájaros sobrevolaban en círculos contra el azul infinito. El señor Nicholls volvía despacio. Más erguido, como si hubiera resuelto algo, teléfono en mano. Jess se restregó los ojos.

—Creo que ya he terminado las ecuaciones complejas. ¿Quieres verlas?

Tanzie le mostró una página llena de números. Jess contempló la bonita expresión de su hija. Alargó el brazo y le ajustó las gafas en la nariz.

—Sí —dijo con una sonrisa radiante—, me encantaría ver unas ecuaciones complejas.

El siguiente tramo del viaje les llevó dos horas y media. El señor Nicholls recibió dos llamadas. Una de una mujer llamada Gemma, que no atendió (¿su exesposa?), y la otra relacionada con el trabajo. Una mujer con acento italiano lo llamó nada más parar en una estación de servicio y, en cuanto oyó las palabras «Eduardo, pequeño», el señor Nicholls quitó el manos libres, salió y se colocó al lado del surtidor.

—No, Lara —dijo apartándose de ellos—. Ya lo hemos hablado... Bueno, tu abogado se equivoca... No, llamarme langosta no va a cambiar las cosas.

Nicky durmió una hora, con el pelo negro azulado sobre el pómulo inflamado y la expresión apacible del durmiente. Tanzie canturreó en voz baja y acarició al perro, que se durmió, se tiró varios sonoros pedos y fue impregnando el coche con su olor. Nadie se quejó. Lo cierto es que tapaba el persistente olor a vómito.

—¿Necesitan comer algo los chicos? —dijo el señor Nicholls al entrar en la periferia de alguna gran ciudad.

Cada cierto trecho se alzaban enormes y relucientes bloques de oficinas con nombres que ella nunca había oído, como Accsys, Technologica, Avanta, inspirados en la gestión o la tecnología, en las fachadas. Las carreteras estaban flanqueadas por una interminable sucesión de aparcamientos. Nadie iba a pie.

—Podríamos buscar un McDonald's. Seguro que hay montones por aquí.

—Nosotros no comemos en McDonald's —dijo ella.

—No comen en McDonald's.

—No. Puedo repetírselo, si quiere. Nosotros no comemos en McDonald's.

—¿Un vegetariano?

—No. Mejor buscamos un híper y hago unos sándwiches.

—Si es por el dinero, probablemente McDonald's sale más barato.

—No es por el dinero.

Jess no podía decirle que había cosas que no podía hacer por ser madre sin pareja. Precisamente las que todo el mundo creía que sí: recibir ayudas oficiales, fumar, vivir en viviendas de protección oficial, llevar a los hijos a McDonald's. Algunas cosas no las podía evitar, pero otras sí.

Él suspiró levemente y miró a lo lejos.

—De acuerdo, bueno, podemos buscar un sitio donde alojarnos y luego vemos si hay restaurante cerca.

—Yo casi había pensado que dormiríamos en el coche.

El señor Nicholls frenó en el arcén y se volvió hacia ella.

—¿Dormir en el coche?

—Tenemos a Norman. —La vergüenza le hizo contestar en tono picajoso—. Ningún hotel lo va a aceptar. Aquí estaremos bien.

Él sacó el teléfono y se puso a tocar la pantalla.

—Buscaré un sitio donde admitan perros. Seguro que hay alguno en alguna parte, aunque haya que moverse un poco.

Jess pudo notar el rubor de sus mejillas.

—Preferiría que no lo hiciera.

Él siguió tocando la pantalla.

—En serio. No... tenemos dinero para una habitación de hotel.

El señor Nicholls dejó el dedo quieto sobre la pantalla.

—Eso es una locura. No pueden dormir en mi coche.

—Solo es un par de noches. Estaremos bien. Habríamos dormido en el Rolls. Por eso he traído los edredones.

Tanzie observaba desde el asiento trasero.

—Tengo un presupuesto diario. Y me gustaría atenerme a él. Si no le importa. Doce libras diarias para comida. Como máximo.

La miró como si estuviera loca.

—No voy a impedirle que vaya usted a un hotel. —Lo que no le dijo es que preferiría que lo hiciera.

—Esto es de locos —dijo al fin.

Fueron en silencio los pocos kilómetros que siguieron. El señor Nicholls tenía aspecto de hombre con un cabreo silencioso. Curiosamente, Jess lo prefería así. Y si en la Olimpiada Tanzie lo hacía tan bien como todo el mundo parecía creer, podían detraer un poco del premio para los billetes de tren. La idea de dar plantón al señor Nicholls le hacía sentirse tan bien que no dijo nada cuando se detuvo en el Travel Inn.

—Ahora vuelvo —dijo antes de atravesar el aparcamiento. Se llevó las llaves, haciéndolas sonar con impaciencia en la mano.

—¿Nos vamos a quedar aquí? —preguntó Tanzie restregándose los ojos y mirando alrededor.

—El señor Nicholls sí. Nosotros nos quedaremos en el coche. ¡Será una aventura! —contestó Jess.

Hubo un breve silencio.

—Yupi —dijo Nicky.

Jess sabía que estaba incómodo. Pero ¿qué le iba a hacer?

—Puedes tumbarte atrás. Tanze y yo dormiremos delante. Estará bien.

El señor Nicholls regresó haciendo visera para protegerse de los últimos rayos de sol de la tarde. Ella reparó en que llevaba la misma ropa que la otra noche en el pub.

—Les queda una habitación. Una doble. Pueden quedársela. Voy a ver si hay algo más por aquí cerca.

—Oh, no —dijo ella—. Ya le he dicho que no puedo aceptar nada más de usted.

—No lo hago por usted. Lo hago por sus chicos.

—No —insistió ella procurando adoptar un tono más diplomático—. Muy amable de su parte, pero aquí fuera estaremos estupendamente.

Él se pasó una mano por el pelo.

—¿Sabe una cosa? No puedo dormir en la habitación de un hotel si fuera hay un chico recién salido del hospital durmiendo en el asiento trasero de un coche. Nicky puede usar la otra cama.

—No —replicó ella reflexionando.

—¿Por qué?

No podía decírselo.

A él se le oscureció el semblante.

—No soy ningún pervertido.

—Yo no he dicho que lo fuera.

—Entonces, ¿por qué no deja que comparta la habitación conmigo? Es tan alto como yo, por el amor de Dios.

Jess se ruborizó.

—Últimamente lo ha pasado mal. Necesito echarle un ojo.

—¿Qué es un pervertido? —preguntó Tanzie.

—Podría recargar la Nintendo —dijo Nicky.

—¿Sabe una cosa? Esta es una discusión absurda. Tengo hambre. Necesito comer algo. —El señor Nicholls metió la cabeza por la puerta—. Nicky, ¿quieres dormir en el coche o en la habitación del hotel?

Nicky miró de reojo a Jess.

—En la habitación del hotel. Y yo tampoco soy un pervertido.

—¿Yo soy una pervertida? —dijo Tanzie.

—De acuerdo —concluyó el señor Nicholls—. Haremos esto. Nicky y Tanzie duermen en la habitación del hotel. Usted puede dormir con ellos en el suelo.

—Pero no puedo consentir que nos pague la habitación del hotel y usted duerma en el coche. Además, el perro aullará toda la noche. No lo conoce.

El señor Nicholls puso los ojos en blanco. Se notaba que estaba perdiendo la paciencia.

—De acuerdo, entonces. Los chicos duermen en la habitación del hotel. Usted y yo dormimos en el coche con el perro. Y todos contentos. —Él no parecía muy contento.

—Nunca he estado en un hotel. ¿O sí, mamá?

Se hizo un breve silencio. Jess se dio cuenta de que la situación se le estaba yendo de las manos.

—Yo cuidaré de Tanzie —dijo Nicky. Se le veía ilusionado. La cara, aparte del moretón, tenía color de plastilina—. Un baño estaría bien.

—¿Me leerás un cuento?

—Solo si salen zombis. —Jess vio la sonrisa que Nicky esbozó a Tanzie.

—De acuerdo —dijo ella, esforzándose por reprimir la arcada que le producía lo que acababa de aceptar.

La minitienda estaba a la sombra de una empresa de distribución de productos alimenticios, con el escaparate cubierto de signos de admiración y ofertas de palitos de pescado y bebidas con gas. Jess compró panecillos, queso, patatas fritas y unas manzanas supercaras y preparó a los chicos una cena de picnic, que tomaron en la ladera de césped que rodeaba el aparcamiento. Enfrente, atronaba el tráfico que pasaba dejando un rastro morado en dirección sur. Ofreció al señor Nicholls tomar algo, pero él, después de mirar lo que había en la bolsa, dijo que no, gracias, que ya comería en el restaurante.

Jess se relajó en cuanto lo perdió de vista. Instaló a los chicos en su habitación, con cierta melancolía por no quedarse con ellos. Estaba en la planta baja y daba al aparcamiento. Ella había pedido al señor Nicholls que estacionara lo más cerca posible de la ventana y Tanzie le hizo ir tres veces para poder saludarla retirando las cortinas y pegando la nariz al cristal.

Nicky desapareció una hora en el cuarto de baño con los grifos abiertos. Salió, puso la televisión y se tumbó en la cama, entre agotado y aliviado.

Jess le dio las pastillas, hizo que Tanzie se bañara y se pusiera el pijama y les aconsejó a los dos que no se acostaran tarde.

—Y nada de fumar —le advirtió a él—. En serio.

—¿Cómo voy a fumar? —dijo—. Me has quitado la hierba.

Tanzie estaba echada de costado, enfrascada en sus libros de matemáticas. Jess dio de comer y paseó al perro, se sentó en el asiento del copiloto con la puerta abierta, tomó un panecillo con queso y esperó a que el señor Nicholls terminara de comer.

Eran las nueve y cuarto y estaba tratando de leer un periódico a la poca luz que había cuando volvió él. El teléfono en la mano sugería que acababa de recibir otra llamada y parecía tan contento de verla como ella a él. Abrió la puerta, montó y la cerró.

—He pedido en recepción que me avisen si alguien cancela su reserva —dijo mirando por el parabrisas—. Por supuesto, no les he dicho que estamos esperando en su aparcamiento.

Norman estaba echado en el suelo, como si lo hubieran dejado caer de una gran altura. Ella se preguntó si debería meterlo. Sin los niños detrás y en medio de la oscuridad se hacía mucho más raro todavía estar en el coche al lado del señor Nicholls.

—¿Están bien los chicos?

—Muy contentos. Gracias.

—A su chico parece que le han dado una buena paliza.

—Se pondrá bien.

Hubo un largo silencio. Él la miró. Luego puso ambas manos en el volante y se recostó en el asiento. Se restregó los ojos con las palmas de las manos y se volvió a ella.

—Bien…, ¿he hecho algo más que la moleste?

—¿Qué?

—Se ha comportado todo el día como si estuviera fastidiándola. Me he disculpado por lo del pub de la otra noche. He hecho lo que he podido por traerla hasta aquí. Y sigo teniendo la sensación de haber hecho algo malo.

—Usted…, usted no ha hecho nada malo —balbuceó ella.

Él la observó unos momentos.

—¿Es este el típico «nada malo» de una mujer que significa en realidad que he hecho algo terrible y se supone que debo adivinarla? ¿Y que le sacará de quicio si no lo consigo?

—No.

—Pues ahora sí que no lo sé. Porque ese «no» podría formar parte del «nada malo» de una mujer.

—No estoy hablando en clave. No ha hecho nada malo.

—Entonces, ¿podemos relajarnos los dos un poco? Me hace usted sentirme verdaderamente incómodo.

—¿Le hago sentirse incómodo?

Giró lentamente la cabeza hacia ella.

—Usted parece haber lamentado el ofrecimiento de llevarnos desde el momento de montarnos en el coche. Incluso desde antes. —«Cierra el pico, Jess», se dijo para sus adentros. «Cierra el pico, cierra el pico, cierra el pico»—. Ni siquiera estoy segura de por qué lo hizo.

—¿Qué?

—Nada —dijo apartándose—. Olvídelo.

Él miró por el parabrisas. De pronto pareció cansado, muy cansado.

—De hecho, podría dejarnos en una estación de servicio mañana por la mañana.

—¿Es eso lo que quiere? —dijo.

Jess subió las rodillas hasta el pecho.

—Quizá sea lo mejor.

Fuera la oscuridad era total. Jess abrió dos veces la boca para hablar, pero no le salió nada. El señor Nicholls contemplaba pensativo las cortinas echadas de la habitación del hotel a través del parabrisas.

Ella pensaba en Nicky y Tanzie, que dormían pacíficamente al otro lado, y añoraba estar con ellos. Se sintió mal. ¿Por qué no podía haber fingido? ¿Por qué no podía haber sido más simpática? Era una idiota. Otra vez lo había estropeado todo.

Hacía más fresco. Acabó sacando del maletero el edredón de Nicky y echándoselo a él.

—Tome.

—Oh. —Miró el enorme dibujo de Super Mario—. Gracias.

Hizo entrar al perro, reclinó el asiento lo suficiente como para no tocarle a él y luego se echó por encima el edredón de Tanzie.

—Buenas noches.

Contempló el lujoso interior que tenía a poco más de un palmo de la nariz, aspirando el olor a coche nuevo, con la cabeza hecha un lío. ¿A qué distancia quedaba la estación? ¿Cuánto costaría el billete? Tendrían que pagar otro día de alojamiento en algún sitio, como mínimo. Y ¿qué iba a hacer con el perro? Lo oyó roncar suavemente y pensó que no aspiraría el asiento de atrás por nada del mundo.

—Son las nueve y media. —La voz del señor Nicholls rompió el silencio.

Jess no dijo nada.

—Nueve. Y media —exhaló un hondo suspiro—. Nunca pensé que diría esto, pero es peor que estar casado.

—¿Qué pasa, respiro muy fuerte?

Abrió la puerta bruscamente.

—Oh por el amor de Dios —dijo él, y se fue por el aparcamiento.

Jess se incorporó y lo vio cruzar la carretera a la carrera en dirección a la minitienda, en cuyo fluorescente interior desapareció. Reapareció al poco rato con una botella de vino y un paquete de vasos de plástico.

—Probablemente sea horrible —dijo montando otra vez en el asiento del conductor—. Pero ahora mismo me trae sin cuidado.

Ella miró la botella.

—¿Tregua, Jessica Thomas? Ha sido un día largo. Y una semana de mierda. Y, por amplio que sea, este coche no es lo suficientemente grande para dos personas que no se hablan.

La miró. Tenía los ojos cansados y empezaba a asomarle la barba en el mentón. Eso le daba un aspecto curiosamente vulnerable.

Tomó el vaso que él le dio.

—Lo siento. No estoy acostumbrada a que la gente nos eche una mano. Me hace...

—¿Sospechar? ¿Refunfuñar?

—Iba a decir que me hace pensar que debería salir más.

Él exhaló una bocanada de aire.

—Bien —miró la botella—. Entonces vamos a... Oh, por el amor de Dios...

—¿Qué?

—Creía que se abría a rosca. —Miró la botella como si fuera otra cosa más diseñada para incomodarlo—. Magnífico. Me figuro que no tendrá usted un sacacorchos.

—No.

—¿Cree que me la cambiarán?

—¿Tiene el tique?

Él dio un hondo suspiro que ella interrumpió.

—No hace falta —dijo quitándole la botella.

Abrió la puerta y salió. Norman levantó la cabeza.

—¿No irá a romperla contra el parabrisas?

—No. —Retiró la tapa de aluminio—. Quítese un zapato.

—¿Qué?

—Que se quite un zapato. Con una chancla no se puede.

—No lo use como vaso, por favor. Mi ex lo hizo una vez con un zapato de tacón y fue verdaderamente difícil fingir que el champán con olor a pies era una experiencia erótica.

Ella alargó la mano. Él acabó quitándose un zapato y dándoselo. Vio como Jess metía el culo de la botella en el zapato y, sosteniendo el conjunto con mucho cuidado, se colocaba junto a la pared y le daba un fuerte golpe.

—Me imagino que no servirá de nada preguntarle qué está haciendo.

—Deme un minuto —dijo apretando los dientes, y dio otro golpe.

El señor Nicholls negó lentamente con la cabeza.

Ella se enderezó y lo fulminó con la mirada.

—Puede intentar sacar el corcho con la boca, si lo prefiere.

Él levantó la mano.

—No. No. Siga usted. Precisamente esta noche esperaba terminar con cristales rotos en los calcetines.

Jess miró el corcho y dio otro golpe. Entonces salió del cuello de la botella como un centímetro del corcho. Otro golpe. Un centímetro más. Sostuvo la botella con cuidado, otro golpe, y misión cumplida: sacó el resto del tapón sin dificultad y le alargó la botella.

Él se quedó mirando la botella y luego la miró a ella, que le devolvió el zapato.

—Uau. Es usted una mujer de recursos.

—También sé montar estanterías, sustituir tarimas en mal estado y hacer una correa del ventilador con una media atada.

—¿De veras?

—La correa no. —Montó en el coche y aceptó el vaso de vino—. Una vez lo intenté. Se rompió a los veinte metros. Un desperdicio de medias opacas de Marks & Spencer. —Dio un sorbo—. Y el coche estuvo semanas apestando a medias quemadas.

Detrás de ellos, Norman aulló en sueños.

—Tregua —dijo el señor Nicholls levantando el vaso.

—Tregua. No va a conducir luego, ¿verdad? —dijo ella levantando el suyo.

—No si usted tampoco lo hace.

—Oh, qué gracioso.

Y de pronto la noche se hizo un poco más llevadera.

CAPÍTULO 13

ED

Esto fue lo que Ed descubrió acerca de Jessica Thomas, una vez que ella hubo tomado un par de copas (cuatro o cinco, en realidad) y dejó de comportarse como una borde:

Uno, en realidad el chico no era hijo suyo. Era hijo de su ex y la ex de su ex, y, como ambos lo habían abandonado prácticamente, ella era la única persona que le quedaba.

—Qué amable de su parte —dijo él.

—No tanto —replicó ella—. Nicky es como si fuera mío. Lleva conmigo desde que tenía ocho años. Cuida de Tanzie. Y, además, las familias tienen formas diferentes ahora, ¿no?

Su tono defensivo le hizo pensar a Ed que ya había mantenido esta conversación muchas veces.

Dos, la niña tenía diez años. Él hizo un cálculo mental y ella lo atajó antes de que dijera una palabra:

—Diecisiete.

—Muy… joven.

—Fui una chica asilvestrada. Lo sabía todo. En realidad no sabía nada. Apareció Marty, dejé el colegio y luego me quedé embarazada. No iba para limpiadora, ¿sabe? Mi madre era profesora. —Lo miró como si supiera que eso lo impresionaría.

—Perfecto.

—Ya está jubilada. Vive en Cornualles. En realidad no tenemos trato. No está de acuerdo con lo que llama mis decisiones vitales. Lo que no me esperaba yo era que, cuando tienes un hijo a los diecisiete, se acabaron las opciones.

—¿Incluso ahora?

—Sí. —Retorció un mechón de pelo entre los dedos—. Porque nunca encajas. Tus amistades están en la universidad, tú en casa con un bebé. Ni siquiera tienes tiempo para pensar en cuáles podrían ser tus aspiraciones. Tus amistades están emprendiendo su vida profesional y tú estás en el instituto de la vivienda procurando encontrar dónde vivir. Tus amistades comprando la primera casa y el primer coche y tú procurando encontrar un trabajo que te permita cuidar de tu hijo. Y todos los trabajos que te permiten acoplar el horario tienen unos salarios asquerosos. Y eso fue antes de que la economía se viniera abajo. Pero no me malinterprete. No lamento haber tenido a Tanzie ni por un momento. Tampoco lamento haberme hecho cargo de Nicky. Pero si volviera a nacer los habría tenido después de haber hecho algo con mi vida. Sería estupendo haber podido darles… algo mejor.

No se había preocupado de poner el asiento en posición vertical mientras le contaba esto. Estaba apoyada en el codo mirándole a él bajo el edredón, con los pies descalzos en el salpicadero. A Ed no pareció importarle mucho.

—Todavía está a tiempo de emprender una carrera profesional —dijo—. Es usted joven. Quiero decir…, podría tener una cuidadora para después del colegio o algo así.

Ella se echó a reír. Un gran ladrido de foca: «¡Ja!». Una carcajada fuerte, abrupta y poco elegante, discordante con su tamaño y aspecto. Se incorporó y tomó un trago de vino.

—Sí, claro, señor Nicholls. Seguro que podría.

Tres, le gustaba arreglar cosas. A veces se preguntaba si no podría haber sido esa su profesión. Hacía chapuzas en el barrio, desde arreglar enchufes a alicatar cuartos de baño.

—Cualquier cosa de la casa. Se me da bien. Sé incluso hacer papel pintado.

—¿Hace su propio papel pintado?

—No ponga esa cara. Está en la habitación de Tanzie. También le hacía la ropa hasta hace poco.

—¿Viene usted de la Segunda Guerra Mundial? ¿Guarda también tarros de mermelada y cuerda?

—¿Y usted qué quería ser?

—Lo que era.

Se dio cuenta de que no quería hablar de ello y cambió de tema.

Cuatro, tenía los pies muy pequeños. Y se compraba zapatos de niña. (Por lo visto eran más baratos). Una vez que hubo dicho eso, él tuvo que contenerse para no mirarle de reojo los pies como si fuera una especie de pervertido.

Cinco, antes de tener niños, podía beber cuatro vodkas dobles seguidos y seguir caminando en línea recta.

—Sí, aguantaba bien la bebida. Claro que no tanto como para acordarme del control de natalidad.

Casi nunca bebía en casa.

—Cuando estoy trabajando en el pub y alguien me invita, me quedo con el dinero. Y cuando estoy en casa me preocupa que pueda pasarles algo a los chicos y necesite estar despejada. —Miró por la ventanilla—. Ahora que lo pienso…, esto es lo más parecido a salir de noche que he hecho en… cinco meses.

—Un hombre que le dio con la puerta en las narices, dos botellas de vino peleón y un aparcamiento.

—No era una indirecta.

No explicó qué le preocupaba tanto de sus chicos. Recordó la cara de Nicky y decidió no preguntar.

Seis, ella tenía una cicatriz debajo de la barbilla por una trozo de gravilla que había tenido incrustado ahí dos semanas tras una caída de la bicicleta. Quiso enseñársela, pero en el coche no había suficiente luz. También tenía un tatuaje en la base de la columna.

—Un auténtico tatuaje de golfa, según Marty. Cuando me lo hice estuvo dos días sin hablarme. —Hizo una pausa—. Probablemente lo hice por eso.

Siete, su segundo nombre era Rae. Tenía que deletrearlo cada vez que lo decía.

Ocho, no le importaba limpiar, pero odiaba de veras a la gente que la trataba como si no fuera «más que» una limpiadora. (Él tuvo el detalle de ruborizarse un poco aquí).

Nueve, no había salido con nadie desde que la dejó su marido hacía dos años.

—¿Lleva dos años y medio sin sexo?

—He dicho que me dejó hace dos años.

—Es un cálculo razonable.

Ella se incorporó y lo miró de reojo.

—Tres y medio, en realidad. Si nos ponemos a contar. Aparte de un…, eh…, episodio el año pasado. Y no tiene por qué quedarse tan impresionado.

—No estoy impresionado —dijo procurando cambiar de expresión. Se encogió de hombros—. Tres años y medio. Quiero decir, solo es, qué, la cuarta parte de su vida adulta… Eso no es nada.

—Ya. Gracias. —Luego, él no sabría decir por qué, algo cambió.

Ella murmuró algo que no logró entender, se recompuso la coleta —gesto que él se había fijado que ella repetía cuando se ponía nerviosa, como si necesitara hacer algo— y dijo que tal vez fuera hora de dormir.

Ed pensó que no tenía nada de sueño. Había algo extrañamente inquietante en estar en un coche a oscuras a un brazo de distancia de una mujer atractiva con la que acababas de compartir dos botellas de vino. Por mucho que estuviera tapada bajo un edredón de Bob Esponja. Miró las estrellas por el techo solar, escuchó el zumbido de los camiones en dirección a Londres y pensó que su vida real —la de la empresa, el despacho y las interminables secuelas de Deanna Lewis— estaba ahora a un millón de kilómetros.

—¿Sigue despierto?

Él volvió la cabeza preguntándose si lo había estado mirando.

—No.

—De acuerdo. —Llegó el murmullo desde el asiento del copiloto—. El juego de la verdad.

Él levantó los ojos al techo.

—Adelante.

—Usted primero.

No se le ocurría nada.

—Debe pensar en algo.

—De acuerdo. ¿Por qué lleva chanclas?

—¿Esa es su pregunta?

—Está helando. Es la primavera más fría y húmeda de la que se tiene memoria. Y usted lleva chanclas.

—¿Le molesta mucho?

—No lo entiendo. Debe de tener frío.

Ella mostró los dedos de los pies.

—Es primavera.

—¿Y qué?

—Pues eso. Que es primavera. Por lo tanto, el tiempo mejorará.

—Lleva usted chanclas como prueba de fe.

—Si quiere verlo así.

Él no supo qué responder a eso.

—De acuerdo. Me toca a mí.

Él esperó.

—¿Pensó usted marcharse y dejarnos plantados esta mañana?

—No.

—Mentiroso.

—Bueno, un poco sí. Su vecina quería machacarme la cabeza con un bate de béisbol y su perro huele fatal.

—Puf, vaya excusa.

La oyó cambiar de postura en el asiento. Sus pies desaparecieron bajo el edredón. Sus cabellos olían a coco.

—¿Por qué no lo hizo?

Se lo pensó un poco antes de responder. Quizá fuera porque no podía ver la cara de ella. Quizá el vino y las altas horas habían bajado sus defensas, porque normalmente no hubiera respondido como lo hizo.

—Porque últimamente he cometido una estupidez. Y quizá una parte de mí necesitaba hacer algo con lo que me sintiera bien.

Ed creyó que ella iba a decir algo. Casi lo esperaba. Pero no lo hizo.

Estuvo un rato contemplando las farolas y escuchando la respiración de Jessica Thomas y pensó en cuánto echaba de menos dormir cerca de otra persona. Muchos días se sentía el hombre más solitario del planeta. Pensó en los pies pequeños y las uñas cuidadas de ella y se dio cuenta de que tal vez había bebido demasiado. No seas idiota, Nicholls, dijo para sus adentros, y se giró de manera que le dio la espalda.

Entonces debió de quedarse dormido porque de pronto hizo frío y fuera estaba gris y tenía el brazo entumecido y estaba tan atontado que le costó sus buenos dos minutos darse cuenta de que el ruido que oía era el guardia de seguridad, que golpeaba en la ventanilla del conductor para decirle que no podían dormir allí.

CAPÍTULO 14

TANZIE

*E*n el bufé del desayuno había cuatro clases diferentes de pastas danesas y tres clases diferentes de zumos de frutas, además de toda la gama de paquetes individuales de cereales que su madre decía que salían caros y jamás compraba. Había llamado a la ventana a las ocho y cuarto para decirles que se pusieran la cazadora para desayunar y se guardaran en los bolsillos todo lo que pudieran. Se le había aplastado el pelo por un lado y no llevaba maquillaje. Tanzie se figuró que, al final, el coche no había sido ninguna aventura.

—Las mantequillas y las mermeladas no. Ni nada que necesite cubiertos. Bollos, magdalenas, ese tipo de cosas. Que no os pillen. —Miró hacia atrás y vio al señor Nicholls discutiendo con el guardia de seguridad—. Y manzanas. Las manzanas son sanas. Y si puede ser, unas lonchas de jamón para Norman.

—¿Cómo voy a llevar el jamón?

—O una salchicha. Envuélvela en una servilleta.

—¿Eso no es robar?

—No.

—Pero...

—Es tomar un poco más de lo que vas a comer en un momento dado. Tú... Imagina que eres un huésped con un trastorno hormonal y que eso te da mucha, mucha hambre.

—Es que no tengo ningún trastorno hormonal.

—Pero podrías tenerlo. Esa es la cuestión. Tú eres una persona enferma, Tanze, y tienes mucha hambre. Has pagado el desayuno, pero necesitas comer mucho.

Tanzie cruzó los brazos.

—Tú has dicho que robar está mal.

—No es robar. Tú ya lo has pagado.

—Pero no hemos pagado nosotros, ha sido el señor Nicholls.

—Tanzie, haz lo que te digo, por favor. El señor Nicholls y yo vamos a salir del aparcamiento durante media hora. Hazlo y luego vuelve a la habitación y prepárate para salir a las nueve. ¿De acuerdo?

Jess se apoyó en la ventana, dio un beso a Tanzie y luego volvió al coche con andares cansados y la cazadora sobre los hombros. Se detuvo, dio media vuelta y gritó:

—No te olvides de cepillarte los dientes. Y no te dejes los libros de matemáticas.

Nicky salió del cuarto de baño. Llevaba unos vaqueros negros ajustados y una camiseta donde ponía WHATEVS.

—No vas a poder llevar una salchicha con esos pantalones —dijo Tanzie mirando sus vaqueros.

—Te apuesto a que llevo más que tú.

Sus miradas se cruzaron.

—Apuesta aceptada —dijo Tanzie, y corrió a vestirse.

El señor Nicholls se inclinó hacia delante y entrecerró los ojos para mirar por el parabrisas mientras Nicky y Tanzie se acercaban por el aparcamiento. A decir verdad, pensó Tanzie, probablemente ella habría mirado igual. Nicky se había metido dos grandes naranjas y una manzana dentro de los vaqueros y andaba como un pato por el asfalto, como si hubiera tenido algún problema con los pantalones. Ella llevaba la cazadora de lentejuelas, pese al calor que daba, porque había llenado los bolsillos delanteros de paquetes de cereales y, si no llevara la cazadora, parecería que estaba embarazada. De bebés robots.

No podían contener la risa.

—Vamos, montad, montad —dijo su madre metiendo las bolsas en el maletero mientas miraba para atrás de reojo—. ¿Qué habéis traído?

El señor Nicholls salió a la carretera. Tanzie vio que miraba de reojo por el retrovisor mientras ellos descargaban lo que habían traído y se lo daban a su madre.

Nicky sacó un paquete blanco del bolsillo.

—Tres galletas danesas. Cuidado, el glaseado se ha pegado a las servilletas. Cuatro salchichas y unas lonchas de bacon en un vaso de cartón para Norman. Dos lonchas de queso, un yogur y... —se echó la cazadora sobre el regazo, alargó la mano poniendo una mueca, estirándose, y sacó la fruta—. Me parece increíble haber podido meterla ahí.

—Ante eso no puedo decir nada que resulte apropiado para una conversación entre madre e hijo —dijo su madre.

Tanzie tenía seis paquetes pequeños de cereales, dos plátanos y un sándwich de mermelada. Se puso a comer uno de los paquetes mientras Norman la contemplaba y dos estalactitas de baba caían de su boca hasta manchar el asiento del coche del señor Nicholls.

—La mujer de los huevos escalfados fijo que nos ha visto.

—Le he dicho que tú tenías un trastorno hormonal —dijo Tanzie—. Le he dicho que tenías que comer el doble de tu peso tres veces al día o te desmayarías en el comedor e incluso podrías morir.

—Fantástico —dijo Nicky.

—Tú ganas numéricamente —dijo ella contando lo que habían traído—, pero yo saco más puntos por mi habilidad.

Se inclinó hacia delante y, mientras todos la miraban, sacó con cuidado sendos cafés en vasos de plástico de ambos bolsillos, más las servilletas de papel que había metido de relleno para que no se vertieran. Alargó uno a su madre y el otro lo dejó en el posavasos del lado del señor Nicholls.

—Eres un genio —dijo su madre quitando la tapa—. Oh, Tanze, no te haces una idea de cuánto necesitaba esto.

Dio un sorbo, cerrando los ojos. Tanzie no estaba segura de si era por lo bien que lo habían hecho en el bufé o porque Nicky se estaba riendo por primera vez en mucho tiempo, pero por un momento le pareció que no había visto tan contenta a su madre desde que su padre los había abandonado.

El señor Nicholls los contemplaba como si fueran un grupo de extraterrestres.

—Bien, podremos hacer sándwiches de jamón, queso y salchichas para el almuerzo. Comeos las galletas ahora. La fruta, de postre. ¿Quiere una? —Alargó una naranja hacia el señor Nicholls—. Todavía está un poco caliente. Puedo pelarla.

—Eh, muy amable —dijo él apartando la vista—, pero creo que pararé en un Starbucks.

El siguiente tramo del viaje fue muy bonito. No hubo atascos y su madre convenció al señor Nicholls para que sintonizara su emisora favorita de radio y cantó seis canciones a cual más fuerte. Hizo cantar también a Tanze y Nicky y, al principio, al señor Nicholls se le veía un poco harto, pero Tanzie observó que unos cuantos kilómetros más adelante comenzó a llevar el ritmo con la cabeza como si estuviera pasándolo bien. El sol apretaba y el señor Nicholls abrió el techo solar. Norman se incorporó para poder aspirar el aire mientras viajaban, con la ventaja añadida de que dejó de arrinconar a Tanzie y Nicky contra las puertas.

A Tanzie le recordó un poco a cuando su padre vivía con ellos y a veces salían por ahí en el coche. Solo que su padre corría mucho y nunca se ponían de acuerdo sobre dónde parar a comer. Y decía que no entendía por qué no podían gastarse algo de dinero comiendo en un pub y su madre contestaba que ya había hecho los sándwiches y no los iba a tirar. Y le decía a Nicky que levantara la cabeza de los videojuegos para admirar el puñetero paisaje y Nicky murmuraba que él no había pedido ir y eso enfadaba aún más a su padre.

Y entonces Tanzie pensó que, por mucho que quisiera a su padre, probablemente prefería hacer este viaje sin él.

Al cabo de dos horas el señor Nicholls dijo que necesitaba estirar las piernas y Norman necesitaba hacer pis, de manera que se detuvieron en un rincón de un parque regional. Jess sacó parte del botín del desayuno y se sentaron a comer a una mesa de picnic con sombra. Tanzie repasó los números primos y las ecuaciones de segundo grado y luego llevó a Norman a dar un paseo entre los árboles. Él estaba muy contento y se detenía a cada paso para olisquearlo todo, los rayos de sol se filtraban por entre las hojas en movimiento y vieron un ciervo y dos faisanes; era como estar de vacaciones.

—¿Estás bien, cariño? —dijo su madre acercándose con los brazos cruzados. Desde donde estaban podían ver entre los árboles a Nicky y el señor Nicholls charlando a la mesa—. ¿Te sientes segura de ti misma?

—Creo que sí —dijo ella.

—¿Hiciste anoche los ejercicios?

—Sí. La secuencia de los números primos me resulta un poco difícil, pero los escribí y cuando vi la pauta que siguen ya me pareció más fácil.

—¿Sin pesadillas sobre los Fisher?

—Anoche —dijo Tanzie— soñé con una col que sabía patinar. Se llamaba Kevin.

—Bien —dijo su madre después de una larga mirada.

En el bosque hacía más fresco y olía a humedad de la buena, con musgo, verde, viva, no como la del trastero, que olía a moho. Su madre se detuvo en el sendero y se volvió hacia el coche.

—Te dije que iban a suceder cosas buenas, ¿no? —Esperó a que Tanzie le diera alcance—. El señor Nicholls nos va a llevar allí mañana. Pasaremos una noche tranquila, ganarás la competición y entrarás en tu nuevo colegio. Entonces, espero, nuestras vidas cambiarán un poco a mejor. Y esto es divertido, ¿no? Es un viaje bonito.

Miraba al coche mientras hablaba y su voz delataba que tenía la cabeza en otra cosa. Tanzie observó que se había maquillado mientras estaban en el coche.

—Mamá.

—¿Sí?

—En el bufé hemos robado comida, ¿verdad? Quiero decir, si lo miras proporcionalmente, hemos tomado más de lo que nos correspondía.

Su madre se miró pensativa los pies.

—Si tanto te preocupa, cuando ganes el premio en metálico ponemos cinco libras en un sobre y se las enviamos. ¿Qué te parece?

—Con todo lo que nos llevamos, creo que se acercaría más a las seis libras. Probablemente seis cincuenta —dijo Tanzie.

—Pues les enviaremos eso. Y ahora creo que deberíamos hacer un esfuerzo para que este gordo y viejo perro tuyo corra un poco para que (a) esté lo suficientemente cansado como para dormir el siguiente tramo del viaje y (b) se anime a hacer sus necesidades aquí y no vaya tirándose pedos los próximos ciento treinta kilómetros.

Se pusieron otra vez en camino. Llovía. El señor Nicholls recibió Una de Sus Llamadas Telefónicas de un hombre llamado Sidney y hablaron del precio de las acciones y los movimientos del mercado y puso cara seria, por lo que Jess dejó de cantar un rato. Tanzie procuró no mirar a hurtadillas los ejercicios de matemáticas (su madre le había dicho que se marearía). Las piernas se le habían pegado a los asientos de piel del señor Nicholls y lamentaba haberse puesto pantalones cortos. Además, Norman se había revolcado encima de algo en el bosque y ella notaba el tufo de algo realmente malo, aunque no quiso decir nada por si el señor Nicholls decidía que ya estaba harto de su apestoso perro. Así pues, se tapó las narices con los dedos y procuró respirar por la boca, destapando un momento los orificios de la nariz únicamente cada treinta farolas.

—¿En qué estás pensando, Tanze? —Su madre miró atrás entre los asientos.

—Estaba pensando en permutaciones y combinaciones.

Su madre sonrió como solía hacer cuando no entendía lo que estaba diciendo Tanzie.

—Bueno, estaba pensando en la macedonia de frutas del desayuno. Pues eso es una combinación, no importa que las manzanas, las peras y los plátanos estén en orden, ¿vale? Pero en las permutaciones sí.

Su madre seguía sin entender nada. El señor Nicholls miró por el espejo retrovisor y luego miró a Jess.

—Muy bien, imagine que saca calcetines de colores de un cajón. Si tiene seis pares de diferentes colores en el cajón

—o sea, doce en total—, hay seis veces cinco veces cuatro veces tres combinaciones diferentes que podría sacar, ¿no? —dijo él—. Pero si los doce fueran cada uno de un color, habría un gran número de combinaciones diferentes en que sacarlos, cerca de quinientos millones.

—Eso me recuerda mucho a nuestros cajones de calcetines —dijo Jess.

El señor Nicholls miró a Tanze y sonrió.

—Entonces, Tanze, si tienes un cajón con doce calcetines, pero no puedes verlos, ¿cuántos tienes que sacar para saber si hay dos pares como mínimo?

Tanzie se puso a pensarlo tanto tiempo que no oyó cuando el señor Nicholls empezó a hablar con Nicky.

—¿Estás aburrido? ¿Quieres que te deje mi teléfono?

—¿En serio?

Nicky dejó su postura apoltronada y se incorporó.

—Claro. Está en el bolsillo de mi chaqueta.

Con Nicky otra vez pegado a una pantalla, Jess y el señor Nicholls se pusieron a hablar. Como si hubieran olvidado que había más personas en el coche.

—¿Sigue pensando en los calcetines? —preguntó ella.

—Oh, no. Esos problemas pueden freírte el cerebro. Se los dejo a su hija.

Siguió un breve silencio.

—Entonces hábleme de su esposa.

—Exesposa. Y no, gracias.

—¿Por qué no? Usted no fue infiel. Me figuro que ella tampoco o usted habría puesto cara de que sí.

—¿Qué cara?

Otro breve silencio. Quizá diez farolas.

—No creo que hubiera puesto ninguna cara. Pero no. No fue infiel. Y no, no quiero hablar de eso. Es…

—¿… privado?

—No me gusta hablar de asuntos personales. ¿Quiere usted hablar de su ex?

—¿Delante de sus hijos? Sí, siempre es una gran idea.

Nadie habló durante unos kilómetros. Jess se puso a tamborilear en la ventanilla. Tanzie miraba de reojo al señor Nicholls. Cada vez que su madre tamborileaba, a él se le contraía un pequeño músculo en la mandíbula.

—Entonces, ¿de qué hablamos? A mí no me interesa el software y me figuro que tiene usted interés cero por lo que hago yo. No entiendo de matemáticas y calcetines. Pero son demasiadas las veces que puedo señalar al campo y decir: «Oh, mira, vacas».

El señor Nicholls suspiró.

—Venga, queda mucho camino hasta Escocia.

Hubo un silencio de treinta farolas. Nicky estaba sacando fotos por la ventanilla con el teléfono del señor Nicholls.

—Lara. Italiana. Modelo.

—Modelo. —Jess soltó una carcajada—. Por supuesto.

—¿Qué significa eso? —dijo el señor Nicholls de mal humor.

—Todos los hombres como usted salen con modelos.

—¿Qué es eso de los hombres como yo? Venga.

—Hombres ricos.

—No soy rico.

—Nooooo —negó ella con la cabeza.

—No lo soy.

—Creo que depende de cómo defina rico.

—He visto ricos. Yo no lo soy. Me va bien, sí. Pero estoy muy lejos de ser rico.

Jess se volvió hacia él. No tenía ni idea de con quién estaba tratando.

—¿Tiene más de una casa?

Dio al intermitente y giró el volante.

—Quizá.

—¿Tiene más de un coche?

—Sí. —Miró de reojo.

—Entonces es usted rico.

—No. Ser rico es tener aviones privados y yates. Ser rico implica tener empleados.

—Entonces, ¿yo qué soy?

El señor Nicholls negó con la cabeza.

—Usted no es una empleada. Usted…

—¿Qué?

—Estoy tratando de imaginar su cara si dijera que es parte de mi personal.

Jess se echó a reír.

—Mi criada. Mi muchacha.

—Sí. Por ahí. De acuerdo, bien, ¿qué diría usted que es ser rico?

Jess sacó una de las manzanas del bufé del bolso y le dio un mordisco. Estuvo masticando un rato antes de hablar.

—Ser rico es pagar las facturas a tiempo sin pensar en ello. Poder ir de vacaciones o pasar las Navidades sin tener que pedir prestado para devolverlo en enero o febrero. En fin, no tener que pensar en el dinero todo el puñetero tiempo.

—Todo el mundo piensa en el dinero. Incluso los ricos.

—Sí, pero en cómo hacer más dinero. Mientras que yo pienso en cómo demonios llegar a la semana que viene.

El señor Nicholls carraspeó.

—No me pudo creer que esté llevándole a Escocia y usted vaya dándome la brasa porque haya decidido erróneamente que soy una especie de Donald Trump.

—No estoy dándole la brasa.

—Qué vaaaa.

—Solo estoy puntualizando que hay una diferencia entre lo que usted considera ser rico y lo que es ser rico de verdad.

Se hizo una especie de silencio embarazoso. Jess se ruborizó como si hubiera hablado demasiado y se puso a comer la manzana a grandes y ruidosos mordiscos, aun cuando a Tanzie le hubiera reprochado que comiera de ese modo. La niña se había olvidado de las permutaciones de calcetines. No quería que el señor Nicholls y su madre dejaran de hablar porque estaban pasándolo muy bien, de manera que asomó la cabeza por entre los asientos delanteros.

—Bueno, he leído en algún sitio que para formar parte del uno por ciento más rico de este país hay que ganar más de ciento cuarenta mil libras al año —dijo amablemente—. Por lo tanto, si el señor Nicholls no gana tanto, entonces probablemente no es rico.

Sonrió y volvió a sentarse bien.

Jess se quedó mirando al señor Nicholls.

Él se rascó la cabeza.

—Se me ocurre una cosa —dijo al cabo de un rato—, ¿hacemos un alto para tomar un té?

Moreton Marston parecía haber sido inventado para turistas. Todo estaba construido en la misma piedra gris y era muy antiguo, y los jardines de todo el mundo eran perfectos, con florecillas por encima de los muros e impecables cestillos de enredaderas, como sacados de un libro. Las tiendas eran como las que salen en las felicitaciones navideñas. En la plaza del mercado una mujer ataviada al estilo victoriano vendía pastelillos y grupos de turistas daban vueltas y sacaban fotografías. Tanzie estaba tan entretenida mirando por la ventanilla que al principio no se fijó en Nicky. Fue al estacionar el coche cuando vio que se había puesto muy pálido. Le preguntó si le dolían las costillas y dijo que no y cuando le preguntó si tenía una manzana que no podía sacar de los pantalones, él dijo:

«No, Tanze, déjalo», pero, por como lo dijo, le pasaba algo. Tanzie miró a su madre, que estaba ocupada en no mirar al señor Nicholls, que a su vez estaba concentrado en encontrar el mejor sitio donde estacionar el coche. Norman miraba hacia arriba a Tanzie, como diciendo: «No te molestes en preguntar».

Salieron todos, se estiraron y el señor Nicholls dijo que iban a tomar té con pastas, que invitaba él y que hicieran el favor de no armar ningún numerito por el gasto porque no era más que un té, ¿de acuerdo? Jess enarcó las cejas como si fuera a decir algo y luego solo murmuró un «Gracias» a regañadientes.

Se sentaron en un café llamado Ye Spotted Sowe Tea Shoppe, aunque Tanzie dijo que en época medieval no había té. A nadie pareció importarle. Nicky se levantó para ir al baño. Y como el señor Nicholls y su madre estaban en el mostrador eligiendo la comida, ella encendió el teléfono del señor Nicholls y lo primero que apareció fue la página de Facebook de Nicky. Esperó un poco porque a Nicky le molestaba mucho que alguien mirara sus cosas y, cuando comprobó que estaba en el baño, amplió la pantalla para poder leerla y entonces se quedó de piedra. Los Fisher habían colgado mensajes e imágenes de hombres haciendo cosas feas a otros hombres en la biografía de Nicky. Lo habían llamado «chapero» y «bujarra» y, aunque Tanzie no sabía qué significaban esas palabras, sabía que no eran buenas y de pronto se encontró fatal. Miró hacia arriba y vio que su madre volvía sosteniendo una bandeja.

—¡Tanzie, ten cuidado con el teléfono del señor Nicholls!

El teléfono había caído ruidosamente en el borde de la mesa. No quiso cogerlo. Se preguntó si Nicky estaría llorando en el baño. Ella sí lo estaría.

Cuando levantó la vista, su madre la estaba mirando fijamente.

—¿Pasa algo?

—Nada.

Se sentó y le acercó un plato con un cupcake naranja. Tanzie ya no tenía hambre, aunque estaba espolvoreado con golosinas.

—Tanze. ¿Pasa algo? Cuéntamelo.

Empujó lentamente el teléfono con la punta del dedo por la mesa de madera, como si fuera a quemarle o algo así. Su madre frunció el ceño y luego bajó la vista. Lo encendió, estuvo mirando y al poco dijo:

—¡Dios mío!

El señor Nicholls se sentó a su lado, con la porción de tarta de chocolate más grande que Tanzie había visto en su vida.

—¿Están todos bien? —Se le veía contento.

—Cabrones —dijo Jess con lágrimas en los ojos.

—¿Qué? —dijo el señor Nicholls con la boca llena.

—¿Eso es como pervertido?

Su madre no pareció oírla.

Empujó hacia atrás la silla, que rechinó, y se dirigió a grandes zancadas al baño.

—Ese es el de Caballeros, señora —dijo una mujer cuando Jess empujó la puerta.

—Sé leer, gracias —dijo desapareciendo dentro.

—¿Qué? ¿Ahora qué pasa?

El señor Nicholls hacía esfuerzos por tragarse lo que tenía en la boca. Luego, en vista de que Tanzie no decía nada, miró el teléfono y tocó un par de veces la pantalla. Se quedó mirándola. Luego la giró como si estuviera leyéndolo todo. Tanzie se sintió un poco violenta. No estaba segura de si él debía estar mirando aquello.

—Esto…, ¿esto está relacionado con lo que le pasó a tu hermano?

A ella le entraron ganas de llorar. Pensó que los Fisher les habían aguado la fiesta. Como si los hubieran seguido hasta allí, como si nunca se hubieran alejado de ellos. No podía hablar.

—Ey —dijo él cuando una gruesa lágrima cayó sobre la mesa—. Ey. —Le dio a Tanzie una servilleta de papel para que se secara los ojos y, cuando ella no pudo contener el sollozo, él se sentó a su lado, la rodeó con el brazo y la atrajo hacia sí. Era grande y fuerte y olía a limones y a hombre. No había vuelto a sentir el olor a hombre desde que se fue su padre y eso la entristeció todavía más—. Ey, no llores.

—Lo siento.

—No hay nada que sentir. Yo lloraría si alguien le hiciera eso a mi hermana. Es..., es... —Apagó el teléfono—. Dios mío. —Meneó la cabeza y resopló—. ¿Le hacen mucho esto?

—No lo sé. —Tanzie se sorbió los mocos—. Ya no habla mucho de ello.

El señor Nicholls esperó hasta que dejó de llorar, luego se alejó de la mesa y pidió chocolate caliente con malvaviscos, virutas de chocolate y extra de crema.

—Cura todas las enfermedades conocidas —dijo acercándoselo—. Confía en mí. Sé de lo que hablo.

Y lo curioso fue que era verdad.

Tanzie había terminado el chocolate y el cupcake cuando Nicky y su madre salieron del baño. Su madre traía una sonrisa radiante, la de no pasa nada, y echaba a Nicky el brazo por el hombro, cosa nada fácil porque él le sacaba media cabeza. Nicky se sentó a la mesa junto a ella y se quedó mirando su pastel. Tanzie observó que el señor Nicholls lo miraba y se preguntó si haría algún comentario sobe lo que había en su teléfono, pero no dijo nada. Pensó que quizá no quería avergonzar a Nicky. En cualquier caso, meditó con tristeza, les habían estropeado el día feliz.

Jess se levantó para echarle un ojo a Norman, que estaba atado fuera, y el señor Nicholls pidió otra taza de café y se puso a removerlo despacio, como si estuviera pensando en algo. Levantó la vista sin mover la cabeza y dijo:

—Oye, Nicky, ¿sabes algo de hackear?

Tanzie creyó que no debía escuchar, de manera que se concentró en las ecuaciones de segundo grado.

—No —dijo Nicky.

El señor Nicholls se inclinó sobre la mesa y bajó la voz.

—Bueno, creo que ahora sería un buen momento para empezar.

—¿Dónde están? —dijo su madre mirando por el salón al volver.

—Han ido al coche del señor Nicholls. El señor Nicholls ha dicho que no les molestemos. —Tanzie chupó el extremo del lápiz.

Su madre puso unos ojos como platos.

—El señor Nicholls dijo que harías eso. Me dijo que te dijera que lo está arreglando. Lo de Facebook.

—¿Que está haciendo qué? ¿Cómo?

—También dijo que dirías eso. —Borró un dos que parecía más bien un cinco y sopló los restos de goma—. Dijo que te dijera que hicieras el favor de darles veinte minutos, y te ha pedido otra taza de té, y que deberías tomarte otro pastel mientras esperas. Volverán a por nosotras en cuanto hayan terminado. Y también que te dijera que la tarta de chocolate está muy rica.

A su madre no le hizo gracia. Tanzie siguió con sus ejercicios hasta que estuvo satisfecha de los resultados, mientras su madre no paraba de mover las manos, miraba por la ventana y hacía ademán de hablar, aunque luego volvía a cerrar la boca. No probó la tarta de chocolate. Ni tocó las cinco libras que el señor Nicholls había dejado encima de la mesa. Tanzie puso la goma encima del billete por si se volaba cuando alguien abriera la puerta.

Finalmente, mientras la mujer estaba barriendo bastante cerca de su mesa a modo de mensaje sin palabras, la puerta se abrió, sonó una campanilla y entraron el señor Nicholls y Nicky, este último con las manos en los bolsillos, el pelo sobre los ojos y una cierta sonrisa de satisfacción en la cara.

Jess se levantó y los miró. Se notaba que tenía muchas ganas de decir algo, pero no sabía qué.

—¿Ha probado la tarta de chocolate? —dijo el señor Nicholls con la expresión afable de un presentador de concursos.

—No.

—Qué pena. Estaba rica de verdad. ¡Gracias! ¡Su tarta es de lo mejor! —le dijo a la mujer, que sonrió y parpadeó vivamente.

Luego el señor Nicholls y Nicky salieron otra vez juntos y cruzaron la carretera a grandes zancadas como si fueran colegas de toda la vida, mientras Tanzie y su madre recogían todo y se apresuraban a seguirlos.

CAPÍTULO 15

NICKY

*U*na vez salió un artículo en el periódico sobre una babuina sin pelo. No tenía la piel negra, como cabría esperar, sino a motas, rosa y negra. Los ojos bordeados de negro, como si se hubiera pintado la raya, y un largo pezón rosa y otro negro, como un simiesco y tetudo David Bowie.

Pero vivía sola. Resulta que a los babuinos les disgusta la diferencia. Y desde luego ningún babuino estaba preparado para salir con ella. Por eso la fotografiaban, una imagen tras otra, siempre en busca de comida, pelada y vulnerable, sin un solo compañero babuino. Porque en los demás babuinos, aun cuando reconocían que era una de ellos, el disgusto por la diferencia era mayor que cualquier impulso genético de acercarse a ella.

Nicky pensaba en esto bastante a menudo: no había nada más triste que una babuina pelada y solitaria.

Seguro que el señor Nicholls iba a darle una conferencia acerca de los peligros de las redes sociales o recomendarle que se lo contara todo a los profesores o la policía o algo parecido.

Pero en vez de eso abrió la puerta del coche, sacó el portátil del maletero, lo conectó al enchufe junto al cambio de marchas y luego le puso un dispositivo de seguridad de banda ancha.

—Bien —dijo, mientras Nicky se acomodaba en el asiento del copiloto—. Cuéntame todo lo que sepas sobre este pequeño encanto. Hermanos, hermanas, fechas de nacimiento, mascotas, dirección…, lo que sepas.

—¿Qué?

—Tenemos que averiguar su contraseña. Vamos, seguro que sabes algo.

Estaban en el aparcamiento. Aquí no había grafitis, ni carritos de la compra abandonados. Era de esos sitios donde la gente caminaba un buen trecho para devolver un carrito de la compra. Nicky se habría jugado algo a que tenían una de esas placas de Pueblo Mejor Cuidado. A su lado, una mujer canosa que estaba cargando el coche los miró y sonrió. Sonrió de verdad. Claro que quizá sonriera a Norman, cuya cabeza asomaba por encima del hombro de Nicky.

—¿Nicky?

—Sí. Estoy pensando.

Repasó mentalmente todo cuanto sabía de Fisher. Dirección, nombre de su hermana, nombre de su madre. También sabía cuándo era su cumpleaños, porque había sido hacía tres semanas y su padre le había comprado una moto de cuatro ruedas con la que se dio un porrazo en menos de una semana.

El señor Nicholls no paraba de teclear.

—No. No. Vamos. Tiene que haber algo más. ¿Qué música le gusta? ¿De qué equipo es? Oh, mira, tiene dirección de Hotmail. Magnífico, podemos meterla.

Nada. De pronto a Nicky se le vino a la cabeza Tulisa.

—Está colgado de Tulisa. La cantante.

El señor Nicholls tecleó y luego negó con la cabeza.

—Pruebe con Culodetulisa —dijo Nicky.

El señor Nicholls tecleó.

—No.

—Metiroatulisa. Todo junto.

—No.

—Tulisa Fisher.

—Hum. No. Pero ha estado bien.

Se quedaron pensativos.

—Pruebe con su nombre.

—Nadie es tan tonto como para usar su nombre como contraseña.

Nicky lo miró. El señor Nicholls tecleó unas letras y contempló la pantalla.

—Bueno, ¿quién lo iba a decir? —Se arrellanó en el asiento—. Tienes talento.

—¿Qué va a hacer?

—Vamos a jugar un poco con la página de Facebook de Jason Fisher. Bueno, yo no… Yo…, eh… Ahora no puedo arriesgarme con mi dirección IP. Pero conozco a alguien que sí puede.

Marcó un número.

—¿Y no sabrá él que soy yo?

—¿Cómo? Ahora somos básicamente él. No hay ninguna pista que lleve a ti. Seguro que él ni se entera. Espera. ¿Jez?… Hola. Soy Ed… Sí, sí. Estoy intentando pasar desapercibido. Necesito que me hagas un favor. Te llevará cinco minutos.

Nicky le oyó decir a Jez la contraseña y la dirección de correo electrónico de Jason Fisher. Le contó que Fisher había estado «creando problemas» a un amigo. Miró de reojo a Nicky al decirlo.

—Diviértete un poco con esto. Léelo. Te harás una idea. Lo haría yo, pero es que en este momento debo tener las manos superlimpias. Sí, te lo explico en cuanto nos veamos. Te lo agradezco.

Nicky no podía creer que fuera tan fácil.

—¿No me devolverá la jugada?

El señor Nicholls apagó el teléfono.

—Corremos un riesgo. Pero un chico a quien no se le ocurre más que su nombre como contraseña no destaca precisamente por sus habilidades informáticas.

Permanecieron en el coche y esperaron, abriendo de cuando en cuando la página de Facebook de Jason Fisher. Y la situación empezó a cambiar como por arte de magia. Tío, Fisher era un imbécil total. Su muro estaba lleno de que se lo iba a montar con tal o cual chica del colegio o que fulanita era una putilla y que él había zurrado a casi todo el mundo fuera de su pandilla. Sus mensajes eran prácticamente iguales. Nicky vio uno donde ponía su nombre, pero el señor Nicholls lo leyó a todo correr, pasó al siguiente y dijo:

—Vale, no hace falta que leas ese.

La única vez que Fisher no parecía un imbécil fue en un mensaje que envió a Chrissie Taylor para decirle que le gustaba mucho y que si quería venir a su casa. Ella no estaba muy dispuesta, pero él siguió enviándole mensajes. Decía que la llevaría a un sitio «que era la ostia» y que podía pedirle el coche prestado a su padre (no podía, aún no tenía edad de conducir). Le decía que era la chica más guapa del colegio y que le tenía rayado y que, si se enteraban sus colegas de que le tenía así, le tomarían por un «zumbado».

—¿Quién ha dicho que el romanticismo ha muerto? —murmuró el señor Nicholls.

Así fue como empezó. Jez envió mensajes a dos amigos de Fisher y les dijo que había decidido hacerse no-violento y que ya no quería salir más con ellos. Envió un mensaje a Chrissie y le dijo que le seguía gustando, pero que tenía que resolver un asunto antes de quedar con ella porque «he pillado una maldita infección y el médico dice que tengo que tomar una medicina. Pero ya estaré limpio cuando salgamos, ¿eh?».

—Tíiio. —Nicky se reía tanto que le dolían las costillas—. Tíiio.

«Jason» dijo a otra chica que se llamaba Stacy que le gustaba mucho y que su madre le había comprado ropa muy bonita por si ella quería salir alguna vez y envió ese mismo mensaje a una chica de su clase que se llamaba Angela, a quien en una ocasión había llamado asquerosa. Y Jez destruyó un mensaje reciente de Danny Kane, que tenía entradas para un gran partido de fútbol y decía que Jason podía quedarse con una, pero que necesitaba saberlo ese mismo día, o sea, ya mismo.

Puso la imagen de un burro rebuznando como foto de perfil de Fisher. El señor Nicholls se quedó mirando la pantalla pensativo y luego tomó el móvil.

—Creo que deberíamos dejar su foto, tío, por ahora —dijo a Jez.

—¿Por qué? —dijo Nicky una vez que él hubo apagado el teléfono.

La idea del burro era excelente.

—Porque es mejor ser sutiles. Si nos limitamos a los mensajes privados por ahora, es muy probable que ni siquiera los vea. Los enviamos y luego los destruimos. Quitaremos sus notificaciones de correo electrónico. Y así sus amigos y esta chica pensarán que se ha vuelto tonto. Y él no sabrá por qué. Que es de lo que se trata.

Nicky no podía creérselo. No podía creer que alguien pudiera armar semejante lío en la vida de Fisher.

Llamó Jez para decir que había salido y ellos cerraron Facebook.

—¿Y eso es todo? —dijo Nicky.

—Por ahora. No es más que un poco de diversión. Pero ¿a que te encuentras mejor? Y Jez va a limpiar tu página para que no quede nada de lo que ha colgado allí Fisher.

Entonces pasó algo embarazoso porque cuando Nicky respiró hondo tuvo una especie de estremecimiento. Claro que se encontraba mejor. No es que se hubiera resuelto nada, pero estaba bien no ser el objeto de las pullas por una vez.

Jugueteó con el dobladillo de la camiseta hasta que su respiración volvió a normalizarse. Era posible que el señor Nicholls lo supiera, por el interés con que miraba por la ventanilla, aunque fuera no había más que coches y personas mayores.

—¿Por qué hace usted todo esto? Lo de hackear y llevarnos a Escocia. Si ni siquiera nos conoce.

El señor Nicholls seguía mirando por la ventanilla y por un momento fue como si ya no estuviera hablando con Nicky.

—Le debo una a tu madre. Y no me gustan los acosadores. No han empezado en tu generación, ¿sabes?

El señor Nicholls estuvo un rato callado y Nicky se temió que fuera a intentar hacerle hablar de lo suyo. Que haría igual que el psicólogo del colegio, procurar comportarse como si fueran colegas y repetir cincuenta veces que todo lo que él dijera quedaría «entre nosotros» hasta que sonaba ya un tanto repulsivo.

—Voy a decirte una cosa.

«Ya estamos», pensó Nicky. Se limpió las babas que le había dejado Norman en el hombro.

—Todas las personas a quienes ha merecido la pena conocer en mi vida eran un poco diferentes en el colegio. Lo que necesitas es encontrar a tu gente.

—Encontrar a mi gente.

—Tu tribu.

Nicky frunció el ceño.

—Ya sabes, te pasas la vida con la sensación de que no encajas bien en ninguna parte. Y luego, un buen día, entras en un sitio, en la universidad, en la oficina o en un club, y dices: «Ah, ahí están». Y de pronto te sientes a gusto.

—No me siento a gusto en ninguna parte.

—Por ahora.

Nicky quedó pensativo.

—¿Dónde fue en su caso?

—En la sala de ordenadores de la universidad. Yo estaba loco por la informática. Y allí conocí a Ronan, mi mejor amigo. Y luego... mi empresa.

Su rostro se ensombreció por un momento.

—Pero yo tengo que estar ahí hasta acabar el colegio. Y donde vivimos no hay nada de eso, no hay tribus. —Nicky se echó el flequillo sobre los ojos—. O actúas como Fisher o te quedas al margen.

—Pues encuentra a tu gente online.

—¿Cómo?

—No lo sé. Mira grupos online de temas que te... interesen. Diferentes estilos de vida.

Nicky lo miró fijamente.

—Oh, usted también cree que soy gay, ¿no?

—No, solo estoy diciendo que internet es muy grande. Siempre hay alguien que comparte tus intereses, cuya vida es como la tuya.

—Ninguna vida es como la mía.

El señor Nicholls cerró el portátil y lo guardó en un maletín. Desconectó todo y miró al café.

—Deberíamos volver. Tu madre se preguntará qué estamos haciendo. —Abrió la puerta y volvió la cabeza—. Además, siempre puedes escribir un blog.

—¿Un blog?

—No tiene por qué ser con tu verdadero nombre. Pero es una buena forma de hablar de lo que pasa en tu vida. Pones unas cuantas palabras clave y la gente te encontrará. Gente como tú, quiero decir.

—Gente que se pone rímel. Y a la que no le gustan el fútbol ni los musicales.

—Y que tiene enormes perros apestosos y hermanas que son prodigios en matemáticas. Seguro que hay una persona así en alguna parte. —Se quedó pensativo—. Puede que sí. Quizá en Hoxton. O Tupelo.

Nicky tiró del flequillo un poco más, para taparse el moretón, que se había puesto de un amarillo negruzco.

—Gracias, pero los blogs son…, no son lo mío. Son para mujeres de mediana edad que escriben sobre sus divorcios, sus gatos y cosas así. O están obsesionadas por el pintaúñas.

—Prueba.

—¿Usted tiene uno?

—No. —Salió del coche—. Pero no tengo ningún interés particular en hablar con nadie. —Nicky salió después de él. El señor Nicholls apuntó con el llavero y accionó el costoso cierre centralizado con un ruido sordo—. Por ahora —dijo, bajando la voz—, esta conversación no la hemos mantenido, ¿de acuerdo? No sentaría bien si alguien se enterara de que estaba enseñando a un chico inocente a hackear información privada.

—A Jess no le importaría.

—No me estoy refiriendo a Jess.

Nicky sostuvo su mirada.

—Primera regla del Club de los Empollones. El Club de los Empollones no existe.

—Lo de los calcetines —dijo Tanzie según venía a su encuentro por el aparcamiento con una servilleta llena de garabatos—. Ya lo he resuelto. Si tienes N número de calcetines, tienes que sumar una serie de la fracción uno partido por N elevado a N. —Se ajustó las gafas.

—Muy claro. Exactamente lo que yo hubiera sugerido —dijo el señor Nicholls.

Jess miró a Nicky como si todos ellos fueran gente a quienes no hubiera visto en su vida.

CAPÍTULO 16

TANZIE

*E*n realidad, nadie quería volver al coche. La novedad de pasar allí horas, incluso en uno tan bueno como el del señor Nicholls, no había tardado mucho en disiparse. Esta, anunció Jess como quien se dispone a poner una inyección, iba a ser la jornada más larga. Tenían que ponerse cómodos e ir antes al baño porque el señor Nicholls se proponía llegar prácticamente hasta Newcastle, donde había encontrado un Bed & Breakfast que admitía perros. Llegarían sobre las diez de la noche. A continuación, él había calculado que al día siguiente podrían estar en Aberdeen. El señor Nicholls les buscaría algún sitio donde alojarse cerca de la universidad, de manera que Tanzie estuviera descansada y despejada para la competición de matemáticas del día siguiente.

—A menos que creas que ya te has acostumbrado lo suficiente a este coche como para ir a más de sesenta y cinco —dijo él mirándola.

Ella negó con la cabeza.

—No.

Él puso cara de compungido.

—Bueno.

Entonces vio cómo estaba el asiento de atrás y parpadeó. Un par de galletas de chocolate se habían derretido en los asientos de piel de color crema y el suelo estaba lleno de pegotes de barro seco de haber andado por el bosque. El señor Nicholls vio que ella lo miraba, puso una media sonrisa, como si no tuviera importancia, aunque se notaba que probablemente sí la tenía, y se volvió hacia el volante.

—De acuerdo entonces —dijo poniendo en marcha el motor.

Fueron todos en silencio como una hora, mientras el señor Nicholls escuchaba en Radio 4 algo sobre tecnología. Jess leyó uno de sus libros. Como habían cerrado la biblioteca, compraba dos libros a la semana en la tienda solidaria, pero solo tenía tiempo de leer uno.

La tarde se hizo larga y pesada y cayó la lluvia en forma de densas cortinas de cadenetas. Tanzie miraba por la ventanilla procurando resolver mentalmente problemas matemáticos, pero era difícil concentrarse si no podía ver lo que hacía. Serían las seis de la tarde cuando Nicky empezó a moverse como si no pudiera encontrar una postura cómoda.

—¿Cuándo vamos a parar?

Jess se había quedado dormida. Se incorporó bruscamente, fingiendo que no, y miró el reloj.

—Las seis y diez —dijo el señor Nicholls.

—¿Podríamos parar a comer algo? —dijo Tanzie.

—Yo necesito estirar las piernas. Están empezando a dolerme las costillas.

—Vamos a buscar algún sitio donde comer —dijo el señor Nicholls—. Podemos desviarnos a tomar algo en un indio en Leicester.

—Preferiría hacer unos sándwiches —replicó Jess—. No tenemos tiempo de sentarnos a comer.

El señor Nicholls atravesó un pueblo, luego otro y siguió la señalización hasta la zona de hipermercados. Había empezado a anochecer. El Audi fue sorteando naves hasta que finalmente se detuvo ante un supermercado y Jess se bajó dando un gran suspiro y echó a correr. Pudieron verla a través del parabrisas azotado por la lluvia, enfrente de los expositores de artículos refrigerados, tomando y dejando productos sin llegar a decidirse.

—¿Por qué no los compra hechos? —murmuró el señor Nicholls consultando el reloj—. Saldría enseguida.

—Demasiado caros —dijo Nicky— y no sabes qué dedos los han tocado. Jess trabajó tres semanas haciendo sándwiches en un supermercado el año pasado. Decía que su compañera se hurgaba la nariz mientras hacía las tiras de pollo del rollito de pollo César.

El señor Nicholls no dijo nada.

—Cinco a uno a que trae jamón de marca blanca —dijo Nicky mirándola.

—Si es marca blanca será dos a uno —apuntó Tanzie.

—Pues yo apuesto por lonchas de queso —terció el señor Nicholls—. ¿Qué probabilidades me dais de lonchas de queso?

—Tiene que concretar más —dijo Nicky—. Decir Dairylea o lonchas anaranjadas de línea blanca. Probablemente con nombre falso.

—Queso Valle Feliz.

—Cheddar Teta Bonita.

—Qué mal suena eso.

—Lonchas Vaca Gruñona.

—Venga ya, ella no es tan mala —dijo el señor Nicholls.

Tanzie y Nicky soltaron la carcajada.

Jess abrió la puerta y levantó la bolsa.

—Bien —dijo radiante—. Tenían paté de atún en oferta. ¿Quién quiere un sándwich?

—Usted nunca quiere nuestros sándwiches —dijo Jess mientras el señor Nicholls atravesaba el pueblo.

El señor Nicholls accionó el intermitente y salió a la carretera.

—No me gustan. Me recuerdan a cuando estaba en el colegio.

—Entonces, ¿qué come? —dijo ella untando.

Al poco rato todo el coche olía a pescado.

—¿En Londres? Tostadas para el desayuno. Sushi o tallarines para el almuerzo. La cena la encargo en un sitio de comida para llevar.

—¿Comida para llevar? ¿Todas las noches?

—Si no salgo, sí.

—¿Sale a menudo?

—Ahora mismo, nunca.

Jess puso cara de reproche.

—Bueno, de acuerdo, salvo cuando voy a emborracharme a su pub.

—¿En serio que come usted lo mismo todos los días?

El señor Nicholls se sintió un poco violento.

—Se pueden pedir diferentes platos al curry.

—Eso debe de costar una fortuna. ¿Qué come cuando está en Beachfront?

—Comida para llevar.

—¿Del Raj?

—Sí. ¿Lo conoce?

—Oh, lo conozco.

El coche quedó en silencio.

—¿Qué? —dijo el señor Nicholls—. ¿No va usted allí? ¿Qué pasa? ¿Es demasiado caro? Va a decirme que es fácil hacer una patata asada, ¿verdad? Bueno, a mí no me gustan. Ni los sándwiches. Tampoco me gusta cocinar.

Quizá se debiera al hambre que tenía, pero de pronto se había puesto de mal humor. Tanzie asomó entre los asientos delanteros.

—Una vez Nathalie encontró un pelo en el pollo Jalfrezi. —El señor Nicholls abrió la boca para decir algo cuando la niña añadió—: Y no era de la cabeza.

Pasaron veintitrés farolas.

—Se preocupan demasiado por esas cosas —dijo el señor Nicholls.

Pasado Nuneaton, Tanzie empezó a darle trozos de sándwich a Norman porque el paté de atún no sabía a atún y el pan se le quedaba pegado al paladar. El señor Nicholls se detuvo en una gasolinera.

—Tendrán unos sándwiches horribles —dijo Jess mirando al quiosco—. Llevarán semanas ahí.

—No voy a comprar sándwiches.

—¿Tienen empanadas? —dijo Nicky mirando adentro—. Me encantan las empanadas.

—Serán todavía peores. Probablemente rellenas de perro.

Tanzie tapó los oídos a Norman.

—¿Va a entrar? —dijo Jess al señor Nicholls mientras rebuscaba en el monedero—. ¿Puede traer chocolatinas a estos dos? Chucherías de las buenas.

—Crunchie, por favor —dijo Nicky, que se había animado.

—Aero. Menta, por favor —dijo Tanzie—. ¿Puedo uno grande?

Jess tenía la mano tendida, pero el señor Nicholls estaba mirando por la ventanilla.

—¿Puede traérselas usted? Yo voy a cruzar al otro lado de la carretera.

—¿A dónde va?

Se dio una palmadita en el estómago y de pronto se sintió muy animado.

—Allí.

Keith's Kebabs tenía seis asientos de plástico atornillados al suelo, catorce latas de Coca-Cola light en el escaparate y un rótulo de neón al que le faltaba la primera «b». Tanzie miró por la ventanilla del coche y vio al señor Nicholls entrar con andares decididos en el establecimiento de luces fluorescentes. Miró el panel que había detrás del mostrador y luego un enorme pedazo de carne tostada que giraba despacio en un espetón. Tanzie pensó en qué animal tendría esa forma y solo se le ocurrió el búfalo. Quizá un búfalo amputado.

—Oh, tío —dijo Nicky en voz baja de deseo—. ¿Podemos tomar uno de esos?

—No —contestó su madre.

—Seguro que el señor Nicholls nos compraría uno si se lo pidiéramos.

—El señor Nicholls ya está haciendo bastante por nosotros —le cortó Jess—. No vamos a sangrarle más de lo que ya hemos hecho. ¿De acuerdo?

Nicky miró a Tanzie con los ojos en blanco.

—Está bien —dijo resignado.

Y luego nadie dijo nada.

—Lo siento —dijo al poco rato su madre—. Es que... no quiero que piense que nos estamos aprovechando.

—¿También es aprovecharse cuando alguien te ofrece algo? —dijo Tanzie.

—Cómete una manzana si sigues teniendo hambre. O una de las magdalenas del desayuno. Seguro que queda alguna.

Nicky alzó la vista sin decir palabra. Tanzie dejó escapar un suspiro.

El señor Nicholls abrió la puerta del coche acompañado del olor de carne caliente y grasienta y un kebab envuelto en un papel blanco pringado de grasa. Dos hilos de saliva colgaron inmediatamente de la boca de Norman.

—¿Seguro que no queréis un poco? —dijo animoso volviéndose a Tanzie y Nicky—. Solo le he puesto un poco de salsa picante.

—No, muy amable, pero gracias —contestó Jess secamente, lanzando a Nicky una mirada de advertencia.

—No, gracias —dijo Tanzie en voz baja.

El olor era delicioso.

—No. Gracias —dijo Nicky mirando para otro lado.

Nuneaton, Market Bosworth, Coalville, Ashby de la Zouch… la señalización era como una mancha borrosa a intervalos regulares. Podía haber puesto Zanzíbar o Tanzania, porque Tanzie no tenía ni idea de dónde estaban. Se oyó a sí misma repetir «Ashby de la Zouch, Ashby de la Zouch», pensando que sería bonito llamarse así. «Hola, ¿cómo te llamas? Ashby de la Zouch. ¡Oh, Ashby, qué guay!». Costanza Thomas también tenía cinco sílabas, pero no el mismo ritmo. Jugó con la posibilidad de Costanza de la Zouch, que tenía seis, y Ashby Thomas que, en comparación, quedaba soso.

Costanza de la Zouch.

Jess se puso otra vez a leer con la luz del copiloto y el señor Nicholls no acababa de encontrar postura en el asiento hasta que dijo:

—El mapa… ¿Hay algún restaurante o algo en esta ruta?

Llevaban recorridas trescientas ochenta y nueve farolas. Normalmente pedía parar uno de ellos. Tanzie se había deshidratado y, como había bebido mucho, necesitaba hacer pis. Norman aullaba por el mismo motivo cada veinte minutos, aunque no estaba claro si era por eso o porque estaba tan aburrido como los demás y simplemente quería salir a olisquear por ahí.

—¿Sigue con hambre? —dijo Jess levantando la vista.

—No. Necesito ir al baño.

—Oh, por nosotros no se preocupe. Vaya detrás de un árbol —dijo Jess volviendo al libro.

—No esa clase de baño —murmuró él.

—Bien, parece que el próximo pueblo es Kegworth. Seguro que allí habrá algún sitio a donde pueda ir. O quizá encontremos servicios si entramos en la autovía.

—¿Cuánto queda?

—¿Diez minutos?

—De acuerdo —asintió con la cabeza, casi para sus adentros—. Diez minutos está bien. —Tenía la cara extrañamente brillante—. Diez minutos se puede aguantar.

Nicky llevaba los cascos puestos y estaba escuchando música. Tanzie, acariciando las orejotas suaves de Norman y pensando en la teoría de cuerdas. Y entonces el señor Nicholls frenó en seco para desviarse a una zona de descanso. Todos salieron despedidos hacia delante. Norman casi se cayó del asiento. El señor Nicholls abrió de golpe la puerta, corrió detrás del coche y, mientras ella se volvía en su asiento, se agachó junto a una zanja, con una mano apoyada en la rodilla, y empezó a vomitar. Imposible no oírle, aun con las ventanillas cerradas.

Se quedaron mirándolo.

—Uau —dijo Nicky—. Está echándolo todo. Es como..., uau, como el Alien.

—Dios mío —exclamó Jess.

—Qué asco —dijo Tanzie mirando por encima de la bandeja de atrás.

—Deprisa —ordenó Jess—. ¿Dónde está el papel de cocina, Nicky?

La vieron salir del coche para ayudarlo. Él estaba doblado por la cintura. Cuando Jess vio que Tanzie y Nicky estaban mirando por la ventanilla trasera, les hizo un gesto con la mano para que no miraran, aunque ella hubiera estado haciendo exactamente lo mismo.

—¿Sigues queriendo un kebab? —dijo Tanzie a Nicky.

—Eres un espíritu maligno —dijo él con un estremecimiento.

El señor Nicholls volvió al coche tambaleándose como si acabara de aprender a andar. Su cara tenía una extraña palidez amarillenta. Y la piel estaba perlada de pequeñas gotas de sudor.

—Tiene un aspecto horrible —le dijo Tanzie.

Se acomodó en el asiento.

—Estoy bien —susurró—. Esto se pasa enseguida.

Jess se asomó por entre los asientos y formó con los labios las palabras «bolsa de plástico».

—Por si acaso —dijo animosamente y abrió un poco la ventanilla.

El señor Nicholls condujo despacio unos cuantos kilómetros. Tanto que dos coches estuvieron echándole las luces por detrás y uno tocó el claxon muy enfadado al adelantarle. A veces pisaba un poco las rayas blancas, como si no estuviera del todo concentrado, pero Tanzie, siguiendo el resuelto silencio de su madre, decidió no decir nada tampoco.

—¿Cuánto falta ahora? —murmuraba una y otra vez el señor Nicholls.

—No mucho —decía Jess, aunque probablemente no tenía ni idea, dándole palmaditas en el brazo igual que a un niño—. Va usted muy bien. —Él la miró con ojos de angustia—. Aguante —dijo en voz baja, como si fuera una orden.

Luego, como medio kilómetro más adelante, él dijo:

—Oh, Dios. —Y volvió a frenar en seco—. Necesito…

—¡Un pub! —exclamó Jess señalando una luz apenas visible a las afueras de un pueblo—. ¡Mire! ¡Ya llegamos!

El señor Nicholls pisó tan a fondo el acelerador que a Tanzie las mejillas se le fueron para atrás. Frenó de un patinazo en el aparcamiento, abrió la puerta de golpe, salió tambaleándose y entró a todo correr.

Ellos se quedaron esperando. El silencio en el coche era tal que se podía oír el tictac del motor recién apagado.

Al cabo de un rato, Jess se inclinó para cerrar la puerta del conductor porque entraba frío. Se volvió hacia sus hijos con una sonrisa.

—¿Qué tal estaba el Aero?

—Muy bien.

—A mí también me gustan los Aeros.

Nicky cabeceaba al ritmo de la música con los ojos cerrados.

Un hombre se detuvo en el aparcamiento en compañía de una mujer con una coleta alta, que miró fijamente al coche. Jess sonrió. La mujer no devolvió la sonrisa.

Pasó otro rato.

—¿Voy a por él? —dijo Nicky, quitándose los cascos y mirando el reloj.

—Mejor que no —contestó su madre. Había empezado a dar golpecitos con el pie.

Pasó otro rato más. Finalmente, cuando Tanzie ya había sacado a Norman a dar un paseo por el aparcamiento y su madre había hecho estiramientos detrás del coche porque decía que estaba hecha un ocho, apareció el señor Nicholls.

Estaba más blanco de lo que Tanzie había visto nunca, igual que una hoja de papel. Parecía que le hubieran pasado una mala goma de borrar por los rasgos de la cara.

—Creo que tal vez necesitemos quedarnos aquí un poco —dijo.

—¿En el pub?

—En el pub no —contestó él mirando hacia atrás—. En el pub en absoluto. Quizá…, quizá en algún sitio a unos kilómetros de aquí.

—¿Quiere que conduzca yo?

—No —dijeron todos a una. Ella sonrió e hizo como que no se lo tomaba a mal.

The Bluebell Haven era el único sitio en dieciséis kilómetros a la redonda donde había plazas libres. Tenía dieciocho caravanas y una zona de juegos con dos columpios y un arenero y un cartel donde ponía «Perros no».

El señor Nicholls dejó caer la cabeza sobre el volante.

—Encontraremos otro sitio. —Hizo una mueca y se inclinó hacia delante—. Cuestión de tiempo.

—No hace falta.

—Usted dijo que no podía dejar al perro en el coche.

—No lo dejaremos en el coche. Tanzie —dio su madre—, las gafas de sol.

En la puerta principal había una casa prefabricada con el rótulo de «Recepción». Primero entró su madre y Tanzie se puso las gafas de sol y esperó fuera, mirando por la puerta de cristal con burbujas. El hombre gordo que se levantó torpemente de una silla dijo que tenía suerte porque solo quedaba una libre y podía dársela a un precio especial.

—¿Cuánto?

—Ochenta libras.

—¿Por una noche en una caravana?

—Es sábado.

—Y son las siete de la tarde y no se ha ocupado.

—Todavía podría llegar alguien.

—Sí. He oído que Madonna estaba tomando un lingotazo por aquí y buscando algún sitio donde aparcar a su gente.

—No se ponga así.

—No me tome el pelo. Treinta libras —dijo Jess sacando los billetes del bolsillo.

—Cuarenta.

—Treinta y cinco. —Jess alargó la mano—. Es todo lo que tengo. Ah, y tenemos un perro.

El hombre levantó la mano rolliza.

—Lea el cartel. Perros no.

—Es un perro guía. Para mi hija. Le recuerdo que es ilegal vetar a una persona en razón de su discapacidad.

Nicky abrió la puerta y entró llevando a Tanzie del brazo. Ella se quedó inmóvil con las gafas de sol puestas y Norman delante. Ya habían hecho esto dos veces cuando tuvieron que tomar el autobús a Portsmouth después de que su padre se hubiera ido.

—Está bien entrenado —dijo su madre—. No será problema.

—Él es mis ojos —comentó Tanzie—. Mi vida no sería nada sin él.

El hombre miró la mano y la cara de Tanzie. A ella sus carrillos le recordaron los de Norman. Tuvo que obligarse a no levantar la vista hacia el televisor.

—Me está usted jodiendo, señora.

—Oh, espero que no —dijo Jess animosa.

Él meneó la cabeza, retiró su enorme mano y se movió pesadamente hasta el cajetín de las llaves.

—Golden Acres. Segunda calle, la cuarta a la derecha. Cerca de los servicios.

El señor Nicholls se encontraba tan mal cuando llegaron a la caravana que era posible que ni siquiera supiera dónde estaba. No hacía más que quejarse débilmente llevándose la mano al estómago y, cuando vio el rótulo «Servicios», dejó escapar un grito por lo bajo y desapareció. No volvieron a verlo durante casi una hora.

Golden Acres ni era de oro ni la mitad de grande de lo que sugería el nombre, pero, según Jess, a buen hambre no hay pan duro. Había dos habitaciones diminutas y un sofá-cama en el cuarto de estar. Jess dijo que Nicky y Tanze podían ocupar la habitación de dos camas, el señor Nicholls la otra y ella se quedaría en el sofá-cama. La habitación de ellos estaba bien, aunque a Nicky le colgaban los pies por fuera de la cama y olía a tabaco por todas partes. Jess abrió un poco las ventanas, luego hizo las camas con los edredones y dejó correr el agua hasta que salió caliente porque dijo que seguramente el señor Nicholls necesitaría ducharse cuando volviera.

Tanzie inspeccionó el váter químico del retrete, luego pegó la nariz a la ventana y contó las luces de las demás caravanas. (Solo dos parecían estar ocupadas. «Cretino mentiroso», dijo su madre).

Había puesto el teléfono a cargar cuando sonó a los pocos segundos. Lo encendió y lo tomó, sin desenchufarlo de la pared.

—¿Sí? ¿Des? —Se llevó la mano a la boca— Dios mío. Des, no voy a poder hacerlo.

Se oyó una serie de explosiones amortiguadas al otro lado de la línea.

—Lo siento mucho. Ya sé que es lo que dije. Pero las cosas se han complicado un poco. Estoy en... —Hizo un gesto a Tanzie—. ¿Dónde estamos?

—Cerca de Ashby de la Zouch.

—Ashby de la Zouch —dijo Jess, y siguió, llevándose la mano al pelo—. Ashby de la Zouch. Ya lo sé. Lo siento mucho. El viaje no ha salido según lo previsto, nuestro conductor se ha puesto enfermo, me he quedado sin batería y con todo… ¿Qué? —Miró de reojo a Tanzie—. No lo sé. Probablemente no antes del martes. Incluso quizá el miércoles. Está costando más de lo previsto.

Entonces Tanzie pudo oírle gritar claramente.

—¿No puede hacerlo Chelsea? Yo le he hecho bastantes turnos. Ya sé que es la temporada alta. Lo sé, Des, lo siento mucho. Ya he dicho que… —Hizo una pausa—. No. No puedo volver antes. No. De veras que lo… ¿Qué quieres decir? El año pasado no falté ni un solo día. Oye… ¿Des?… ¿Des? —Calló y se quedó mirando el teléfono.

—¿Era Des el del pub?

A Tanzie le gustaba Des el del pub. Una vez había ido a esperar a su madre un domingo por la tarde con Norman y le había dado un paquete de fritos de gamba.

En ese momento se abrió la puerta de la caravana y el señor Nicholls entró a punto de desplomarse.

—Tumbarme —murmuró, y se enderezó un instante antes de dejarse caer sobre los cojines de flores del sofá. Levantó la vista hacia Jess con el rostro gris y los ojos hundidos—. Tumbado. Lo siento —murmuró.

Jess seguía mirando el móvil.

Él la miró parpadeando.

—¿Intentaba hablar conmigo?

—Me ha despedido —dijo Jess—. No me lo creo. El muy… me ha despedido.

CAPÍTULO 17

JESS

*L*a noche adquirió una cualidad extraña, deslavazada, las horas se sucedían fluidas, incesantes. Jess nunca había visto a un hombre tan enfermo sin tener mal nada. Renunció a intentar dormir. Contempló las pulcras paredes de la caravana, pintadas de color caramelo, leyó un poco, echó alguna cabezada. El señor Nicholls gruñía a su lado y se levantaba de vez en cuando para ir dando tumbos a los servicios arrastrando los pies. Había cerrado la puerta de la habitación de los chicos y lo esperaba sentada en la pequeña caravana, a veces adormilada en un extremo del sofá en forma de L, dándole agua y pañuelos de papel cuando entraba tambaleándose.

Poco después de las tres, el señor Nicholls dijo que quería ducharse. Le hizo prometer que no echaría el pestillo en la puerta del cuarto de baño, llevó su ropa a la lavandería (una lavadora-secadora en un cobertizo) y gastó tres libras con veinte por un lavado de una hora. No tenía cambio para la secadora.

Cuando regresó a la caravana, él seguía aún en la ducha. Colgó la ropa de unas perchas encima del radiador, con la esperanza de que para por la mañana se hubieran secado un poco, luego llamó discretamente a la puerta. No hubo respuesta, solo el ruido del agua y una vaharada de vapor. Se asomó. La mampara estaba empañada, pero pudo distinguir su figura desplomada de agotamiento en el suelo. Esperó un momento, contemplando sus anchas espaldas apoyadas en el cristal de la mampara, un pálido triángulo invertido, sorprendentemente musculoso, y luego lo vio levantar la mano y pasársela con cuidado por la cara.

—Señor Nicholls —susurró por detrás de él—. Señor Nicholls —repitió al no hallar respuesta.

Entonces él se volvió y la vio. Tenía los ojos enrojecidos y la cabeza profundamente hundida entre los hombros.

—Hay que joderse. No puedo ni levantarme. Y el agua empieza a estar fría —dijo.

—¿Quiere que le ayude?

—No. Sí. Ah, Dios.

—Espere.

Levantó la toalla, no estaba segura de si para taparle a él o a ella, y se inclinó para cerrar la ducha, empapándose el brazo. Luego se agachó para que él pudiera taparse y se inclinó hacia dentro.

—Écheme el brazo por el cuello.

—Es usted muy pequeña. Acabaré tirándola al suelo.

—Soy más fuerte de lo que parece.

Él no se movió.

—Va a tener que ayudarme. No estoy por la labor de llamar a los bomberos.

Le echó por encima el brazo mojado, se sujetó la toalla alrededor de la cintura, Jess se apoyó en la pared de la ducha y por fin consiguieron trabajosamente ponerse de pie. Menos mal que la caravana era tan pequeña que a cada paso había una pared donde apoyarse. Llegaron al sofá como pudieron.

—En esto se ha convertido mi vida —gruñó él viendo el cubo que ella dejó al lado del sofá.

—Sí. —Jess miró el papel pintado levantado, la pintura manchada de nicotina—. Bueno, yo también he tenido noches de sábado mejores.

Eran poco más de las cuatro. Le picaban los ojos y los cerró unos momentos.

—Gracias —dijo él débilmente.

—¿Por qué?

Él se incorporó.

—Por traerme un rollo de papel higiénico en plena noche. Por lavarme la ropa maloliente. Por ayudarme a salir de la ducha. Y por no haber actuado como si fuera culpa mía haberme comprado un maldito döner en un local llamado Keith's Kebabs.

—Aunque fue culpa suya.

—¿Lo ve? Ahora lo está estropeando.

Apoyó la cabeza en la almohada, con el antebrazo sobre los ojos. Ella procuró no mirar su ancho pecho por encima de la toalla estratégicamente situada. No podía recordar la última vez que había visto el torso desnudo de un hombre desde el partido de voley playa del pub del insensible de Des en agosto pasado.

—Vaya a acostarse a la habitación. Estará más cómodo.

—¿Con un edredón de Bob Esponja?

—Tome el mío rosa de rayas. Prometo no considerarlo un reflejo de su masculinidad.

—¿Dónde dormirá usted?

—Aquí mismo. Está bien —se apresuró a añadir para impedir que él protestara—. De todas maneras, no estoy segura de que vaya a dormir mucho.

Dejó que ella lo llevara a la diminuta habitación. Cayó sobre la cama con un gruñido, como si incluso eso le causara incomodidad, y ella le echó con cuidado el edredón por encima. Tenía unas ojeras de color ceniza y la voz pastosa.

—Estaré listo para salir en un par de horas.

—Claro —dijo ella observando la palidez fantasmal de su piel—. Tómese su tiempo.

—Por cierto, ¿dónde demonios estamos?

—En algún punto del Camino de las Baldosas Amarillas.

—¿Donde hay un león divino que salva a todo el mundo?

—Está usted pensando en Narnia. El de aquí es cobarde e inútil.

—Imaginaciones.

Y al fin se quedó dormido.

Jess salió de la habitación sin hacer ruido y se tumbó en el estrecho sofá, procurando no mirar el reloj. Nicky y ella habían estudiado el mapa durante las idas y venidas del señor Nicholls a los servicios y habían reorganizado el trayecto lo mejor posible.

Todavía tenemos mucho tiempo, se dijo para sus adentros. Y luego, al fin, ella también se quedó dormida.

En la habitación del señor Nicholls todo estuvo en silencio hasta bien entrada la mañana. Jess pensó en despertarlo, pero cada vez que se dirigía a la puerta lo recordaba desplomado contra la mampara de la ducha y los dedos se le inmovilizaban en el picaporte. Solo abrió la puerta una vez, cuando Nicky dijo que cabía la posibilidad de que hubiera muerto ahogado en su propio vómito. Pareció llevarse cierta desilusión cuando resultó que el señor Nicholls solo estaba profundamente dormido. Los chicos se llevaron a Norman por la carretera —Tanzie con las gafas de sol para mantener la autenticidad—, compraron en una tienda de alimentación y desayunaron a media voz. Jess hizo sándwiches con el pan que quedaba («Qué bien», dijo Nicky), limpió la caravana —por hacer algo— y dejó un mensaje de voz a Des, disculpándose otra vez. Él no respondió.

Luego se abrió con un chirrido la puerta de la pequeña habitación y salió el señor Nicholls, parpadeando, en camiseta y bóxers. Levantó la mano a modo de saludo. Una profunda arruga de la almohada le surcaba la cara.

—¿Estamos en...?

—Ashby de la Zouch. O en las inmediaciones. No se parece mucho a Beachfront.

—¿Es tarde?

—Las once menos cuarto.

—Las once menos cuarto. De acuerdo.

Le apuntaba la barba en las mejillas y tenía el pelo aplastado por un lado. Jess hizo como que leía. Olía a hombre cálido y soñoliento. Había olvidado la extraña intensidad de ese olor.

—Las once menos cuarto.

Se frotó la sombra de barba del mentón y luego fue tambaleándose a asomarse a la ventana.

—Tengo la sensación de haber dormido un millón de años.

Se sentó pesadamente en el cojín del sofá enfrente de ella, pasándose la mano por la mejilla.

—Tío —dijo Nicky al lado de Jess—. Alerta de fuga de la cárcel.

—¿Qué?

Nicky agitó un boli.

—Tiene que devolver el prisionero a su sitio.

El señor Nicholls lo miró y luego se volvió a Jess, como diciendo: «Su hijo se ha vuelto loco».

Siguiendo la mirada de Nicky, Jess bajó la vista y la apartó de inmediato.

—Oh, Dios.

—Oh, Dios, ¿qué? —dijo el señor Nicholls frunciendo el ceño.

—Al menos podría haberme llevado a cenar antes —dijo ella levantándose para recoger las cosas del desayuno. Notó que las orejas se le ponían coloradas.

—Oh. —El señor Nicholls bajó la vista y se colocó bien—. Lo siento. Bien. De acuerdo. —Se levantó para ir al cuarto de baño—. Esto..., eh..., ¿puedo darme otra ducha?

—Le hemos dejado un poco de agua caliente —dijo Tanzie, enfrascada en la hoja del examen en un rincón—. Ayer olía usted francamente mal.

Salió a los veinte minutos, con el pelo mojado y oliendo a champú y recién afeitado. Jess estaba removiendo sal y azúcar en un vaso de agua, procurando no pensar en las desnudeces del señor Nicholls. Se lo alargó.

—¿Qué es eso? —dijo haciendo una mueca.

—Un suero rehidratante. Para reemplazar algo de lo que perdió usted anoche.

—¿Quiere que beba un vaso de agua salada? ¿Después de la mala noche que he pasado?

—Bébaselo.

Mientras se lo tragaba poniendo mala cara, ella le preparó unas tostadas y café solo. Él se sentó a la pequeña mesa de formica, dio un sorbo al café y unos cuantos mordiscos con aprensión a la tostada y al poco rato, con una voz que denotaba cierta sorpresa, reconoció que se encontraba algo mejor.

—¿Mejor, en el sentido de mejor como-para-conducir-sin-tener-un-accidente?

—Con «sin tener un accidente» quiere decir...

—No chocar en la zona de descanso.

—Gracias por la aclaración.

Tomó otro bocado de tostada, ya con más confianza.

—Sí. Pero denme veinte minutos más. Quiero estar seguro...

—Seguro en el coche.

—Ja. —Sonrió, y fue agradable verle sonreír—. Sí. Mucho. Oh, tío, me siento mucho mejor. —Alargó la mano por el tablero de la mesa recubierto de plástico y tomó un sorbo de café, suspirando con evidente satisfacción. Terminó la primera ronda de tostadas, preguntó si había más y luego miró alrededor de la mesa—. Aunque, la verdad, quizá me sintiera todavía mejor si no estuvieran todos mirándome mientras como. Me preocupa que alguna otra parte de mí esté asomando.

—Lo sabría porque saldríamos todos dando gritos —dijo Nicky.

—Mamá dice que ayer usted casi vomita un órgano —dijo Tanzie—. Me estaba preguntando qué se siente.

Él miró a Jess y removió el café. No apartó la mirada hasta que ella se ruborizó.

—¿Con sinceridad? Se parece mucho a mis noches de sábado últimamente.

Tanzie observó su hoja de examen antes de doblarla cuidadosamente.

—Lo que pasa con los números —dijo, como si hubieran estado manteniendo una conversación totalmente diferente— es que no siempre son números. Quiero decir, i es imaginario. Pi, trascendente. Igual que e. Pero si los juntas, e elevado a i veces pi da menos uno. Forman un número que no existe. Porque menos uno no es un número, sino un lugar donde debería haber un número.

—Bueno, eso tiene todo el sentido —dijo Nicky.

—Para mí desde luego —dijo el señor Nicholls—. Me siento como un espacio donde debería haber un cuerpo. —Apuró el café y dejó la taza—. De acuerdo. Estoy bien. Volvamos a la carretera.

A lo largo de la tarde el paisaje fue cambiando de kilómetro en kilómetro, haciéndose más escarpado y menos bucólico; incluso los setos que los flanqueaban se fueron convirtiendo en piedra gris. Los cielos se abrieron, la luz se hizo más diáfana y pasaron por los símbolos lejanos de un paisaje industrial: fábricas de ladrillo rojo, enormes centrales eléctricas que soltaban nubes de color mostaza. Jess miraba de reojo al señor Nicholls, al principio con la preocupación de que se llevara la mano al estómago y luego con la vaga satisfacción de ver que su cara iba recuperando el color normal.

—No creo que lleguemos hoy a Aberdeen —dijo en un tono que sonó a disculpa.

—Vamos a ir lo más rápido posible y el último tramo lo hacemos mañana a primera hora.

—Eso es exactamente lo que iba a sugerir yo.

—Queda un montonazo de tiempo.

—Un montonazo.

Ella dejó que transcurrieran los kilómetros, a ratos dormida, procurando no darle vueltas a las cosas que le preocupaban. Movió disimuladamente su espejo retrovisor para poder ver a Nicky en el asiento de atrás. Habían desaparecido los moretones, con el poco tiempo que llevaban fuera. Parecía hablar más de lo acostumbrado. Pero seguía cerrado con ella. A Jess le preocupaba a veces que fuera así el resto de su vida. La de veces que le repetía que le quería, que ellas eran su familia, no parecía cambiar las cosas.

—Demasiado tarde —había dicho su madre cuando le comentó que iba a vivir con ellos—. Con un niño de esa edad, el daño ya está hecho. Si lo sabré yo.

Como profesora, su madre era capaz de mantener a una clase de treinta niños de ocho años en un silencio narcoléptico, sabía hacerles ir de un lado para otro como un pastor metiendo ovejas en el redil. Pero Jess no recordaba haberla visto sonreírle nunca con placer, el placer que se supone que te debe producir ver a alguien a quien has dado a luz.

Había acertado en muchas cosas. El día que Jess empezó la secundaria le dijo: «Las decisiones que tomes ahora determinarán el resto de tu vida». Pero lo que ella había oído era que alguien le decía que debía sujetar todo su ser con un alfiler, igual que una mariposa. Esa era la cuestión: si te dedicas a machacar a alguien, acaba por no escucharte ni cuando dices cosas sensatas.

Cuando Jess tuvo a Tanzie, por joven y atolondrada que fuera, demostró la sabiduría suficiente como para proponerse decirle todos los días cuánto la quería. La abrazaba, le secaba las lágrimas, se tumbaba con ella en el sofá con las piernas entrelazadas como espaguetis. La envolvería en su amor. Cuando Tanzie era pequeña, Jess dormía con ella en la cama, rodeándola con los brazos, mientras Marty se iba gruñendo al cuarto de invitados, quejándose de que no tenía sitio para él. Ella ni siquiera lo oía.

Y cuando se presentó Nicky dos años después y todo el mundo le dijo que estaba loca por hacerse cargo de otro niño, un niño de casi ocho años y con un pasado difícil —«ya sabes cómo salen los chicos así»—, no hizo caso a nadie. Porque pudo ver inmediatamente en la leve sombra de desconfianza que le separaba un par de palmos de cualquier persona algo de lo que ella misma había sentido. Porque sabía que algo te sucedía si tu madre no te abrazaba o te repetía a todas horas que eras lo mejor de su vida o ni siquiera se percataba de que estabas en casa: una pequeña parte de ti se cerraba. No la necesitabas. No necesitabas a nadie. Y, sin ser consciente de ello, esperabas. Esperabas que se te acercara cualquiera y viera algo que no le gustaba de ti, algo que no hubiera visto de entrada, y se apartara y desapareciera, igual que la bruma del mar. Porque algo malo tenía que haber si ni tu propia madre te quería. Por eso no se había venido abajo cuando Marty la abandonó. Era lógico: él no podía hacerle daño. Lo único que le importaba de verdad a Jess eran aquellos dos niños y hacerles saber que estaban bien. Porque, aunque todo el mundo te tire piedras, si tu madre te respalda, estás bien. En lo más profundo de ti sabes que te quieren. Que mereces que te quieran. Jess no había hecho muchas cosas de las que sentirse orgullosa en su vida, pero de lo que sí lo estaba era de que Tanzie supiera que la quería. Por pequeña que fuera, Jess tenía la certeza de que ella lo sabía.

Todavía estaba ganándose a Nicky.

—¿Tiene hambre? —La voz del señor Nicholls la despertó de su adormilamiento.

Se incorporó. Tenía el cuello calcificado, tan torcido y tieso como una percha.

—Me muero de hambre —dijo volviéndose hacia él con dificultad—. ¿Quiere parar a almorzar en algún sitio?

Había asomado el sol. Sus rayos brillaban a la izquierda, abarcando una extensa pradera. Tanzie solía llamarlos los dedos de Dios. Jess buscó el mapa en la guantera para localizar la ubicación de los servicios más próximos.

El señor Nicholls la miró de reojo, casi con vergüenza.

—¿Sabe una cosa? Podría tomar uno de sus sándwiches.

CAPÍTULO 18

ED

El Bed & Breakfast Stag and Hounds no figuraba en ninguna lista de alojamientos. No tenía página web ni folleto informativo. No era difícil de entender. El pub se alzaba solitario en un páramo desolado y batido por los vientos y el mobiliario de plástico de jardín cubierto de musgo que había ante la fachada gris sugería una ausencia de visitantes ocasionales o, quizá, el triunfo de la esperanza sobre la experiencia. Daba la impresión de que las habitaciones hubieran sido decoradas décadas atrás con el reluciente papel pintado de color rosa, las cortinas de encaje y la profusión de figurillas de porcelana en vez de cosas útiles como, pongamos, champú o pañuelos de papel. Al final del pasillo del piso de arriba había un cuarto de baño común, con sanitarios de color verde desvaído y manchados por depósitos de cal. Un pequeño televisor en forma de caja en la habitación con sendas camas individuales se dignaba a sintonizar tres canales, cada uno de ellos con su correspondiente zumbido. Nicky se quedó pasmado al descubrir la muñeca de plástico con un vestido de baile de ganchillo sentada sobre el rollo de papel higiénico.

—Me encanta —dijo poniéndola a la luz para inspeccionar el reluciente dobladillo sintético—. Es tan fea que está guay.

Ed no podía creer que siguieran existiendo sitios semejantes. Pero había conducido durante más de ocho horas a sesenta y cinco kilómetros por hora, la habitación en el Stag and Hounds salía por veinticinco libras la noche —tarifa aceptable incluso para Jess— y dejaban estar a Norman.

—Oh, nos encantan los perros —dijo la señora Deakins, abriéndose paso entre una manada de excitables pomeranias. Se daba golpecitos en la cabeza, rematada por un moño sujeto con alfileres—. Queremos a los perros más que a las personas, ¿verdad, Jack? —Del piso de abajo llegó un gruñido afirmativo—. Desde luego son más fáciles de complacer. Si quieren, pueden dejar a su gran acompañante en el salón pequeño esta noche. A mis chicas les encantará conocer a un hombre nuevo —concluyó con un movimiento de cabeza levemente pícaro dirigido a Ed.

Abrió las dos puertas y les indicó con la mano que pasaran.

—Bien, señor y señora Nicholls, estarán puerta con puerta con sus hijos. Esta noche son los únicos huéspedes, de modo que estará todo muy tranquilo. Para desayunar tenemos cereales variados o Jack les hará una tostada con huevo. Las hace muy bien.

—Gracias.

Le entregó a Ed las llaves y aguantó su mirada una milésima de segundo más de lo necesario.

—Me imagino que a usted le gustan… escalfados. ¿Tengo razón?

Ed miró de reojo para cerciorarse de que se lo decía a él.

—¿A que sí?

—Hum, como salgan.

—Como… salgan —repitió ella despacio sin dejar de mirarlo. Enarcó una ceja, volvió a sonreírle y luego bajó con la manada de perrillos como un mar peludo a su alrededor. Él pudo ver por el rabillo del ojo que Jess esbozaba una sonrisita.

—Ni una palabra.

Dejó las bolsas encima de la cama.

—Me pido primer para el baño. —Nicky se rascó la nuca.

—Necesito estudiar —dijo Tanzie—. Tengo exactamente diecisiete horas y media hasta la Olimpiada. —Puso los libros bajo el brazo y desapareció en la habitación de al lado.

—Antes vamos a dar un paseo a Norman, cariño —dijo Jess—. A tomar un poco el aire. Te ayudará a dormir después.

Jess abrió la cremallera de una bolsa y se metió una sudadera con capucha por la cabeza. Al levantar los brazos se le vio fugazmente el estómago pálido y sorprendentemente atractivo. Asomó la cabeza por el cuello.

—Estaremos fuera media hora como poco. O… quizá tardemos más. —Miró hacia las escaleras mientras se apretaba la coleta y luego enarcó una ceja mirándole a él—. Por si a alguien le interesa…

—Qué graciosa.

Pudo oírla reír mientras se iban. Ed se tumbó sobre la colcha de nailon, notando que el vello se le erizaba un poco por la electricidad estática, y sacó el teléfono del bolsillo.

—Primero las buenas noticias —dijo Paul Wilkes—. La policía ha terminado las primeras investigaciones. Los resultados preliminares no prueban un móvil evidente por tu parte. No hay pruebas de que te beneficiaras de las transacciones de Deanna Lewis o su hermano. Más exactamente, no hay señal de que ganaras más dinero con el lanzamiento del SFAX del que hubiera ganado cualquier otro empleado. Evidentemente, ganaste más en proporción, habida cuenta del total de acciones de tu propiedad, pero no hay rastro de cuentas en paraísos fiscales ni de ningún intento de ocultación por tu parte.

—Eso es porque no lo hubo.

—Además, los del equipo investigador dicen haber descubierto varias cuentas a nombre de Michael Lewis, lo que sugiere un claro intento de ocultar sus actuaciones. Han obtenido información de operaciones que demuestran la adquisición de gran número de acciones antes del anuncio. Otra bandera roja para ellos.

Paul siguió hablando, pero no había buena cobertura y Ed le oía mal. Se levantó y se dirigió a la ventana. Tanzie estaba corriendo alrededor del jardín del pub, gritando alegremente. Los perrillos iban alborotando tras ella. Jess la miraba de brazos cruzados y riéndose. Norman estaba en medio, contemplándolo todo, divertido e inmóvil en un mar de locura. Se tapó la otra oreja con la mano.

—¿Significa eso que ya puedo volver? ¿Asunto resuelto? —Tuvo una súbita visión de su despacho, como un espejismo.

—No tan deprisa. Ahora viene lo menos bueno. Michael Lewis no solo estaba comprando acciones, sino opciones de compra sobre acciones.

—¿Qué? —parpadeó—. De acuerdo. Ahora me estás hablando en chino.

—Ah, ¿sí? —Hubo un breve silencio. Ed se imaginó a Paul en su despacho con paredes recubiertas de madera poniendo los ojos en blanco—. Las opciones permiten apalancar la inversión y generan unos beneficios sustancialmente mayores.

—¿Y eso qué tiene que ver conmigo?

—Bueno, el nivel de beneficios generado por las opciones es considerable, por lo que la situación cambia bastante. Y aquí viene lo malo.

—¿No era esto lo malo?

Paul suspiró.

—Ed ¿por qué no me dijiste que habías extendido un cheque a Deanna Lewis?

Ed parpadeó. El cheque.

—Ingresó en su cuenta corriente un cheque de cinco mil libras firmado por ti.

—¿Y qué?

—Pues que —y aquí, a juzgar por el deliberadamente lento y elaborado timbre de su voz, uno podía imaginarlo poniendo de nuevo los ojos en blanco— te vincula financieramente con lo que estaba haciendo Deanna Lewis. Tú hiciste posibles algunas transacciones.

—¡Pero si no eran más que unos cuantos de los grandes para echarle una mano! ¡No tenía dinero!

—Tanto si te beneficiaste como si no, tenías un claro interés financiero en Lewis y eso fue justo antes de la salida del SFAX. Sería discutible si los correos electrónicos son concluyentes, pero eso significa que no se trata de su palabra contra la tuya, Ed.

Contempló el páramo. Tanzie estaba dando saltos y agitando un palo al perro lleno de babas. Las gafas se le habían resbalado por la nariz y se estaba riendo. Jess la sorprendió por detrás y la abrazó.

—¿Qué significa eso?

—Significa, Ed, que defenderte se ha hecho mucho más difícil.

Ed solo había decepcionado abiertamente a su padre una vez en la vida. Eso no quiere decir que fuera una decepción total, pero sabía que su padre habría preferido un hijo más claramente en su línea: íntegro, resuelto, animoso. Una especie de hijo marine. Pero aprendió a sobrellevar en privado el disgusto que le producía este muchacho friki y tranquilo y decidió que, si él no podía solucionarlo, habría que confiar en una educación cara.

El hecho de que los exiguos ahorros que sus padres habían acumulado en años de trabajo hubieran servido para enviar a Ed y no a su hermana a un colegio privado eran el gran Resentimiento No Reconocido de su familia. Se preguntaba a menudo si lo habrían hecho de haber sabido el enorme obstáculo emocional que estaban poniendo delante de Gemma. Ed nunca pudo convencerla de que se debía exclusivamente a que ella era buena en todo y nunca sintieron la necesidad de reforzar su educación. Era él quien pasaba horas en su habitación o pegado a una pantalla. Quien era un desastre en cuestión de deportes.

Sin embargo, contra todo pronóstico, Bob Nicholls, antiguo policía militar y director de seguridad de una pequeña empresa constructora del norte, estaba convencido de que un colegio privado caro con el lema «El deporte forja al hombre» forjaría a su hijo.

—Te estamos dando una gran oportunidad, Edward. Mejor que la que nunca tuvimos tu madre y yo —le repetía una y otra vez—. No la desperdicies.

Por eso, cuando abrió el informe final del primer curso, donde leyó palabras tales como «distante», «rendimiento mediocre» y, la peor de todas, «no trabaja bien en equipo», se quedó mirando la carta mientras Ed observaba disgustado cómo iba poniéndose pálido.

Ed no podía decirle que no le gustaba nada el colegio con sus ruidosas pandillas de pijos despectivos y presuntuosos. No podía decirle que por muchas vueltas que le hicieran dar al campo de rugby, el rugby no iba a gustarle jamás. No podía explicarle que lo que realmente le interesaba eran las posibilidades de la pantalla pixelada y lo que podía crearse a partir de ella. Y que creía que podía ganarse la vida de esa manera. El rostro de su padre traslucía tal decepción por semejante desperdicio que Ed comprendió que no tenía otra salida que decir:

—El próximo curso lo haré mejor, papá.

Ahora Ed Nicholls tenía que declarar ante la policía de la ciudad de Londres en cuestión de días.

Trató de imaginar la cara que pondría su padre cuando se enterara de que su hijo —el hijo del que ahora presumía con sus antiguos compañeros de armas («Claro que no entiendo qué es lo que realmente hace, pero por lo visto todo eso del software es el futuro»)— estaba posiblemente a punto de ser incriminado por tráfico de información privilegiada. Trató de imaginarse la cabeza de su padre sobre su cuello frágil, con la expresión fatigada y abrumada por mucho que tratara de disimular y los labios fruncidos, consciente de que no había nada que él pudiera decir o hacer.

En consecuencia, Ed tomó una decisión. Pedir a su abogado que prolongara el asunto lo más posible. Gastaría hasta el último penique de su propio dinero con tal de retrasar el anuncio de su presunto delito. Pero no podía ir a la comida familiar, por muy enfermo que estuviera su padre. Con esto le estaba haciendo un favor. Manteniéndose alejado en realidad lo estaba protegiendo.

Ed Nicholls permaneció en la pequeña habitación rosa del hotel, que olía a ambientador y decepción, contemplando los páramos desolados y a la niña que se había dejado caer sobre la hierba húmeda y tiraba de las orejas al perro grandote que, sentado y con la lengua fuera, tenía una expresión de éxtasis alelado, y se preguntó por qué —dado que sin duda estaba actuando como es debido— se sentía como una auténtica mierda.

CAPÍTULO 19

JESS

*T*anzie estaba nerviosa. No quiso cenar y se negó a bajar a descansar un rato, prefiriendo quedarse echada sobre la colcha de nailon rosa y repasar los ejercicios de matemáticas mientras comía las sobras del picnic del desayuno. Jess estaba sorprendida: su hija no solía ponerse nerviosa por nada relacionado con las matemáticas. Procuró calmarla, tarea nada fácil puesto que no tenía ni idea de sobre qué le estaba hablando.

—¡Ya casi hemos llegado! Todo va bien, Tanze. No hay nada de qué preocuparse.

—¿Crees que dormiré esta noche?

—Claro que sí.

—Pero, si no duermo, quizá lo haga mal.

—Lo vas a hacer bien aunque no duermas. Además, nunca he visto que no duermas.

—Me preocupa obsesionarme con dormir.

—A mí eso no me preocupa. Relájate. Estarás bien. Todo saldrá bien.

Cuando Jess la besó se fijó en que Tanzie se había mordido las uñas hasta la carne.

El señor Nicholls estaba en el jardín. Iba y venía por donde Jess y Tanzie habían estado media hora antes, hablando animadamente por teléfono. Se detuvo y miró el móvil un par de veces, luego se subió a una silla de jardín de plástico, probablemente para tener mejor cobertura. Permaneció allí, tambaleándose, ajeno a las curiosas miradas de los que estaban en el hotel, mientras gesticulaba y soltaba palabrotas.

Jess miró por la ventana del bar, sin decidirse a ir a interrumpirlo. Había unos cuantos hombres mayores escuchando a la dueña, que estaba hablando desde el otro lado del mostrador. Miraban a Jess con indiferencia por encima de sus pintas.

—Trabajo, ¿verdad? —La dueña miró a donde Jess lo hacía.

—Oh. Sí. Nunca para. —Jess esbozó una sonrisa—. Le llevaré algo de beber.

El señor Nicholls se había sentado en un murete de piedra cuando ella se acercó. Estaba contemplando la hierba con los codos apoyados en las rodillas.

Jess le alargó la pinta. Él se quedó mirándola un momento y luego la tomó.

—Gracias. —Se le notaba agotado.

—¿Todo bien?

—No. —Dio un trago largo—. Nada va bien.

Ella se sentó a cierta distancia.

—¿Hay algo que yo pueda hacer?

Permanecieron en silencio. Reinaba la calma, apenas rota por la brisa que soplaba sobre el páramo y el suave runrún de la conversación de dentro. Ella iba a decir algo sobre el paisaje cuando la voz de él irrumpió en la quietud del aire.

—Joder —dijo el señor Nicholls con vehemencia—. Joder.

Jess se estremeció.

—No puedo creer que mi puta vida se haya convertido en este... desastre —dijo con voz quebrada—. No puedo creer que haya trabajado durante años y que todo se venga abajo de esta manera. ¿Por qué? Joder, ¿por qué?

—Solo era comida en mal estado. Se...

—No estoy hablando del puto kebab. —Hundió la cabeza entre las manos—. Pero no quiero hablar de eso. —Le lanzó una mirada de advertencia.

—De acuerdo.

—Así es. Legalmente no puedo hablar con nadie de esto.

Ella no lo miró.

—No puedo hablar con nadie...

Ella estiró una pierna y miró la puesta de sol.

—Bueno, yo no cuento. No soy más que una puñetera limpiadora.

Él resopló.

—Joder —repitió.

Y entonces le contó, con la cabeza baja, pasándose las manos por el corto pelo castaño. Le habló de una novia con la que no se le había ocurrido cómo romper de buenas maneras y de que toda su vida se había venido abajo. Le habló de su empresa y de que él debería estar ahora en ella, celebrando el lanzamiento de su trabajo obsesivo de los seis últimos años. Y de que tenía que mantenerse al margen de todo y de todos cuanto conocía con la perspectiva de verse procesado. Le habló de su padre y del abogado que acababa de telefonearle para informarle de que en cuanto volviera de este viaje lo citarían en una comisaría de Londres, donde sería acusado de tráfico de información privilegiada, acusación que podría suponerle hasta veinte años de cárcel. Ella se sintió agobiada cuando él terminó.

—Lo único por lo que he trabajado. Lo único que me ha importado. No me permiten entrar en mi propio despacho. Ni siquiera puedo volver a mi casa por si la prensa se entera y yo dejo que se filtre lo sucedido. No puedo ir a ver a mi propio padre porque se moriría al ver lo jodidamente idiota que es su hijo. Y lo peor es que lo echo de menos. Lo echo de menos de verdad.

Jess estuvo un rato asimilando todo esto. Él sonrió tristemente al cielo.

—¿Y sabe lo mejor? Es mi cumpleaños.

—¿Qué?

—Hoy. Es mi cumpleaños.

—¿Hoy? ¿Por qué no ha dicho nada?

—Porque tengo treinta y cuatro años y un hombre de esa edad queda como un capullo hablando de cumpleaños. —Dio un sorbo a la cerveza—. Y con todo lo de la comida en mal estado, no tenía muchas ganas de celebraciones. —Miró a Jess—. Además usted podría haberse puesto a cantar *Cumpleaños feliz* en el coche.

—Se lo canto aquí.

—No, por favor. Las cosas ya están suficientemente mal.

A Jess le daba vueltas la cabeza. No podía creerse todo lo que tenía encima el señor Nicholls. De haber sido otra persona, quizá lo hubiese rodeado con el brazo y habría intentado decirle unas palabras de consuelo. Pero el señor Nicholls era quisquilloso.

—Las cosas mejorarán —dijo ella cuando vio que no se le ocurría nada más—. El karma caerá sobre esa chica que lo ha liado.

—¿El karma? —dijo haciendo una mueca.

—Es lo que les digo a los chicos. A la gente buena le suceden cosas buenas. Tiene usted que mantener la fe…

—Pues debo de haber sido un mierda en mi vida anterior.

—Ánimo. Todavía tiene usted casa. Coches. El cerebro. Abogados caros. Puede resolver este asunto.

—¿Cómo puede ser tan optimista?

—Porque las cosas acaban saliendo bien.

—Y lo dice una mujer que no tiene ni para el billete del tren.

Jess no apartó la mirada de la escarpada ladera de la colina.

—Voy a dejarlo pasar porque es su cumpleaños.

El señor Nicholls suspiró.

—Lo siento. Sé que está tratando de ayudarme. Pero ahora mismo su positividad me resulta agotadora.

—No, conducir cientos de kilómetros en un coche con tres personas a quienes no conoce y un gran perro le resulta agotador. Suba a darse un buen baño y se sentirá mejor. Vamos.

Él entró con andares cansados, el hombre condenado, y ella se quedó contemplando la mancha verde de páramo que se desplegaba ante su vista. Trató de imaginar cómo sería enfrentarse a penas de cárcel, que te impidan estar cerca de las cosas o las personas que amas. Trató de imaginar a alguien como el señor Nicholls haciendo tiempo.

Al cabo de un rato, ella también entró con los vasos vacíos. Se inclinó sobre la barra, donde la dueña estaba viendo un episodio de *Homes Under the Hammer*. Los hombres estaban sentados en silencio detrás de ella, viendo la tele también o con los ojos legañosos fijos en las pintas de cerveza.

—¿Señora Deakins? Resulta que hoy es el cumpleaños de mi marido. ¿Le importaría hacerme un favor?

El señor Nicholls no bajó hasta las ocho y media, con la misma ropa que llevaba por la tarde. Y la tarde de ayer. Pero Jess se dio cuenta de que se había bañado porque tenía el pelo mojado y estaba recién afeitado.

—¿Qué lleva usted en la bolsa? ¿Un cadáver?

—¿Qué?

Se dirigió a la barra. Desprendía un leve aroma a jabón Wilkinson Sword.

—Lleva la misma ropa que antes.

—Oh. No. Esta es limpia —dijo bajando la vista como para comprobarlo.

—¿Tiene la misma camiseta y vaqueros para todos los días?

—Te ahorra pensar en ello.

Lo miró un momento, luego decidió callar lo que estaba a punto de decir. Solo porque era su cumpleaños.

—Oh. Está usted muy guapa —dijo de pronto, como si acabara de darse cuenta.

Se había puesto un vestido azul de playa y una chaqueta de punto. Los tenía reservados para la Olimpiada, pero le pareció que esta era una ocasión importante.

—Bueno, gracias. Una tiene que esforzarse por estar a la altura del entorno, ¿no?

—¿Qué? ¿Ha prescindido de su gorra y sus vaqueros con pelos de perro?

—Va a lamentar ese sarcasmo. Porque le tengo reservada una sorpresa.

—¿Una sorpresa? —dijo súbitamente receloso.

—Es buena. Mire. —Jess le alargó uno de los dos vasos que había preparado antes, con la complicidad de la señora Deakins. No habían hecho un cóctel desde 1997, comentó la señora Deakins, mientras Jess buscaba entre las botellas polvorientas detrás de los dispensadores—. Me imagino que está usted en condiciones.

—¿Qué es esto? —dijo mirándolo con suspicacia.

—Whisky, triple seco y zumo de naranja.

Dio un sorbo. Y luego otro más largo.

—Está muy bien.

—Sabía que le gustaría. Lo he hecho especialmente para usted. Se llama Bastardo Quejica.

La mesa blanca de plástico estaba en medio del césped pelado, con dos asientos, cubiertos de acero inoxidable y una vela en una botella de vino en medio. Jess había limpiado las sillas con un paño del bar para quitarles el musgo y ahora estaba sacando una para él.

—Vamos a comer al aire libre. Invitación de cumpleaños. Si quiere tomar asiento. Voy a informar en cocina de que ya está usted aquí.

—¿No serán las magdalenas del desayuno?

—Por supuesto que no —replicó haciéndose la ofendida. Al dirigirse a la cocina, murmuró—: Ya se las han comido Tanzie y Nicky.

Cuando volvió a la mesa, Norman ya se había echado encima de un pie del señor Nicholls. Jess sospechó que al señor Nicholls le habría gustado haberlo retirado, pero sabía que Norman era un peso muerto porque ya se le había puesto encima a ella antes. Solo cabía esperar que cambiara de postura antes de que el pie se le pusiera negro y se le cayera.

—¿Qué tal el aperitivo?

El señor Nicholls miró el vaso vacío.

—Delicioso.

—Bueno, ya viene la cena. Me temo que esta tarde estamos los dos solos porque los otros huéspedes tenían compromisos anteriores.

—¿Culebrón adolescente y ecuaciones algebraicas totalmente demenciales?

—Nos conoce demasiado bien. —Jess se sentó en su silla y en ese momento apareció la señora Deakins por el césped con los pomeranias alborotando a sus pies. Traía dos platos en alto.

—Aquí tienen —dijo poniéndolos sobre la mesa—. Ternera y riñones. De Ian, aquí al lado. Hace un pastel de carne delicioso.

Jess tenía ya tanta hambre que pensó que probablemente se habría comido al propio Ian.

—Fantástico. Gracias —dijo poniéndose sobre las piernas una servilleta de papel.

La señora Deakins se quedó y echó un vistazo alrededor, como si viera aquel sitio por primera vez.

—Nunca comemos aquí fuera. Bonita idea. Podría ofrecérselo a los demás clientes. Y esos cócteles. Podría presentarlo como oferta.

Jess pensó en los hombres mayores del bar.

—Sería una pena no hacerlo —dijo pasando el vinagre al señor Nicholls. Él estaba pasmado.

La señora Deakins se frotó las manos en el delantal.

—Bueno, señor Nicholls, su esposa está decidida a que lo pase usted bien en su cumpleaños —dijo con un guiño.

—Oh —exclamó él mirándola—. Con Jess nunca hay un momento de tranquilidad —añadió desviando la mirada hacia esta.

—¿Cuánto tiempo llevan casados?

—Diez años.

—Tres años.

—Los niños son de mis matrimonios anteriores —dijo Jess cortando el pastel.

—¡Oh! Eso es...

—La rescaté —dijo el señor Nicholls—. De la cuneta de una carretera.

—Así fue.

—Qué romántico —titubeó la señora Deakins con una sonrisa.

—No tanto. En ese momento la estaban deteniendo.

—Ya he explicado todo eso. Uau, estas patatas fritas están deliciosas.

—Ya. Y los policías fueron muy comprensivos. Teniendo en cuenta...

La señora Deakins había emprendido la retirada.

—Bueno, qué bonito. Es fantástico que sigan juntos.

—Vamos tirando.

—Ahora mismo no tenemos más remedio.

—Eso también es verdad.

—¿Podría traernos un poco de salsa roja?

—Oh, buena idea. Querida.

Cuando la mujer desapareció, el señor Nicholls señaló con la cabeza la vela y los platos. Luego levantó la vista hacia Jess y ya no tenía el ceño fruncido.

—Este es el mejor pastel de carne con patatas fritas que he comido nunca en un extraño Bed & Breakfast en alguna parte de la que nunca había oído hablar en los páramos del norte de Yorkshire.

—Me alegro mucho. Feliz cumpleaños.

Comieron en amigable silencio. Era asombroso lo bien que te hacía sentir una comida caliente y un cóctel fuerte. Norman gruñó y se echó sobre el costado, liberando el pie del señor Nicholls. Ed estiró la pierna con precaución, quizá por ver si todavía era capaz de hacerlo.

La miró y levantó el vaso con el segundo cóctel.

—En serio. Gracias.

Ahora que no llevaba las gafas puestas, ella se dio cuenta de que tenía las pestañas extraordinariamente largas. Eso le hizo tomar una extraña conciencia de la vela en medio de la mesa. La había pedido medio en broma.

—Bueno..., era lo menos que podía hacer. Usted nos rescató. De la cuneta. No sé qué habríamos hecho.

Él tomó otra patata frita y la sostuvo en alto.

—Bueno, me gusta cuidar a mi personal.

—Creo que prefería cuando estábamos casados.

—Salud —sonrió él con los ojos, de un modo tan auténtico e inesperado que ella le devolvió la sonrisa.

—Por mañana. Y por el futuro de Tanzie.

—Y por que deje de haber tanta mierda en general.

—Brindo por eso.

La tarde dio paso a la noche, aligerada por el alcohol y la alegre certeza de que nadie tenía que dormir en el coche ni necesitaba con frecuencia ir urgentemente al cuarto de baño. Nicky bajó, miró receloso por detrás del flequillo a los hombres del salón pequeño, que le devolvieron una mirada igual de recelosa, y se retiró a su habitación a ver la televisión. Jess bebió tres vasos de Liebfraumilch ácido y fue a ver cómo estaba Tanzie y llevarle algo de comer. Le hizo prometer que no estudiaría más allá de las diez de la noche.

—¿Puedo seguir trabajando en vuestra habitación? Nicky tiene la tele puesta.

—De acuerdo —respondió Jess.

—Hueles a vino —dijo Tanzie sin rodeos.

—Eso es porque estamos en una especie de vacaciones. Las madres pueden oler a vino cuando están en una especie de vacaciones.

—Hum. —Tanzie miró con severidad a su madre y volvió a sus libros.

Nicky estaba tumbado en una de las camas individuales viendo la televisión. Ella cerró la puerta al entrar y olfateó el aire.

—No has estado fumando, ¿verdad?

—Todavía tienes mi hierba.

—Oh, sí. —Lo había olvidado por completo—. Pero has dormido sin ella. Anoche y anteanoche.

—Hum.

—Bueno, eso está bien, ¿no?

Él se encogió de hombros.

—Creo que las palabras que estabas buscando son: «Sí, es fantástico que ya no necesite sustancias ilegales para quedarme dormido». Bueno, levántate un momento. Quiero que me ayudes a mover un colchón. —Como no se movió, añadió—: No puedo dormir con el señor Nicholls. Haremos otra cama en el suelo de tu habitación, ¿vale?

Suspiró, pero se levantó a ayudarla. Ya no hacía gestos de dolor cuando se movía, observó ella. El colchón, colocado sobre la alfombra al lado de la cama de Tanzie, dejaba sitio suficiente para que pudieran entrar y salir por la puerta, que ahora se abría apenas un palmo.

—Va a ser divertido si necesito ir al servicio por la noche.

—Sería el colmo. Ya eres un chico grande. —Dijo a Nicky que apagara la televisión a las diez para no molestar a Tanzie y los dejó a los dos arriba.

Hacía mucho que la fresca brisa del atardecer había apagado la vela y, cuando ya no pudieron verse el uno al otro, entraron dentro. La conversación había pasado de los padres y los primeros trabajos a las respectivas relaciones. Jess le habló de Marty y de que en cierta ocasión él le había comprado un alargador por su cumpleaños, y encima había protestado: «¡Decías que necesitabas uno!». A su vez, él le habló de Lara la Ex y del cumpleaños en que como regalo contrató a un chófer que la llevó a un hotel elegante para desayunar con sus amigas y luego una mañana entera en Harvey Nichols con un asesor de compras sin límite de gasto. Sin embargo, cuando quedaron a comer, ella se quejó amargamente de que él no se hubiera tomado el día libre. Jess pensó que le habría gustado mucho dar una bofetada en la supermaquillada cara de Lara la Ex. (Se la había inventado así: probablemente más *drag queen* de lo estrictamente necesario).

—¿Tuvo que pasarle una pensión alimenticia?

—No tenía que hacerlo, pero lo hice. Hasta que entró en mi casa y se llevó lo que quiso por tercera vez.

—¿Lo recuperó?

—No merecía la pena molestarse. Si una serigrafía de Mao Tse-Tung es tan importante para ella, que se la quede.

—¿Cuánto valía?

—¿Qué?

—El cuadro.

—Unos cuantos de los grandes —dijo encogiéndose de hombros.

—Usted y yo hablamos idiomas diferentes, señor Nicholls.

—¿Usted cree? De acuerdo. Entonces, ¿cuánto le paga su ex de pensión?

—Nada.

—¿Nada? —Enarcó las cejas hasta el nacimiento del pelo—. ¿Nada de nada?

—Es un desastre. No puedes castigar a alguien por ser un desastre.

—¿Aunque usted y sus hijos vivan con estrecheces?

¿Cómo explicárselo? A ella misma le había costado dos años entenderlo. Sabía que los chicos lo echaban de menos, pero en el fondo ella se sintió aliviada por la marcha de Marty. Aliviada por no tener que preocuparse de si les iba a arruinar el futuro con sus ideas descabelladas. Estaba harta de sus malos humores y de que estuviera permanentemente agotado por los niños. Y, sobre todo, estaba harta de no hacer nada bien. A Marty le había gustado la Jess de dieciséis años: alocada, impulsiva, sin responsabilidades. Luego él la había cargado de responsabilidades y no le había gustado su transformación.

—Procuraré que vuelva a contribuir con lo que le corresponde cuando se aclare. Pero estamos bien. —Jess miró arriba, donde estaban durmiendo Tanzie y Nicky—. Creo que esto será nuestro punto de inflexión. Además, probablemente usted no entenderá esto, y ya sé que todo el mundo piensa que son un poco raros, pero es una suerte tenerlos. Son cariñosos y divertidos.

Se sirvió otro vaso de vino y dio un trago. Entraba muy bien.

—Son unos chicos fantásticos.

—Gracias —dijo ella—. La verdad es que hoy me he dado cuenta de algo. Los últimos días han sido la primera vez que recuerdo en la que simplemente he conseguido estar con ellos. No trabajando, o yendo por la casa haciendo tareas, o comprando, o intentando ponerme al día con todo. Ha estado bien poder pasar tiempo con ellos sin más, aunque suene un poco tonto.

—No suena tonto.

—Y Nicky está durmiendo. Nunca duerme. No sé qué le ha hecho usted, pero es como si...

—Oh, solo equilibramos un poco la situación.

Jess levantó el vaso.

—Pues esa es una cosa buena de su cumpleaños: ha levantado el ánimo de mi chico.

—Eso fue ayer.

Ella se lo pensó un momento.

—Hoy no ha vomitado ni una vez.

—De acuerdo. Dejémoslo ahí.

Por fin, el cuerpo del señor Nicholls estaba completamente relajado. Estaba recostado, con sus largas piernas estiradas por debajo de la mesa. Una de ellas llevaba un rato apoyada en las suyas. Ella había pensado fugazmente si debía moverse, pero no lo había hecho y ahora no podía evitar verlo como si estuviera insistiendo. Notaba como una presencia eléctrica contra su pierna desnuda.

Le gustaba mucho.

Porque entre el pastel de carne con patatas fritas y la última ronda algo había pasado. Y no se trataba solo de la bebida. No quería que el señor Nicholls se sintiera enfadado y desesperado. Quería ver aparecer en su rostro esa sonrisa ancha y soñolienta que parecía apaciguar todas las tensiones.

—Sabe, nunca he conocido a nadie como usted —dijo él mirando a la mesa.

Jess había estado a punto de hacer un chiste sobre limpiadoras, baristas y personal, pero en cambio sintió un gran retortijón en la boca del estómago y evocó la firme V de su torso desnudo en la ducha. Y entonces se preguntó qué tal estaría acostarse con el señor Nicholls.

El impacto de este pensamiento fue tal que a punto estuvo de decirlo en voz alta: «Creo que sería fantástico acostarse con el señor Nicholls». Desvió la mirada, ruborizada, y apuró de un trago lo que quedaba en el vaso.

El señor Nicholls estaba mirándola.

—No se lo tome a mal. Lo dije en el buen sentido.

—No me lo tomo a mal. —Hasta las orejas se le habían puesto de color rosa.

—Es usted la persona más positiva que conozco. Nunca siente compasión de sí misma. Cuando un obstáculo se interpone en su camino, lo salta.

—Rasgándome los pantalones y cayéndome en el proceso.

—Pero sigue adelante.

—Cuando alguien me ayuda.

—De acuerdo. Este símil está dando lugar a confusión. —Dio un trago a su cerveza—. Solo... quería decírselo. Sé que ya casi ha terminado. Pero he disfrutado en este viaje. Más de lo que esperaba.

—Sí. Yo también —dijo sin pensarlo.

Estuvieron un rato sin hablar. Él le estaba mirando la pierna. Ella se preguntó si él también estaba pensando en lo mismo.

—¿Sabe una cosa, Jess?

—¿Qué?

—Ha dejado de mover la pierna.

Sus miradas se cruzaron. Ella quiso apartar la mirada, pero no pudo. El señor Nicholls había sido un medio de salir de un atasco imposible. Lo único que Jess podía ver ahora era sus grandes ojos castaños, el dorso de sus fuertes manos y cómo se movía su torso bajo la camiseta.

Necesitas volver a montar a caballo.

Él fue el primero en apartar la mirada.

—¡Eh! Mire qué hora es. Deberíamos dormir un poco. Usted dijo que teníamos que levantarnos pronto. —Su voz sonaba un poco demasiado alta.

—Sí. Ya son casi las once. Creo que calculé que necesitamos salir de aquí a las siete para llegar allí hacia el mediodía. ¿Le parece bien?

—Eh..., claro.

Al levantarse se tambaleó un poco y buscó el brazo de él, pero ya se había alejado.

Encargaron el desayuno para primera hora, dieron un buenas noches excesivamente cordial a la señora Deakins y subieron despacio por las escaleras de la parte de atrás del pub. Jess apenas comprendía lo que iban diciendo porque estaba totalmente concentrada en que él iba detrás de ella. En su manera de mover las caderas al caminar. «¿Está mirándome?». Su mente se disparaba y se sumergía en direcciones inesperadas. Se le pasó por la cabeza qué sentiría si él se inclinara hacia delante y le besara el hombro desnudo. Creyó haber emitido involuntariamente un leve sonido solo de pensarlo.

Se detuvieron en el rellano y ella se volvió hacia él. Tuvo la sensación de que, después de tres días, solo ahora lo veía.

—Buenas noches, entonces, Jessica Rae Thomas. Con «a» y «e».

Puso la mano en el picaporte de la puerta y notó un nudo en la garganta. Hacía tanto tiempo. ¿De verdad era tan mala idea? Giró el picaporte y se apoyó en él.

—Hasta… mañana.

—Me ofrecería a hacerle café, pero siempre se levanta usted antes.

No supo qué decir, simplemente lo miró.

—Eh…, Jess.

—¿Qué?

—Gracias. Por todo. Lo de cuando estuve malo, la sorpresa de cumpleaños… Por si no tengo ocasión de decir esto mañana —esbozó una sonrisa—, por lo que a exesposas se refiere, es usted mi favorita.

Ella empujó la puerta. Fue a decir algo, pero le distrajo comprobar que la puerta no se movía. Volvió a girar y empujar el picaporte. Cedió, pero no se abrió más que una ranura.

—¿Qué ocurre?

—No puedo abrir la puerta —contestó ella ayudándose con las dos manos. Nada.

Lo intentó el señor Nicholls. Cedió un milímetro.

—No está cerrada con llave —dijo moviendo el picaporte—. Hay algo que la está bloqueando.

Ella se agachó por si veía algo y el señor Nicholls dio la luz del descansillo. Vislumbró por la ranura la mole de Norman al otro lado de la puerta. Estaba tumbado encima del colchón, dando la espalda a Jess.

—Norman —susurró—, muévete.

Nada.

—Norman.

—Si empujo, tendrá que despertarse, ¿no? —El señor Nicholls empezó a apoyarse en la puerta. Descargó todo su peso sobre ella. Luego empujó—. Dios —dijo.

—No conoce a mi perro. —Jess meneó la cabeza.

El señor Nicholls soltó el picaporte y la puerta se cerró con un leve clic. Se miraron el uno al otro.

—Bueno... —dijo él al fin—. Aquí dentro hay dos camas. Servirán.

Jess hizo una mueca.

—Hum. Norman está durmiendo en la otra cama individual. Puse ahí el colchón antes.

Entonces él la miró cauteloso.

—¿Llamo a la puerta?

—Tanzie está muy tensa. No puedo correr el riesgo de despertarla. Está bien... Yo..., yo... dormiré en la butaca.

Jess se dirigió al cuarto de baño antes de que él pudiera llevarle la contraria. Se lavó y cepilló los dientes, contemplando su piel enrojecida por el alcohol en el espejo con marco de plástico mientras se esforzaba por controlar los pensamientos que daban vueltas en su cabeza.

Al volver a la habitación, el señor Nicholls le mostró una de sus camisetas grises. «Tome», dijo tirándosela mientras se encaminaba al cuarto de baño. Jess se la puso, procurando no hacer caso del vago erotismo de su aroma, sacó una manta y una almohada del armario y se arrebujó en la butaca, procurando poner las piernas en una postura que le resultara cómoda. Iba a ser una noche larga.

Al poco rato el señor Nicholls abrió la puerta y apagó la luz del techo. Llevaba una camiseta blanca y unos bóxers azul marino. Las piernas tenían los músculos largos y marcados de quien hace ejercicio a conciencia. Ella supo al momento cómo las sentiría contra las suyas. Pensarlo le dejó la boca seca.

La pequeña cama crujió ruidosamente al acostarse él.

—¿Está cómoda así?

—¡Perfectamente! —dijo ella demasiado alto—. ¿Usted?

—Si uno de estos muelles me atraviesa mientras duermo, tiene mi permiso para llevar el coche el resto del trayecto.

La miró largamente, luego apagó la luz de la mesilla.

La oscuridad era total. Fuera, una leve brisa silbaba por entre los huecos invisibles de la piedra, los árboles susurraban y se oyó cerrar un coche de un portazo y el rugido de protesta del motor. En la habitación de al lado Norman aullaba en sueños y el sonido llegaba solo parcialmente amortiguado por la fina pared de paneles de yeso. Jess podía oír la respiración del señor Nicholls y, aunque había pasado la noche anterior a un palmo de él, ahora era consciente de su presencia de un modo mucho más acuciante que veinticuatro horas antes. Pensó en cómo había hecho sonreír a Nicky, en cómo ponía los dedos en el volante.

Pensó en una expresión que había oído a Nicky hacía unas semanas: solo se vive una vez, y recordó que le había dicho que le parecía que se trataba de una excusa empleada por los idiotas para hacer lo que les viniera en gana, sin atender a las consecuencias.

Pensó en Liam y en que su instinto le decía que probablemente estuviera acostándose con alguien en ese momento, con la camarera pelirroja del Blue Parrot, quizá, o con la chica holandesa de la furgoneta tuneada. Pensó en una conversación en la que Chelsea le dijo que debía mentir sobre sus hijos porque ningún hombre se enamoraría de una madre soltera con dos hijos y en cómo se había enfadado ella porque en el fondo sabía que seguramente tuviera razón.

Pensó en que probablemente nunca volvería a ver al señor Nicholls después de este viaje, aun cuando no ingresara en prisión.

Y entonces, sin darse tiempo a pensárselo dos veces, Jess se levantó sin hacer ruido de la butaca, dejando caer la manta al suelo. Le llevó cuatro pasos llegar a la cama, titubeó con los dedos de los pies encogidos sobre la alfombra de acrílico, como si todavía no estuviera muy segura de lo que estaba haciendo. Solo se vive una vez. Y entonces hubo un leve movimiento en la penumbra y vio al señor Nicholls volverse hacia ella cuando levantó el edredón y se metió en la cama.

Jess tenía el pecho contra el de él, sus piernas frías contra las piernas calientes de él. No había más sitio en esta cama diminuta, con el colchón hundido que los empujaba el uno hacia el otro y el borde como un precipicio a solo un palmo por detrás de ella. Estaban tan próximos que podía aspirar los efluvios de su loción de afeitar y pasta dentífrica. Podía notar cómo subía y bajaba su pecho, mientras el corazón le latía desbocado contra el suyo. Ladeó un poco la cabeza para observarlo. Él pasó el brazo derecho, sorprendentemente pesado, por encima del edredón y la atrajo hacia sí. Con el otro le tomó la mano y la cubrió despacio con la suya. Estaba seca, suave, a un palmo de su boca. Quiso bajar la cara hasta sus nudillos y recorrerlos con los labios. Quiso llegar con la boca hasta su...

Solo se vive una vez.

Permaneció paralizada por su propio deseo en la oscuridad.

—¿Quieres acostarte conmigo?

Hubo un largo silencio.

—¿Has oído lo que...?

—Sí —dijo—. Y... no. —Y añadió antes de que ella se quedara completamente de piedra—: Creo que haría las cosas demasiado complicadas.

—No es complicado. Los dos somos jóvenes, estamos solos y algo cabreados. Y no nos vamos a volver a ver después de esta noche.

—¿Y eso?

—Tú volverás a Londres a tu vida de ciudad y yo seguiré en la costa con la mía. No es para tanto.

—Jess…, creo que no —dijo al cabo de un rato.

—No te gusto —dijo llena de vergüenza, al acordarse de pronto de lo que había dicho de su ex. Lara era modelo, por el amor de Dios. Se apartó de él y él le apretó la mano.

—Eres preciosa —le murmuró al oído.

Esperó. Él le acarició la palma de la mano con el pulgar.

—Entonces…, ¿por qué no quieres acostarte conmigo?

Él no dijo nada.

—Mira. Esta es la situación. Llevo tres años sin sexo. Necesito volver a montar a caballo y creo que eso, tú, serías magnífico.

—Quieres que sea un caballo.

—No en ese sentido. Necesito un caballo metafórico.

—Y ahora volvemos a las metáforas raras.

—Mira, una mujer que dices que te parece preciosa te está ofreciendo sexo sin condiciones. No entiendo el problema.

—No existe el sexo sin condiciones.

—¿Qué?

—Siempre hay alguien que quiere algo.

—Yo no quiero nada de ti.

—Puede que ahora no.

Ella lo notó encogerse de hombros.

—Uau —dijo dándose la vuelta—. Ella te dejó tocado, ¿eh?

—Es solo que…

Jess le acarició la pierna con el pie.

—¿Crees que estoy tratando de seducirte? ¿Crees que estoy tratando de atraparte con mis mañas de mujer? Menudas mañas de mujer, un edredón de nailon y un pastel de carne con patatas fritas. —Entrelazó sus dedos con los de él, dejó que su voz saliera como un susurro. Se sentía incontenible, temeraria. Pensó que podría desmayarse de lo mucho que lo deseaba en ese momento—. No quiero una relación, Ed. Ni contigo ni con nadie. En mi vida no tiene cabida todo lo que implica el uno más uno. —Ladeó la cara de manera que la boca quedó a un palmo de él—. Creía que era evidente.

Él apartó las caderas una fracción infinitesimal de ella.

—Eres… increíblemente persuasiva.

—Y tú… —Lo rodeó con la pierna, atrayéndolo hacia sí. Su dureza la hizo enloquecer por un momento.

Él tragó saliva.

Tenía los labios a unos milímetros de los suyos. Todos los nervios de su cuerpo se le habían concentrado en su piel. O quizá en la de él. Ya no sabía distinguirlo.

—Es la última noche. En el peor de los casos, podemos intercambiar una mirada por encima del aspirador y yo recordaré esta noche como una noche fantástica con un tipo fantástico que lo era de verdad. —Dejó que sus labios se posaran en la barbilla de él. Ya le apuntaba la barba. Quiso morderla—. Tú, por supuesto, lo recordarás como el mejor sexo de tu vida.

—Y eso es todo. —Su voz sonó pastosa, distraída.

Jess se le acercó más.

—Eso es todo —murmuró.

—Habrías sido una gran negociadora.

—¿Nunca dejas de hablar?

Se adelantó hasta que sus labios se encontraron con los de él. Casi le dio algo. Notó la presión de la boca de él en la suya, a medida que cedía, su dulzura. Y ya no le importó nada. Lo deseaba. Se moría por él.

Y entonces él se retiró. Ella notó más que vio la mirada de Ed Nicholls. En las sombras tenía los ojos oscuros, insondables. Movió la mano y, al rozarle el estómago, ella sintió un leve estremecimiento involuntario.

—Joder —dijo él en voz baja—. Joder, joder. —Y luego añadió en un gruñido—: Mañana me agradecerás esto.

Y se desasió suavemente de ella, se levantó de la cama, se dirigió a la butaca, se sentó y, con un gran suspiro, se echó la manta por encima y se dio la vuelta.

CAPÍTULO 20

ED

$\mathcal{E}$d Nicholls había pensado que pasar ocho horas en un húmedo aparcamiento era la peor forma posible de pasar la noche. Luego había concluido que la peor forma de pasar la noche era tener retortijones de tripas en una caravana por los alrededores de Derby. En ambos casos se equivocaba. Resultó que la peor forma de pasar la noche era en una habitación muy pequeña, cerca de una mujer guapa y algo bebida, que quería acostarse con él y a quien, como un idiota, había rechazado.

Jess se durmió o se hizo la dormida: imposible distinguirlo. Ed permaneció en la butaca más incómoda del mundo, mirando por la rendija entre las cortinas el cielo negro a la luz de la luna, con la pierna izquierda lista para dormir y el pie izquierdo congelado porque la manta no llegaba a taparlo. Procuró no pensar en que, si no se hubiera levantado de la cama, podría estar allí, arrebujado junto a ella ahora mismo, con los labios posados en su piel, sus ágiles piernas entrelazadas con las de él…

No.

O bien (a) el sexo habría sido horrible y después se habrían sentido fatal y las cinco horas de viaje hasta la Olimpiada habrían sido insoportables. O (b) el sexo habría estado bien, se habrían despertado avergonzados y el viaje habría sido igual de insoportable. Peor aún, podrían haber acabado con (c): el sexo habría sido extraordinario (tenía la ligera sospecha de que las cosas habrían ido por ahí; seguía teniendo una erección cada vez que pensaba en su boca), desarrollarían sentimientos mutuos basados puramente en la química sexual, y (d) entonces tendrían que adaptarse al hecho de que no tenían nada en común y eran incompatibles en todos los demás sentidos, o (e) descubrirían que no eran del todo incompatibles, pero él tendría que ingresar en prisión. Y ninguna de estas posibilidades contemplaba que Jess tenía hijos, chicos que necesitaban estabilidad en sus vidas y no alguien como él: los niños le gustaban en abstracto, del mismo modo que le gustaba el subcontinente indio, es decir, era magnífico saber que existía, pero no sabía nada de él ni había sentido nunca el menor deseo de pasar un tiempo allí.

Y todo esto sin el factor añadido de que era evidente lo mal que se le daban las relaciones, pues acababa de salir de los dos ejemplos más desastrosos que cabía imaginar, y las probabilidades de hacerlo bien con otra persona sobre la base de un largo viaje en coche que había empezado porque no había sabido librarse de él eran poco menos que ninguna.

Y toda la conversación del caballo había sido francamente extraña.

Y las anteriores consideraciones podían complementarse con posibilidades aún peores que había pasado totalmente por alto. ¿Y si Jess era una psicópata y todo ese rollo de no querer una relación no era más que una manera de irlo engatusando? Aunque no parecía de esa clase de chicas.

Claro que Deanna tampoco.

Ed estuvo sopesando estos y otros asuntos complicados, lamentando no poder comentar uno solo de ellos con Ronan, hasta que el cielo se puso anaranjado, luego azul neón y la pierna se le quedó completamente entumecida y la resaca, que antes se manifestaba por una vaga presión en las sienes, se convirtió en un dolor de cabeza en toda regla que le iba a hacer estallar el cráneo. Ed procuró no mirar a Jess a medida que la silueta de su rostro y su cuerpo bajo el edredón se iba perfilando al compás de la luz del día.

Y procuró no sentir nostalgia por una época en que el sexo con una mujer que te gustaba no era más que sexo con una mujer que te gustaba, sin que implicara una serie de ecuaciones tan complejas e insólitas que únicamente Tanzie habría podido estar cerca de entenderlas.

—Venga, que llegamos tarde. —Jess tiró de Nicky, un pálido zombi en camiseta, hacia el coche.

—No he desayunado nada.

—Eso es por no haberte levantado cuando te lo he dicho. Ya tomaremos algo por el camino. Tanzie. ¿Tanzie? ¿Has sacado al perro a hacer sus cosas?

El cielo de la mañana estaba del color del plomo y parecía haber descendido a la altura de sus orejas. Una fina llovizna auguraba lluvias más intensas. Ed se instaló en el asiento del conductor mientras Jess iba de un lado para otro, organizando, regañando, prometiendo, en un derroche de actividad. Llevaba así desde que él se había despertado, aturdido, de lo que parecían haber sido veinte minutos de sueño. Él creía que ella no le había mirado a los ojos ni una sola vez. Tanzie montó sin decir nada en el asiento trasero.

—¿Estás bien? —Bostezó y miró a la chica por el espejo retrovisor.

Ella asintió en silencio.

—¿Nervios?

No dijo nada.

—¿Has vomitado?

Asintió con la cabeza.

—Por las aventuras de este viaje. Pero lo harás de maravilla. Ya lo verás.

Ella lo miró como habría mirado a cualquier adulto que le hubiera dicho lo mismo, luego se puso a mirar por la ventanilla con su rostro redondo y pálido. Ed se preguntó hasta qué hora se habría quedado estudiando.

—Ya está. —Jess empujó a Norman al asiento de atrás. Trajo con él un fuerte tufo a orines de perro. Comprobó que Tanzie se había puesto el cinturón de seguridad, montó en el asiento del copiloto y finalmente miró a Ed. Su expresión era indefinible—. Vámonos.

El coche de Ed ya no parecía suyo. En solo tres días su impecable interior había adquirido nuevos aromas y manchas, una buena dosis de pelos de perro y sudaderas y zapatillas que ahora vivían en los asientos o apelmazadas debajo de ellos tres. El suelo estaba lleno de envoltorios de dulces y bolsas de patatas fritas que crujían al pisarlos. Las emisoras de radio ya no estaban en el dial de costumbre.

Pero algo había ocurrido mientras conducía a sesenta y cinco kilómetros por hora. La vaga sensación de que debería haber estado en otro sitio había empezado a disiparse, casi sin que él se hubiera dado cuenta. Contemplaba a la gente que pasaba, iba a la compra, conducía coches, llevaba a los niños al colegio en mundos completamente diferentes del suyo, ajena a su pequeño drama personal unos cientos de kilómetros al sur. Eso hacía que todo pareciera a escala reducida, y sus problemas una maqueta manejable en vez de algo que lo desbordara.

Pese al silencio intencionado de la mujer que iba a su lado, el rostro soñoliento de Nicky por el espejo retrovisor («Los adolescentes no espabilan antes de las once», explicó Tanzie) y algún que otro estallido pestilente de Norman, a medida que se iban aproximando a su destino fue haciéndosele cada vez más claro que no sentía el alivio que había esperado sentir por recuperar su coche y su vida. Lo que sentía era más complejo. Manipuló los altavoces, de manera que sonaran más fuerte en la parte de atrás y permanecieran un rato en silencio en la parte delantera.

—¿Estás bien?

—Estoy perfectamente —contestó ella sin mirarlo.

Ed miró de reojo para cerciorarse de que nadie estuviera escuchando atrás.

—Por lo de anoche —empezó él.

—Olvídalo.

Quería decirle que lo lamentaba. Quería decirle que le había dolido el cuerpo por el esfuerzo de no haberse vuelto a meter en aquella cama hundida. Pero ¿de qué habría servido? Como había dicho ella anoche, eran dos personas que no tenían ninguna razón para volver a verse.

—No puedo olvidarlo. Quería explicar…

—No hay nada que explicar. Tenías razón. Era una idea estúpida. —Se sentó sobre las piernas y se puso a mirar por la ventanilla.

—Es que mi vida es demasiado…

—De verdad. No hay problema. Lo único —dio un hondo suspiro—, lo único que quiero es llegar a tiempo a la Olimpiada.

—Pero no quiero que acabemos así.

—No hay nada que acabar. —Puso los pies en el salpicadero. Sonó a declaración solemne—. Vámonos.

—¿Cuántos kilómetros hay a Aberdeen? —Tanzie asomó la cara entre los asientos.

—¿Que cuántos quedan?

—No. Desde Southampton.

Ed sacó el teléfono de la chaqueta y se lo pasó.

—Mira en la app de Maps.

Tocó la pantalla y frunció el ceño.

—Unos novecientos tres...

—Eso parece.

—Entonces, si estamos yendo a sesenta y cinco kilómetros por hora, habríamos tenido que viajar al menos seis horas al día. Y si yo no me mareara podríamos haberlo hecho en...

—En un día. De un tirón.

—Un día —repitió pensativa, con la mirada perdida en las montañas de Escocia en el horizonte—. Pero entonces no nos lo habríamos pasado tan bien.

Ed miró de reojo a Jess.

—No, claro.

Jess tardó un segundo en devolverle la mirada.

—No, cariño —dijo al fin, con una sonrisa extrañamente triste—. Claro que no.

El coche tragaba kilómetros implacable y eficientemente. Atravesaron la frontera escocesa y Ed trató en vano de levantar los ánimos. Hicieron una parada para que Tanzie fuera al servicio, veinte minutos después otra para que fuera Nicky («Es que no tenía ganas cuando Tanzie») y tres más por Norman (dos de ellas fueron una falsa alarma). Jess iba en silencio a su lado, consultando el reloj y mordiéndose las uñas. Nicky miraba distraído por la ventanilla el paisaje vacío y las pocas casas de piedra que se veían en el sube y baja de las montañas. Ed se preguntó qué sería de él cuando esto acabara. Se le ocurrían montones de cosas que sugerirle, pero hizo el esfuerzo de imaginarse que alguien hubiera intentado hacer lo mismo con él a su edad y se dio cuenta de que no habría hecho el menor caso. Se preguntó cómo lo protegería Jess cuando volvieran a casa.

Sonó el teléfono y lo miró con el corazón encogido.

—Lara.

—Eduardo. Cariño. Necesito hablar contigo del piso.

Captó la súbita rigidez de Jess, el destello en su mirada. De pronto lamentó haber decidido responder a la llamada.

—Lara, no voy a hablar de esto ahora.

—No es mucho dinero. Para ti no. He hablado con mi abogado y dice que a ti no te costaría nada pagarlo.

—Ya te he dicho, Lara, que el acuerdo al que llegamos era definitivo.

De pronto se dio cuenta del silencio absoluto de los otros tres ocupantes del coche.

—Eduardo. Cariño. Necesito resolver esto contigo.

—Lara...

Sin darle tiempo a decir nada más, Jess alargó el brazo y agarró el teléfono.

—Hola, Lara —dijo—. Me llamo Jess. Lo siento mucho, pero ya no puede seguir pagando tus chanchullos, de manera que no tiene sentido que vuelvas a llamarle.

Un breve silencio. Luego un explosivo:

—¿Quién es?

—Soy su nueva esposa. Oh, y le gustaría que le devolvieras el cuadro del presidente Mao. Quizá puedas dejarlo donde su abogado. ¿De acuerdo? Sin prisas. Muchas gracias.

El silencio que siguió fue como los momentos que preceden a una explosión atómica. Antes de que nadie pudiera oír nada más, Jess pulsó Colgar y le devolvió el teléfono. Él lo tomó con cautela y lo apagó.

—Gracias —dijo—. Supongo.

—De nada —contestó ella sin mirarlo.

Ed miró de reojo por el espejo retrovisor. No habría podido asegurarlo, pero le pareció que Nicky estaba haciendo esfuerzos por contener la risa.

En una carretera estrecha entre bosques del trayecto de Edimburgo a Dundee tuvieron que reducir la marcha y luego detenerse por la aparición de una manada de vacas en medio del carril. Los animales rodearon el coche, mirando a sus ocupantes con vaga curiosidad, moviendo los ojos de sus peludas cabezas negras como un mar negro en movimiento. Norman se quedó mirándolas.

—Aberdeen Angus —dijo Nicky.

De pronto, sin previo aviso, Norman sacudió todo el cuerpo, gruñendo y rugiendo a la ventanilla. El coche se ladeó y el asiento trasero se convirtió en un revoltijo de brazos, ruidos y perro agitado. Nicky y Jess trataron de sujetarlo.

—¡Mamá!

—¡Norman! ¡Quieto!

El perro estaba encima de Tanzie, con la cara apoyada contra la ventanilla. Ed apenas pudo distinguir su cazadora rosa de lentejuelas agitándose debajo de Norman.

Jess se inclinó por encima del asiento y agarró al perro por el collar. Apartaron a Norman de la ventanilla. Aulló, dando gritos como un histérico para zafarse, dejando un gran rastro de babas por el interior del coche.

—¡Norman, grandísimo idiota! ¡Qué demonios…!

—No había visto nunca una vaca —dijo Tanzie mientras procuraba incorporarse.

—Por Dios, Norman —dijo Nicky con mala cara.

—¿Estás bien, Tanzie?

—Estoy fantástica.

Las vacas siguieron dando vueltas alrededor del coche, sin hacer caso del arrebato de Norman. A través de las ventanillas ahora empañadas apenas pudieron distinguir la figura del vaquero detrás, caminando despacio y sin alterarse, con los mismos andares pesados que los ejemplares vacunos a su cargo. Al pasar saludó levemente con la cabeza, como si tuviera todo el tiempo del mundo. Norman aulló y tiró del collar.

—Nunca lo había visto así. —Jess se arregló el pelo y resopló—. Quizá ha podido oler carne de vacuno.

—No sabía que fuera capaz de algo —dijo Ed.

—Mis gafas. —Tanzie levantó la montura de metal retorcida—. Mamá. Norman me ha roto las gafas.

Eran las diez y cuarto.

—No veo nada sin gafas.

Jess miró a Ed. «¡Mierda!».

—De acuerdo —dijo él—. Toma una bolsa de plástico. Voy a tener que pisar a fondo.

Las carreteras escocesas eran anchas y estaban vacías, y Ed iba tan deprisa que el GPS tuvo que reconfirmar varias veces el tiempo que faltaba hasta su destino. Cada minuto que ganaban era una inyección de aire fresco en la cabeza de él. Tanzie se mareó dos veces. Él se negó a detenerse para dejar que vomitara en la carretera.

—Está mal de verdad —dijo Jess.

—Estoy bien, estoy bien —repitió Tanzie con la cara metida en una bolsa de plástico.

—¿No quieres que paremos, cariño? Solo un momento...

—No. Seguid. Uaaagh...

No tenían tiempo de hacer paradas. Y no es que eso hiciera el viaje en coche más fácil de soportar. Nicky, tapándose la nariz, se había apartado de su hermana. Incluso Norman sacó la cabeza por la ventanilla todo lo que pudo para que le diera el aire.

Los llevaría allí. Estaba animado por una determinación que hacía meses que no sentía. Y por fin apareció ante ellos Aberdeen, la extensa mancha gris plateada de sus edificios con algún que otro rascacielos moderno recortándose contra el horizonte. Se dirigió al centro, atento porque las carreteras se estrechaban y comenzaban las calles adoquinadas. Pasaron por los muelles con sus enormes petroleros a mano derecha y entonces el tráfico se hizo más lento y su confianza empezó a resquebrajarse. El silencio de todos era cada vez más angustioso, mientras Ed buscaba rutas alternativas por Aberdeen que no suponían ahorro de tiempo. El GPS empezó a ponerse en su contra, volviendo a sumar el tiempo que había quitado. Faltaban quince, diecinueve, veintidós minutos hasta llegar al edificio de la universidad. Veinticinco minutos. Demasiados.

—¿Cuánto retraso hay? —dijo Jess a nadie en particular. Trasteó con los botones de la radio en busca de información sobre el tráfico—. ¿Por qué hay atasco?

—Por sobrecarga de tráfico.

—Vaya forma de decirlo —comentó Nicky—. Está claro que un atasco es una sobrecarga de tráfico. ¿Qué otra cosa iba a ser?

—Podría haber habido un accidente —contestó Tanzie.

—Pero el atasco seguiría impidiendo el tráfico —dijo Ed pensativo—. Por lo que técnicamente el problema seguiría siendo la sobrecarga de tráfico.

—No, el volumen de tráfico lento es algo completamente diferente.

—Pero el resultado es el mismo.

—Pero entonces es una descripción errónea.

Jess miró al GPS.

—¿Podemos centrarnos en esto, gente? ¿Estamos donde deberíamos estar? No habría pensado que los muelles estuvieran cerca de la universidad.

—Tenemos que pasar por los muelles para ir a la universidad.

—¿Estás seguro?

—Estoy seguro, Jess. —Ed procuró quita tensión a su voz—. Mira el GPS.

Se hizo un breve silencio. Los semáforos cambiaron dos veces sin que nadie se moviera. En cambio, Jess no paraba quieta en el asiento, mirando a todas partes para ver si había alguna ruta despejada que se les pudiera haber pasado. Ed no podía reprochárselo, porque él tenía la misma sensación.

—Creo que no tenemos tiempo de conseguir unas gafas nuevas —le murmuró a ella cuando el semáforo cambió por cuarta vez.

—Pero es que no ve sin ellas.

—Si buscamos una óptica no vamos a llegar allí al mediodía.

Ella se mordió el labio y luego se volvió en el asiento.

—Tanze, ¿hay alguna forma de que puedas ver por la lente que no se te ha roto? ¿Alguna forma?

—Lo intentaré —dijo sacando la cara verdosa de la bolsa de plástico.

El atasco seguía sin moverse. Todos guardaban un silencio cada vez más tenso dentro del coche. Cuando Norman aulló le gritaron todos a una: «¡Calla, Norman!». Ed notó que le subía la tensión. ¿Por qué no habrían salido media hora antes? ¿Por qué no había organizado mejor esto? ¿Qué pasaría si no llegaban a tiempo? Vio de reojo que Jess estaba tamborileando en las rodillas y se figuró que estaría pensando lo mismo. Y entonces, por fin, inexplicablemente, como si los dioses hubieran estado jugando con ellos, el atasco se disolvió.

Lanzó el coche por las calles adoquinadas, con Jess gritando «¡Vamos, vamos!» inclinada sobre el salpicadero como un cochero dirigiendo a un caballo. Derrapaba en las esquinas, demasiado rápido para el GPS, que se atragantaba con las instrucciones, y entró en el campus de la universidad sobre dos ruedas, siguiendo las pequeñas señales impresas que había colocadas al azar en unos postes hasta dar con el edificio Downes, un triste bloque de oficinas de la década de 1970 del mismo granito gris que el resto.

El coche rechinó en una zona de estacionamiento que había delante del edificio y, cuando Ed quitó la llave de contacto, todo se detuvo. Respiró hondo y miró al reloj. Eran las doce menos seis minutos.

—¿Es aquí? —dijo Jess mirando por la ventanilla.

—Aquí es.

Jess tardó en reaccionar, como si no pudiera creerse que estuvieran verdaderamente allí. Se quitó el cinturón de seguridad y contempló el aparcamiento y los chicos paseando como si dispusieran de todo el tiempo del mundo, consultando sus aparatos electrónicos, acompañados por la mirada tensa de sus padres. Todos los chicos llevaban uniforme de colegios privados.

—Creía que sería… más grande —dijo.

Nicky lo miró a través de la llovizna gris.

—Sí, como las matemáticas les gustan a tanta gente…

—No veo nada —dijo Tanzie.

—Mirad, vosotros id a inscribiros. Yo le conseguiré unas gafas.

Jess se volvió a él.

—Pero no tendrán la graduación adecuada.

—Será mejor que nada. Id. Id de una vez.

Pudo ver que ella se le quedaba mirando cuando se lanzó fuera del aparcamiento para volver al centro de la ciudad.

Le llevó siete minutos y tres intentos encontrar una farmacia lo suficientemente grande como para que vendieran gafas de lectura. Ed frenó en seco con tal ímpetu que Norman salió disparado hacia delante y su cabezota chocó contra el hombro de él. El perro volvió a colocarse en el asiento de atrás con un gruñido.

—Quédate ahí —le dijo Ed mientras cerraba el coche.

En la tienda no había más que una mujer mayor con una cesta y dos ayudantes hablando en voz baja. Sorteó los expositores de tampones y cepillos de dientes, parches para callos y regalos navideños rebajados hasta llegar al expositor junto a la caja registradora. Maldita sea. No se acordaba de si era miope o hipermétrope. Quiso peguntárselo por teléfono, pero no tenía el número de Jess.

—Joder. Joder. Joder.

Ed se puso a hacer elucubraciones. Las gafas de Tanzie daban la impresión de ser bastante sólidas. Nunca le había visto sin ellas. ¿Significaría eso que era más bien miope? ¿No solían ser miopes todos los niños? Eran los adultos quienes alejaban las cosas para poder verlas, seguro. Estuvo dudando unos momentos y, tras un último titubeo, arrambló con toda la estantería, las de miope y las de hipermétrope, las ligeras y las superfuertes, y las dejó en el mostrador formando una pila de envoltorios de plástico transparente.

La chica interrumpió la conversación con la señora mayor. Miró primero las gafas y luego a él. Ed notó que se había fijado en las babas del cuello de la camisa y trató de quitárselas discretamente con la manga. Con eso consiguió mancharse la solapa.

—Todas. Me las llevo todas —dijo—. Pero solo si me las puede poner en menos de treinta segundos.

Ella miró a la supervisora, que lanzó a Ed una mirada penetrante y luego asintió levemente con la cabeza. Sin decir palabra, la chica empezó a preparárselas, poniendo cuidadosamente cada par de gafas en una bolsa.

—No. No tengo tiempo. Métalas aquí —dijo acercándose para echarlas en una bolsa de plástico.

—¿Tiene tarjeta de cliente?

—No. No tengo tarjeta de cliente.

—Hoy tenemos una oferta de tres por dos en barritas dietéticas. ¿Querría...?

Ed se agachó a recoger las gafas que se habían caído del mostrador.

—No quiero barritas dietéticas —dijo—. Ni ofertas. Gracias. Solo necesito pagar.

—Son ciento setenta y cuatro libras —dijo al fin—, señor.

Acto seguido miró de reojo como si se esperara la irrupción de un equipo de cámara oculta. Pero Ed garabateó la firma, tomó la bolsa y corrió al coche. Al salir oyó un «Vaya modales» con fuerte acento escocés.

Cuando volvió no había nadie en el aparcamiento. Se detuvo justo delante de la puerta y echó a correr por el pasillo resonante, dejando a Norman prudentemente sobre dos patas en el asiento de atrás.

—¿La competición de matemáticas? ¿La competición de matemáticas? —gritaba a todo el que pasaba.

Un hombre le señaló sin decir nada un cartel plastificado. Ed subió de dos en dos un tramo de escaleras, atravesó otro pasillo y entró en una antesala. Había dos hombres sentados detrás de una mesa. Al otro lado estaban Jess y Nicky. Ella se le acercó.

—Las conseguí.

Le alargó la bolsa en señal de triunfo. Apenas podía hablar porque le faltaba el aliento.

—Ya ha entrado —dijo ella—. Han empezado.

Él miro jadeante el reloj. Eran las doce y siete minutos.

—Perdone —dijo al hombre de la mesa—. Necesito darle a una niña de ahí dentro sus gafas.

El hombre lo miró despacio. Miró la bolsa de plástico que Ed le mostraba.

Ed se inclinó sobre la mesa, plantando la bolsa delante del otro.

—Se le han roto las gafas mientras venía. No ve sin ellas.

—Lo siento, señor. No puedo dejar entrar a nadie.

Ed asintió con la cabeza.

—Sí. Sí que puede. No estoy tratando de copiar ni de colar nada. Solo que no sabía cómo eran sus gafas y he tenido que comprarlas todas. Puede comprobarlo. Todas. Mire. No hay códigos secretos. No hay más que gafas. —Puso la bolsa abierta delante de sus narices—. Tiene que llevárselas para que encuentre unas que le convengan.

El hombre negó despacio con la cabeza.

—Señor, no podemos permitir que nada interrumpa el…

—Sí. Sí que puede. Es una emergencia.

—Son las normas.

Ed lo fulminó con la mirada unos momentos. Luego se incorporó, se llevó una mano a la cabeza y se alejó de él. Notó aumentar una nueva presión en su interior, como un puchero vibrando encima de un hornillo de la cocina.

—¿Sabe una cosa? —dijo volviéndose—. Nos ha costado tres largos días con sus noches llegar aquí. Tres días en los que mi precioso coche se ha llenado de vomitonas y un perro le ha hecho a mi tapicería cosas que no se pueden mencionar. Ni siquiera me gustan los perros. He dormido en el coche prácticamente con una desconocida. No de buena manera. Me he alojado en sitios donde ningún ser humano razonable debería alojarse. Me he comido una manzana que había estado en los pantalones pitillo de un adolescente y un kebab que, por lo que pude ver, debía de contener carne humana. He aparcado una enorme, enorme crisis personal en Londres y he conducido durante novecientos tres kilómetros con personas a quienes no conozco —unas personas encantadoras— porque incluso yo me di cuenta de que esta competición era muy, muy importante para ellos. Vitalmente importante. Porque lo único que le interesa a la niña de ahí dentro son las matemáticas. Y si no tiene unas gafas para poder ver bien, no puede participar en igualdad de condiciones en su competición. Y, si no puede competir en igualdad de condiciones, se le escapa la única posibilidad de ir al colegio al que verdaderamente necesita ir. Y, si eso sucede, ¿sabe lo que haré yo? —El hombre lo miraba fijamente—. Entraré en esa sala y tomaré todos los ejercicios de matemáticas y los haré trizas. Y lo haré muy, muy deprisa, antes de que pueda usted llamar a los guardias de seguridad. ¿Y sabe por qué haré esto?

—No —dijo el hombre tragando saliva.

—Porque todo esto tiene que haber merecido la pena. —Ed se acercó y se inclinó sobre él —. Tiene que haberla merecido.

Algo había sucedido en el rostro de Ed. Pudo notarlo por la forma en que parecía haberse contraído de un modo que no había sentido nunca. Y por cómo se adelantó Jess y le puso suavemente la mano en el brazo.

Pasó la bolsa de gafas al hombre.

—Le estaríamos muy, muy agradecidos si le llevara las gafas —dijo en voz baja.

El hombre se levantó y rodeó la mesa sin dejar de mirar a Ed en ningún momento.

—Veré qué puedo hacer —dijo, y cerró con cuidado la puerta tras de sí.

Salieron al coche en silencio, sin preocuparse por la lluvia. Jess sacó las bolsas. Nicky se mantuvo un poco alejado, con las manos metidas todo lo posible en los bolsillos de los vaqueros. O sea, no mucho, tratándose de unos pantalones pitillo.

—Bueno, lo hemos conseguido —dijo ella esbozando una pequeña sonrisa.

—Ya te lo dije. —Ed señaló el coche con la cabeza—. ¿Espero aquí hasta que termine?

Ella arrugó la nariz.

—No. Eres muy amable. Ya te hemos robado suficiente tiempo.

Ed notó que su sonrisa decaía.

—¿Dónde vais a dormir esta noche?

—Si lo hace bien, puede que nos obsequiemos con un buen hotel. Si no… —Se encogió de hombros—. La marquesina del autobús.

La forma en que lo dijo sugería que no lo creía.

Se dirigió a la puerta de atrás del coche. Norman, que, al ver la lluvia, había decidido no salir, la miró.

Jess metió la cabeza por la puerta.

—Es hora de irse, Norman.

En el suelo húmedo detrás del Audi había un pequeño montón de bolsas. Sacó una cazadora de una de las bolsas y se la alargó a Nicky.

—Vamos, hace frío.

El aire traía el salitre del mar. Esto le hizo a Ed acordarse de pronto de Beachfront.

—Entonces…, ¿esto es… todo?

—Esto es todo. Gracias por traernos. Yo…, todos nosotros te lo agradecemos. Las gafas. Todo.

Se miraron por primera vez en ese día y él tenía un millón de cosas que quería decir.

Nicky levantó la mano en un gesto vago.

—Sí, señor Nicholls. Gracias.

—Oh. Mira. —Ed buscó en el bolsillo el teléfono que había sacado de la guantera y se lo tiró—. Es una copia de seguridad. Ya no lo necesito.

—¿De verdad? —Nicky lo atrapó con una mano y lo miró incrédulo.

Jess frunció el ceño.

—No podemos aceptarlo. Ya has hecho bastante por nosotros.

—No es para tanto. De verdad. Si Nicky no se lo queda, tendré que llevarlo a uno de esos sitios de reciclado. Un trabajo que me ahorra.

Jess se miró los pies como si fuera a decir algo más. Y luego levantó la vista y se recogió enérgicamente el pelo en una innecesaria coleta.

—Bueno. Gracias otra vez. —Le tendió la mano. Ed dudó, luego se la estrechó, procurando no hacer caso del repentino recuerdo fugaz de la noche anterior—. Buena suerte con tu padre. Y con la comida. Y con todo el asunto del trabajo. Estoy segura de que acabará bien. Recuerda, ocurren cosas buenas. —Cuando ella retiró la mano, él tuvo un extraño sentimiento de pérdida. Ella se volvió y miró de reojo, pensando ya en otra cosa—. Perfecto. Vamos a buscar dónde poner nuestras cosas a cubierto.

—Espera. —Ed sacó una tarjeta de visita de la chaqueta, garabateó un número y fue hacia ella—. Llámame.

Uno de los números no se entendía. Se fijó en que ella lo estaba mirando.

—Es un tres. —Lo escribió bien y luego metió las manos en los bolsillos, como un adolescente azorado—. Me gustaría saber qué tal lo hace Tanzie. Por favor.

Ella asintió con la cabeza. Y luego se fue, empujando al chico delante de ella como una pastora particularmente vigilante. Él se quedó mirándolos, a ellos con su voluminoso equipaje y al perro que los seguía a regañadientes, hasta que doblaron la esquina del edificio de cemento gris y desaparecieron.

El coche estaba en silencio. Incluso en las horas en que nadie hablaba, Ed se había acostumbrado a un ligero vaho en las ventanillas y una vaga sensación de constante movimiento por estar recluido con otras personas en tan reducido espacio. El soniquete amortiguado de la videoconsola de Nicky. El tamborileo continuo de Jess. Al contemplar ahora el interior del coche le pareció estar en una casa abandonada. Vio las migajas y el corazón de manzana metido en el cenicero de atrás, el chocolate derretido, el periódico doblado en el bolsillo del asiento. Su ropa húmeda en perchas en las ventanillas de atrás. Vio el libro de matemáticas, medio encajado en un lateral del asiento, que Tanzie evidentemente había olvidado en su precipitación por salir, y se preguntó si debía llevárselo. Pero ¿qué sentido tendría? Era demasiado tarde.

Era demasiado tarde.

Permaneció en el aparcamiento, observando a los padres rezagados que se dirigían a sus coches respectivos, a matar el tiempo mientras esperaban a sus hijos. Se inclinó hacia delante y apoyó la cabeza en el volante durante un rato. Y luego, cuando solo quedaba su coche en el aparcamiento, puso la llave de contacto y arrancó.

Habría recorrido unos treinta kilómetros cuando se dio cuenta de lo cansado que estaba. La combinación de tres noches de dormir mal, una resaca y cientos de kilómetros al volante se abatió sobre él como un martillo pilón y notó que los párpados se le cerraban. Puso la radio, abrió las ventanillas y, como todo fue en vano, hizo un alto en una cafetería de la carretera para tomar un café.

Estaba medio vacía y eso que era la hora del almuerzo. En las mesas del fondo había un par de hombres de traje sumidos entre teléfonos y documentos, mientras que en la pared se anunciaban dieciséis combinaciones diferentes de salchichas, huevos, beicon, patatas fritas y judías. Ed tomó un periódico del mostrador y se dirigió a una mesa. Pidió café a la camarera.

—Lo siento, señor, pero a estas horas del día reservamos las mesas para los que vienen a comer. —Tenía un acento tan marcado que Ed tuvo que esforzarse por entender qué había dicho.

—Oh. Bien. Yo...

IMPORTANTE EMPRESA DE TECNOLOGÍA DEL REINO UNIDO
INVESTIGADA POR TRÁFICO DE INFORMACIÓN PRIVILEGIADA

Se quedó mirando el titular del periódico.

—¿Señor?

—¿Hum? —Empezó a sentir picor en la piel.

—Tiene que pedir algo de comer. Si quiere sentarse.

—Oh.

La Autoridad de Servicios Financieros confirmó anoche que se está investigando a una empresa de tecnología del Reino Unido que cotiza en bolsa por tráfico de información privilegiada por valor de millones de libras. La investigación se está llevando a cabo en ambas orillas del Atlántico y afecta a las bolsas de Londres y Nueva York, así como a la Comisión de Bolsa y Valores, el equivalente norteamericano de la Autoridad de Servicios Financieros.

De momento no hay detenidos, pero según fuentes de la policía londinense es «solo cuestión de tiempo».

—¿Señor?

Tuvo que repetirlo para que la oyera. Levantó la vista. Una joven con pecas en la nariz, con el pelo de su color natural cardado en una maraña apelmazada.

—¿Qué le gustaría comer?

—Cualquier cosa. —Tenía la boca como llena de polvo.

Una pausa.

—Hum. ¿Quiere que le diga los platos del día? ¿O alguno de nuestros platos más populares?

Simple cuestión de tiempo.

—Tenemos el desayuno Burns todo el día...

—Magnífico.

—Y tenemos... ¿Quiere el desayuno Burns?

—Sí.

—¿Lo quiere con pan blanco o moreno?

—Me da igual.

Notó la mirada de ella fija en él. Luego ella garabateó algo en el bloc, se lo guardó con cuidado en la faltriquera y se retiró. Y él se quedó a la mesa de formica, mirando el periódico. Durante las últimas setenta y dos horas pudo haber tenido la sensación de que el mundo se había vuelto del revés, pero no era nada comparado con lo que se le venía encima.

—Estoy con un cliente.

—Solo es un minuto. —Respiró hondo—. No voy a ir a la comida de papá.

Un breve silencio que no presagiaba nada bueno.

—Por favor dime que estoy alucinando con lo que estoy oyendo.

—No puedo. Ha sucedido una cosa.

—Una cosa.

—Ya te lo explicaré en otro momento.

—No. Espera. No cuelgues. —Oyó el ruido sordo de una mano sobre el auricular. Posiblemente un puño cerrado—. Sandra, necesito atender a esto fuera. Vuelvo en... — Pasos. Y luego como si alguien hubiera subido el volumen a tope—: ¿En serio? ¿Me estás tomando el pelo, joder? ¿En serio?

—Lo siento.

—No me puedo creer que esté oyendo esto. ¿Sabes lo que le ha costado a mamá conseguirlo? ¿Te haces una idea de cuántas ganas tienen de verte? La semana pasada papá estuvo dándole vueltas a cuánto tiempo hacía desde la última vez que te había visto. Diciembre, Ed. Eso es hace cuatro meses. Cuatro meses en los que está cada vez más enfermo y a ti no se te ha ocurrido otra puñetera cosa que mandarle unas estúpidas revistas.

—Dijo que le gustaba *The New Yorker.* Pensé que le daría algo que hacer.

—No ve un jodido burro a dos pasos, Ed. Lo sabrías si te hubieras molestado en venir. Y mamá se aburre tanto leyendo esas parrafadas que el cerebro empieza a derretírsele por las orejas.

Siguió en esa línea. Era como tener un secador de pelo a toda potencia en el oído.

—Ha hecho tu plato favorito en vez del de papá, para la comida de cumpleaños de papá. Fíjate las ganas que tiene de verte. Y ahora, justo veinticuatro horas antes, ¿anuncias que no puedes venir? ¿Sin explicaciones? ¿Qué demonios es esto?

Tenía las orejas cada vez más calientes. Permaneció sentado, con los ojos cerrados. Cuando los abrió eran las dos menos veinte. La Olimpiada debía de haber terminado hacía más de tres cuartos de hora. Pensó en Tanzie en aquel aula de la universidad, con la cabeza inclinada sobre los ejercicios, el suelo a su alrededor lleno de las gafas sobrantes. Esperó por su bien que, ante un montón de páginas de números, se hubiera relajado y hubiera hecho lo que había nacido para hacer. Pensó en Nicky, perdiéndose fuera del edificio, quizá en busca de algún lugar donde fumar a escondidas.

Pensó en Jess, sentada en una bolsa, con el perro al lado, las manos unidas sobre las rodillas como si estuviera en oración, convencida de que, si lo deseaba con la fuerza suficiente, las cosas buenas acababan sucediendo.

—Eres una puñetera vergüenza como persona, Ed. De verdad. —La voz de su hermana llegaba ahogada por los sollozos.

—Ya lo sé.

—Oh, y no pienses que se lo voy a decir yo. No te voy a hacer el maldito trabajo sucio.

—Gem. Por favor, hay una razón...

—Ni lo pienses. Si les quieres partir el corazón, hazlo. Se acabó, Ed. No puedo creerme que seas mi hermano.

Ed notó un nudo en la garganta cuando ella colgó el teléfono. Y luego respiró hondo, despacio, con un estremecimiento. ¿Cuál era la diferencia? Era solo la mitad de lo que dirían todos ellos si supieran la verdad.

Fue allí, en el restaurante medio vacío, sentado en una banqueta alargada de cuero sintético rojo, ante un desayuno que se enfriaba poco a poco y que no quería, cuando Ed se dio por fin cuenta de cuánto echaba de menos a su padre. Habría dado cualquier cosa por ver su movimiento de cabeza tranquilizador y esa sonrisa que esbozaba un poco a regañadientes. No había echado de menos su casa en los quince años que llevaba fuera y de pronto sintió tal nostalgia que quedó anonadado. Permaneció en el restaurante mirando por la ventana ligeramente grasienta a los coches que pasaban veloces por la autopista y algo que no supo identificar del todo rompió sobre él como la cresta de una ola enorme. Por primera vez en su vida adulta, divorcio, investigación y el rollo de

Deanna Lewis incluidos, Ed Nicholls se dio cuenta de que estaba conteniendo las lágrimas.

Presionó los ojos con las manos y tensó la mandíbula hasta que solo pudo pensar en la sensación de las muelas apretadas unas contra otras.

—¿Va todo bien?

La mirada de la camarera revelaba cierto recelo, como si estuviera tratando de determinar si iba a crear problemas.

—Fantástico —dijo intentando sonar convincente, pero se le quebró la voz. Y luego, como ella no parecía convencida, añadió—: Migraña.

Ella se relajó al momento.

—Oh. Migraña. Lo siento. Son una lata. ¿Ha tomado algo para eso?

Ed negó con la cabeza, no muy seguro de poder hablar.

—Sabía que pasaba algo —dijo ella plantada delante de él, y al momento añadió—: Espere.

Se dirigió al mostrador llevándose una mano a la nuca, donde tenía el pelo recogido en un complicado moño prendido con horquillas. Se inclinó a por algo que él no pudo ver y luego volvió despacio. Miró de reojo para atrás, luego dejó dos pastillas envueltas en papel de aluminio sobre la mesa.

—No debo dar pastillas a los clientes, evidentemente, pero estas son fabulosas. Las únicas que a mí me funcionan. Pero no tome más café, se pondrá peor. Le traeré un poco de agua.

Él la miró a ella y luego a las pastillas.

—Están bien. No tienen nada malo. Solo Migra-fuera.

—Muy amable.

—Tardan unos veinte minutos. Pero luego ¡oh, alivio!

Arrugó la nariz al sonreír. Una mirada amable bajo tanto rímel, pudo ver él ahora. Retiró la taza de café, como para protegerlo de sí mismo. Ed pensó en Jess. Las cosas buenas ocurren. A veces cuando menos te lo esperas.

—Gracias —dijo en voz baja.

—De nada.

En ese momento sonó su teléfono. El tono retumbó por toda la cafetería de carretera y él miró la pantalla mientras lo quitaba. Ni un número que él reconociera.

—¿Señor Nicholls?

—¿Sí?

—Soy Nicky. Nicky Thomas. Siento mucho molestarlo. Pero necesitamos su ayuda.

CAPÍTULO 21

NICKY

*P*ara Nicky había resultado evidente que esto era una mala idea desde el momento en que llegaron al aparcamiento. Todos los demás que allí había —quitando uno o dos como mucho— eran chicos. Todos ellos al menos dos años mayores que Tanzie. Muchos parecían familiarizados con la escala de Asperger. Llevaban chaquetas de lana, malos cortes de pelo, correctores dentales, las consabidas camisas de la clase media. Sus padres tenían Volvos. Tanzie, con los pantalones rosa y la cazadora vaquera con las flores de fieltro que le había cosido Jess, estaba tan fuera de lugar como si hubiera caído allí desde el espacio exterior.

Nicky sabía que Tanzie se sentía incómoda ya antes de que Norman le hubiera roto las gafas. Iba cada vez más callada en el coche, encerrada en su pequeño mundo de nervios y mareos. Él había intentado sacarla de ahí —en realidad esto fue un acto de egoísmo porque ella olía francamente mal—, pero cuando llegaron a Aberdeen se había encerrado tanto en sí misma que era inalcanzable. Jess estaba tan concentrada en llegar allí que era incapaz de verlo. Estaba ocupada con el señor Nicholls, las gafas y las bolsas para el mareo. No había pensado ni por un minuto que los chicos de los colegios privados pudieran ser tan malos como los del McArthur's.

Jess había ido a la mesa a inscribir a Tanze y recoger la acreditación y la documentación. Nicky había estado probando el teléfono del señor Nicholls y se había mantenido a un lado con Norman para que no entorpeciera el paso, de manera que no prestó ninguna atención a los dos chicos que habían ido a ponerse al lado de Tanzie mientras ella miraba el plano de distribución a la entrada del aula. No pudo oírlos porque llevaba puestos los cascos y estaba escuchando a Depeche Mode sin enterarse de nada más. Hasta que vio el rostro cariacontecido de Tanzie. Y se quitó el casco de un oído.

El chico del corrector dental estaba mirándola de arriba abajo.

—¿No te has confundido de sitio? ¿Sabes que la convención de fans de Justin Bieber es un poco más allá?

El chico más flaco soltó una carcajada.

Tanzie los miró con los ojos muy abiertos.

—¿Has ido alguna vez a una Olimpiada?

—No —dijo ella.

—*Quelle surprise.* No creo que sean muchos los que traigan un plumier de peluche a la Olimpiada. ¿Has olvidado tu plumier de peluche, James?

—Creo que sí. Santo Dios.

—Me lo ha hecho mi madre —dijo Tanzie con frialdad.

—Te lo ha hecho tu madre. —Ellos cruzaron una mirada—. ¿Es tu plumier de la suerte?

—¿Sabes algo de la teoría de cuerdas?

—Creo que es más probable que sepa algo de la teoría de mierdas. O… Eh, James, ¿no hueles nada desagradable? ¿Como a vomitona? ¿No crees que está un poco nerviosa?

Tanzie agachó la cabeza y salió disparada a los servicios.

—¡Ese es el de Caballeros! —exclamaron muertos de risa.

Nicky se había entretenido atando la correa de Norman a un radiador. Ahora, cuando los chicos echaron a andar hacia el pasillo principal, se adelantó y puso una mano en la nuca del Corrector Dental.

—Oye, chico. ¡Oye!

El chico se volvió. Con ojos de asombro. Nicky se inclinó sobre él, de tal forma que la voz le saliera en un susurro. En ese momento se alegró de tener un extraño tinte amarillo en la piel y una cicatriz en la cara.

—Tío. Una cosa. Vuelve a hablar así a mi hermana —o a la hermana de cualquiera— y volveré aquí personalmente a retorcerte las piernas en una ecuación compleja. ¿Lo pillas?

Asintió boquiabierto.

Nicky le obsequió con su mejor imitación de la Mirada Psicópata de Fisher. Lo suficiente como para que la nuez del chico subiera y bajara visiblemente.

—No mola estar nervioso, ¿verdad?

El chico negó con la cabeza.

Nicky le dio una palmadita en el hombro.

—Bien. Me alegro de que nos entendamos. Vete a hacer tus sumas. —Y dio media vuelta en dirección a los lavabos.

Entonces lo abordó un profesor con una mano en alto y mirada inquisitiva.

—Perdone. ¿Acabo de ver que usted…?

—Le estaba deseando suerte. Sí. Gran chico. Gran chico. —Nicky asintió admirativamente con la cabeza y luego continuó hacia los servicios para recoger a Tanzie.

Cuando Jess y Tanzie salieron del servicio de Señoras, la camiseta de Tanzie estaba mojada donde Jess le había dado agua y jabón y tenía la cara pálida y con manchas.

—¿No irás a hacer caso de un mequetrefe como ese, Tanze? —dijo Nicky incorporándose—. Solo quería desanimarte.

—¿Cuál era? —dijo Jess con expresión dura—. Dímelo, Nicky.

Ya. Un arrebato de Jess era precisamente el comienzo que Tanzie necesitaba en la competición.

—Creo que no sabría reconocerlo. Además, ya está resuelto.

La frase le gustó y todo. Ya está resuelto.

—Pero no veo, mamá. ¿Qué voy a hacer si no veo?

—El señor Nicholls te va a traer unas gafas. No te preocupes.

—¿Y si no las trae? ¿Y si ni siquiera vuelve?

«Yo en su caso no volvería», pensó Nicky. Habían destrozado su fabuloso coche. Y parecía haber envejecido diez años desde que habían salido.

—Volverá —dijo Jess.

—Señora Thomas, tenemos que empezar. Su hija dispone de treinta segundos para tomar asiento.

—Oiga, ¿hay alguna posibilidad de retrasarlo cinco minutos? Es que necesitamos conseguirle unas gafas. Sin ellas no ve.

—No, señora. Si no está en su sitio en treinta segundos, me temo que tendremos que comenzar sin ella.

—Entonces, ¿puedo entrar y leerle las preguntas?

—Pero es que no puedo escribir sin gafas.

—Entonces escribiré yo por ti.

—Mamá...

Jess se dio cuenta de que no había nada que hacer. Miró de reojo a Nicky y meneó la cabeza como diciendo: «No sé qué hacer».

Nicky se puso en cuclillas a su lado.

—Puedes hacerlo, Tanze. Claro que puedes. Para ti está tirado. Sujeta la hoja del examen, acércatela mucho a los ojos y tómate tu tiempo.

Ella miraba sin ver en dirección al aula. Al otro lado de la puerta estaban dirigiéndose a sus sitios respectivos, sacando las sillas de debajo de los pupitres, organizando los bolígrafos.

—Y en cuanto llegue el señor Nicholls, te llevamos las gafas.

—Venga. Entra y hazlo lo mejor que puedas, que nosotros estaremos esperando aquí. Norman estará al otro lado del muro. Todos lo estaremos. Y luego nos iremos a comer. No tienes por qué estar tensa.

La mujer del portapapeles se acercó.

—¿Vas a participar en la competición, Costanza?

—Se llama Tanzie —dijo Nicky.

La mujer no pareció oírlo. Tanzie asintió sin decir nada y dejó que la llevara a un pupitre. Se la veía tan condenadamente pequeña.

—¡Puedes hacerlo, Tanze! —exclamó él de pronto, y la voz resonó por las paredes del pasillo, de manera que el hombre que había detrás le mandó callar—. ¡Al fondo de la red, renacuajo!

—Oh, por el amor de Dios —murmuró alguien.

—¡Al fondo de la red! —volvió a gritar Nicky, de un modo que hizo que Jess lo mirara perpleja.

Y entonces sonó un timbre, delante de ellos la puerta se cerró con un fuerte ruido sordo y Nicky, Jess y Norman se quedaron al otro lado con un par de horas por delante.

—Bien —dijo Jess cuando al fin apartó la mirada de la puerta. Metió las manos en los bolsillos, las volvió a sacar, se arregló el pelo y suspiró—. Bien.

—Vendrá —dijo Nicky, asaltado por la duda de que no lo hiciera.

—Ya lo sé.

El silencio que siguió fue lo suficientemente largo como para que se sintieran obligados a dirigirse mutuamente una sonrisa forzada. El pasillo fue vaciándose poco a poco y quedó solo uno de los organizadores hablando para sus adentros mientras recorría una lista de nombres con el bolígrafo.

—Seguro que está en un atasco de tráfico.

—Había muchos coches.

Nicky se imaginó a Tanzie al otro lado de la puerta, mirando los ejercicios con el ceño fruncido, buscando a su alrededor la ayuda que no llegaba. Jess levantó la vista al techo, dijo alguna palabrota y luego se arregló dos veces la coleta. Nicky se figuró que estaría imaginando lo mismo.

En ese momento se oyó como un ruido lejano y apareció el señor Nicholls corriendo como un loco por el pasillo con una bolsa de plástico en alto que parecía llena de gafas. Y cuando se plantó delante de la mesa y se puso a discutir con el organizador —el tipo de discusión que emprende quien está convencido de que no va a perder de ninguna manera—, Nicky experimentó tal alivio que tuvo que salir, apoyarse contra la pared y meter la cabeza entre las rodillas hasta que su respiración dejó de presagiar un enorme sollozo ahogado.

Resultó raro decir adiós al señor Nicholls. Fue bajo la llovizna junto a su coche y Jess quiso aparentar que no le daba importancia, aunque evidentemente no era así. Y Nicky tenía ganas de darle las gracias por todo lo del hackeo, por haberles llevado y por ser, en una palabra, insólitamente decente, pero en ese momento el señor Nicholls fue y le dio su teléfono de seguridad y no le salió más que un «Gracias» ahogado. Y no hubo más. Jess y él echaron a andar por el aparcamiento con Norman, haciendo como que no oían alejarse el ruido del coche del señor Nicholls.

Se detuvieron en el pasillo y Jess dejó las bolsas en consigna. Luego volvió con Nicky y le quitó una pelusa inexistente del hombro.

—Bueno, ¿qué te parece si le damos un paseo a este perro? —dijo.

Era cierto que Nicky no hablaba mucho. Pero no lo era que no tuviera cosas que decir. Lo que pasaba era que no había nadie a quien quisiera contárselo. Desde que había ido a vivir con su padre y con Jess a los ocho años la gente había estado intentando hacerle hablar de sus «sentimientos», como si fueran una gran mochila a disposición de todo aquel que quisiera examinar su contenido. Aunque la mitad de las veces ni siquiera él sabía lo que pensaba. No tenía opiniones sobre política o economía ni sobre lo que le ocurría a él.

Ni siquiera tenía opinión sobre su madre de verdad. Era una adicta. Le gustaban más las drogas que él. ¿Qué más iba a decir?

Nicky estuvo yendo un tiempo a una psicóloga por consejo de las trabajadoras sociales. La mujer parecía querer volverle loco con lo que le había sucedido. Nicky le había contado que no estaba enfadado porque comprendía que su madre no podía hacerse cargo de él. No se lo había tomado como algo personal. Ella lo habría abandonado igualmente si él hubiera sido otro chico. Estaba… triste. La había visto tan poco de pequeño que no tenía la sensación de que ella tuviera algo que ver con él.

Pero la psicóloga no dejaba de decirle:

—Debes soltarlo, Nicholas. No es bueno que te guardes lo que te ocurrió.

Le dio un par de peluches y quiso que representara «cómo le había hecho sentir el abandono de su madre».

Nicky no quiso decirle que lo que le hacía sentirse destructivo era precisamente tener que estar en su consulta jugando con peluches y que lo llamara Nicholas. No estaba enfadado con nadie en particular. Ni con su madre ni siquiera con Jason Fisher, aunque no esperaba que nadie lo entendiera. Fisher no era más que un idiota al que le faltaba cerebro para hacer otra cosa que no fuera repartir mamporros. En el fondo, Fisher sabía que no tenía nada y que nunca iba a ser nada. Era pura fachada y en realidad no le caía bien a nadie. Por eso lo sacaba todo fuera, traspasaba sus malos sentimientos a quien tuviera más a mano. (¿Lo ves? La terapia había dado fruto).

Por eso cuando Jess dijo que fueran a dar un paseo, Nicky sintió cierto recelo. No quería mantener ninguna conversación seria sobre sus sentimientos. No quería comentar nada al respecto. Estaba pensando en cómo eludir el tema cuando ella le rascó un poco la cabeza y dijo:

—¿Es solo cosa mía o se hace un poco raro estar sin el señor Nicholls?

Esto es de lo que hablaron:

La inesperada belleza de algunos edificios de Aberdeen.

El perro.

Si llevaban bolsas de plástico para el perro.

Quién de los dos iba a meter eso de una patada debajo del coche estacionado para que nadie lo pisara.

La mejor forma de limpiarse las punteras de los zapatos en la hierba.

Si podían limpiarse las punteras de los zapatos en la hierba.

Sobre si le dolía la cara a Nicky (respuesta: No, ya no).

U otras partes del cuerpo (No, no, solo un poco, pero iba mejorando).

Sobre por qué no se levantaba los vaqueros para que no se le estuviera viendo siempre el calzoncillo.

Sobre que su calzoncillo era asunto suyo.

Sobre si debían contarle lo del Rolls a su padre. Nicky le dijo que fingiera que se lo habían trincado. No se enteraría. Y le estaría bien empleado. Pero Jess dijo que no podía mentirle porque no estaría bien. Y luego permaneció un rato en silencio.

Sobre si él estaba bien. Si se sentía mejor lejos de casa o le preocupaba la vuelta. Aquí fue donde Nicky dejó de hablar y empezó a encogerse de hombros. ¿Qué podía decir?

Esto es de lo que no hablaron:

Sobre cómo sería volver a casa con cinco mil libras.

Sobre si le dejaría recoger a Tanzie algún día del St. Anne's si entraba en ese colegio y él lo dejaba en secundaria.

La comida para llevar que tomarían esa noche para celebrarlo. Kebab no, a ser posible.

Sobre que Jess estaba helada, aunque insistía en que estaba bien. Tenía el vello de los antebrazos erizado.

Sobre el señor Nicholls. Especialmente, sobre dónde había dormido Jess anoche. Y por qué habían estado toda la mañana echándose miraditas como un par de adolescentes, sin dejar de gruñirse el uno al otro. Lo cierto es que Nicky pensó que a veces ella creía que eran todos unos idiotas.

Pero estaba bien eso de hablar. Pensó que quizá debería practicarlo más a menudo.

Estaban esperando a la puerta cuando por fin la abrieron a las dos de la tarde. Tanzie salió en la primera tanda, con el plumier de peluche entre las manos, y Jess le tendió los brazos dispuesta a celebrarlo.

—Bueno, ¿qué tal?

Ella los miró largamente.

—¿Lo has clavado, renacuajo? —dijo Nicky sonriente.

Y entonces, de repente, Tanzie se vino abajo. Se quedaron helados, luego Jess se agachó y la atrajo hacia sí, tal vez para ocultar la angustia en su rostro, y Nicky le rodeó los hombros con el brazo por el otro lado y Norman se sentó a sus pies. Mientras iban pasando los otros chicos les contó lo que había sucedido entre sollozos contenidos.

—He perdido la primera media hora. Y no entendía el acento de algunos. Y no veía bien. Y me puse muy nerviosa, sin dejar de mirar al papel, y cuando me dieron las gafas me costó un montón encontrar unas que me vinieran bien y luego ni siquiera pude entender la primera pregunta.

Jess miró si había en el pasillo alguno de los organizadores.

—Hablaré con ellos. Les explicaré lo que ha pasado. Que no veías. Eso deben tenerlo en cuenta. Quizá podamos conseguir que adapten la puntuación al tenerlo en cuenta.

—No. No quiero que hables con ellos. No he entendido la primera pregunta y eso que ya tenía las gafas. No pude resolverla como decían que había que hacerlo.

—Pero quizá…

—He fallado —dijo en un alarido—. No quiero darle vueltas. Lo que quiero es irme.

—No has fallado en nada, cariño. De verdad. Has hecho lo que has podido. Eso es lo que importa.

—De eso nada, porque no puedo ir al St. Anne's sin el dinero…

—Bueno, seguro que… No te preocupes, Tanzie. Ya se me ocurrirá algo.

Fue la sonrisa menos convincente de toda su vida. Y Tanzie no era tonta. Lloró como si le hubieran partido el corazón.

Desde luego, Nicky nunca la había visto así. Hacía que también le entraran ganas de llorar a él.

—Vamos a casa —dijo él cuando la tensión se hizo insoportable.

Pero eso hizo llorar aún más a Tanzie.

Jess lo miró completamente desorientada, y fue como si le estuviera preguntando: «Nicky, ¿qué vamos a hacer?». Y el hecho de que ni siquiera Jess lo supiera le hizo sentir que el mundo iba realmente mal. Y entonces pensó que ojalá ella no le hubiera confiscado la hierba. Pensó que en toda su vida había necesitado fumar más.

Esperaron en el vestíbulo mientras los demás participantes se retiraban a los coches con sus padres y de pronto, inesperadamente, Nicky se dio cuenta de que estaba enfadado de verdad. Enfadado con los estúpidos chicos que habían descentrado a su hermana. Con la estúpida competición de matemáticas y sus normas inflexibles con una niña que no podía ver. Por el hecho de haber atravesado todo el país para volver a fracasar. Como si esta familia no supiera hacer nada que saliera bien. Nada de nada.

Cuando el vestíbulo se hubo vaciado por completo, Jess echó mano al bolsillo de atrás y extrajo una pequeña tarjeta rectangular.

—Llama al señor Nicholls.

—Ya estará a mitad de camino. ¿Qué puede hacer él?

Jess se mordió el labio. Se había alejado un poco de él, pero se volvió:

—Puede llevarnos donde Marty.

Nicky se quedó mirándola.

—Por favor. Ya sé que es una tontería, pero no se me ocurre otra cosa que hacer. Tanzie necesita algo que le suba la moral, Nicky. Necesita ver a su padre.

Tardó media hora en volver. Había estado cerca, dijo, tomando algo. Nicky pensó después que si hubiera estado más despejado se habría preguntado por qué Ed no había ido más lejos y por qué había tardado tanto en tomar algo. Pero estaba demasiado ocupado en discutir con Jess a unos metros del coche.

—Ya sé que no quieres ver a tu padre, pero...

—No voy a ir.

—Tanzie lo necesita —dijo con ese gesto de determinación que indicaba que estaba teniendo en cuenta tus sentimientos, pero iba a conseguir que hicieras lo que ella quería.

—Esto no va a servir de nada.

—Para ti, tal vez no. Mira, Nicky, ya sé que tienes sentimientos contradictorios con respecto a tu padre y no te lo reprocho. Ya sé que ha sido una época muy confusa...

—No estoy confuso.

—Tanzie está hundida. Necesita algo que le dé ánimos. Y Marty no está lejos. —Alargó una mano y le tocó el brazo—. Mira, si no quieres verlo cuando lleguemos allí, puedes quedarte en el coche, ¿de acuerdo? —propuso, al ver que él no decía nada—. Tampoco yo me muero de ganas de verlo. Pero tenemos que hacerlo.

¿Qué podía decir él? ¿Qué podía decir que ella pudiera creer? Y supuso que había un cinco por ciento de él que seguía preguntándose si era él quien estaba equivocado.

Jess volvió con el señor Nicholls, que había estado observando, apoyado en el coche. Tanzie estaba dentro en silencio.

—Por favor, ¿nos llevará a casa de Marty? De su madre, quiero decir. Lo siento. Sé que probablemente está harto de nosotros y que hemos sido como un dolor, pero..., pero no tengo nadie más a quien pedírselo. Tanzie... necesita a su padre. Con independencia de lo que yo, o nosotros, pensemos de él, necesita verlo. Está a solo un par de horas de aquí.

Él la miró.

—De acuerdo, quizá más si tenemos que ir despacio. Pero, por favor..., tengo que darle la vuelta a esta situación. Tengo que cambiar de rumbo completamente.

El señor Nicholls se echó a un lado y abrió una puerta. Se inclinó ligeramente para poder sonreír a Tanzie.

—Vámonos.

Todos parecieron aliviados. Pero era una mala idea. Muy mala. Conque le hubieran preguntado a Nicky por el papel pintado, habría podido decirles por qué.

CAPÍTULO 22

JESS

*L*a última vez que Jess había visto a Maria Costanza fue el día en que había llevado a Marty a su casa en la furgoneta del hermano de Liam. Marty había ido dormido los últimos ciento sesenta kilómetros hasta Glasgow, tapado con un edredón, y, mientras Jess trataba de explicarle la crisis de su hijo en su impoluto salón, ella la había mirado como si Jess hubiera intentado matarlo personalmente.

Nunca le había gustado a Maria Costanza. Siempre había pensado que su hijo merecía algo mejor que una colegiala de dieciséis años con el pelo teñido en casa y uñas de purpurina, y nada de lo que Jess había hecho después había cambiado la mala opinión que Maria tenía de ella. Le parecía raro todo lo que Jess hacía en la casa. Pensaba que el hecho de que Jess hiciera la mayor parte de la ropa de los niños era una obstinada excentricidad. Jamás se le ocurrió preguntarle por qué lo hacía o por qué no podían permitirse pagar a alguien que les decorara la casa. O por qué, cuando se atascaba el fregadero de la cocina, era Jess quien acababa debajo del mismo arreglando la tubería.

Lo había intentado. De verdad que sí. Ser correcta, no soltar palabrotas. Ser fiel a Marty. Había dado a luz al bebé más impresionante del mundo y lo mantenía limpio, bien alimentado y contento. A Jess le había costado cinco años caer en la cuenta de que el problema no era ella. Maria Costanza era una de esas amargadas de la vida. Jess no podría asegurar que hubiera sonreído alguna vez espontáneamente, salvo para dar alguna noticia de sus vecinas o amigas, como un neumático rajado o una enfermedad terminal, por ejemplo.

Había intentado llamarle dos veces con el teléfono del señor Nicholls, pero no había habido respuesta.

—Probablemente la abuela sigue en el trabajo —dijo a Tanzie al colgar—. O quizá han ido a ver al recién nacido.

—¿Sigues queriendo que vaya para allá? —El señor Nicholls la miró de reojo.

—Por favor. Seguro que cuando lleguemos allí estarán en casa. Nunca sale de noche.

Nicky cruzó su mirada con la de Jess por el espejo retrovisor e inmediatamente la desvió. Ella no le reprochaba su actitud negativa. Si la reacción de Maria Costanza ante Tanzie había sido tibia, el descubrimiento de que tenía un nieto cuya existencia desconocía fue acogido con idéntico entusiasmo que si le hubieran anunciado un caso de sarna en la familia. Jess no sabría decir si se había ofendido porque el niño hubiera existido tanto tiempo sin que ella se enterara o si era que le resultaba más fácil pasar de él porque era incapaz de mencionarlo sin sacar a colación que era ilegítimo y que su hijo lo había tenido con una drogadicta.

—¿Tienes ganas de ver a papá, Tanzie? —Jess se volvió hacia atrás.

Tanzie estaba apoyada en Norman, con expresión seria y agotada. Miró a Jess y asintió ligeramente con la cabeza.

—Va a ser fantástico verlo. Y a la abuela —dijo Jess animada—. No sé cómo no se nos había ocurrido antes.

Siguieron en silencio. Tanzie se quedó adormilada, apoyada en el perro. Nicky miraba el cielo del anochecer. A ella no le apetecía poner música. No podía dejar que los chicos supieran cómo se sentía respecto a lo ocurrido en Aberdeen. No podía permitirse pensar en ello. «Una cosa detrás de otra», se dijo para sus adentros. «Que se recupere Tanzie. Y luego ya pensaré en qué hacer».

—¿Estás bien? —preguntó el señor Nicholls.

—Muy bien. —Se dio cuenta de que no la creyó—. Estará mejor cuando vea a su padre. Lo sé.

—Siempre puede participar en otra Olimpiada, el año que viene. Entonces ya sabrá a qué atenerse.

Jess esbozó una sonrisa.

—Señor Nicholls, eso suena sospechosamente a optimismo.

Él se volvió hacia ella con una mirada llena de complicidad.

Jess sintió alivio al montar otra vez en su coche. Había empezado a sentir una curiosa seguridad estando en él, como si no pudiera pasarles nada malo mientras estuvieran dentro. Se imaginó en el salón de la pequeña casa de Costanza, tratando de explicar los acontecimientos que los habían llevado hasta allí. La cara de Marty cuando le contara lo del Rolls-Royce. Y todos ellos en la parada del autobús al día siguiente por la mañana, primera etapa del largo viaje de vuelta a casa. Se le pasó por la cabeza si podría pedir al señor Nicholls que cuidara de Norman hasta que volvieran. Esto último le hizo recordar cuánto había costado esta escapada, pero desechó el pensamiento. Los problemas, de uno en uno.

Y luego debió de quedarse adormilada porque alguien le había tocado el brazo.

—Jess.

—Hum.

—Jess, creo que hemos llegado. El GPS dice que esta es su dirección. ¿Es correcto?

Se incorporó y estiró el cuello. Las ventanas de la cuidada vivienda adosada blanca le devolvieron una mirada impasible. Sintió un nudo en el estómago.

—¿Qué hora es?

—Van a dar las siete. —Esperó a que ella se restregara los ojos—. Bueno, tienen la luz dada. Me figuro que estarán en casa. —Se volvió hacia atrás mientras Jess se incorporaba—. Eh, chicos, ya hemos llegado. Es hora de que veáis a vuestro padre.

Tanzie apretó la mano de Jess según iban por el camino de la entrada. Nicky no había querido salir del coche, dijo que esperaría con el señor Nicholls. Jess decidió que dejaría entrar a Tanzie antes de volver a intentar razonar con él.

—¿Estás emocionada?

Tanzie asintió con un gesto repentinamente esperanzado y, por un momento, Jess tuvo la sensación de haber acertado. Sacarían algo en claro de este viaje, aunque a ella no le gustara nada. Sus problemas con Marty podrían resolverse más adelante.

En las escaleras de la entrada había dos pequeños barriles con flores moradas que no reconoció. Se alisó la cazadora, apartó el pelo de la cara de Tanzie, se inclinó hacia delante y le quitó un pedacito de algo de la comisura de los labios y luego llamó al timbre.

Maria Costanza vio primero a Tanzie. Se quedó mirándola y luego a Jess, y por su rostro pasaron veloces varias expresiones no del todo identificables.

Jess respondió con su sonrisa más animosa.

—Hola, Maria. Estábamos en la zona y pensé que no podíamos pasar de largo sin ver a Marty. Y a ti.

Maria Costanza la miraba fijamente.

—Intentamos llamar por teléfono —continuó Jess con una voz cantarina que a ella misma le sonaba rara—. Unas cuantas veces. Habría dejado un mensaje, pero...

—Hola, abuelita.

Tanzie se adelantó y se abrazó a su cintura. Maria Costanza dejó caer la mano y la apoyó sin mucho entusiasmo en la espalda de la niña. Jess observó de pasada que se había dado un tinte demasiado oscuro en el pelo. Maria Costanza permaneció así unos momentos, luego miró al coche desde el que Nicky miraba impasible por la ventanilla de atrás.

«Dios mío, podrías manifestar algún entusiasmo por una vez», pensó Jess.

—Nicky viene enseguida —dijo sin perder la sonrisa de la boca—. Se acaba de despertar. Voy a... darle un poco de tiempo.

Se quedaron mirándose la una a la otra, esperando.

—Así que... —dijo Jess.

—Él... él no está aquí —dijo Maria Costanza

—¿Está en el trabajo? —Sonaba más ansiosa de lo que habría pretendido—. Quiero decir que es fantástico que ya se sienta... lo suficientemente bien para trabajar.

—Él no está aquí, Jessica.

—¿Está enfermo? —«Oh Dios», pensó. «Ha pasado algo». Pero enseguida lo vio claro. Una emoción que no estaba segura de haber visto nunca en el rostro de Maria Costanza. Vergüenza.

Jess observó que se esforzaba en disimularla.

—¿Dónde está, entonces?

—Creo... que deberías hablar con él. —Maria Costanza se llevó la mano a la boca, como para evitar decir más, luego se separó suavemente de su nieta—. Espera. Te daré su dirección.

—¿Su dirección?

Dejó a Tanzie y a Jess en el umbral, entornó la puerta y desapareció por el pequeño pasillo. Tanzie miró a Jess perpleja. Su madre le devolvió una sonrisa tranquilizadora. No fue tan fácil como antes.

La puerta se abrió otra vez. Le alargó una nota.

—Os llevará una hora, quizá hora y media, depende del tráfico.

Jess observó sus facciones rígidas, luego miró el pequeño pasillo, donde no había cambiado nada en los quince años que hacía que la conocía. Nada de nada. Y en algún lugar de la cabeza de Jess empezó a sonar una campanilla.

—Perfecto —dijo, ya sin sonrisa.

Maria Costanza no fue capaz de aguantarle la mirada. Entonces se agachó y puso la palma de la mano en la mejilla de Tanzie.

—Tú vuelve pronto a estar con tu *nonna*, ¿sí? —Levantó la vista hacia Jess—. ¿La traerás? Ha pasado mucho tiempo.

Aquella mirada de muda súplica, de reconocimiento aun en su doblez, fue más desconcertante que casi todo lo que Maria Costanza había hecho en los años de su relación.

Jess llevó muy digna a Tanzie hacia el coche.

El señor Nicholls levantó la vista. No dijo nada.

—Aquí. —Le alargó el papel—. Tenemos que ir aquí.

Él se puso a programar el código postal en el GPS sin decir palabra. Ella tenía el corazón desbocado. Miró por el espejo retrovisor.

—Tú lo sabías —dijo, una vez que Tanzie se hubo puesto los cascos.

Nicky se apartó el flequillo y miró hacia la casa de su abuela.

—Fueron las últimas veces que hablamos con él por Skype. La abuela nunca habría tenido ese papel pintado.

Ella no le preguntó dónde estaba Marty. Pensó que probablemente ya se hacía una idea.

Siguieron durante una hora en silencio. Jess no podía hablar. Se le pasaban por la cabeza un millón de posibilidades. De vez en cuando miraba por el espejo retrovisor para ver cómo estaba Nicky. Tenía la cara seria, vuelta hacia la carretera. Poco a poco, ella empezó a comprender su resistencia a venir aquí, incluso a hablar con su padre en los últimos meses, viéndolo todo desde un nuevo punto de vista.

Al anochecer llegaron a las afueras de otra ciudad, a una urbanización de casas recién construidas, dispuestas en curvas cuidadosamente trazadas, con coches nuevos estacionados delante como si fueran una declaración de intenciones. El señor Nicholls se detuvo en Castle Court, donde había cuatro cerezos como centinelas a lo largo de la estrecha acera por la que ella sospechó que nadie caminaba nunca. La casa parecía nueva, con unas resplandecientes ventanas estilo Regency y un tejado de pizarra reluciente bajo la llovizna.

Jess se quedó mirándola por la ventanilla.

—¿Estás bien? —Fueron las dos únicas palabras que el señor Nicholls pronunció en todo el trayecto.

—Esperad un poco aquí, chicos —dijo Jess saliendo del coche.

Se encaminó a la puerta de entrada, comprobó la dirección en el papel que llevaba y luego utilizó el llamador de bronce. Pudo oír dentro el zumbido de una televisión y ver la vaga sombra de alguien que se movió bajo la potente luz.

Volvió a llamar. Casi no sentía la lluvia.

Ruido de pasos por el pasillo. La puerta se abrió y apareció una mujer rubia. Llevaba un vestido de punto rojo oscuro con zapatos de salón a juego y un corte de pelo como el que llevan las mujeres cuando trabajan en el comercio o la banca, pero no quieren dar la impresión de que han renunciado por completo a la idea de ser una rockera.

—¿Está Marty? —dijo.

La mujer hizo ademán de hablar, luego miró a Jess de arriba abajo, las chanclas, el pantalón blanco y arrugado, y acto seguido endureció ligeramente la mirada, por lo que Jess dedujo que la había reconocido. Sabía quién era.

—Espera aquí —dijo. Entornó la puerta y Jess la oyó llamarlo por el pasillo—. ¿Mart? ¿Mart?

Mart.

Oyó su voz, amortiguada, entre risas y comentarios sobre algo de la televisión, luego la mujer bajó la voz. Jess distinguió sus siluetas a través de los paneles de cristal traslúcido. Y luego la puerta se abrió y apareció él.

Marty se había dejado el pelo largo. Tenía un flequillo largo y caído cuidadosamente hacia un lado como un adolescente. Llevaba unos vaqueros que ella no reconoció, azul añil, y había perdido peso. Estaba desconocido. Y se había puesto muy, muy pálido.

—Jess.

Ella no pudo hablar.

Se miraron. Él tragó saliva.

—Iba a decírtelo.

Hasta ese preciso momento algo en ella se había negado a creer que pudiera ser verdad. Hasta ese preciso momento había pensado que debía de tratarse de un enorme malentendido, que Marty estaba en casa de algún amigo o que había caído otra vez enfermo y Maria Costanza, con su orgullo fuera de lugar, no podía afrontar reconocerlo. Pero no había margen de error en lo que tenía ante ella.

Le costó un momento encontrar la voz.

—¿Aquí? ¿Aquí es... donde has estado viviendo? —Jess retrocedió, contemplando el impecable jardín delantero, el cuarto de estar, apenas visible a través de la ventana. Dio con la cadera en un coche estacionado en el camino de la entrada y extendió la mano para apoyarse—. ¿Todo este tiempo? ¿Nosotros pasando privaciones dos años con lo justo para calentarnos y comer y tú aquí en una casa de ejecutivo con un..., un Toyota último modelo?

Marty miró de reojo hacia atrás con recelo.

—Tenemos que hablar, Jess.

Y entonces ella vio el papel pintado del comedor. Las rayas gruesas. Y todas las piezas encajaron. Que insistiera en hablar solo a determinadas horas. Que no hubiera un número de teléfono fijo. Que Maria Costanza dijera que él estaba durmiendo si ella llamaba fuera del horario habitual. Que quisiera que Jess se retirara del teléfono cuanto antes.

—¿Que tenemos que hablar? —Jess ahogó una carcajada—. Sí, vamos a hablar, Marty. ¿Qué tal si hablo yo? En dos años no te he pedido nada, ni dinero, ni tiempo, ni que cuidaras a los niños, ni ayuda de ninguna clase. Porque creía que estabas enfermo. Creía que estabas deprimido. Creía que estabas viviendo con tu madre.

—Y estuve viviendo con ella.

—¿Hasta cuándo?

Él apretó los labios.

—¿Hasta cuándo, Marty? —chilló.

—Quince meses.

—¿Estuviste con tu madre quince meses?

Él se miró los pies.

—¿Llevas aquí quince meses? ¿Llevas aquí más de un año?

—Quise decírtelo. Pero sabía que tú...

—¿Qué? ¿Que iba a armar un escándalo? ¿Porque tú estás aquí llevando una vida de lujo mientras tu mujer y tus hijos están en casa escarbando en la mierda que dejaste?

—Jess...

Calló al abrirse la puerta de repente. Detrás de él apareció una niña de cabellos inmaculadamente rubios con una camiseta Hollister y unas deportivas Converse. Se agarró a la manga de él.

—Es tu programa, Marty —empezó, pero al ver a Jess se calló.

—Ve con mamá, nena —dijo él en voz baja mirando fugazmente de reojo. Le puso la mano suavemente en el hombro—. Acabo enseguida. —La niña miró con recelo a Jess. Tenía la misma edad que Tanzie—. Vamos —dijo tirando de la puerta.

Y entonces fue cuando a Jess se le partió el corazón de verdad.

—¿Ella... tiene hijos?

—Dos —dijo con voz entrecortada.

Se llevó las manos a la cara y luego al pelo. Dio media vuelta y echó a andar estupefacta por el camino de la entrada.

—Oh, Dios. Oh, Dios.

—Jess, no era mi intención al principio...

Ella se giró y se abalanzó sobre él. Quiso machacar su estúpida cara y aquel caro corte de pelo. Quiso que supiera el dolor que había causado a sus hijos. Quiso que pagara. Él se escondió detrás del coche y ella, sin saber muy bien lo que estaba haciendo, se puso a darle patadas a las grandes ruedas, los relucientes paneles del estúpidamente pulcro estúpidamente blanco metalizado estúpidamente impecable coche.

—¡Mentiste! ¡Nos mentiste a todos! ¡Y yo tratando de protegerte! No me lo puedo creer... No puedo... —Daba patadas con la relativa satisfacción de que la chapa cedía, aunque empezaba a dolerle el pie. Pero siguió dándole patadas sin preocuparse por eso, aparte de aporrear las ventanillas.

—¡Jess! ¡El coche! ¿Te has vuelto loca de remate?

Aporreaba el coche porque no podía aporrearlo a él. Daba patadas y puñetazos, sin preocuparse, entre sollozos de cólera, resoplando con fuerza. Y cuando él se lo impidió, interponiéndose entre el coche y ella y sujetándola por los brazos, a Jess le asaltó por un momento el temor de que su vida estaba totalmente fuera de control. Y entonces lo miró a los ojos, sus ojos de cobarde, y en su cabeza creció un zumbido. Quiso machacar...

—Jess.

Era el señor Nicholls rodeándola por la cintura con el brazo, apartándola de él.

—¡Suéltame!

—Los chicos están mirando. Vamos —dijo poniéndole una mano en el brazo.

Ella no podía respirar. Un gemido le sacudió todo el cuerpo. Se dejó llevar unos pasos atrás. Marty estaba gritando algo que no pudo oír por el estruendo que tenía dentro de la cabeza.

—Ven..., ven conmigo.

Los chicos. Miró al coche y vio la cara de Tanzie, con los ojos como platos por la impresión, Nicky una silueta inmóvil detrás de ella. Miró al otro lado, a la casa donde dos caritas pálidas la miraban desde el cuarto de estar con su madre detrás. Cuando vio que Jess les estaba mirando, bajó la persiana.

—Estás loca —gritó Marty contemplando las abolladuras en la chapa del coche—. Completa y jodidamente loca.

Ella había empezado a temblar. El señor Nicholls la rodeó con los brazos y la llevó al coche.

—Entra. Siéntate —dijo cerrando la puerta una vez que hubo montado.

Marty venía despacio hacia ellos por el camino de la entrada, con sus típicos andares arrogantes repentinamente evidentes ahora que era ella la que se había pasado. Jess creyó que buscaba pelea, pero cuando estuvo a unos cinco metros del coche se detuvo, se agachó un poco como para ver mejor y luego ella oyó abrirse la puerta de atrás y Tanzie salió corriendo hacia él.

—¡Papá! —exclamó, y él la tomó en brazos y entonces Jess ya sí que no entendió nada.

No sabría decir cuánto tiempo permaneció allí mirando el suelo del coche. No podía pensar. No podía sentir. Oía murmullos en el camino de la entrada y, en un momento dado, Nicky se inclinó hacia delante y le tocó suavemente el hombro.

—Lo siento —dijo con voz entrecortada.

Ella le agarró con fuerza la mano.

—No. Culpa. Tuya —susurró.

Al fin se abrió la puerta y el señor Nicholls metió la cabeza. Traía la cara mojada y el cuello de la camisa chorreando.

—Bueno. Tanzie se va a quedar aquí un par de horas.

Jess reaccionó de forma fulminante.

—Oh, no —empezó—. No va a quedársela. No después de lo que...

—Esto no es entre tú y él, Jess.

Jess miró a la casa. La puerta principal estaba entreabierta. Tanzie ya estaba dentro.

—Pero es que no puede quedarse ahí con ellos...

Él montó en el coche, alargó el brazo y tomó la mano de Jess. Estaba fría y húmeda.

—Ha tenido un mal día y ha preguntado si podía quedarse un rato con él. Y Jess, si esta es ahora su vida, Tanzie tiene que formar parte de ella.

—Pero no es...

—Justo. Ya lo sé.

Permanecieron allí los tres mirando la casa iluminada. Su hija estaba allí dentro. Con la nueva familia de Marty. Era como si alguien hubiera metido la mano, le hubiera agarrado el corazón y se lo hubiera arrancado a través de las costillas.

No podía apartar la mirada de la ventana.

—¿Y si cambia de opinión? Estará completamente sola. Y no los conocemos. No conozco a esta mujer. Podría ser…

—Está con su padre. Estará bien.

Miró fijamente al señor Nicholls. Su mirada era de apoyo, pero la voz resultaba extrañamente tajante.

—¿Por qué te pones de su parte?

—No me pongo de su parte —dijo entrelazando los dedos con los de Jess—. Mira, vámonos todos a buscar algún sitio para comer. Volvemos dentro de un par de horas. Nos quedamos por aquí cerca y podemos volver a por ella a la hora que nos necesite.

—No. Yo me quedo —dijo una voz desde atrás—. Me quedo con ella. Para que no esté sola.

Jess se volvió. Nicky estaba mirando por la ventanilla.

—¿Estás seguro?

—Estaré bien —dijo con rostro inexpresivo—. Además, quiero oír qué dice él.

El señor Nicholls acompañó a Nicky hasta la puerta principal. Jess contempló a su hijastro, sus piernas largas y desgarbadas embutidas en unos vaqueros estrechos, su postura cohibida y recelosa mientras le abrían la puerta para dejarlo pasar. La mujer rubia trató de sonreírle y miró fugazmente al coche por encima de él. Era posible, observó Jess con indiferencia, que la mujer tuviera miedo de ella. La puerta se cerró tras ellos. Jess cerró los ojos, no queriendo imaginar qué estaba pasando detrás de aquella puerta.

Y luego el señor Nicholls volvió al coche, acompañado de una bocanada de aire frío.

—Vamos, todo está bien. Volveremos antes de que te des cuenta.

Fueron a un café de carretera. Ella no podía comer. Tomó café y el señor Nicholls pidió un sándwich y se sentó frente a ella. Le pareció que él no sabía qué decir. Dos horas, se repetía sin cesar. Dos horas y luego puedo tenerlos otra vez de vuelta. Quería volver a estar en el coche con sus hijos, lejos de ahí. Lejos de Marty y sus mentiras y su nueva chica y su familia de mentira. Observaba el movimiento de las manecillas del reloj y dejó que el café se enfriara. Cada minuto le parecía una eternidad.

Y luego, diez minutos antes de la hora de irse, sonó el teléfono. Jess lo agarró. Un número desconocido. La voz de Marty.

—¿Puedes dejarlos conmigo esta noche?

Se quedó sin aliento.

—Oh no —dijo cuando fue capaz de recobrar la voz—. No te los vas a quedar así como así.

—Estoy… intentando explicárselo todo a ellos.

—Pues que te vaya bien en eso. Porque lo que es yo no entiendo nada —dijo levantando la voz en el pequeño café. Vio que las personas de las mesas de alrededor volvían la cabeza.

—No podía decírtelo, Jess, ¿vale? Porque sabía que reaccionarías exactamente así.

—O sea, que la culpa es mía. ¡No faltaba más!

—Nosotros habíamos terminado. Tú lo sabías tan bien como yo.

Jess se había levantado. No había sido consciente de haberse puesto en pie. El señor Nicholls, por alguna razón, también se levantó.

—Me importa un bledo lo nuestro, ¿vale? Pero hemos estado viviendo en la miseria desde que te fuiste y ahora me encuentro con que estás viviendo con otra, manteniendo a sus hijos. Cuando habías dicho que no podías mover un dedo por los nuestros. Sí, es posible que reaccione mal ante esto, Marty.

—No estoy viviendo de mi dinero. El dinero es de Linzie. No puedo utilizarlo para pagar a tus hijos.

—¿Mis hijos? ¿Cómo que mis hijos? —Se había alejado de la mesa y caminaba sin mirar hacia la puerta. Se dio cuenta de que el señor Nicholls había llamado a la camarera.

—Mira —dijo Marty—. Tanzie tiene ganas de quedarse a dormir. Está muy disgustada por el asunto este de las matemáticas. Me ha pedido que te lo pidiera. Por favor.

Jess no podía hablar. Estaba en el frío aparcamiento con los ojos cerrados y los nudillos blancos alrededor del teléfono.

—Y quiero aclarar de una vez las cosas con Nicky.

—Eres... increíble.

—Déjame aclarar las cosas con los chicos, por favor. Tú y yo podemos hablar después. Solo esta noche, mientras estáis aquí. Los he echado de menos. Ya sé que todo es culpa mía. Sé que me he portado fatal. Pero me alegro de que haya salido todo a la luz. Me alegro de que sepáis lo que pasa. Y ahora... solo quiero pasar página.

Jess miró al frente. Las luces azules de un coche de policía destellaron a lo lejos. Había empezado a mover el pie. Finalmente dijo:

—Que se ponga Tanzie.

Hubo un breve silencio, el ruido de una puerta. Jess respiró hondo.

—¿Mamá?

—Tanzie, cariño, ¿estás bien?

—Estupendamente, mamá. Tienen tortugas de agua dulce. Una tiene una pata coja. Se llama Mike. ¿Podemos tener nosotros una tortuga de agua dulce?

—Ya hablaremos de eso. —Pudo oír el ruido metálico de una olla y correr el agua de un grifo—. ¿De verdad que quieres quedarte a dormir? No tienes por qué, sabes. Pero... haz lo que te haga sentirte a gusto.

—Me gustaría mucho quedarme. Suzie es simpática. Va a prestarme su pijama de High School Musical.

—¿Suzie?

—La hija de Linzie. Va a ser como una fiesta de pijamas. Y tiene esas cuentas donde haces un dibujo y lo pegas con la plancha.

—Perfecto.

Hubo un breve silencio. Jess pudo oír el murmullo de una conversación.

—Entonces, ¿a qué hora me recogéis mañana?

—Después del desayuno —dijo con un nudo en la garganta, pero procurando mantener la misma voz—. A las nueve. Y si cambias de opinión me llamas, ¿de acuerdo? A la hora que sea. Y te recogeré inmediatamente. Aunque sea en plena noche. No importa.

—Lo sé.

—Vendré a la hora que sea. Te quiero, cariño. A la hora que llames.

—De acuerdo.

—¿Puedes..., puedes ponerme con Nicky?

—Te quiero. Adiós.

La voz de Nicky era totalmente neutra.

—Le he dicho que me quedo a dormir. Pero nada más que por echarle un ojo a Tanzie.

—De acuerdo. Procuraré que nos quedemos en algún lugar cercano. Ella..., la mujer... ¿está bien? Quiero decir, ¿estaréis bien?

—Linzie. Está bien.

—Y tú..., ¿estás de acuerdo con esto? Él no ha...

—Yo estoy bien.

Hubo un largo silencio.

—¿Jess?

—¿Sí?

—¿Estás bien?

Ella cerró fuerte los ojos. Tomó aliento sin hacer ruido, levantó la mano y se secó las lágrimas que le corrían por las mejillas. No sabía que tuviera tantas lágrimas dentro. No contestó a Nicky hasta que no estuvo segura de que no le habían empapado también la voz.

—Estoy bien, cariño. Pasadlo bien y no os preocupéis por mí. Hasta mañana por la mañana.

El señor Nicholls estaba detrás de ella. Le quitó el teléfono en silencio, sin dejar de mirarla.

—He encontrado un sitio para dormir donde nos dejan llevar al perro.

—¿Hay bar? —preguntó Jess secándose los ojos con el dorso de la mano.

—¿Qué?

—Necesito emborracharme, Ed. Emborracharme como una cuba. —Él le tendió el brazo y ella lo tomó—. Y creo que puedo haberme roto un dedo del pie.

CAPÍTULO 23

ED

Conque érase una vez Ed conoció a una chica que era la persona más optimista del mundo. Una chica que llevaba chanclas con la esperanza de la primavera. Parecía ir dando saltos por la vida como Tigger; las cosas que hubieran hecho caer a la mayoría de la gente a ella no parecían afectarle. O, si le hacían caer, volvía a levantarse de un salto. Le hacían caer otra vez, esbozaba una sonrisa, se sacudía el polvo y seguía adelante. Él nunca llegó a distinguir si era el ser más heroico o el más idiota que había conocido.

Y entonces se encontró de pie en la acera ante una casa de ejecutivo de cuatro habitaciones en algún lugar próximo a Carlisle contemplando cómo esa misma chica veía que todo cuanto había creído quedaba hecho trizas hasta quedar reducida a un fantasma que ocupaba el asiento del conductor mirando sin ver por el parabrisas. Podía oírse cómo se agotaba el filón del optimismo de ella. Y algo se quebró en el corazón de él.

Reservó una cabaña de vacaciones a orillas de un lago, a veinte minutos de la casa de Marty, o de su chica. No pudo encontrar en cien kilómetros a la redonda un hotel que aceptara perros, menos mal que la última recepcionista con la que había hablado, una mujer jovial que lo había llamado «monada» ocho veces, le habló de un sitio nuevo que regentaba la nuera de su amigo.

Tuvo que pagar tres días, la estancia mínima, pero no le importó. Jess no preguntó. No estaba seguro de que ella supiera dónde estaban.

Recogieron las llaves de la recepción, él siguió el camino entre los árboles y se detuvieron delante de la cabaña. Descargó a Jess y al perro y los metió dentro. Para entonces Jess cojeaba de mala manera. A él se le vino a la cabeza la ferocidad con que había dado patadas al coche. En chanclas.

—Date un buen baño —dijo encendiendo todas las luces y echando las cortinas. Fuera estaba tan oscuro que no se veía nada—. Venga. Procura relajarte. Iré a por algo de comer. Y quizá una bolsa de hielo.

Ella se volvió y asintió con la cabeza. La sonrisa de agradecimiento que esbozó no era digna de tal nombre.

El supermercado más cercano, de supermercado tenía solo el nombre: no había más que dos cestas de verduras pasadas y estanterías de carne enlatada de marcas que no había oído nunca. Compró un par de platos preparados, pan, café, leche, guisantes congelados y analgésicos para el pie de ella. Y un par de botellas de vino. Él también necesitaba beber.

Sonó el teléfono cuando se disponía a pagar en la caja. Lo sacó como pudo del bolsillo, preguntándose si sería Jess. En ese momento recordó que el teléfono de ella se había quedado sin saldo hacía dos días.

«Hola cariño. Siento mucho que no puedas venir mañana. Esperamos verte dentro de no mucho tiempo. Te quiere, mamá. PD Papá te manda recuerdos. Hoy está pachucho».

—Veintidós libras con ochenta.

La chica lo había dicho dos veces antes de que él reaccionara.

—Oh. Lo siento. —Buscó la tarjeta y se la dio.

—La máquina de las tarjetas no funciona. Hay un cartel.

Ed siguió la mirada de ella: «Solo cheques y efectivo», decía en letras cuidadosamente trazadas a bolígrafo.

—Me está tomando el pelo, ¿verdad?

—¿Por qué iba a tomarle el pelo? —dijo mascando pensativa lo que fuera que tuviera en la boca.

—Creo que no llevo dinero suficiente en efectivo —dijo Ed. Ella lo miró impasible.

—¿No aceptan tarjetas?

—Es lo que dice el cartel.

—Bueno…, ¿no tienen un terminal portátil?

—Por aquí la gente suele pagar en efectivo —dijo ella con cara de que era evidente que él no era de por aquí.

—De acuerdo. ¿Dónde está el cajero automático más cercano?

—En Carlisle —dijo parpadeando despacio—. Si no tiene dinero, tendrá que dejar la comida.

—Tengo dinero. Deme un minuto.

Rebuscó por los bolsillos, sin hacer caso de los mal disimulados suspiros y ojos en blanco de los que estaban detrás de él. Milagrosamente reunió el dinero suficiente para pagarlo todo menos los bhajis de cebolla. Él lo contó todo y ella enarcó visiblemente las cejas mientras lo registraba, apartando los bhajis. Ed, a su vez, lo metió todo en una bolsa que se rompió antes de llegar al coche y procuró no pensar en su madre.

Estaba cocinando cuando bajó Jess cojeando. O, mejor dicho, tenía dos bandejas de plástico dando vueltas ruidosamente en el microondas, la incursión más profunda en las artes culinarias que había hecho en toda su vida. Ella llevaba un albornoz y se había envuelto el pelo en una toalla blanca de baño a modo de turbante. Nunca había entendido cómo lograban hacerlo las mujeres. Su ex también lo hacía. Solía preguntarse si era algo que se les enseñaba, como el periodo o lavarse las manos. Su cara desmaquillada estaba preciosa.

—Toma. —Ed le dio un vaso de vino.

Ella lo tomó. Él había encendido la chimenea y ella se sentó delante de las llamas, aparentemente sumida aún en sus pensamientos. Él le dio los guisantes congelados para que se los pusiera en el pie y luego siguió con el resto de las comidas para microondas, siguiendo las instrucciones de los envases.

—He enviado un mensaje a Nicky —le dijo mientras pinchaba un envase con un tenedor—. Para decirle dónde estábamos.

Ella dio otro sorbo al vino.

—¿Estaba bien?

—Estupendamente. Estaban a punto de cenar. —Jess tuvo un leve estremecimiento al oírlo y Ed lamentó en ese mismo instante haberle puesto en la imaginación esa escena doméstica—. ¿Qué tal el pie?

—Duele.

Tomó un buen trago de vino, él vio que casi se había acabado el vaso. Se levantó, con una mueca de dolor, de tal forma que los guisantes cayeron al suelo, y se sirvió otro. Luego, como si se hubiera acordado de algo, metió la mano en el bolsillo del albornoz y sacó una bolsa de plástico transparente.

—La hierba de Nicky —dijo—. He decidido que este es el momento idóneo para apropiarme de sus drogas.

Lo dijo casi como una provocación, esperando que él le llevara la contraria. Como no lo hizo, se puso sobre las piernas una guía turística de la mesita del café de cristal y empezó a liar encima un improvisado canuto. Lo encendió y dio una buena calada. Trató de contener la tos y luego dio otra calada. El turbante de toalla había empezado a soltarse y ella, irritada, se lo quitó de un tirón, de manera que el pelo mojado le cayó sobre los hombros. Dio otra calada más, cerró los ojos y se lo pasó a él.

—¿Es a esto a lo que olía cuando he entrado?

Ella abrió un ojo.

—Crees que soy una vergüenza.

—No. Creo que uno de los dos debería estar en condiciones de conducir por si Tanzie quiere que la recojamos. Me parece bien. De verdad. Sigue. Creo… que necesitas…

—¿Una nueva vida? ¿Tranquilizarme? ¿Un buen polvo? —Soltó una carcajada triste—. Oh no. Se me había olvidado. No sé hacer bien ni eso.

—Jess…

—Lo siento. De acuerdo. Vamos a comer —dijo levantando una mano.

Comieron a la pequeña mesa de contrachapado en la zona de la cocina. Los platos al curry estaban pasables, pero Jess apenas probó el suyo.

Ed retiró los platos y se disponía a lavarlos cuando ella le soltó:

—Me he portado como una auténtica idiota, ¿verdad?

Ed se apoyó en la cocina con un plato en la mano.

—No sé cómo…

—Lo he visto claro en el baño. Todos estos años dando la brasa a los chicos con que, si te portas bien con la gente y actúas como es debido, todo irá bien. No robar. No mentir. Portarse como es debido. No sé cómo, pero el universo te recompensará. Bueno, pues todo eso son chorradas. Nadie piensa así.

Tenía la voz un poco rara, el tono forzado por el dolor.

—No es así…

—¿No? He estado dos años en la miseria. Dos años protegiéndolo, sin crearle más tensión, sin molestarlo con sus propios hijos. Y durante todo ese tiempo él ha estado viviendo así, con su nueva chica. —Hizo un gesto de asombro con la cabeza—. No sospechaba nada. Ni por un momento. Y lo vi claro mientras estaba en el baño… Eso de «haz a los demás lo que quieras que te hagan a ti» solo funciona si todo el mundo lo aplica. Pero nadie lo hace. El mundo está básicamente lleno de gente a la que le importa todo un carajo. Pasan por encima de ti si eso significa que consiguen lo que quieren. Pasan incluso por encima de sus propios hijos.

—Jess…

Atravesó la cocina hasta que estuvo a un palmo de ella. No se le ocurrió nada que decir. Quiso abrazarla, pero algo en ella le hizo contenerse. Jess se sirvió otro vaso de vino y lo alzó a manera de brindis.

—No me importa esa mujer, que lo sepas. No es eso. Él tenía razón, nosotros dos ya habíamos terminado hacía mucho. Es toda esa mierda de no poder ayudar a sus propios hijos. No querer ni pensar en echar una mano en los gastos del colegio de Tanzie. —Dio un trago largo al vino y parpadeó despacio—. ¿Viste el top que llevaba la niña? ¿Sabes cuánto cuesta un top Hollister? Sesenta y siete libras. Sesenta y siete libras una sudadera de niña. Vi la etiqueta con el precio cuando me los llevó a casa Aileen la Yonqui. —Se secó enfadada los ojos—. ¿Sabes qué le envió a Nicky en febrero por su cumpleaños? Un cheque regalo de diez libras. Un cheque regalo de diez libras para la tienda de juegos de ordenador. No puedes comprar un juego de ordenador con diez libras. Solo de segunda mano. Y lo más idiota es que nos quedamos todos encantados. Creímos que Marty iba estando mejor. A los chicos les dije que diez libras, cuando no tienes trabajo, es mucho dinero.

Se echó a reír. Un sonido horrible, desolador.

—Y todo el tiempo…, todo el tiempo viviendo en esa casa de ejecutivo con su impecable sofá con cortinas a juego y su puñetero corte de pelo de músico de banda. Y no tuvo pelotas para decírmelo.

—Es un cobarde —dijo él.

—Ya. Pero la idiota soy yo. He llevado a los chicos por medio país en una especie de cuento de la lechera porque creí que podía darles más oportunidades. He contraído una deuda de miles de libras. He perdido mi trabajo en el pub. He destruido buena parte de la confianza de Tanzie en sí misma poniéndola en una situación por la que nunca debería haberle obligado a pasar. ¿Y por qué? Porque me negaba a reconocer la verdad.

—¿Qué verdad?

—La de que la gente como nosotros nunca sale adelante. Nunca avanzamos. Solo damos vueltas por el fondo.

—No es así.

—¿Qué sabes tú? —No había enfado en su voz, solo confusión—. ¿Cómo vas a entenderlo? Te van a condenar por uno de los delitos más graves de la City. Hablando claro, lo cometiste. Dijiste a tu chica qué acciones comprar para hacerse con un montón de dinero. Pero te librarás.

Él no llegó a llevarse el vaso a la boca.

—Ya lo verás. Un par de semanas dentro, tal vez una sentencia de libertad condicional, y una gran multa. Tienes abogados caros que te evitarán cualquier problema grave. Gente que discutirá por ti, se peleará por ti. Tienes casas, coches, recursos. En realidad, no tienes que preocuparte. ¿Cómo vas a entender qué vida llevamos nosotros?

—Eso no es justo —dijo él con suavidad.

Ella apartó la mirada y dio otra calada, cerrando los ojos y echando el humo hacia arriba, una bocanada dulzona elevándose al techo.

Ed se sentó a su lado y se lo quitó de entre los dedos.

—Creo que quizá no es una idea tan buena.

Ella se lo volvió a quitar.

—No me digas qué es una buena idea.

—No creo que esto te vaya a servir.

—No me importa lo que tú…

—No soy tu enemigo, Jess.

Ella lo miró fugazmente y luego se volvió a contemplar el fuego. Él no habría podido decir si ella estaba esperando que se levantara y se fuera.

—Lo siento —dijo al fin con voz tensa, como acartonada.

—No importa.

—Sí que importa —suspiró—. No debería desahogarme contigo.

—No hay problema. Ha sido un día asqueroso. Mira, voy a bañarme y luego creo que deberíamos dormir un poco.

—Subiré cuando termine esto. —Dio otra calada.

Ed esperó un momento, luego la dejó contemplando el fuego. Era una señal de lo cansado que estaba el hecho de que no pudiera pensar en nada más que en darse un baño.

Debió de quedarse traspuesto en la bañera. La había llenado mucho, echando todos los ungüentos y pociones que pudo encontrar, metiéndose en el agua caliente a gusto, dejando que lo liberase de algunas de las tensiones del día.

Procuró no pensar. Ni en Jess, mirando tristemente las llamas abajo, ni en su madre a un par de horas de viaje, esperando a un hijo que no acudiría. Necesitaba un rato para no pensar en nada. Sumergió la cabeza en el agua todo lo que pudo y contuvo la respiración.

Se quedó adormilado. Pero parecía haberse apoderado de él una extraña tensión. No podía relajarse lo suficiente ni siquiera con los ojos cerrados. Y entonces fue consciente del sonido: un ruido distante de acelerones, desiguales y disonantes, como una motosierra quejumbrosa o un conductor novato aprendiendo a acelerar. Abrió un ojo con la esperanza de que cesara el ruido. Había supuesto que este lugar era el sitio idóneo para tener un mínimo de paz. Una noche sin ruidos ni dramas. ¿Era mucho pedir?

—¿Jess? —dijo cuando el ruido llegó a ser demasiado irritante. Se preguntó si habría equipo de música abajo. Algo que pudiera poner ella para tapar el ruido.

Y en ese momento cayó en la cuenta del origen de su vaga incomodidad: lo que estaba oyendo era su propio coche.

Se incorporó, poniéndose en posición vertical, y al momento saltó del baño enrollándose una toalla a la cintura. Bajó las escaleras de dos en dos, pasó por delante del sofá vacío y por delante de Norman, que levantó intrigado la cabeza de su lugar frente al fuego, y forcejeó con la puerta principal hasta que pudo abrirla. Lo golpeó una ráfaga de aire frío. Le dio tiempo a ver su coche avanzando a saltos por la curva de gravilla desde donde estaba estacionado delante de la cabaña. Bajó de un salto los escalones y, según corría, pudo distinguir a Jess al volante, inclinada hacia delante para ver a través del parabrisas. No había encendido los faros.

—Dios mío. ¡JESS! —Echó a correr por la hierba, aún chorreando agua, agarrando con una mano la toalla enrollada a la cintura, con intención de cruzar el césped para cerrarle el paso antes de que pudiera llegar al acceso a la carretera. Ella volvió la cara un momento, poniendo unos ojos como platos al verlo. Sonó un buen crujido cuando tocó la palanca de cambios—. ¡Jess!

Llegó a la altura del coche. Se lanzó al capó, aporreándolo, luego se agarró a la puerta del conductor. La abrió antes de que ella pudiera echar mano del cierre centralizado y la inercia lo zarandeó.

—¿Qué demonios estás haciendo?

Pero ella no se detuvo. Él iba corriendo, dando zancadas insólitamente largas, agarrado a la puerta bamboleante, con una mano en el volante y la gravilla clavándosele en los pies. La toalla había desaparecido hacía mucho.

—¡Vete!

—¡Para el coche! ¡Jess, para el coche!

—¡Vete, Ed! ¡Te vas a hacer daño! —Le golpeó en la mano y el coche se fue peligrosamente a la izquierda.

—¡Qué dem...!

De un salto logró agarrar la llave de contacto. El coche vibró y frenó en seco. Se dio un fuerte golpe con el hombro derecho contra la puerta. Sonó un chasquido cuando Jess se dio con la nariz contra el volante.

—Joder. —Ed cayó pesadamente de costado, se golpeó la cabeza contra algo duro—. Joder.

Quedó tendido en el suelo, jadeante, con la cabeza dándole vueltas. Tardó un momento en aclararse y luego se puso trabajosamente en pie, apoyándose en la puerta abierta del coche. No veía con claridad, pero se dio cuenta de que estaban al borde del lago, pues vio la orilla negra cerca de las ruedas. Jess tenía hundida la cabeza entre las manos, que apoyaba en el volante. Ed estiró el brazo y accionó el freno de mano por si a ella se le ocurría poner el coche en marcha otra vez.

—¿Qué demonios estabas haciendo? ¿Qué estabas haciendo? —La adrenalina y el dolor lo atravesaron. La mujer era una pesadilla—. Dios, mi cabeza. Oh, no. ¿Dónde está mi toalla? ¿Dónde está la maldita toalla?

Empezaron a encenderse las luces de otras cabañas. Él levantó la vista y en las ventanas había siluetas de las que no se había dado cuenta, todas mirándole. Se tapó como pudo con una mano y, mitad andando, mitad corriendo, fue a por la toalla, que estaba en el suelo manchada de barro. De camino, levantó la otra mano como diciendo «Aquí no hay nada que ver» (dado el frío de la noche, esto no había tardado en hacerse realidad) y en un par de cabañas echaron inmediatamente las cortinas.

Ella seguía sentada donde la había dejado.

—¿Sabes cuánto has bebido esta noche? —gritó él por la puerta abierta—. ¿Cuánta hierba has fumado? Podrías haberte matado. Podrías habernos matado a los dos. —Quiso zarandearla—. ¿Estás tan decidida a hundirte cada vez más en la mierda? ¿Qué demonios te pasa?

Y entonces lo oyó. Tenía la cabeza entre las manos y estaba llorando mansa y desesperadamente.

—Lo siento.

Ed se serenó un poco, se ajustó la toalla a la cintura.

—¿Qué demonios estabas haciendo, Jess?

—Quería ir a por ellos. No podía dejarlos allí. Con él.

Él tomó aliento, cerró el puño y lo abrió.

—Ya hemos hablado de eso. Están perfectamente. Nicky dijo que llamaría si tenían algún problema. Y vamos a recogerlos mañana a primera hora. Lo sabes. Entonces, ¿qué demonios...?

—Tengo miedo, Ed.

—¿Miedo? ¿De qué?

Sangraba por la nariz, un oscuro chorrete rojo intenso le bajaba hasta el labio y se le había corrido el rímel.

—Tengo miedo de que..., tengo miedo de que les guste estar en casa de Marty. —Su rostro se contrajo—. Tengo miedo de que no quieran volver.

Y Jess se apoyó suavemente en él, con la cara hundida en su ancho pecho. Y Ed le echó los brazos alrededor, la abrazó y dejó que llorara.

Había oído que hay personas religiosas que dicen haber tenido experiencias de revelación. Como si hubiera un momento en el que todo se les hiciera meridianamente claro y todas las cosas fútiles y efímeras desaparecieran. Siempre le había parecido que eso era muy improbable. Pero entonces Ed Nicholls tuvo un momento semejante en una cabaña de madera a orillas de una extensión de agua que bien pudiera haber sido un lago o quizá un canal, por lo que él podía calcular, en algún lugar cercano a Carlisle.

Y en ese momento se dio cuenta de que tenía que hacer las cosas bien. Sintió las injusticias de Jess mucho más hondamente de lo que había sentido nunca las suyas. Comprendió, mientras la abrazaba y la besaba en la cabeza, que haría todo lo que estuviera en su mano por hacerles felices a ella y a los chicos, por protegerlos y brindarles oportunidades en la vida.

No se preguntó cómo podía saber esto al cabo de cuatro días. Simplemente, le resultaba más evidente que cualquier otro propósito que hubiera concebido en décadas.

—Todo va a salir bien —dijo suavemente, cerca de los cabellos de ella—. Va a salir bien porque yo voy a hacer que salga bien.

Entonces le dijo, en el tono tranquilo de quien hace una confesión, que era la mujer más impresionante que había conocido. Y cuando ella levantó los ojos hinchados hacia él, Ed le limpió la sangre de la nariz y dejó caer dulcemente sus labios sobre los de ella e hizo lo que llevaba cuarenta y ocho horas queriendo hacer, aunque al principio hubiera estado tan aturdido como para no darse cuenta. La besó. Y cuando ella lo besó a él —titubeando al principio y luego con intensa y gratificante pasión, llevando la mano hasta su cuello, con los ojos cerrados—, la tomó en brazos y la llevó de vuelta a la cabaña. Y de la única forma que estaba seguro de no ser malinterpretado, intentó demostrárselo.

Porque en ese preciso momento Ed Nicholls vio que se había portado más como Marty que como Jess. Un cobarde que se había pasado la vida escapando de las cosas en vez de plantarles cara. Y eso tenía que cambiar.

—Jess —dijo suavemente, pegado a su piel, al cabo de un rato, porque seguía despierto, maravillado de los giros de ciento ochenta grados de la vida en general—, ¿harías algo por mí?

—¿Otra vez? —dijo soñolienta, con la mano apoyada levemente en el pecho de él—. Santo Dios.

—No. Mañana. —Apoyó la cabeza en la de Jess.

Ella cambió de postura, de manera que su pierna se deslizó entre las de él. Ed sintió los labios de Jess en su piel.

—Claro. ¿Qué quieres?

Él miró al techo.

—¿Vendrías conmigo a casa de mi padre?

CAPÍTULO 24

NICKY

La frase favorita de Jess (después de «Todo va a salir bien», «Ya se nos ocurrirá algo» y «¡Por Dios, Norman!») es que las familias tienen formas y tamaños diferentes. «Ya no es todo dos punto tres», suele decir, como si repitiéndolo muchas veces tuviéramos que acabar creyéndonoslo.

Bueno, si nuestra familia ya tenía una forma extraña antes, ahora es mucho más demencial.

No tengo madre en toda la extensión de la palabra, madre lo que se dice madre, y resulta que ahora tengo otra más que tampoco lo es. Linzie. Linzie Fogarty. No estoy seguro de lo que piensa de mí: sé que me mira por el rabillo del ojo, tratando de averiguar si voy a hacer algo oscuro y gótico o a comerme un galápago o algo así. Según mi padre, ocupa un cargo importante en el ayuntamiento. Lo dice como si se sintiera muy orgulloso, como si hubiera ascendido en el mundo. No estoy seguro de que alguna vez mirara a Jess como la mira a ella.

La primera hora de estar aquí me sentí francamente mal, básicamente como si estuviera en otro sitio donde no encajaba. La casa está muy cuidada y no tienen libros, a diferencia de la nuestra, donde Jess ha llenado de libros todas las habitaciones menos el baño e incluso ahí suele haber alguno. Y no dejé de mirar a mi padre porque no me podía creer que hubiera estado llevando aquí una vida completamente normal mientras nos mentía a nosotros todo el rato. Eso me hizo odiarla a ella igual que lo odiaba a él.

Pero luego Tanzie dijo algo durante la cena y Linzie se echó a reír, y fue esa risa torpona, tipo bocina —Claxon Fogarty, pensé yo— y se tapó la boca con la mano y mi padre y ella se miraron como si fuera un sonido que ella debería haber procurado evitar a toda costa. Y algo en la forma en que ella arrugó los ojos me hizo pensar que quizá ella no era tan mala.

Me refiero a que su familia también tiene una forma rara. Tenía dos hijos, Suze y Josh, y a mi padre. Y de repente aparezco yo —Goticboy, como me llama mi padre, como si fuera gracioso—; y Tanze, a la que le ha dado por llevar dos pares de gafas superpuestas porque dice que con uno solo no ve bien; y Jess, a quien le da el ataque delante de su casa y la emprende a patadas con su coche; y el señor Nicholls, que decididamente siente algo por mi madre, rondando por aquí e intentando tranquilamente pacificar a todo el mundo como el único adulto del lugar. Y, desde luego, mi padre ha tenido que hablarle de mi madre biológica, que podría plantarse perfectamente cualquier día delante de su casa, gritando como las primeras Navidades que pasé en casa de Jess, cuando se dedicó a tirarnos botellas contra las ventanas y se quedó ronca de tanto chillar hasta que los vecinos llamaron a la policía. De modo que, a decir verdad, Claxon Fogarty podría estar sintiendo que su familia tampoco tiene la forma que hubiera esperado.

La verdad es que no sé por qué os estoy contando esto. Es que son las tres y media de la madrugada y todos los demás de la casa están dormidos y yo estoy en la habitación de Josh con Tanze y él tiene ordenador —los dos tienen, nada menos que un Mac— y no puedo recordar la contraseña para jugar. Pero he estado pensando en lo del blog que me dijo el señor Nicholls y en que, si escribes algo y lo lanzas por ahí, igual que en el público del béisbol de *Campo de sueños*, podrías dar con tu gente.

Probablemente vosotros no sois mi gente. Probablemente sois gente que ha cometido una errata al hacer una búsqueda de neumáticos rebajados o porno o algo así. Pero yo lo lanzo aquí de todas maneras. Por si da la casualidad de que os parecéis algo a mí.

Porque estas últimas veinticuatro horas me han hecho ver algo. Puede que yo no encaje del mismo modo que encajáis vosotros en vuestras familias, exactamente, una fila de fichas redondas en sus perfectos agujeros redondos. En nuestra familia fichas y agujeros eran de otro sitio en un principio y están todos revueltos y un tanto torcidos. Pero esa es la historia. No sé si será por estar lejos o por la intensidad de estos últimos días, pero he comprendido algo cuando mi padre se sentó y me dijo que se alegraba de verme y los ojos se le humedecieron. Puede que mi padre sea un imbécil, pero es mi imbécil y es el único imbécil que tengo. Y sentir el peso de la mano de Jess sentada al lado de mi cama en el hospital, oír sus esfuerzos por no llorar por teléfono al tener que dejarme aquí y ver a mi hermana pequeña, que está intentando ser muy, muy valiente en todo este asunto del colegio, aunque me doy cuenta de que sus esperanzas se han esfumado, todo eso me ha hecho ver que formo parte de algo.

Creo que formo parte de ellos.

CAPÍTULO 25

JESS

*E*d estaba tumbado, con la cabeza en la almohada, viéndola arreglarse, aplicándose corrector de un pequeño tubo en los moretones de la cara. Había conseguido disimular el azul de la sien, donde había rebotado la cabeza en el airbag. Pero tenía la nariz morada, la piel tirante en un chichón que antes no estaba allí y el labio superior con el aspecto hinchado y deformado de una mujer que hubiera cometido la imprudencia de recurrir a una cirugía plástica de mala muerte.

—Parece que te han dado un puñetazo en la nariz.

Jess se pasó suavemente el dedo por la boca.

—Tú también.

—Me lo dieron. Fue mi propio coche, gracias a ti.

Ella ladeó la cabeza para ver el reflejo de él en el espejo. Había esbozado una sonrisa torcida y le cubría el mentón la sombra de la barba sin afeitar. Ella no pudo no devolverle la sonrisa.

—Jess, no sé si tiene mucho sentido intentar disimularlo. Hagas lo que hagas, va a parecer que te han dado una paliza.

—He pensado decir a tus padres con voz lastimera que me he dado contra una puerta. Quizá mirándote a ti por el rabillo del ojo.

Él suspiró y se estiró, cerrando los ojos.

—Si eso es lo peor que van a pensar de mí cuando acabe el día, sospecho que lo habré hecho bastante bien.

Ella dejó de arreglarse la cara y cerró el estuche del maquillaje. Ed tenía razón. Salvo ponerse todo el día la bolsa de hielo, había poco que hacer para parecer menos magullada. Pasó a tientas la lengua por el hinchado labio superior.

—No me puedo creer que no notara esto cuando hicimos…, bueno, anoche.

Anoche.

Se volvió y gateó por la cama hasta quedar tendida a su lado, disfrutando de la sensación de él contra ella. Le resultaba increíble que hacía una semana ni siquiera se conocieran. Él abrió los ojos, soñoliento, alargó el brazo y jugó perezosamente con un mechón de sus cabellos.

—Será la potencia de mi magnetismo animal.

—O los dos canutos y la botella y media de Merlot.

Él le rodeó el cuello con el brazo y la atrajo hacia sí. Ella cerró un momento los ojos, aspirando el aroma de su piel. Olía agradablemente a sexo.

—Sé buena —gruñó suavemente—. Hoy estoy un poco roto.

—Te prepararé la bañera.

Siguió con el dedo la marca del golpe que se había dado con la puerta del coche. Se dieron un beso lento, largo y dulce y surgió una posibilidad.

—¿Estás bien?

—Mejor que nunca —dijo él abriendo un ojo.

—No. Me refiero a la comida.

Se puso serio al instante y dejó caer la cabeza en la almohada. Ella lamentó haberlo mencionado.

—No, pero me figuro que estaré mejor cuando haya pasado.

Se sentó en el retrete, debatiéndose en privado, luego telefoneó a Marty a las nueve menos cuarto para decirle que tenía que hacer un recado y recogería a los chicos entre las tres y las cuatro. No se lo pidió. Había decidido que a partir de entonces sería ella quien dijera lo que había que hacer. Habló con Tanzie, que quiso saber cómo se las había arreglado Norman sin ella. El perro estaba echado delante del fuego, como una alfombra en tres dimensiones. No estaba del todo segura de que se hubiera movido en las últimas doce horas, salvo para desayunar.

—Ha sobrevivido. A duras penas.

—Dice papá que nos va a hacer sándwiches de beicon. Y luego quizá vayamos al parque. Solos él, Nicky y yo. Linzie va a llevar a Suze a ballet. Da clase de ballet dos veces a la semana.

—Fantástico —dijo Jess.

Se preguntó si parecer animosa con respecto a cosas que le hacían querer patear a alguien era uno de sus superpoderes.

—Volveré un poco más tarde de las tres —dijo a Marty cuando volvió a ponerse al teléfono—. No te olvides de que Tanzie se ponga la cazadora.

—Jess —dijo él cuando ella se disponía a colgar.

—¿Qué?

—Son fabulosos. Los dos. Yo solo...

A ella se le hizo un nudo en la garganta.

—Después de las tres. Si me retraso, te llamo.

Sacó a pasear al perro y, cuando volvió, Ed ya se había levantado y había desayunado. Hicieron en silencio el trayecto de una hora hasta casa de sus padres. Se había afeitado y cambiado dos veces de camiseta, aunque eran exactamente iguales. Ella iba a su lado sin decir nada, y notó, con la mañana y el paso de los kilómetros, que la intimidad de la noche pasada se había disipado. Abrió la boca para hablar varias veces y se encontró con que no sabía qué decir. Tenía la sensación de que alguien le hubiera quitado una capa de piel, dejando al aire todas sus terminaciones nerviosas. Se reía demasiado fuerte, se movía con afectación, sin naturalidad. Como si hubiera estado dormida un millón de años y alguien la hubiera despertado de repente.

Lo que quería hacer era tocarlo, apoyar una mano en su muslo. Sin embargo, no sabía muy bien si eso resultaba apropiado ahora que estaban fuera de la habitación y a la implacable luz del día. No estaba del todo segura de qué pensaba él sobre lo ocurrido.

Levantó el pie lesionado y volvió a poner encima la bolsa de guisantes recongelados. Lo ponía y lo quitaba cada poco rato.

—¿Estás bien?

—Estupendamente.

Más que nada lo hacía por hacer algo. Sonrió fugazmente y él le devolvió la sonrisa. Pensó en inclinarse hacia él y besarlo. En recorrerle la nuca con el dedo para que la mirara de soslayo como anoche. En quitarse el cinturón de seguridad, atravesarse en el asiento y obligarle a orillarse, de manera que ella pudiera quitarle los pensamientos de la cabeza durante otros veinte minutos. Entonces se acordó de Nathalie, que, tres años atrás, en un momento de arrebato se la había chupado a Dean por sorpresa mientras conducía el camión. Él había gritado: «¿Qué demonios crees que haces?», y se había estampado contra la parte de atrás de un Mini Metro y, antes de que él pudiera subirse la cremallera, Doreen, la tía de Nathalie, había salido corriendo del supermercado a ver qué pasaba. Nunca volvió a mirar a Nathalie de la misma manera.

Por eso, mejor que no. Siguió mirándolo de reojo durante el trayecto. Se encontró con que no podía ver sus manos sin imaginarlas sobre su propia piel y su suave mata de pelo descendiendo lentamente por su propio vientre desnudo. Oh, Dios. Cruzó las piernas y miró por la ventanilla.

Pero Ed tenía la cabeza en otra cosa. Iba cada vez más callado, con la mandíbula tensa y las manos más aferradas al volante.

Jess miró al frente, se colocó los guisantes congelados y se puso a pensar en trenes. Y farolas. Y Olimpiadas de Matemáticas. Siguieron en silencio rumiando sus respectivos pensamientos como dos ruedas paralelas.

Los padres de Ed vivían en una casa victoriana de piedra gris al final de una hilera de adosados, la típica calle donde los vecinos compiten entre sí por ver quién cuida mejor las jardineras. Ed se detuvo y esperó a que el motor estuviera completamente parado. No se movió.

Casi sin pensar, ella alargó el brazo y le tocó la mano. Ed se volvió como si hubiera olvidado que ella estaba allí.

—¿Estás segura de que no te importa entrar conmigo?

—Claro que no —contestó ella tartamudeando.

—Te lo agradezco mucho. Sé que querías ir a por los chicos.

—No hay problema. —Dejó brevemente su mano en la de él.

Atravesaron el camino de la entrada, Ed hizo una pausa y luego llamó con fuerza a la puerta. Se miraron, cruzaron una sonrisa de circunstancias y esperaron. Unos momentos.

Al cabo de medio minuto volvió a llamar, más fuerte esta vez. Y luego se puso en cuclillas para mirar por la ranura del buzón.

Se incorporó y echó mano del teléfono.

—Qué raro. Estoy seguro de que Gem me dijo que la comida era hoy. Voy a comprobarlo. —Revisó los mensajes, asintió con la cabeza y volvió a llamar a la puerta.

—Seguro que si hubiera alguien dentro nos habría oído —dijo Jess.

Se le pasó por la cabeza que, por una vez, estaría bien ir a una casa y enterarse de lo que pasaba al otro lado de la puerta.

Los sobresaltó el sonido de una ventana de guillotina semiatascada abriéndose por encima de sus cabezas. Ed retrocedió y miró a la casa de los vecinos.

—¿Eres tú, Ed?

—Hola, señora Harris. Vengo a ver a mis padres. ¿Tiene idea de dónde están?

La mujer puso cara de pena.

—Oh, Ed, cariño, han ido al hospital. Me temo que tu padre ha tenido una recaída esta mañana temprano.

Ed hizo visera con la mano.

—¿A qué hospital?

Ella dudó.

—El Royal, cariño. A unos siete kilómetros de aquí por la autopista. La puedes tomar girando a la izquierda al final de la calle.

—De acuerdo, señora Harris. Sé dónde está. Gracias.

—Que se mejore, de nuestra parte —dijo, y Jess pudo oír cómo bajaba la ventana. Ed ya estaba abriendo la puerta del coche.

Llegaron al hospital en cuestión de minutos. Jess no dijo nada. No tenía ni idea de qué decir. En un momento dado comentó: «Bueno, al menos se pondrán contentos de verte». Pero fue una estupidez decirlo y él estaba tan ensimismado que no pareció oírlo. Dio el nombre de su padre en el mostrador de información y la recepcionista recorrió la pantalla con el dedo.

—¿Sabe dónde está Oncología? —añadió, levantando la vista de la pantalla.

Entraron en un ascensor de acero inoxidable y subieron dos plantas. Ed dio su nombre por el interfono, se lavó las manos con la loción antibacteriana de la puerta del pabellón y, cuando al fin las puertas se abrieron, ella lo siguió.

Una mujer les salió al encuentro por el pasillo del hospital. Vestía falda de fieltro y medias de color. Llevaba el pelo corto.

—Hola, Gem —dijo aminorando el paso según se acercaba ella.

Su hermana lo miró incrédula. Se quedó boquiabierta y por un momento Jess creyó que iba a decir algo.

—Me alegro de v... —empezó a decir Ed.

La mano de la mujer salió disparada de algún sitio y estampó una bofetada en la cara de Ed. El impacto resonó por el pasillo.

Ed retrocedió tambaleante, llevándose la mano a la cara.

—¿Qué demo...?

—Maldito gilipollas —dijo ella—. Maldito gilipollas de mierda.

Sus miradas se cruzaron y Ed bajó la mano para ver si le había hecho sangre.

Gem sacudió la mano, un tanto sorprendida de sí misma, y luego se la tendió cautelosamente a Jess.

—Hola, soy Gemma.

Jess dudó y luego se la estrechó levemente.

—Hum... Jess.

—La que tenía una niña que necesitaba ayuda urgente —dijo frunciendo el ceño.

Cuando Jess asintió, Gemma la observó detenidamente de pies a cabeza. Su sonrisa mostraba más recelo que hostilidad.

—Sí, me figuraba que debías de ser tú. Bien. Mamá está al final del pasillo. Más vale que vayas a saludarla.

—¿Está aquí? ¿Es Ed? —El pelo de la mujer era de un gris metálico, recogido en un pulcro moño—. ¡Oh, Ed! Eres tú. Oh, cariño. Qué bien. Pero ¿qué te has hecho?

Él la abrazó, luego se retiró y ladeó la cara cuando ella quiso tocarle la nariz mientras miraba fugazmente a Jess de reojo.

—Me he…, me he dado contra una puerta.

Ella lo abrazó otra vez, dándole palmaditas en la espalda.

—Oh, cuánto me alegro de verte.

Ed se dejó abrazar y luego se soltó suavemente.

—Mamá, esta es Jess.

—Bueno, encantada de conocerte. Yo soy Anne. —Recorrió brevemente con la mirada la cara de Jess, fijándose en la nariz magullada y el labio hinchado. Dudó un momento y luego decidió que quizá fuera mejor no preguntar—. Me temo que no puedo decir que Ed me haya contado un montón de cosas sobre ti, aunque nunca me cuenta nada de nada, así que estoy deseando saber más. —Puso la mano en el brazo de Ed y se le borró un poco la sonrisa—. Habíamos previsto una comida muy buena, pero…

Gemma se acercó a su madre y se puso a rebuscar en el bolso.

—Pero tu padre se ha puesto otra vez malo.

—Estaba muy ilusionado con esta comida. Hemos tenido que avisar a Simon y Deirdre. Estaban a punto de salir del Peak District.

—Lo siento —dijo Jess.

—Sí. Bueno. No se puede hacer nada. —Pareció tranquilizarse—. Sabes, es una enfermedad de lo más repugnante. Tengo que hacer serios esfuerzos para que no me afecte. —Se inclinó hacia Jess con una sonrisa triste—. A veces voy a nuestra habitación y digo cosas horribles. Bob se quedaría horrorizado.

Jess le devolvió la sonrisa.

—Yo también diré unas cuantas de mi parte, si quiere.

—¡Oh, hazlo! Sería maravilloso. Cuanto más sucias, mejor. Y en voz alta. Tiene que ser en voz alta.

—Jess sabe levantar la voz —dijo Ed frotándose el labio.

Se hizo un breve silencio.

—Había comprado un salmón entero —dijo Anne, a nadie en particular.

Jess se dio cuenta de que Gemma la estaba observando. Tiró inconscientemente de la camiseta para que no se le viera el tatuaje por encima de los vaqueros. Las palabras «trabajadora social» siempre le hacían sentirse observada.

Y entonces Anne pasó por delante de ella y levantó los brazos. La ansiedad con que abrazó otra vez a Ed hizo que Jess se apenara un poco.

—Oh, querido. Querido muchacho. Ya sé que estoy siendo una madre terriblemente pegajosa, pero perdóname. Me alegro tanto de verte.

Ed también la abrazó, levantando brevemente la mirada hacia Jess, con sentimiento de culpa.

—La última vez que mi madre me abrazó fue en 1997 —murmuró Gemma. Jess no estaba muy segura de si era consciente de que lo había dicho en voz alta.

—Yo no sé si mi madre lo hizo alguna vez —dijo Jess.

Gemma la miró.

—Por cierto, sobre lo del sopapo a mi hermano. Probablemente te ha contado en qué trabajo. Me siento en la obligación de dejar claro que no suelo pegar a la gente.

—Los hermanos no cuentan.

Hubo un destello fugaz de calidez en la mirada de Gemma.

—Una norma muy atinada.

—No hay problema —dijo Jess—. Además, yo misma he querido hacerlo varias veces en los últimos días.

Bob Nicholls estaba echado en la cama del hospital, con la manta hasta la barbilla y las manos fuera. Su piel tenía la palidez de la cera, amarillenta, y casi se le transparentaban los huesos del cráneo. Volvió despacio la cabeza hacia la puerta cuando entraron. En la mesilla de noche había una mascarilla de oxígeno y dos leves marcas en la mejilla indicaban que la había utilizado hacía poco. Daba pena mirarlo.

—Hola, papá.

Jess vio que Ed procuraba disimular la impresión. Se inclinó hacia su padre y dudó antes de tocarlo levemente en el hombro.

—Edward. —Tenía la voz cascada.

—¿A que tiene buen aspecto, Bob? —dijo su madre.

Su padre lo observó con los párpados entrecerrados. Cuando habló, lo hizo despacio y con determinación.

—No. Parece que le hayan dado una paliza.

Jess se fijó en el nuevo color del pómulo de Ed donde le había pegado su hermana. Ella se llevó inconscientemente la mano al labio herido.

—¿Dónde estaba, en cualquier caso?

—Papá, esta es Jess.

Los ojos de su padre se deslizaron hacia ella, con una ceja ligeramente enarcada.

—¿Qué demonios le ha pasado a tu cara? —le susurró.

—Una discusión con un coche. Fue culpa mía.

—¿Eso es lo que le ha pasado a él?

—Sí.

La observó largamente.

—Pareces problemática —dijo—. ¿Lo eres?

Gemma se inclinó hacia delante.

—¡Papá! ¡Jess es amiga de Ed!

Él no le hizo caso.

—La ventaja de que me quede poco tiempo es que puedo decir lo que me dé la gana. Ella no parece haberse ofendido. ¿Te has ofendido? Lo siento. He olvidado tu nombre. Por lo visto ya no me quedan células cerebrales.

—Jess. No, no me he ofendido. —Él la miraba fijamente—. Y sí, probablemente soy problemática —dijo aguantándole la mirada.

La sonrisa de él se hizo de rogar, pero, cuando llegó, Jess pudo imaginar con toda claridad cómo debía de haber sido antes de caer enfermo.

—Me alegra oírlo. Siempre me han gustado las chicas problemáticas. Y este lleva demasiado tiempo delante de un ordenador.

—¿Cómo estás, papá?

Bob Nicholls parpadeó.

—Me voy a morir.

—Todos vamos a morir, papá —dijo Gemma.

—Déjate de sofismas de trabajadora social. Me voy a morir incómoda y rápidamente. Me quedan pocas facultades y muy poca dignidad. Probablemente no llegaré al final de la temporada de cricket. ¿Responde eso a tu pregunta?

—Lo siento —dijo Ed—. Siento no haber venido.

—Has estado ocupado.

—Sobre eso… —empezó Ed con las manos bien metidas en los bolsillos—. Papá. Necesito contarte algo. Necesito contaros algo a todos.

Jess se levantó precipitadamente.

—Voy a por unos sándwiches para todos. Os dejo hablar. —Notó que Gemma la observaba—. Traeré también bebida. ¿Té, café?

Bob Nicholls volvió la cabeza hacia ella.

—Acabas de llegar. Quédate.

Ed y ella cruzaron una mirada. Ed se encogió levemente de hombros.

—¿Qué pasa, cariño? —Su madre lo tocó con la mano—. ¿Estás bien?

—Estoy estupendamente. Bueno. Algo así. Me refiero a la salud. Pero... —Se le hizo un nudo en la garganta—. No, no estoy estupendamente. Hay algo que tengo que contaros.

—¿Qué? —dijo Gemma.

—De acuerdo. —Respiró hondo—. Ahí va.

—¿Qué? —dijo Gemma—. Por Dios, Ed, ¿qué?

—Me están investigando por tráfico de información privilegiada. Me han echado de la empresa. La semana que viene tengo que acudir a una comisaría de policía donde con toda probabilidad presentarán cargos contra mí y quizá vaya a la cárcel.

Decir que la habitación quedó en silencio sería poco. Fue como si hubiera entrado alguien y se hubiera llevado todo el aire. Jess creyó que la madre de Ed iba a desmayarse.

—¿Es una broma? —preguntó la mujer.

—No.

—Puedo ir a por té —dijo Jess.

Nadie le hizo caso. La madre de Ed se sentó despacio en una silla de plástico.

—¿Tráfico de información privilegiada? —Gemma fue la primera en hablar—. Eso..., eso es grave, Ed.

—Sí. Lo sé perfectamente, Gem.

—¿Tráfico de información privilegiada como el que sale en las noticias?

—Ese mismo.

—Tiene buenos abogados —dijo Jess.

Nadie pareció oírla.

—Caros.

La madre había iniciado el gesto de llevarse la mano a la boca, pero la bajó.

—No entiendo. ¿Cuándo ha ocurrido esto?

—Hace un mes más o menos. El tráfico de información privilegiada, quiero decir.

—¿Hace un mes? Pero ¿por qué no nos lo has dicho? Podíamos haberte ayudado.

—No, mamá. Nadie podía ayudarme.

—Pero ¿a la cárcel? ¿Como un delincuente? —Anne Nicholls se había puesto pálida.

—Cuando te meten en la cárcel es porque eres un delincuente, mamá.

—Bueno, tendrán que aclararlo. Verán que se trata de un error. Tendrán que aclararlo.

—No, mamá. No estoy seguro de que vaya a resolverse de esa manera.

Se hizo otro largo silencio.

—¿Vas a estar bien?

—Sí, estaré bien. Como ha dicho Jess, tengo buenos abogados. Tengo recursos. Ya han comprobado que no me he lucrado personalmente.

—¿No ganaste dinero en la operación?

—Fue un error.

—¿Un error? —dijo Gemma—. No llego a entenderlo. ¿Cómo se hace tráfico de información privilegiada por error?

Ed se irguió y la miró. Tomó aliento y cruzó una mirada con Jess. Luego miró al techo.

—Bueno, me acosté con una mujer. Creí que le gustaba. Luego me di cuenta de que no era como yo creía y quise que se fuera antes de que todo se liara. Lo que ella quería hacer era viajar. Entonces tomé una decisión rápida y le conté una forma de ganar dinero para pagar sus deudas e irse de viaje.

—Le diste información privilegiada.

—Eso es. Sobre el SFAX. El lanzamiento de nuestro producto estrella.

—Dios. —Gemma meneó la cabeza—. No puedo creer lo que estoy oyendo.

—Mi nombre no ha salido todavía en la prensa. Pero saldrá. —Metió las manos en los bolsillos y miró sin pestañear a su familia. Jess se preguntó si solo ella se daba cuenta de que le temblaban las manos—. Por eso... no he venido a casa. Esperaba evitároslo, quizá incluso haberlo resuelto para que no os hubierais enterado de nada. Pero resulta que eso va a ser imposible. Y quería decir que lo lamento. Debí habéroslo dicho inmediatamente y debí haber pasado más tiempo aquí. Pero... no quería que supierais la verdad. No quería que vierais el desastre que había organizado.

La pierna derecha de Jess comenzó a moverse involuntariamente. Se concentró en una baldosa del suelo y trató de parar la pierna. Cuando levantó la cabeza, Ed estaba mirando a su padre.

—¿Y bien?

—¿Y bien qué?

—¿No vas a decir nada?

Bob Nicholls levantó un poco la cabeza de la almohada.

—¿Qué quieres que diga?

Ed y su padre se miraron.

—¿Quieres que diga que has sido un idiota? Digo que has sido un idiota. ¿Quieres que diga que has echado por la borda una brillante carrera? También lo digo.

—Bob...

—Bien, ¿qué quieres...? —Tuvo un acceso de tos, un sonido hondo, ronco.

Anne y Gemma se atropellaron para ayudarlo, dándole pañuelos de papel, vasos de agua, correteando y cuchicheando como un par de gallinas.

Ed siguió a los pies de la cama de su padre.

—¿Cárcel? —dijo otra vez su madre—. ¿Cárcel cárcel de verdad?

—Siéntate, mamá. Respira hondo. —Gemma llevó a su madre a una silla.

Nadie se acercó a Ed. ¿Por qué nadie lo abrazó? ¿Por qué no fueron capaces de ver lo solo que se sentía en ese momento?

—Lo siento —dijo él en voz baja.

Jess no pudo aguantar más.

—¿Puedo decir algo? —Oyó su propia voz, clara y ligeramente alta—. Solo quería deciros que Ed ha ayudado a mis dos hijos cuando yo no podía. Nos ha llevado a lo largo de todo el país porque estábamos desesperados. Por lo que a mí respecta, vuestro hijo es... maravilloso.

Todos levantaron la vista. Jess se volvió hacia el padre.

—Es amable, delicado e inteligente, aunque no esté de acuerdo con todo lo que hace. Se porta bien con personas a las que apenas conoce. Por mucho tráfico de información privilegiada, si mi hijo llega a ser la mitad de hombre que el vuestro, me doy por contenta. Más que contenta. Entraré en éxtasis.

Se quedaron todos mirándola.

—Y pensaba eso antes de acostarme con él —añadió.

Nadie habló. Ed se miraba fijamente los pies.

—Bueno. —Anne hizo un ligero movimiento de cabeza—. Eso es..., eso es...

—Revelador —terminó la frase Gemma.

—Oh, Edward —dijo Anne con un hilo de voz.

Bob suspiró y cerró los ojos.

—No nos pongamos todos sensibleros con esto. —Volvió a abrirlos y pidió que le subieran un poco el cabecero de la cama—. Ven aquí, Ed. Donde pueda verte. Tengo la vista fatal.

Señaló otra vez el vaso y su mujer se lo acercó a los labios. Tragó el agua a duras penas, luego dio unas palmaditas en el lateral de la cama, para que Ed se sentara. Alargó una mano y la dejó entre las de su hijo. Estaba increíblemente flaco.

—Eres mi hijo, Ed. Por muy idiota e irresponsable que seas, eso no cambia lo que siento por ti. —Frunció el ceño—. Me cabrea que puedas haber pensado lo contrario.

—Lo siento, papá.

Su padre meneó despacio la cabeza.

—Me temo que no puedo ser de mucha ayuda. Atontado, sin aliento... —Hizo una mueca, luego se atragantó. Apretó la mano de Ed—. Todos cometemos errores. Ve y cumple la pena, luego vuelve y empieza de nuevo. —Ed lo miró—. Actúa mejor la próxima vez. Sé que puedes.

Fue en ese momento cuando Anne se echó a llorar, con lágrimas repentinas, de pura impotencia, que secaba con la manga. Bob volvió despacio la cabeza hacia ella.

—Oh, querida —dijo suavemente.

Y entonces fue cuando Jess abrió la puerta sin hacer ruido y salió.

Recargó el móvil en la tienda del hospital, puso un mensaje a Ed para decirle dónde estaba y esperó en Urgencias a que le miraran el pie. Un buen golpe, dijo un joven médico polaco, que no parpadeó cuando le contó cómo se lo había hecho. Se lo vendó, le extendió una receta de analgésicos, le devolvió la chancla y le aconsejó reposo.

—Procure no dar más patadas a los coches —dijo sin levantar la vista del portapapeles.

Jess subió cojeando al Pabellón Victoria, se sentó en una de las sillas de plástico del pasillo y esperó. Hacía calor y las personas a su alrededor hablaban en susurros. Incluso echó una cabezada. Se despertó sobresaltada cuando Ed salió de la habitación de su padre. Le tendió la chaqueta y él la tomó sin decir palabra. Un momento después apareció Gemma en el pasillo. Le puso dulcemente la mano en la mejilla.

—Puñetero idiota.

Él bajó la cabeza, con las manos en los bolsillos, igual que Nicky.

—Puñetero idiota más que idiota. Llámame.

Él se contuvo. Tenía los ojos enrojecidos.

—Lo digo en serio. Iré contigo al tribunal. Quizá conozca a alguien de libertad provisional que pueda ayudarte a conseguir el régimen abierto. Me refiero a que no te van a poner en el grupo peor, siempre que no hayas hecho nada más. —Miró fugazmente a Jess y luego a Ed—. No has hecho nada más, ¿verdad?

Ed se inclinó y la abrazó y quizá fuera solo Jess quien observó cómo cerraba mucho los ojos al separarse.

Salieron del hospital al blanco luminoso de un día de primavera. Inexplicablemente, la vida real parecía haber seguido con una indiferencia absoluta. Los coches daban marcha atrás en espacios demasiado pequeños, de los autobuses manaban grupos de paseantes, la radio de un trabajador atronaba mientras pintaba una barandilla. Jess respiró hondo, agradecida por estar fuera del aire viciado e impregnado de olor a medicinas del pabellón del hospital y el casi tangible espectro de la muerte que se cernía sobre el padre de Ed. Ed caminaba mirando al frente. Se detuvo al llegar al coche y al abrirlo con el mando se oyó un nítido sonido metálico. Luego se quedó quieto. Como si no pudiera moverse. Con un brazo ligeramente extendido, mirando al coche sin verlo.

Jess esperó un poco y luego se acercó despacio a él. Le quitó la llave de la mano. Y finalmente, cuando sus miradas se cruzaron, ella lo abrazó por la cintura y lo atrajo hacia sí hasta que él bajó la cabeza y la dejó caer blandamente sobre el hombro de Jess.

CAPÍTULO 26

TANZIE

Sorprendentemente, fue Nicky quien comenzó la conversación durante el desayuno. Todos sentados a la mesa como las familias de la televisión, Tanzie con aros multicereales, Suzie y Josh con croissants de chocolate, que según Suzie comían todos los días porque eran sus preferidos, resultaba un poco raro estar allí con su padre y su otra familia, aunque no tanto como ella había pensado. Su padre estaba tomando un cuenco de copos de salvado porque decía que ahora tenía que estar delgado, mientras se daba palmaditas en el estómago, aunque ella no sabía muy bien por qué, dado que ahora no tenía trabajo.

—Cosas en proyecto —decía cuando le preguntaba qué estaba haciendo exactamente. Se preguntó si Linzie también tendría un garaje lleno de aparatos de aire acondicionado estropeados. Linzie no parecía comer nada. Nicky estaba mordisqueando una tostada, rara vez desayunaba, Tanzie no estaba segura de que hubiera desayunado nunca hasta este viaje, y de pronto miró a su padre y dijo:

—Jess no para de trabajar. No para. Y creo que no es justo.

Su padre no llegó a llevarse la cuchara a la boca y Tanzie se preguntó si se iba a enfadar como solía cuando Nicky decía algo que él consideraba irrespetuoso. Nadie dijo nada durante unos momentos. Luego Linzie puso la mano encima de la de Marty y dijo:

—Tiene razón, cariño.

Y él se puso un poco colorado y dijo, sí, bueno, las cosas iban a cambiar un poco en adelante y todos habíamos cometido errores y, como para entonces ya se sentía más segura, Tanzie dijo no, hablando con propiedad, no todos habíamos cometido errores. Ella había cometido un error con sus algoritmos y Norman había cometido otro error rompiéndole las gafas por culpa de las vacas, y su madre había cometido otro error con el Rolls-Royce y la detención, pero Nicky era la única persona de la familia que no había cometido ningún error. Pero, según lo estaba diciendo, él le dio una patada por debajo de la mesa y la mandó callar con la mirada.

«Qué», dijeron los ojos de ella.

«Que te calles», decían los de él.

«Grrr, no me mandes callar», dijeron los de ella.

Y luego ya no la miró más.

—¿Quieres un croissant de chocolate, cariño? —dijo Linzie poniéndole uno a Tanzie en el plato sin darle tiempo a contestar.

Linzie había lavado y secado la noche anterior la ropa de Tanzie y olía a suavizante con aroma de orquídeas y vainilla. En aquella casa todo olía a algo. Era como si nada pudiera conservar su propio olor. En los enchufes de los rodapiés tenía conectados ambientadores que esparcían un «exuberante aroma de flores exóticas y selvas tropicales» y cuencos de flores secas y un millón de velas en el cuarto de baño («Me encantan las velas perfumadas»). Dentro de la casa a Tanzie le picaba la nariz todo el rato.

Linzie llevó a Suzie a ballet después del desayuno. Tanzie fue al parque con su padre, aunque llevaba dos años sin hacerlo porque había crecido. Pero no quiso herir los sentimientos de su padre, de manera que se sentó en un columpio y le dejó que la empujara unas cuantas veces. Nicky observaba con las manos en los bolsillos. Había dejado la Nintendo en el coche del señor Nicholls y Tanzie sabía que quería fumar, pero pensó que no se atrevía a hacerlo delante de su padre.

Para comer había patatas fritas («No se lo digáis a Linze», dijo su padre dándose palmaditas en el estómago) y Marty hizo preguntas sobre el señor Nicholls, procurando aparentar indiferencia.

—¿Quién es ese tipo, el novio de vuestra madre?

—No —dijo Nicky de un modo tal que le puso muy difícil a su padre seguir haciendo preguntas. Tanzie pensó que su padre estaba algo impresionado por cómo le hablaba. No es que fuera grosero exactamente, sino que no parecía importarle lo que pensara Marty. Además, Nicky ya era más alto que él aunque, cuando Tanzie lo comentó, su padre no pareció pensar que fuera para tanto.

Luego Tanzie tuvo frío porque no se había llevado la cazadora, de manera que volvieron a casa y estuvo jugando con Suze, que también había vuelto de ballet, mientras Nicky subía a jugar en el ordenador. Luego Tanzie y Suze fueron a la habitación y Suze dijo que podían poner un DVD porque tenía reproductor propio y todas las noches veía uno ella sola antes de dormir.

—¿Tu madre no te lee? —dijo Tanzie.

—No tiene tiempo. Por eso me ha comprado el reproductor de DVD —dijo Suze. Tenía una estantería llena de películas, sus preferidas, que podía ver allí cuando abajo estaban viendo algo que a ella no le gustaba—. A Marty le gustan las películas de gánsteres y eso es lo que ven —dijo arrugando la nariz y a Tanzie le costó un rato caer en el cuenta de que se estaba refiriendo a su padre. Y no supo qué decir—. Me gusta tu chaqueta —dijo Suze mirando dentro de la bolsa de Tanzie.

—Me la hizo mi madre por Navidades.

—¿La ha hecho tu madre de verdad? —La levantó, de tal forma que las lentejuelas que Jess había cosido en las mangas brillaron a la luz—. Oh, Dios mío. ¿Es diseñadora de moda o algo así?

—No —dijo Tanzie—. Es limpiadora.

Suze soltó una carcajada como si fuera un chiste.

—¿Qué son todos esos? —dijo al ver los ejercicios de matemáticas en la bolsa.

Esta vez Tanzie mantuvo la boca cerrada.

—¿Son matemáticas? Son como… garabatos. Son como… griego. —Se rio por lo bajo hojeándolos y luego los agarró con dos dedos, como si fueran algo horrible—. ¿Son de tu hermano? ¿Es un friki de las matemáticas?

—No lo sé. —Tanzie se ruborizó porque no se le daba muy bien mentir.

—Uf. Qué genio. Friki. Pardillo. —Los apartó a un lado mientras sacaba más ropa de Tanzie—. ¿Todo lo que tienes tiene lentejuelas?

Tanzie no dijo nada. Dejó los ejercicios en el suelo porque no quería tener que dar explicaciones. Y no quería pensar en la Olimpiada. Y pensó que quizá debería ser como Suze a partir de ahora, porque Suze era feliz y su padre también parecía verdaderamente feliz aquí. Y luego, como no quería pensar en nada más, Tanzie dijo que quizá deberían bajar a ver la televisión.

Llevaban vistas tres cuartas partes de *Fantasía* cuando Tanzie oyó que su padre la llamaba.

—Tanze, está aquí tu madre.

Jess estaba en el umbral con la barbilla levantada, como si estuviera dispuesta a iniciar una discusión. Cuando llegó Tanzie y la miró a la cara, se tapó el labio con la mano como si acabara de recordar que estaba rajado.

—Me caí.

Tanzie miró por detrás de ella al señor Nicholls, que estaba en el coche, y Jess se apresuró a decir:

—Él también se ha caído.

Aunque Tanzie no le había podido ver la cara y lo único que quería era averiguar si iban a montar en el coche o al final iban a tener que tomar un autobús.

—¿Tiene lesiones todo aquello con lo que has entrado en contacto estos últimos días? —dijo su padre.

Jess lo fulminó con la mirada y murmuró algo sobre reparaciones, él dijo que iría a por la bolsa de la niña y Tanzie resopló y se echó en brazos de su madre porque, por muy bien que se lo hubiera pasado en casa de Linzie, echaba de menos a Norman y quería estar con su madre y de pronto se sentía terriblemente cansada.

La cabaña que había alquilado el señor Nicholls parecía sacada de un anuncio de lo que las personas mayores quieren hacer al jubilarse o quizá de pastillas para problemas de micción. Estaba a orillas de un lago, junto a otras pocas cabañas escondidas entre los árboles u orientadas de tal forma que las ventanas de unas no daban directamente a las otras. En el agua había cincuenta y seis patos y veinte gansos y allí seguían todos menos tres después de que ellos tomaran el té. Tanzie pensó que Norman podría perseguirlos, pero él se dejó caer sobre la hierba a mirar.

—Impresionante —dijo Nicky aunque no le gustaba nada la vida al aire libre. Respiró hondo y luego sacó dos fotografías con el teléfono del señor Nicholls. Cayó en la cuenta de que llevaba cuatro días sin fumar un cigarrillo.

—¿Verdad que sí? —dijo su madre contemplando el lago. Se puso a decir algo sobre pagar la parte correspondiente y el señor Nicholls levantó las manos e hizo ese sonido de «no no no no» como diciendo que no quería ni oír hablar de ello y Jess se puso colorada y lo dejó. Cenaron fuera una barbacoa —aunque no estaba el tiempo para barbacoas— porque Jess dijo que sería un buen final del viaje y que, además, cuándo iba a tener ella tiempo de hacer una barbacoa. Se la veía dispuesta a que todos estuvieran a gusto y parloteó el doble que cualquier otro y dijo que había tirado la casa por la ventana porque a veces hay que festejar lo que se tiene y vivir un poco. Como si fuera la forma de darle las gracias al señor Nicholls. De modo que comieron salchichas y muslos de pollo con salsa picante y rollitos de verduras y ensalada y Jess compró dos tarrinas de helado del bueno, no del barato que venía en cartones de plástico blanco. No preguntó nada sobre la nueva casa de Marty, pero abrazó mucho a Tanzie y le dijo que la había echado de menos y que era una tontería porque, total, solo había sido una noche.

Todos contaron chistes y, aunque Tanzie solo se acordaba del que dice: «Qué es marrón y de palo» (respuesta: un palo), todos se rieron y jugaron a poner una escoba en vertical en el suelo, apoyar la frente en el extremo del palo y dar vueltas en círculo hasta caer al suelo. Jess lo consiguió una vez, aunque apenas podía andar con el pie vendado y no paró de decir ay, ay, ay, mientras daba vueltas. Y eso hizo reír a Tanzie porque era fabuloso ver hacer el tonto a su madre por una vez. Y el señor Nicholls dijo que no, no, él no, gracias, que él solo miraba. Y entonces Jess se le acercó cojeando y le dijo algo al oído y él enarcó las cejas y dijo: «¿De verdad?». Ella asintió con la cabeza y él dijo: «Bueno, entonces, de acuerdo». Y cuando se cayó hizo vibrar un poco el suelo. El propio Nicky, que nunca jugaba a nada, participó moviendo sus piernas larguiruchas como un murgaño, y cuando se reía emitía un ja ja ja ja muy raro y Tanzie pensó cuánto tiempo hacía que no lo veía reírse así. Puede que fuera la primera vez.

Ella dio seis vueltas hasta que el suelo empezó a levantarse y girar a sus pies y cayó de espaldas sobre la hierba y se fijó en que el cielo daba vueltas lentamente a su alrededor y se le ocurrió que era un poco como la vida de su familia. Nunca se ajustaba a la norma.

Comieron, Jess y el señor Nicholls tomaron vino y Tanzie raspó bien los huesos para darle las sobras a Norman porque los perros mueren si les das huesos de pollo. Y luego se pusieron las cazadoras y permanecieron en las sillas de mimbre de la cabaña, alineados frente al lago, observando las aves acuáticas hasta que cayó la noche.

—Me encanta este lugar —dijo Jess en medio del silencio.

Tanzie no sabría decir si fue la única en verlo, pero el señor Nicholls alargó el brazo y estrechó la mano de su madre.

El señor Nicholls estuvo algo triste durante toda la velada. Tanzie no sabía por qué. Se preguntó si sería porque el viaje tocaba a su fin. Pero el ruido del agua contra la orilla era tranquilo y apacible y debió de quedarse dormida porque solo recordaba que el señor Nicholls la subió arriba y su madre la arropó y le dijo que la quería. Pero el recuerdo más vivo era que nadie había sacado a relucir la Olimpiada y ella se alegraba en lo más hondo.

Porque esa era la cuestión. Mientras su madre se ocupaba de la barbacoa, Tanzie le pidió prestado el ordenador al señor Nicholls para ver las estadísticas de niños de familias con pocos ingresos en colegios privados. Y no tardó en comprobar que sus probabilidades de entrar en el St. Anne's se movían en porcentajes de una sola cifra. Y comprendió que no importaba lo bien que lo hubiera hecho en la prueba de acceso. Debería haber mirado estas estadísticas antes incluso de emprender el viaje, porque en la vida solo te va mal cuando no haces caso de los números. Nicky subió y, al ver lo que estaba haciendo, al principio no dijo nada, pero luego le dio unas palmaditas en el brazo y dijo que hablaría con un par de personas del McArthur's por ver si podían echarle una mano.

En casa de Linzie, su padre había dicho que un colegio privado no era garantía de éxito. Lo había repetido tres veces. «Él éxito tiene que ver con lo que lleves dentro. Determinación», había dicho. Y luego dijo que Tanzie debería hacer que Suze le enseñara cómo se peinaba porque quizá a ella también le quedaría bien.

Jess dijo que esa noche dormiría en el sofá para que Tanzie y Nicky pudieran quedarse en la segunda habitación, pero Tanzie no creyó que lo hubiera hecho porque, cuando se despertó con sed en plena noche y bajó a beber, su madre no estaba allí. Y por la mañana llevaba la camiseta gris del señor Nicholls que él llevaba todos los días y Tanzie esperó veinte minutos mirando a la puerta con la curiosidad de saber con qué iba a bajar él.

Por la mañana una fina neblina cubría el lago. Se elevaba del agua igual que un truco de magia, mientras ellos colocaban el equipaje en el coche. Norman olisqueaba la hierba, moviendo despacio el rabo.

—Conejos —dijo el señor Nicholls, que se había puesto otra camiseta gris.

La mañana era fresca y las palomas zureaban suavemente en los árboles y Tanzie tuvo la triste sensación de haber estado en un sitio verdaderamente fantástico y que se había acabado.

—No quiero ir a casa —dijo en voz baja cuando su madre cerró el maletero.

—¿Qué, cariño? —preguntó ella estremeciéndose.

—No quiero volver a casa.

Jess miró de reojo al señor Nicholls y luego trató de sonreír, se acercó despacio y dijo:

—¿Te refieres a que quieres estar con tu padre, Tanze? Porque si eso es lo que realmente quieres yo…

—No. Es que me gusta esta casa y aquí se está bien. —Quería haber dicho: «En casa no nos espera nada porque todo se ha echado a perder y, además, aquí no hay ningún Fisher», pero pudo ver, por la cara que ponía, que su madre estaba pensando lo mismo, ya que miró inmediatamente a Nicky y este se encogió de hombros.

—¿Sabes? No es ninguna vergüenza haber intentado hacer algo, ¿vale? —dijo Jess mirándolos a ambos—. Hicimos todo lo que pudimos para conseguirlo, pero no lo conseguimos, aunque también nos han pasado cosas buenas. Hemos visto zonas del país que jamás habríamos visto. Hemos aprendido unas cuantas cosas. Hemos arreglado la situación con vuestro padre. Hemos hecho amigos —puede que se refiriera a Linzie y sus hijos, pero al decirlo miró al señor Nicholls—. Así que, bien mirado, creo que hicimos bien en intentarlo, aun cuando no saliera según lo previsto. Y, ¿sabes?, puede que las cosas no nos vayan tan mal al volver a casa.

El rostro de Nicky permaneció impasible. Tanzie sabía que su hermano estaba pensando en el dinero.

Y entonces el señor Nicholls, que no había dicho nada en toda la mañana, rodeó el coche, abrió la puerta y dijo:

—Sí. Bueno, he estado pensando en eso. Y vamos a hacer un pequeño desvío.

CAPÍTULO 27

JESS

ormaban un pequeño grupo silencioso en el coche de vuelta a casa. Ni siquiera Norman aullaba, como si hubiera aceptado que este coche era ahora su casa. Durante todo el tiempo que Jess había estado planeándolo y durante los extraños, frenéticos y cortos días del viaje, no había imaginado nada más que llevar a Tanzie a la Olimpiada. La dejaría allí, ella haría el examen y todo saldría a la perfección. Ni se le había pasado por la cabeza la posibilidad de que el viaje durara tres días más de lo previsto. Ni que se quedaría con 13,81 libras en efectivo y una tarjeta de crédito que no se atrevía a utilizar en un cajero automático por si se la tragaba.

Jess no dijo nada de esto a Ed, que iba callado, con la vista puesta en la carretera.

Ed. Jess repetía su nombre mentalmente hasta que dejó de tener sentido. Cuando sonreía, ella no podía evitar sonreír. Cuando ponía cara triste, algo dentro de ella se rompía un poco. Lo veía junto a sus hijos, la amabilidad con que elogiaba una foto que Nicky había sacado con su teléfono, la seriedad con que se tomaba cualquier comentario de Tanzie —que habría hecho a Marty poner los ojos en blanco—, y lamentó que no hubiera formado parte de sus vidas antes. Cuando estaban solos y la abrazaba, con la palma de la mano sobre su muslo, con un toque de posesión, y notaba su respiración pausada en la oreja, Jess tenía la serena certeza de que todo iba a ir bien. No porque lo consiguiera Ed —que tenía sus propios problemas que resolver—, sino porque la suma de ambos daba inexplicablemente como resultado algo mejor. Entre los dos lo conseguirían.

Porque quería a Ed Nicholls. Quería rodearlo con las piernas en la oscuridad y sentirlo dentro de ella, apretarse contra él mientras la abrazaba. Quería el sudor y el ímpetu y su solidez, su boca sobre la suya, sus ojos sobre los suyos. Mientras viajaban recordaba las dos últimas noches en cálidos fragmentos de ensueño, sus manos, su boca, su modo de contenerla cuando llegaba al orgasmo, para no despertar a los niños, y tenía que dominarse para no alargar el brazo y esconder la cara en el cuello de él y recorrerle la espalda con la mano por el puro placer de hacerlo.

Había pasado tanto tiempo pensando solo en los niños, en el trabajo, en las facturas y en el dinero. Ahora su cabeza estaba llena de él. Cuando la miraba, ella se ruborizaba. Cuando decía su nombre, lo oía como un murmullo pronunciado en la oscuridad. Cuando le daba el café, el roce de sus dedos desprendía un chispazo eléctrico que la penetraba por completo. Le gustaba cuando notaba que él la miraba y se preguntaba qué estaría pensando.

Jess no tenía ni idea de cómo comunicarle nada de esto. Cuando conoció a Marty era demasiado joven y, aparte de una noche en el Feathers con las manos de Liam Stubbs por debajo de la blusa, nunca había iniciado una relación con nadie.

Jess Thomas no había vuelto a salir con nadie desde el colegio. Incluso a ella misma le sonaba absurdo. Tenía que hacerle entender que él lo había trastocado todo.

—Vamos a seguir hasta Nottingham, si estáis todos de acuerdo —dijo, volviéndose a mirarla. Le quedaban huellas del moretón en un lado de la nariz—. Haremos noche en algún sitio más tarde. De ese modo llegaremos a casa de una tirada el jueves.

«¿Y luego, qué?», quiso preguntar Jess. Sin embargo, puso los pies en el salpicadero y dijo:

—Suena bien.

Pararon a comer en una estación de servicio. Los chicos habían dejado de preguntar si había alguna posibilidad de poder comer algo que no fueran sándwiches y ahora miraban los locales de comida rápida y las cafeterías elegantes con algo rayano en la indiferencia. Cambiaron de postura e hicieron una pausa para estirarse.

—¿Qué tal unas salchichas con hojaldre? —dijo Ed, señalando el establecimiento—. Café y salchichas calientes con hojaldre. O pastas de Cornualles. Invito yo. Vamos.

Jess lo miró.

—Vamos, dictadora de la comida. Ya comeremos algo de fruta después.

—¿No te da miedo después del kebab?

Estaba haciendo visera con la mano, protegiéndose los ojos del sol para poder verla mejor.

—He decidido que me gusta vivir peligrosamente.

Anoche se había acercado a ella después de que Nicky, que había estado escribiendo silenciosamente en el portátil del señor Nicholls en un rincón de la sala, se hubiera ido finalmente a la cama. Jess se había sentido como una adolescente sentada al otro lado del sofá, haciendo como que veía la televisión, esperando. Pero cuando Nicky desapareció, Ed había abierto el portátil en vez de acercarse más a ella.

—¿Qué está haciendo? —preguntó mientras Ed observaba la pantalla.

—Escritura creativa —dijo.

—¿No está jugando? ¿No hay armas? ¿Ni explosiones?

—Nada.

—Duerme —había susurrado ella—. Ha dormido todas las noches desde que estamos de viaje. Sin porros.

—Me alegro por él. Tengo la sensación de llevar años sin dormir.

Parecía haber envejecido diez años en el breve tiempo que llevaban fuera. Entonces alargó el brazo y la atrajo hacia sí.

—Bien —dijo suavemente—, Jessica Rae Thomas, ¿vas a dejarme dormir un poco esta noche?

Jess observó su labio inferior, disfrutando de la sensación de la mano en su cadera.

—No —dijo con una súbita sensación de júbilo.

—Excelente respuesta.

Ahora cambiaron de dirección, alejándose del autoservicio, abriéndose paso entre grupos de viajeros malhumorados en busca de cajeros automáticos o aseos llenos de gente. Jess procuró que no se le notara lo contenta que se sentía de no tener que preparar otra ronda de sándwiches. Podía oler a metros de distancia el aroma a mantequilla de los pasteles calientes.

Los chicos, con un puñado de billetes y las instrucciones de Ed, desaparecieron en la larga cola del interior de la tienda. Él volvió con ella, de manera que quedaron ocultos a su vista por los grupos de gente.

—¿Qué estás haciendo?

—Mirar. —Cada vez que se acercaba a Jess notaba que estaba varios grados más caliente de lo normal.

—¿Mirar?

—Me resulta imposible estar cerca de ti —le dijo prácticamente al oído, con la voz como un leve rumor que le traspasaba la piel.

—¿Qué? —dijo Jess notando esa sensación en la piel.

—Me imagino haciéndote cosas obscenas. Todo el rato. Cosas completamente inapropiadas.

Tiró de la cinturilla de los vaqueros y la atrajo hacia sí. Jess se echó un poco para atrás, estirando el cuello para comprobar que no los veían.

—¿Eso es lo que estabas pensando? ¿Mientras conducías? ¿Todo el rato que ibas sin hablar?

—Pues sí. —Miró hacia la tienda por detrás de ella—. Bueno, eso y la comida. Mis dos cosas preferidas, mira tú.

Recorrió con los dedos la piel por debajo del top. Su estómago se tensó placenteramente. Le flojearon curiosamente las piernas. Nunca había deseado a Marty como deseaba a Ed.

—Aparte de los sándwiches.

—No hablemos de sándwiches. Nunca más.

Y entonces él puso la mano al final de la espalda de ella, de manera que se aproximaron todo lo que podían decentemente.

—Ya sé que no debería —murmuró él—, pero me he despertado verdaderamente feliz. —Se quedó mirándola—. Quiero decir de verdad, estúpidamente feliz. Aunque toda mi vida es un desastre, me siento… bien. Te miro y me siento bien.

A ella se le había formado un buen nudo en la garganta.

—Yo también —susurró.

Entrecerró los ojos para captar su expresión a contraluz.

—Entonces, ¿no soy simplemente... un caballo?

—No eres precisamente un caballo. Por decirlo finamente podría afirmar que eres...

Bajó la cabeza y la besó. La besó y fue un beso de certidumbre total, el tipo de beso por el que mueren los monarcas y caen continentes enteros sin darse cuenta siquiera. Jess se separó de él nada más que porque no quería que los chicos la vieran perder la capacidad de tenerse en pie.

—Ya vienen —dijo él.

Jess se encontró mirándolo atontada.

—Problemática —dijo devolviéndole la mirada mientras los chicos se acercaban con las bolsas en alto—. Eso es lo que dijo mi padre.

—Como si no lo hubieras descubierto por ti mismo —respondió, esperando que desapareciera el rubor de sus mejillas mientras veía a Ed hablar con Nicky, que abrió las bolsas para mostrar lo que habían elegido. Jess notó el sol en la piel, oyó el canto de los pájaros por encima de las voces de la gente, los acelerones de los coches, el olor a gasolina y pasteles calientes, y las palabras resonaban espontáneamente en su cabeza: en esto consiste la felicidad.

Echaron a andar despacio hacia el coche, con las caras tapadas por las bolsas de papel. Tanzie iba unos pasos por delante, golpeando el suelo desganadamente con sus piernas flacas, y fue entonces cuando Jess se dio cuenta de que faltaba algo.

—¿Dónde están tus libros de matemáticas, Tanze?

Ella no se volvió.

—Los dejé en casa de papá.

—Oh, ¿quieres que le llame? —Rebuscó en el bolso para encontrar el teléfono móvil—. Le diré que nos los envíe inmediatamente por correo. Probablemente lleguen antes que nosotros.

—No —dijo inclinando ligeramente la cabeza hacia Jess, pero sin mirarla—. Gracias.

Nicky miró a su madre y luego a su hermana. Y algo muy pesado se instaló en el estómago de ella.

Cuando llegaron a su última parada para hacer noche ya eran casi las nueve y estaban rendidos. Los chicos, que habían ido comiendo galletas y golosinas el último tramo del viaje, estaban agotados y de mal humor y subieron derechos a ver su habitación. Norman fue detrás de ellos y Ed lo siguió con las bolsas.

El hotel era amplio, claro y con pinta de caro, el tipo de sitio que la señora Ritter les hubiera mostrado a Nathalie y a ella con la cámara de su móvil y por el que ambas habrían suspirado después. Ed lo había reservado por teléfono y, cuando Jess se puso a protestar por el precio, dijo en tono de cierto reproche:

—Todos estamos cansados, Jess. Y mi próxima cama puede ser Por Cuenta de Su Majestad. Vamos a alojarnos en un buen hotel esta noche, ¿de acuerdo?

Tres habitaciones contiguas en un pasillo que hacía las veces de anejo del edificio principal del hotel.

—Una habitación para mí —suspiró Nicky aliviado cuando abrió la cerradura de la número veintitrés. Bajó la voz cuando Jess empujó la puerta—. La quiero mucho y todo eso, pero no te haces idea de cómo ronca el renacuajo.

—A Norman le gustará esta —dijo Tanzie mientras Jess abría la puerta a la habitación veinticuatro. El perro, como si estuviera de acuerdo, se tumbó inmediatamente al lado de la cama—. No me importa compartir cama con Nicky, mamá, pero la verdad es que ronca mucho.

Ninguno de los dos pareció cuestionar dónde iba a dormir su madre. Jess no habría sabido decir si es que lo sabían y les daba igual o daban por supuesto que uno —Ed o ella— seguía durmiendo en el coche.

Nicky le pidió prestado el portátil a Ed. Tanzie averiguó el funcionamiento del mando a distancia del televisor y dijo que vería algún programa antes de dormir. No mencionó los libros de matemáticas que había dejado.

—No quiero hablar de eso —fue lo único que dijo.

Jess pensó que Tanzie nunca le había hablado así.

—Cariño, que algo te salga mal una vez no significa que no puedas volver a intentarlo —dijo, poniendo el pijama de Tanzie encima de la cama.

La expresión de Tanzie parecía albergar un conocimiento que antes no tenía. Y las palabras que dijo a continuación le partieron el corazón a Jess:

—Creo que lo mejor será que me limite a trabajar con lo que tenemos, mamá.

—¿Qué puedo hacer?

—Nada. Ya ha sufrido bastante por ahora. No puedes reprochárselo.

Ed dejó las bolsas en un rincón de la habitación. Jess se sentó a un lado de la enorme cama, tratando de no hacer caso del pie lesionado.

—Pero es que ella no es así. Le encantan las matemáticas. Siempre le han encantado. Y ahora se comporta como si no quisiera saber nada de ellas.

—Han pasado solo dos días, Jess. Déjala a su ritmo. Ya lo resolverá.

—Estás tú muy seguro.

—Son unos chicos inteligentes. —Se dirigió al interruptor y bajó las luces, mirándolas hasta obtener la intensidad deseada—. Igual que su madre. Que tú rebotes como una bola de goma no significa que ellos vayan a hacer lo mismo.

Ella lo miró.

—No es una crítica. Es que creo que, si le das tiempo para tranquilizarse, se pondrá bien. Ella es quien es. No veo que haya cambiado tanto.

Se sacó la camiseta por la cabeza con un movimiento ágil y la tiró encima de una silla. A ella se le alborotaron inmediatamente los pensamientos. No podía ver su torso desnudo sin sentir deseos de tocarlo.

—¿Cómo eres tan sabio?

—No lo sé. Supongo que se contagia. —Dio dos pasos hacia ella, se arrodilló y le quitó las chanclas, teniendo especial cuidado con la del pie lesionado—. ¿Qué tal está?

—Dolorido, pero bien.

Empezó a quitarle la blusa. Bajó despacio la cremallera y, sin preguntar, sus ojos se posaron en la piel que quedó al descubierto. En ese momento él parecía distante, como si sus pensamientos estuvieran en ella, y también a kilómetros de distancia al mismo tiempo. La cremallera llegó prácticamente al final y ella puso las manos encima de las de él, las apartó con suavidad y separó la cremallera para que él pudiera quitársela por los hombros. Se quedó mirándola un momento.

Le desabrochó el cinturón, luego le bajó la cremallera de los vaqueros, con dedos comedidos y precisos. Ella los miró y empezó a notar el pulso en los oídos.

—Ya era hora, Jessica Rae Thomas, de que alguien cuidara de ti.

Edward Nicholls le lavó la cabeza, con las piernas alrededor de su cintura y ella recostada en él en la gran bañera. Se lo enjuagó delicadamente, alisándolo y secándole los ojos con un paño para que no le entrara más champú. Iba a haberlo hecho ella, pero no la dejó. Nadie le había lavado nunca la cabeza, excepto la peluquera. Eso le hizo sentirse vulnerable y extrañamente sentimental. Cuando terminó, él siguió en el agua humeante y aromatizada, rodeándola con los brazos, y le besó los lóbulos de las orejas. Y luego coincidieron en que ya habían tenido bastante romanticismo, muchas gracias; lo notó crecer por debajo de ella, se giró y se echó sobre él. Y follaron hasta que el agua se salió del baño y ella fue incapaz de distinguir si el dolor del pie era mayor que la necesidad de sentirlo a él dentro.

Al cabo de un rato estaban los dos medio sumergidos, con las piernas entrelazadas. Y rompieron a reír. Porque era típico follar en la ducha, pero resultaba absurdo hacerlo en el baño y mucho más absurdo todavía tener tantos problemas y estar tan felices. Jess se movió para tumbarse al costado de él, le echó los brazos al cuello y apretó su pecho mojado contra el de él y tuvo la certeza absoluta de que jamás iba a volver a estar tan cerca de ningún ser humano. Le tomó la cara entre las manos, le besó la mandíbula y la sien magullada y los labios, y se dijo para sus adentros que, pasara lo que pasara, nunca olvidaría esta sensación.

Él se llevó la mano a la cara para quitarse las gotas.

—¿Crees que esto es una burbuja? —dijo súbitamente serio.

—Hay un montón de burbujas. Es un...

—No. Esto. Una burbuja. Estamos haciendo un viaje extraño, donde no se aplican las normas habituales. No se aplica la vida real. Todo este viaje ha sido... como una secuencia de tiempo fuera de la vida real.

Había charcos en el suelo del cuarto de baño.

—No mires eso. Háblame.

Dejó caer los labios sobre su clavícula, pensativa.

—Bueno —dijo levantando otra vez la cabeza—, en poco más de cinco días hemos visto enfermedad, niños alterados, parientes enfermos, actos imprevistos de violencia, pies hinchados, policías y accidentes de coche. Yo diría que eso es vida real más que suficiente para cualquiera.

—Me gusta tu forma de pensar.

—Me gustas todo tú.

El agua había empezado a enfriarse. Ella se escabulló de entre sus brazos y se levantó, alargando el brazo hacia el toallero caliente. Le pasó una toalla, ella se envolvió en otra, disfrutando del cálido lujo imprevisto de una esponjosa toalla de hotel.

Ed se frotó vigorosamente el pelo con una mano. Ella se preguntó si Ed estaba tan acostumbrado a las esponjosas toallas de hotel que ya no lo notaba. Se sintió repentinamente agotada.

Se cepilló los dientes, apagó la luz del cuarto de baño y, cuando se volvió, él ya estaba en la enorme cama del hotel, retirando las mantas para que se acostara. Apagó la lámpara de la mesilla y ella se tumbó a su lado en la oscuridad, sintiendo la piel húmeda de ambos en contacto, preguntándose qué sería tener eso todas las noches. Se preguntó si sería capaz de estar tranquilamente tumbada a su lado sin querer ponerle la pierna encima.

—No sé qué va ser de mí, Jess —dijo en la oscuridad, como si le hubiera leído el pensamiento. Su voz era un aviso.

—Irá bien.

—En serio. En esto no valen tus trucos optimistas. En cualquier caso, probablemente voy a perderlo todo.

—¿Y qué? Ese es mi punto de partida.

—Pero podría tener que irme lejos.

—No va a ser así.

—Podría ser, Jess. —Su voz era incómodamente enérgica.

—Entonces te esperaré —dijo ella sin pensárselo dos veces. Notó que él ladeaba la cabeza hacia ella—. Te esperaré. Si quieres que lo haga.

En el último tramo del viaje de vuelta atendió tres llamadas, todas con el manos libres. Su abogado —un hombre con un acento tan ampuloso que parecía estar anunciando la llegada de la familia real a cenar— le dijo que debía presentarse en la comisaría de policía el jueves siguiente. No, no había cambiado nada. Sí, dijo Ed, comprendía lo que estaba sucediendo. Y sí, había hablado con su familia. Su manera de decirlo hizo que a ella se le pusiera el estómago tenso. No pudo contenerse después. Alargó el brazo y lo tomó de la mano. Él se la apretó sin mirarla.

Llamó su hermana para decir que su padre había pasado la noche mejor. Mantuvieron una larga conversación sobre un seguro de garantía por el que estaba preocupado su padre, unas llaves que faltaban del archivador y lo que había comido Gemma. No hablaron de la muerte. Le pidió que saludara a todos y Jess le gritó hola, con una mezcla de cierta vergüenza y satisfacción al mismo tiempo.

Después de comer lo llamó un tal Lewis y hablaron de valores de mercado, porcentajes y la situación del mercado hipotecario. Jess tardó en caer en la cuenta de que estaban hablando de Beachfront.

—Es hora de vender —dijo después de colgar—. Como tú decías, al menos tengo activos de los que disponer.

—¿Cuánto te va a costar el juicio y todo?

—Oh. Nadie lo dice. Pero, leyendo entre líneas, creo que la respuesta es «casi todo».

Ella no pudo distinguir si eso le molestaba más de lo que aparentaba.

Intentó hacer otra llamada, pero saltó el buzón de voz. «Soy Ronan. Deja tu mensaje». Colgó sin decir nada.

Cada kilómetro que recorrían, la vida real avanzaba hacia ellos como una marea fría e imparable.

Al final, estuvieron de vuelta poco después de las cuatro. La lluvia había dado paso a una fina llovizna, la carretera parecía aceitosa por lo mojada y el laberinto de calles de Danehall intentaba mostrar un atisbo de primavera. Allí estaba su casa, inexplicablemente más pequeña y destartalada de lo que Jess la recordaba y, curiosamente, como si fuera algo que no tuviera ninguna relación con ella. Ed se detuvo a la puerta y miró por la ventanilla la pintura descascarillada de las ventanas de arriba que Marty nunca había tenido tiempo de pintar porque, según él, había que hacerlo bien, lijando primero, quitando la pintura anterior y rellenando los huecos, y siempre había estado muy ocupado o muy cansado para hacer ninguna de esas cosas. Le invadió una súbita oleada de depresión al pensar en todos los problemas que estaban allí aguardando su regreso. Y los que había creado durante su ausencia, todavía más graves. Entonces miró a Ed, que estaba ayudando a Tanzie con su bolsa y riéndose de algo que había dicho Nicky, se inclinó hacia delante para oírlo mejor y se le pasó.

Ed se había pasado por un gran almacén de bricolaje a una hora de allí —el desvío que había anunciado— y había salido con una gran caja llena de cosas que le costó meter en el maletero junto con sus bolsas. Tal vez necesitara hacer arreglos en la casa antes de venderla. A Jess no se le ocurrió qué necesitaba aquella casa para ganar en atractivo.

Él dejó caer la última bolsa en la puerta de la casa y se quedó solo con la caja de cartón. Los chicos habían desaparecido inmediatamente en sus habitaciones, como animalillos en una especie de experimento de vuelta al hogar. A Jess le dio un poco de vergüenza su casa pequeña y atestada, el papel pintado de aglomerado, las pilas de libros de segunda mano en ediciones rústicas.

—Mañana iré a casa de mi padre.

Pensar en que se iría le dolió como una punzada.

—Bien. Eso está bien.

—Unos días. Hasta lo de la policía. Pero me ha parecido que antes debía poner esto.

Jess miró las cajas.

—Cámara de seguridad y luz activada por el movimiento. No me llevará más de dos horas.

—¿Lo has comprado para nosotros?

—A Nicky le han dado una paliza. Tanzie sencillamente no se siente segura. He pensado que os haría sentiros mejor. Ya sabes…, si yo no estoy aquí.

Ella se quedó mirando la caja y lo que significaba. Habló sin pensárselo mucho:

—No…, no tienes por qué hacerlo tú —balbuceó—. Se me da bien el bricolaje. Ya lo hago yo.

—En un escalera de mano. Con un pie hinchado. —Enarcó la ceja—. Sabes, Jessica Rae Thomas, en algún momento vas a tener que dejar que alguien te ayude.

—Bien, entonces, ¿qué hago yo?

—Estar sentada. Quedarte quieta. Poner en alto el pie lesionado. Después iré a la ciudad con Nicky y tiraremos el dinero en una repugnante y malsana comida para llevar porque podría ser la última que tome en una temporada. Y luego nos sentaremos a la mesa para comerla y después tú y yo nos echaremos, contemplando asombrados el tamaño de nuestros respectivos estómagos.

—Oh, Dios mío. Me encanta cuando dices guarrerías.

Conque se quedó sentada. Sin hacer nada. En su propio sofá. Y Tanzie vino a hacerle compañía un rato y Ed se subió a una escalera y le apuntó con el taladro por la ventana y simuló que iba a perder el equilibrio hasta que eso le puso nerviosa.

—He estado en dos hospitales diferentes en ocho días —le gritó enfadada a través de la ventana—. No quiero ir a un tercero.

Y luego, como no se le daba muy bien estarse quieta, sacó la ropa sucia y puso una lavadora, pero después de eso se sentó otra vez y dejó que se movieran los demás, porque tuvo que reconocer que dejar el pie en reposo era mucho menos doloroso que intentar hacer cosas apoyándose en él.

—¿Está bien así? —preguntó Ed.

Jess salió cojeando a verlo. Él estaba en el camino del jardín, contemplando la fachada de la casa.

—He pensado que poniéndolo ahí no solo captará a quien venga al jardín delantero, sino a todo el que merodee por los alrededores. Tiene una lente convexa, ¿ves?

Ella trató de aparentar interés. Se preguntó si podría convencerlo para que se quedara a dormir, una vez que los chicos se hubieran ido a la cama.

—Y muchas veces, con este tipo de cosas, te encuentras con que el mero hecho de tener una cámara es disuasorio.

No era para tanto. Siempre podría marcharse antes de que se despertaran. Claro que ¿a quién estaban engañando? Seguramente Nicky y Tanzie debían haberse supuesto que algo pasaba.

—Jess —dijo plantándose delante de ella.

—¿Hum?

—Lo único que tengo que hacer es taladrar ahí y meter los cables por el muro. Seguro que puedo hacer un empalme dentro, de manera que será bastante sencillo conectarlo. Se me da bastante bien el cableado. De las cosas que me enseñó mi padre, el bricolaje fue con lo que más de acuerdo estaba.

Tenía la mirada de satisfacción que ponen los hombres cuando creen estar en posesión de las herramientas del poder. Se llevó la mano al bolsillo para comprobar que tenía los destornilladores y luego la miró fijamente.

—No has escuchado ni una palabra de lo que te he dicho, ¿verdad?

Jess le dirigió una sonrisa culpable.

—Eres incorregible —dijo él al cabo de un rato—. De verdad.

Mirando de reojo para asegurarse de que no los veía nadie, le echó dulcemente el brazo por el cuello, la atrajo hacia a sí y la besó. Pinchaba la barba.

—Ahora déjame seguir. Sin distracciones. Ve a elegir el menú de comida para llevar.

Jess fue cojeando sonriente hasta la cocina y se puso a rebuscar por los cajones. Ni se acordaba de la última vez que había encargado comida para llevar. Estaba convencida de que ninguno de los menús estaría actualizado. Ed subió a empalmar los cables. Gritó para decir que iba a necesitar mover algunos muebles para llegar a los rodapiés.

—Por mí vale —contestó ella alzando la voz.

Oyó el rumor sordo de grandes objetos arrastrados por el suelo encima de su cabeza, mientras él trataba de localizar la caja de los fusibles, sin salir de su asombro por el hecho de que lo estuviera haciendo otra persona.

Y luego se echó en el sofá y se puso a hojear el puñado de menús antiguos que había descubierto en el cajón de los manteles del té, separando las hojas de los que estaban pegados por salpicaduras de salsa o amarilleados por el tiempo. Estaba casi convencida de que el restaurante chino ya no existía. Por algo que ver con la salud medioambiental. La pizzería no era fiable. El menú del indio parecía bastante normal, pero no podía quitarse de la cabeza el pelo rizado del Jalfrezi de Nathalie. En cualquier caso, «pollo Balti», «arroz Pilau», «pan indio». Estaba tan distraída que no oyó sus pasos cuando bajó despacio las escaleras.

—Jess.

—Creo que este está bien. —Le mostró el menú—. He decidido que un pelo de origen desconocido es un precio pequeño por un Jalfrezi decen...

Fue entonces cuando vio su expresión. Y lo que llevaba en la mano, sin acabar de creérselo.

—Jess —dijo con una voz que parecía de otra persona—. ¿Por qué está mi pase de seguridad en el cajón de tus calcetines?

CAPÍTULO 28

NICKY

Cuando Nicky bajó, Jess estaba sentada en el sofá con la mirada perdida, como si estuviera en trance. El taladro Black & Decker estaba en la repisa de la ventana y la escalera de mano seguía apoyada en la fachada de la casa.

—¿Ha ido el señor Nicholls a por la comida para llevar? —Nicky estaba un poco molesto por no haber participado en la elección.

Ella no pareció oírlo.

—¿Jess?

Ella tenía la cara inmóvil. Negó levemente con la cabeza y dijo en voz baja:

—No.

—Pero va a volver, ¿verdad? —dijo él al poco.

Abrió la puerta del frigorífico. No sabía qué se iba a encontrar. Había una bolsa de limones arrugados y un tarro medio vacío de encurtidos Branston.

Una larga pausa.

—No lo sé —contestó ella. Y luego añadió—: No lo sé.

—Entonces…, ¿no vamos a tomar comida para llevar?

—No.

Nicky soltó un gruñido de decepción.

—Bueno, me figuro que tendrá que regresar en cualquier momento. Tengo su portátil arriba.

Estaba claro que se habían peleado por algo, pero el comportamiento de ella no era el mismo que el de cuando tenía una pelea con su padre. En esos casos daba portazos, la oías murmurar «Capullo» o poner una cara larga que decía: «¿Por qué tengo yo que vivir con este idiota?». Ahora parecía alguien a quien le hubieran comunicado que le quedaban seis meses de vida.

—¿Estás bien?

Jess parpadeó y se llevó la mano a la frente, como si estuviera tomándose la temperatura.

—Nicky. Necesito…, necesito echarme. ¿Puedes apañarte solo? Hay cosas. Comida. En el congelador.

En los años que llevaba viviendo con ella, Jess nunca le había pedido que se apañara solo. Ni siquiera la vez que estuvo dos semanas con gripe. Se volvió y subió cojeando, muy despacio, sin darle tiempo a decir nada.

Al principio Nicky creyó que Jess se estaba poniendo melodramática. Pero veinticuatro horas después, Jess seguía en su habitación. Tanzie y él rondaban por la puerta, hablando en susurros. Le llevaron té y tostadas, pero ella seguía mirando a la pared. La ventana seguía abierta y entraba frío. Nicky la cerró y fue a llevar la escalera de mano y el taladro al garaje, que parecía verdaderamente enorme sin el Rolls dentro. Y cuando volvió al cabo de un par de horas a recoger el plato, el té y las tostadas seguían allí, enfriándose en la mesilla.

—Probablemente esté agotada de tanto viaje —dijo Tanzie como una señora mayor.

Jess pasó otro día más en la cama. Cuando Nicky entró, la ropa de cama apenas estaba arrugada y seguía llevando la misma ropa con la que se había acostado.

—¿Estás enferma? —dijo descorriendo las cortinas—. ¿Quieres que llame al médico?

—Solo necesito guardar cama un día, Nicky —dijo en voz baja.

—Ha venido a verte Nathalie. Le he dicho que la llamarías. Algo de la limpieza.

—Dile que estoy enferma.

—Pero si no estás enferma. Y han llamado del depósito de la policía para preguntar cuándo ibas a ir a por el coche. Y ha llamado el señor Tsvangarai, pero no sabía qué decirle, así que no he contestado para que dejara un mensaje en el contestador.

—Nicky, por favor.

Tenía un aspecto tan triste que él se sintió mal por el simple hecho de haberle hablado. Ella esperó un momento, luego tiró del edredón hasta la barbilla y se dio la vuelta.

Nicky le preparaba el desayuno a Tanzie. Ahora se sentía extrañamente útil por las mañanas. Ni siquiera echaba de menos la hierba. Sacaba a Norman al jardín y limpiaba lo que dejaba. El señor Nicholls había dejado la luz de seguridad junto a la ventana. Seguía en la caja, que se había mojado a causa de la lluvia, pero nadie la había trincado. Nicky la recogió, la metió dentro y se sentó a mirarla.

Pensó en llamar al señor Nicholls, pero no sabía qué decirle en caso de hacerlo. Y le pareció fuera de lugar pedir al señor Nicholls por segunda vez que volviera. Al fin y al cabo, si alguien quería estar contigo, ya se encargaba de hacerlo. Nicky lo sabía mejor que nadie. Lo que hubiera pasado entre

Jess y él era lo suficientemente serio como para que no hubiera vuelto a por su portátil. Lo suficientemente serio como para que Nicky no supiera muy bien si debía interferir.

Limpió su habitación. Caminó por el paseo marítimo y sacó fotos con el móvil del señor Nicholls. Entró en internet un rato, pero estaba aburrido de jugar. Contempló por la ventana los tejados de la calle mayor y los lejanos ladrillos naranjas del centro de ocio y se dio cuenta de que ya no quería volver a ser un droide con armadura que mataba marcianos por el cielo. No quería quedarse encerrado en esa habitación. Nicky recordó la carretera y la sensación del coche del señor Nicholls llevándolos a grandes distancias, ese tiempo interminable en el que no sabían ni siquiera cuál sería su próximo destino, y se dio cuenta de que, antes que cualquier otra cosa, lo que quería era salir de esta pequeña ciudad.

Quería encontrar a su tribu.

Nicky había reflexionado mucho al respecto y llegó a la conclusión de que el segundo día por la tarde estaba más que legitimado para sentirse un poco alucinado. El colegio iba a empezar otra vez pronto y no sabía muy bien cómo iba a hacerse cargo de Jess, el renacuajo, el perro y todo lo demás. Pasó el aspirador por la casa y lavó por segunda vez la ropa, que se había quedado en la lavadora y había empezado a oler mal. Fue a la tienda con Tanzie y compraron pan, leche y comida para perros. Intentó que no se le notara, pero experimentaba un gran alivio por el hecho de que no rondara por allí nadie que lo llamara mariquita, friki ni cosas de esas. Y Nicky pensó que quizá, solo quizá, Jess tenía razón y las cosas iban a cambiar. Y que quizá estuviera al fin comenzando una nueva etapa de su vida.

Poco después, mientras revisaba el correo, Tanzie entró en la cocina.

—¿Podemos volver a la tienda?

Ni la miró. Estaba preguntándose si debía abrir una carta oficial dirigida a la señora J. Thomas.

—Ya hemos ido a la tienda.

—Entonces, ¿puedo ir sola?

Levantó la vista y entonces se llevó una cierta sorpresa. Ella se había hecho algo raro en el pelo, recogiéndoselo por un lado con un montón de pasadores relucientes. No parecía Tanzie.

—Quiero comprar una tarjeta a mamá —dijo—. Para animarla un poco.

Nicky estaba convencido de que una tarjeta no valía para nada.

—¿Por qué no se la haces tú, renacuajo? Ahorra tu dinero.

—Siempre se las hago. A veces es mejor comprarlas.

—¿Te has puesto maquillaje? —dijo él observándola.

—Solo pintalabios.

—Jess no te dejaría llevar los labios pintados. Quítatelo.

—Suze los lleva.

—No creo que eso ponga muy contenta a Jess, renacuajo. Mira, quítatelo y cuando vuelvas te daré una clase de maquillaje de verdad.

Ella cogió la cazadora del perchero.

—Me lo quitaré durante el camino —dijo mirando de reojo.

—Llévate a Norman —gritó él, porque era lo que hubiera dicho Jess. Luego hizo una taza de café y la subió. Era hora de espabilar a Jess.

La habitación estaba a oscuras. Eran las tres menos cuarto de la tarde.

—Déjalo en la mesilla —murmuró ella. La habitación estaba impregnada del olor de un cuerpo sin lavar y la atmósfera viciada.

—Ha dejado de llover.

—Qué bien.

—Jess, tienes que levantarte.

Ella no dijo nada.

—De verdad, tienes que levantarte. Aquí empieza a apestar.

—Estoy cansada, Nicky. Necesito… descansar.

—No necesitas descansar. Eres… como nuestro Tigger doméstico.

—Por favor, cariño.

—No lo entiendo, Jess. ¿Qué pasa?

Se volvió muy despacio y se apoyó en un codo. Abajo, el perro se había puesto a ladrar a algo, insistente, imprevisible. Jess se restregó los ojos.

—¿Dónde está Tanzie?

—Ha ido a la tienda.

—¿Ha comido?

—Sí. Pero sobre todo cereales. No sé hacer más que palitos de pescado y ya está harta.

Jess miró a Nicky, luego hacia la ventana, como si estuviera calculando algo. Y luego dijo:

—No va a volver. —Y su rostro se contrajo.

El perro seguía ladrando fuera, el idiota. Nicky intentó concentrarse en lo que estaba diciendo Jess.

—¿No? ¿Nunca?

Una gruesa lágrima rodó por la mejilla de ella. Se la secó con el dorso de la mano y negó con la cabeza.

—¿Sabes lo más estúpido, Nicky? Me había olvidado. Me había olvidado de que lo había hecho. Estaba tan contenta cuando estábamos por ahí, era como si todo el tiempo anterior lo hubiera vivido otra persona. Oh, ese puñetero perro.

No tenía ningún sentido lo que decía. Nicky se preguntó si estaría enferma de verdad.

—Podrías llamarlo.

—Ya lo he hecho. No contesta.

—¿Quieres que me pase por allí?

Lamentó en ese mismo instante haberlo preguntado. Por mucho que le gustara el señor Nicholls, sabía mejor que nadie que no puedes obligar a nadie a estar contigo.

Puede que se lo estuviera contando a él porque no tenía a nadie más a quien contárselo.

—Lo quería, Nicky. Ya sé que suena estúpido en tan poco tiempo, pero lo quería.

Le impresionó oírselo decir. Toda esa emoción manifestándose sin más. Pero no le dieron ganas de salir corriendo. Nicky se sentó en la cama, se inclinó hacia ella y la abrazó, aunque todavía se le hacía raro el contacto físico. Y ella se sintió muy pequeña, aunque a él siempre le había parecido más grande que él. Y apoyó la cabeza en él y él se sintió triste porque, por una vez que quería decir algo, no sabía qué.

En ese momento Norman se puso a ladrar como un histérico. Como cuando vio las vacas en Escocia. Nicky se apartó al oírlo.

—Suena como si se hubiera vuelto loco.

—Puñetero perro. Será ese chihuahua del cincuenta y seis. —Jess se sorbió los mocos y se secó los ojos—. Estoy segura de que lo molesta a propósito.

Nicky se levantó de la cama y se dirigió a la ventana. Norman estaba en el jardín, ladrando histérico, con la cabeza metida por el agujero de la valla donde la madera estaba podrida y dos de los paneles, medio rotos. Le costó un poco caer en la cuenta de que no parecía Norman. Estaba tieso, con el pelo erizado. Nicky descorrió del todo la cortina y fue entonces cuando vio a Tanzie al otro lado de la calle. Dos de los Fisher y otro chico al que no conocía la habían acorralado contra la pared. Mientras Nicky miraba, uno de ellos la agarró por la cazadora y ella trató de hacer que la soltara.

—¡Eh! ¡Eh! —gritó, pero no lo oyeron.

Con el corazón desbocado, Nicky forcejeó con la ventana de guillotina para levantarla, pero estaba atascada. Golpeó el cristal para intentar conseguir que dejaran en paz a su hermana.

—¡EH! Mierda. ¡EH!

—¿Qué? —dijo Jess volviéndose hacia él.

—Los Fisher.

Oyeron los chillidos de Tanzie. Mientras Jess se levantaba de la cama, Norman se quedó inmóvil una fracción de segundo y luego se lanzó contra la parte más estropeada de la valla. La atravesó como un ariete canino, haciendo saltar astillas por los aires. Derecho al lugar de donde provenía la voz de Tanzie. Nicky vio a los Fisher volverse para mirar con la boca abierta el enorme misil negro que se les avecinaba. Y luego oyó rechinar unos frenos, un ruido sordo sorprendentemente fuerte, los gritos de Jess: «¡Oh, Dios! ¡Oh, Dios!», y luego un silencio que se hizo eterno.

CAPÍTULO 29

TANZIE

Tanzie había estado casi una hora en su habitación para dibujarle una tarjeta a su madre. No se le ocurría qué ponerle. Su madre parecía estar enferma, pero según Nicky no lo estaba, al menos en el sentido en que lo había estado el señor Nicholls, por eso no le parecía bien ponerle «Que te mejores» en la tarjeta. Pensó en ponerle «¡Sé feliz!», pero le sonó a orden. Incluso a acusación. Y luego pensó ponerle simplemente «Te quiero», pero quería hacerlo en rojo y todos los rotuladores rojos se le habían gastado. Y entonces se le ocurrió comprar una tarjeta, porque su madre siempre decía que su padre nunca le había comprado ninguna, aparte de una horrible tarjeta acolchada de San Valentín cuando la estaba cortejando. Y solía echarse a reír por usar la palabra «cortejando».

Lo que Tanzie quería era darle ánimos. Una madre debía estar al frente, ocupándose de las cosas y trajinando abajo, no echada allí arriba en la oscuridad, como si estuviera realmente a un millón de kilómetros. A Tanzie le daba miedo. Desde que se fue el señor Nicholls la casa había quedado en silencio y un gran peso se le había instalado en el estómago, como si fuera a suceder algo malo. Esa mañana había ido a la habitación de su madre al despertarse y se había metido en la cama para acurrucarse con ella y Jess la había rodeado con los brazos y le había besado la cabeza.

—¿Estás enferma, mamá?

—Solo cansada, Tanzie. —La voz de su madre sonaba como la cosa más triste y fatigada del mundo—. Me levantaré pronto. Te lo prometo.

—¿Es... por mí?

—¿Qué?

—Por no querer hacer más matemáticas. ¿Eso es lo que te pone triste?

Y entonces los ojos de su madre se llenaron de lágrimas y Tanzie tuvo la sensación de que había empeorado las cosas sin querer.

—No, cariño. No tiene absolutamente nada que ver contigo y las matemáticas. Eso es lo último que deberías pensar.

Pero no se levantó.

De manera que Tanzie iba por la calle con dos libras quince que le había dado Nicky en el bolsillo, aunque se había dado cuenta de que él pensaba que una tarjeta era una idea estúpida, y preguntándose si no sería mejor comprar una tarjeta más barata y una chocolatina o si una tarjeta barata quitaba todo el sentido a una tarjeta, cuando de pronto se detuvo un coche a su altura. Pensó que se trataría de alguien que quería preguntar cómo se iba a Beachfront (la gente siempre preguntaba cómo ir a Beachfront), pero era Jason Fisher.

—Eh, friki —dijo, aunque ella siguió andando. Llevaba el pelo engominado y los ojos entrecerrados, como si se pasara la vida haciéndolo cuando veía cosas que no le gustaban.

—Te estoy hablando, friki.

Tanzie procuró no mirarlo. El corazón se le desbocó. Avivó el paso.

El otro aceleró y ella pensó que se iría. Pero detuvo el coche, salió y se acercó hasta ponerse delante de ella de tal forma que no podía seguir adelante sin empujarlo. Él se apoyó en una pierna, como si estuviera explicando algo a una idiota.

—Es una grosería no contestar a alguien cuando te habla. ¿No te lo ha dicho nunca tu madre?

Tanzie estaba tan asustada que no podía hablar.

—¿Dónde está tu hermano?

—No lo sé. —La voz le salió como un susurro.

—Sí, sí que lo sabes, friki cuatro ojos. Tu hermano se cree muy listo por estar jodiéndome el Facebook.

—No ha hecho nada —dijo ella.

Pero, como era mala mentirosa, nada más decir eso notó que él se había dado cuenta de que era mentira.

Él se acercó más.

—Dile a ese gallito de mierda que lo voy a pillar. Se cree muy listo. Dile que yo sí que le voy a joder el perfil de verdad.

El otro Fisher, el primo de cuyo nombre no se acordaba nunca, le dijo algo en un murmullo que Tanzie no llegó a oír. Estaban todos fuera del coche, caminando despacio hacia ella.

—Ya —dijo Jason—. Tu hermano tiene que entender una cosa. Si él jode algo mío, nosotros jodemos algo suyo.

Levantó la barbilla y escupió ruidosamente en la acera. Justo delante de ella, un gran gargajo verde.

Ella se preguntó si habrían notado que le costaba respirar.

—Monta en el coche.

—¿Qué?

—Monta en el puto coche.

—No. —Empezó a apartarse de ellos, miró a su alrededor para ver si venía alguien por la calle. El corazón le latía contra las costillas como un pájaro en una jaula.

—Monta en el puto coche, Costanza.

Lo dijo como si su nombre fuera algo asqueroso. Ella quiso echar a correr, pero se le daba muy mal y sabía que la alcanzarían. Quiso cruzar la calle y volver a casa, pero estaba demasiado lejos. Y entonces le cayó una mano en el hombro.

—Miradle el pelo.

—¿Sabes de chicos, cuatro ojos?

—Claro que no sabe de chicos. Mira cómo va.

—Se ha pintado los labios, la pequeña furcia. Aunque sigue igual de fea.

—Sí, pero no tienes que mirarle a la cara, ¿no es cierto?

Soltaron la carcajada.

A ella le salió la voz como si fuera de otra persona.

—Dejadme en paz. Nicky no ha hecho nada. Solo queremos que nos dejéis en paz.

—Solo queremos que nos dejéis en paz —repitieron en son de burla. Fisher se adelantó y bajó la voz.

—Que montes en el puto coche, Costanza.

—¡Dejadme en paz!

Él hizo ademán de agarrarla, echándole la mano a la ropa. Sintió que la invadía una oleada helada de pánico y se le agolpaba en la garganta. Intentó zafarse. Por mucho que gritara no venía nadie. La agarraron de los brazos entre los dos y la arrastraron hacia el coche. Ella oía sus gruñidos de esfuerzo, olía sus desodorantes mientras trataba de resistirse con los pies en la acera. Sabía que no debía montar por nada del mundo. Porque cuando se abrió la puerta ante ella, como las fauces de un gran animal, se le vino a la cabeza una estadística americana de las chicas que montaban en el coche con desconocidos. Las posibilidades de supervivencia se reducían un setenta y dos por ciento en cuanto ponías el pie dentro. Se imaginó vivamente esa estadística. Tanzie se aferró a ella y dio puñetazos y patadas y mordiscos y oyó que alguien soltaba una palabrota en cuanto su pie entró en contacto con carne blanda y luego algo la golpeó en un lado de la cabeza y se tambaleó y se dobló y sonó un crujido cuando cayó al suelo. Lo veía todo de lado. Se oyó correr algo, un grito lejano. Ella levantó la cabeza y, aunque lo veía todo borroso, vio acercarse a Norman desde el otro lado de la calle a una velocidad desconocida, enseñando los dientes, con los ojos negros y un aspecto más de demonio que de Norman; y luego hubo un destello rojo y unos frenos que rechinaron, y lo único que vio Tanzie fue algo negro volando por los aires como un amasijo de ropa para lavar. Y lo único que oyó fue el alarido, el alarido incesante, el sonido del fin del mundo, el peor sonido que podía oírse, y se dio cuenta de que era ella era ella era el sonido de su propia voz.

CAPÍTULO 30

JESS

Estaba tendido en el suelo. Jess cruzó la calle a la carrera, descalza, sin aliento, y allí estaba el hombre echándose las manos a la cabeza, balanceándose en un pie y luego en el otro, diciendo:

—No lo he visto. No lo he visto. Ha salido disparado a la calle.

Nicky estaba con Norman, sosteniéndole la cabeza, pálido como la cera y murmurando:

—Venga, tío. Venga.

Tanzie tenía los ojos como platos de la impresión, los brazos pegados a los costados.

Jess se arrodilló. Norman tenía los ojos vidriosos. Le salía sangre por la boca y la oreja.

—Oh, no, viejo tonto. Oh, Norman. Oh, no.

Acercó el oído a su pecho. Nada. Un gran sollozo le salió de la garganta.

Notó la mano de Tanzie en el hombro, su puño agarrándole de la camiseta y tirando de ella repetidamente.

—Mamá, arréglalo. Mamá, arréglalo.

Tanzie cayó de rodillas y ocultó la cara en el pelaje de Norman.

—Norman. Norman. —Y se puso a dar alaridos.

Las palabras de Nicky llegaron incoherentes y confusas por debajo de los gritos.

—Querían meter a Tanzie en el coche. Intenté hacerme oír, pero no pude abrir la ventana. No pude y me puse a gritar y le vi atravesar la valla. Se había dado cuenta. Iba en su ayuda.

Nathalie llegó corriendo por la calle, con los botones de la blusa mal abrochados y rulos en el pelo a medio arreglar. Rodeó a Tanzie con los brazos y la abrazó, meciéndola, tratando de detener sus alaridos.

Norman tenía los ojos inmóviles. Jess agachó la cabeza y notó que se le partía el corazón.

—He llamado al veterinario de urgencias —dijo alguien.

Ella acarició la oreja grande y blanda.

—Gracias —susurró.

—Tenemos que hacer algo, Jess —volvió a decir Nicky, en tono más apremiante—. Ahora mismo.

Jess puso una mano temblorosa en el hombro de Nicky.

—Creo que ha muerto, cariño.

—No. No digas eso. Tú eres la que dices que no digamos eso. Que no nos rindamos. Tú eres la que dices que todo va a salir bien. No digas eso.

Peo cuando Tanzie se puso otra vez a dar alaridos, Nicky se vino abajo. Y entonces lloró, tapándose la cara con el brazo, con sollozos enormes, entrecortados, como si al final se hubieran roto las compuertas.

Jess se quedó sentada en medio de la calzada, mientras los coches se apiñaban y los vecinos curiosos salían a la puerta de sus casas, mientras ella sostenía en el regazo la enorme cabeza del viejo perro y levantaba la vista al cielo diciendo para sus adentros: «¿Y ahora qué? Maldita sea, ¿y ahora qué?».

CAPÍTULO 31

TANZIE

Jess se la llevó a casa. Tanzie no quería dejarlo. No quería que muriera en la calle, solo, entre extraños que lo miraban boquiabiertos y hablando en susurros, pero su madre no le hizo caso. El vecino Nigel salió corriendo y dijo que ya se encargaba él y Jess sujetó fuerte a Tanzie rodeándola con los brazos. Y mientras la niña pataleaba y chillaba llamándole, su madre le decía al oído:

—Cariño, ya, cariño, vamos dentro, no mires, todo va a salir bien.

Pero cuando Jess cerró la puerta, abrazada a Tanzie, cabeza con cabeza, con los ojos arrasados de lágrimas, Tanzie oyó sollozar a Nicky detrás de ellas en el pasillo, unos extraños sollozos entrecortados, como si no supiera hacerlo. Y su madre le estaba mintiendo porque aquello no iba a salir bien, no podría salir bien nunca porque en realidad era el final de todo.

CAPÍTULO 32

ED

A veces —dijo Gemma, mirando detrás de ella al niño chillón de pelo castaño rojizo que arqueaba la espalda en la mesa de al lado— creo que no somos los trabajadores sociales los que presenciamos las peores formas de criar a los hijos, sino los baristas. —Removió con brío el café, como si estuviera conteniendo un impulso natural de intervenir.

La madre, con una larga melena rubia rizada que le caía estilosamente por la espalda, siguió pidiendo de buenas maneras a su hijo que se estuviera quieto y se tomara el batido.

—No veo por qué no podemos ir al pub —dijo Ed.

—¿A las once y cuarto de la mañana? Dios, ¿por qué no le dice que se esté quieto? ¿O se lo lleva? ¿Ya no sabe nadie distraer a un niño?

Los gritos del niño arreciaron. A Ed empezó a dolerle la cabeza.

—Podríamos irnos.

—¿Irnos a dónde?

—Al pub. Estaría más tranquilo.

Ella lo miró y luego le pasó inquisitivamente el dedo por la barbilla.

—¿Cuánto bebiste anoche, Ed?

Había salido agotado de la comisaría de policía. Después los dos se habían reunido con su segundo abogado —Ed ya había olvidado cómo se llamaba—, con Paul Wilkes y otros dos procuradores, uno de ellos especializado en casos de información privilegiada. Se habían sentado a la mesa de caoba y habían hablado como si fuera una coreografía, exponiendo crudamente las acusaciones de manera que a Ed no le quedara ninguna duda de lo que se le venía encima. En su contra: la serie de correos electrónicos, el testimonio de Deanna Lewis, las llamadas telefónicas, la última resolución de la Autoridad de Servicios Financieros de perseguir a los culpables de tráfico de información privilegiada. Su propio cheque, con firma y todo.

Deanna había jurado que no sabía que lo que estaba haciendo estuviera mal. Había dicho que Ed la había presionado para que aceptara el dinero. Había dicho que, de haber sabido que lo que él le estaba sugiriendo era ilegal, nunca lo habría hecho. Ni se lo habría contado a su hermano.

Pruebas a favor: que estaba claro que no había ganado ni un céntimo con la transacción. Su equipo legal había dicho —en su opinión, demasiado animosamente— que pondrían el acento en su ignorancia, su ineptitud, su bisoñez en cuestiones de dinero, las ramificaciones y responsabilidades de la dirección. Sostendrían que Deanna Lewis sabía perfectamente lo que estaba haciendo; que la breve relación entre Deanna y él demostraba precisamente que ella y su hermano le habían tendido una trampa. El equipo de investigación había revisado todas las cuentas de Ed y no había encontrado ni rastro de incremento patrimonial. Pagaba puntualmente todos sus impuestos cada año. No tenía inversiones. Siempre le habían gustado las cosas claras.

Y el cheque no era nominativo. Estaba en posesión de Deanna, pero ella había escrito su nombre con su propia letra. Sostendrían que ella había tomado un cheque en blanco de su casa en un momento dado de la relación.

—Pero no fue así —había dicho él.

Nadie pareció oírlo.

Por lo que le habían contado, podía haber pena de prisión o no, pero de lo que no le libraba nadie a Ed era de una fuerte multa. Y, desde luego, era el fin de su estancia en Mayfly. Lo inhabilitarían para cualquier cargo de dirección, posiblemente por un tiempo considerable. Ed tenía que estar preparado para estas eventualidades. Se habían puesto a conferenciar entre ellos.

Y entonces él lo había dicho:

—Quiero declararme culpable.

—¿Qué?

La sala había quedado en silencio.

—Fui yo quien le dijo que lo hiciera. No pensé en que era ilegal. Quería que se fuera y por eso le dije cómo podía ganar algún dinero.

Ellos se habían mirado unos a otros.

—Ed... —había empezado su hermana.

—Quiero decir la verdad.

Uno de los procuradores se había inclinado hacia delante:

—Tenemos una defensa sólida, señor Nicholls. Creo que como no extendió usted el cheque personalmente, la única prueba importante en su contra, podemos argumentar con éxito que la señora Lewis usó la cuenta de usted para sus propios fines.

—Pero es que yo le di el cheque.

Paul Wilkes se había inclinado hacia delante.

—Ed, te tiene que quedar claro esto. Si te declaras culpable, aumentas sustancialmente tus posibilidades de pena de cárcel.

—No me importa.

—Te importará cuando tengas que pasar veintitrés horas al día en aislamiento en Winchester por tu propia seguridad —había dicho Gemma.

No le había hecho caso.

—Lo que quiero es decir la verdad. Eso es lo que pasó.

—Ed —su hermana lo había agarrado del brazo—, la verdad no tiene cabida ante un tribunal. Vas a empeorar las cosas.

Pero él había negado con la cabeza y se había apoyado en el respaldo de la silla. Y luego no había dicho nada más.

Sabía que pensaban que era un demente, pero no le importaba. Le resultaba imposible fingir que nada de eso le preocupaba. Había permanecido allí, sin hablar, mientras su hermana hacía todas las preguntas. Les había oído hablar de la ley de Servicios y Mercados Financieros de 2000, bla bla bla, de la ley de Justicia Criminal de prisión abierta y multas punitivas de 1993, bla bla bla. La verdad era que le traía sin cuidado. ¿Que iba una temporada a la cárcel? ¿Y qué? De todas formas, lo había perdido todo, por segunda vez.

—Ed, ¿has oído lo que he dicho?

—Lo siento.

Lo siento. Era lo único que parecía decir últimamente. Lo siento, no te he oído. Lo siento, no te he escuchado. Lo siento, lo he jodido todo. Lo siento, he sido lo suficientemente estúpido como para enamorarme de alguien que en realidad creía que yo era idiota.

Ahí estaba. La punzada habitual al pensar en ella. ¿Cómo podía haberle mentido? ¿Cómo podía haber ido sentada a su lado en el coche durante casi una semana sin haber empezado por contarle lo que había hecho?

¿Cómo podía haberle hablado de sus dificultades económicas? ¿Cómo podía haberle hablado de confianza, haberse echado en sus brazos, sabiendo en todo momento que le había robado dinero de su bolsillo?

Al final no había hecho falta que dijera nada. Su silencio había hablado por ella. La fracción de segundo entre ver la tarjeta de seguridad que él le había mostrado sin acabar de creérselo y el balbuceante intento de ella por explicárselo.

Iba a decírtelo.

No es lo que piensas. La mano a la boca.

No estaba pensando.

Oh, Dios, no es...

Era peor que Lara. Al menos, Lara había sido sincera, a su manera, con sus preferencias. Le gustaba el dinero. Le gustaba el aspecto de él, una vez que lo hubo adecuado a lo que ella quería. Él pensó que ambos habían comprendido que, en el fondo, su matrimonio era una especie de trato. Se había dicho a sí mismo que, de una u otra manera, todos los matrimonios lo eran.

¿Pero Jess? Se había comportado como si él fuera el único hombre que hubiera amado de verdad. Le había dejado pensar que le gustaba tal como era, incluso con vomitona, incluso con cara de miedo por tener que ver a sus padres. Le había dejado pensar que era él mismo.

—¿Ed?

—Lo siento —dijo levantando la cabeza de entre las manos.

—Ya sé que es duro. Pero sobrevivirás. —Su hermana alargó el brazo y le apretó la mano. El niño gritó en algún punto a su espalda. La cabeza de él se resintió.

—Claro —dijo él.

Nada más irse ella, él se fue al pub.

Habían adelantado la vista, siguiendo su declaración revisada, y Ed pasó los días que le quedaban por delante con su padre. Mitad por decisión propia, mitad porque ya no tenía un piso amueblado en Londres, porque todo había sido embalado para su almacenamiento, con vistas a ultimar la venta.

Había vendido por el precio de oferta sin una sola modificación. Al agente inmobiliario no pareció sorprenderlo.

—En esta manzana tenemos lista de espera —dijo, mientras Ed le hacía entrega de una copia de las llaves—. Inversores, en busca de un lugar seguro para su dinero. Si he de ser sincero, probablemente esté algunos años vacío antes de que les apetezca venderlo.

Ed pasó tres noches en casa de sus padres, durmiendo en la habitación de su infancia, despertándose de madrugada y pasando los dedos por la superficie en relieve del papel pintado encima del cabecero, evocando el sonido sordo de las pisadas de su hermana adolescente por las escaleras, el portazo al entrar en su habitación mientras asimilaba el insulto que su padre le hubiera dedicado esta vez. Por las mañanas se sentaba a desayunar con su madre y se iba haciendo a la idea de que su padre nunca volvería a casa. Que nunca volverían a verlo allí, hojeando irritado el periódico doblado, alargando el brazo sin mirar para alcanzar la taza de café bien cargado (sin azúcar). De vez en cuando, ella rompía a llorar, disculpándose y pidiéndole a Ed que se fuera, mientras se llevaba a los ojos una servilleta. «Estoy bien, estoy bien. De verdad, cariño. No me hagas caso».

En el recalentado ambiente de la habitación tres del Pabellón Victoria, Bob Nicholls hablaba menos, comía menos, hacía menos. Ed no necesitaba hablar con el médico para saber lo que estaba pasando. Era como si la carne fuera desapareciendo, deshaciéndose, dejando el cráneo cubierto por un velo transparente y los ojos hundidos en las órbitas violáceas.

Jugaban al ajedrez. Aunque su padre se quedaba a menudo dormido a mitad de la partida o durante un movimiento y Ed esperaba pacientemente sentado al lado de la cama hasta que se despertaba. Y cuando abría los ojos y tardaba unos momentos en darse cuenta de dónde estaba, cerrando la boca y frunciendo el ceño, Ed movía una pieza y actuaba como si hubiera sido un minuto y no una hora lo que había esperado para reanudar la partida.

Charlaban. No de cosas importantes. Ed no estaba seguro de si ambos eran iguales en eso. Hablaban de cricket y del tiempo. El padre de Ed hablaba de la enfermera de los hoyitos, a quien siempre se le ocurría algo divertido que decirle. Pedía a Ed que cuidara de su madre. Le preocupaba que estuviera haciéndose cargo de demasiadas cosas. Le preocupaba que el hombre que limpiaba los canalones le cobrara de más si él no estaba allí. Le molestaba haberse gastado un montón de dinero en otoño para quitar el musgo del césped y saber que no iba a llegar a ver los resultados. Ed no intentó contradecirle. Habría parecido condescendiente.

—¿Dónde está tu cohete? —dijo una tarde. Iba a dar jaque mate en dos jugadas. Ed intentaba averiguar cómo impedirlo.

—¿Mi qué?

—Tu chica.

—¿Lara? Papá, ya sabes que nos hemos...

—Esa no. La otra.

Ed respiró hondo.

—¿Jess? Pues... está en casa, creo.

—Me gustó. Por su forma de mirarte. —Movió despacio la torre a un cuadro negro—. Me alegro de que la tengas. —Hizo un leve movimiento de cabeza—. Problemática —murmuró, casi para sus adentros, y sonrió.

La estrategia de Ed se hizo añicos. Su padre lo derrotó en tres movimientos.

CAPÍTULO 33

JESS

E l hombre barbudo salió por las puertas batientes secándose las manos en la bata blanca.

—¿Norman Thomas?

Jess nunca había pensado que su perro pudiera tener apellido.

—¿Norman Thomas? Grande, raza indeterminada —dijo bajando la barbilla y mirándola directamente a ella.

Jess se puso en pie con dificultad delante de las sillas de plástico.

—Ha sufrido múltiples lesiones internas —dijo sin más preámbulos—. Una cadera rota, varias costillas rotas, una pata delantera fracturada y no sabemos qué puede tener dentro hasta que no baje la inflamación. Y me temo que ha perdido completamente el ojo izquierdo.

Jess observó que había manchas recientes de sangre en el calzado de plástico azul.

Notó que Tanzie le apretaba la mano.

—¿Pero sigue vivo todavía?

—No quiero darle falsas esperanzas. Las próximas cuarenta y ocho horas van a ser críticas.

A su lado, Tanzie exclamó en voz baja algo que podía significar alegría o angustia, era difícil determinarlo.

—Venga conmigo. —Tomó a Jess del codo, dando la espalda a los chicos, y bajó la voz.

—Tengo que decir que no estoy seguro, dada la cantidad de lesiones, si lo más compasivo no sería dejarlo morir.

—¿Y si sobrevive a las cuarenta y ocho horas?

—Entonces quizá tenga alguna posibilidad de recuperación. Pero, como ya le he dicho, señora Thomas, no quiero darle falsas esperanzas. No está nada bien el muchacho.

A su alrededor, los clientes que esperaban estaban observando en silencio, con los gatos dentro de transportines de mascotas en el regazo o perrillos jadeantes debajo de las sillas. Nicky miró al veterinario con la mandíbula tensa. Se le había corrido el rímel.

—Y si intervenimos, no va a salir barato. Puede necesitar más de una operación. Posiblemente incluso varias. ¿Está asegurado?

Jess negó con la cabeza.

El veterinario se puso rígido.

—Tengo que advertirle de que seguir con el tratamiento le va a costar probablemente una buena cantidad de dinero. Y no hay garantías de recuperación. Es muy importante que usted comprenda eso antes de seguir adelante.

Se había enterado después de que lo había salvado su vecino Nigel. Había salido corriendo de su casa con dos mantas, una para envolver a Tanzie, que estaba temblando, y la otra para tapar el cuerpo de Norman. Ve a casa, le había dicho a Jess. Lleva a los chicos a casa. Pero cuando iba a echar suavemente la manta escocesa por la cabeza de Norman, se había detenido y le había dicho a Nathalie:

—¿Has visto eso?

Jess no había podido oírlo, entre el ruido de la gente y el llanto contenido de Tanzie y los lloros de los niños de los vecinos, que, aunque no lo conocían, sí captaban toda la tristeza de un perro inmóvil tendido en la calzada.

—¿Nathalie? La lengua. Mira. Creo que está jadeando. Ven, vamos a levantarlo. Mételo en el coche. ¡Deprisa!

Habían hecho falta tres vecinos de Jess para levantarlo. Lo habían colocado con todo cuidado en el asiento trasero y lo habían llevado inmediatamente a la gran clínica veterinaria de las afueras de la ciudad. Jess valoraba que Nigel no hubiera hablado ni una sola vez de la sangre que debía de haber puesto perdida la tapicería. Le habían llamado desde el veterinario para decirle que acudiera cuanto antes. Solo se había echado la cazadora por encima del pijama.

—Entonces, ¿qué quiere hacer?

Lisa Ritter le había hablado en cierta ocasión de una gran operación financiera que había efectuado su marido y había salido mal.

—Pide prestadas cinco mil libras y, si no las devuelves, el problema es tuyo —dijo, citándolo—. Pide cinco millones y el problema es del banco.

Jess miró el rostro suplicante de su hija. Miró la expresión sincera de Nicky: el dolor, el cariño y el miedo que por fin se sentía capaz de expresar. Ella era la única persona capaz de resolver esto. La única persona que sería siempre capaz de resolverlo.

—Haga lo que haga falta —dijo—. Encontraré el dinero. Usted hágalo.

La breve pausa le hizo ver que él pensaba que era una idiota. Pero de una clase con la que estaba acostumbrado a tratar.

—Pase por aquí, entonces —dijo—. Necesito que firme algunos documentos.

Nigel los llevó a casa. Ella quiso pagarle algo, pero él lo recha- zó bruscamente con un gesto de la mano y dijo:

—¿Para qué estamos los vecinos?

Belinda lloró al salir a recibirlos.

—Estamos bien —murmuró débilmente, rodeando con el brazo a Tanzie, que tenía escalofríos de vez en cuando—. Estamos bien. Gracias.

El veterinario dijo que llamaría en cuanto hubiera noti- cias.

Jess no dijo a los chicos que se fueran a la cama. No es- taba segura de querer quedarse sola en su habitación. Cerró la puerta con dos vueltas de llave y puso una película antigua. Luego hizo tres tazas de cacao, bajó el edredón y se sentó entre Tanzie y Nicky, echándoselo por encima, a ver la televisión sin verla, sumido cada uno en sus propios pensamientos. Rezando, rezando para que el teléfono no sonara.

CAPÍTULO 34

NICKY

Esta es la historia de una familia que no encajaba. Una chica que estaba un poco zumbada y le gustaban las matemáticas más que el maquillaje. Y un chico al que le gustaba el maquillaje y no encajaba en ninguna tribu. Y esto es lo que les pasa a las familias que no encajan: acaban rotas, sin una puñetera libra y tristes. Aquí no hay final feliz, amigos.

Mi madre ya no está en la cama, pero la sorprendo secándose los ojos cuando lava los platos o contempla el cesto de Norman. Está ocupada todo el rato: trabajando, limpiando, arreglando la casa. Lo hace con la cabeza baja y la mandíbula tensa. Ha llenado tres cajas enteras con sus libros en edición rústica y los ha devuelto a la tienda solidaria porque ha dicho que nunca va a tener tiempo de leerlos y, además, no tiene sentido creer en la ficción.

Echo de menos a Norman. Es curioso cómo se puede echar de menos algo de lo que solo te estabas quejando siempre. Nuestra casa está en silencio sin él. Pero, en cuanto pasaron las cuarenta y ocho horas y el veterinario dijo que podía salir adelante y todos vitoreamos al teléfono, he empezado a preocuparme por otras cosas. Anoche estábamos sentados en el sofá, después de que Tanzie se hubo ido a la cama, y como el teléfono seguía sin sonar, dije a mi madre:

—¿Qué vamos a hacer?

Ella levantó la vista de la televisión.

—Quiero decir, si vive.

Resopló, como si fuera algo en lo que ya había pensado. Y luego dijo:

—¿Sabes una cosa, Nicky? No podíamos hacer otra cosa. Es el perro de Tanzie y la ha salvado. Si no puedes hacer otra cosa, es muy sencillo.

Me di cuenta de que, aun cuando se lo creía y quizá fuera así de sencillo, la nueva deuda era como otro peso más descargado sobre ella. Y que con cada nuevo problema la veo más vieja, desanimada y fatigada.

No habla nada del señor Nicholls.

No me podía creer que acabaran así después de cómo habían estado juntos. Como si fueras feliz y, de repente, nada. Yo creía que estas cosas se resolvían al hacerse mayor, pero ya se ve que no. Por lo tanto habrá que confiar en otra cosa.

Me acerqué a ella y la abracé. Puede que esto no sea nada del otro mundo en tu familia, pero en la mía sí. Prácticamente es la única maldita diferencia que puedo establecer.

Pues bien, eso es lo que no entiendo. No entiendo que nuestra familia sepa portarse como es debido y, sin embargo, siempre acabe fracasando. No entiendo que mi hermana pequeña pueda ser inteligente y amable y una especie de puñetero genio y, sin embargo, se despierte llorando y con pesadillas y yo tenga que estar despierto oyendo a mi madre pasar de puntillas por el rellano a las cuatro de la mañana para intentar tranquilizarla. Y que ahora se quede en casa durante el día, aunque ya hace por fin calor y sale el sol, porque le da mucho miedo volver a salir por si vuelven a atacarla los Fisher. Y que dentro de seis meses estará en un colegio cuyo mensaje fundamental es que debes ser como los demás o te abren una brecha en la cabeza, como al friki de tu hermano. Pienso en Tanzie sin matemáticas y me da la sensación de que todo el universo se ha vuelto loco. Es como... una hamburguesa sin queso o un titular de Jennifer Aniston sin la expresión «corazón roto». No puedo imaginarme cómo será Tanzie si ya no practica las matemáticas.

No entiendo por qué yo solía dormir y ahora me quedo despierto escuchando sonidos inexistentes abajo y por qué ahora, cuando quiero ir a la tienda a comprar un periódico o chucherías, vuelvo a sentirme mal y tengo que hacer esfuerzos para no mirar para atrás.

No entiendo que un perro grande, inútil y bobalicón, que básicamente no ha hecho nunca más que llenar de babas a todo el mundo, haya tenido que perder un ojo y ser operado de las tripas por intentar proteger a la persona a la que quiere.

Sobre todo, no entiendo por qué los matones y los ladrones y las personas que lo destruyen todo —los gilipollas— se van de rositas. Los chicos que te patean los riñones para quitarte el dinero de la comida y los policías que creen que es divertido tratarte como si fueras idiota y los chicos que se cachondean de los que no son como ellos. O los padres que se marchan y empiezan de nuevo en otra parte que huele a Febreze con una mujer que conduce su propio Toyota y tiene un sofá sin manchas y ríe todos sus estúpidos chistes como si él fuera un regalo de Dios y no un simple caradura que ha mentido a todos los que lo querían durante dos años. Dos años enteros.

Siento que este blog haya salido tan deprimente, pero así es mi vida ahora mismo. Mi familia, los eternos perdedores. No es una gran historia, ¿verdad?

Mi madre siempre nos decía que las cosas buenas les suceden a las buenas personas. ¿Sabéis una cosa? Ya no lo dice.

CAPÍTULO 35

JESS

*L*a policía llegó al cuarto día del accidente de Norman. Jess vio por la ventana del cuarto de estar a la agente que se acercaba por el camino del jardín y por un estúpido momento creyó que venía a decirle que Norman había muerto. Una mujer joven: pelirroja con los cabellos recogidos en una pulcra cola de caballo. Jess no la había visto antes.

Venía a raíz de las informaciones recibidas acerca de un accidente de tráfico, dijo cuando Jess le abrió la puerta.

—No me lo diga —dijo Jess por el pasillo camino de la cocina—. El conductor nos va a demandar por daños a su coche.

Ya le había advertido Nigel de esta posibilidad. Ella se había echado a reír al oírlo.

La agente consultó su cuaderno.

—Bueno, al menos de momento, no. Los daños a su coche parecen ser mínimos. Y hay declaraciones contradictorias sobre si excedía el límite de velocidad. Pero hemos recibido varias informaciones sobre lo ocurrido con anterioridad al accidente y me preguntaba si podría usted aclararnos algunas cosas.

—¿Para qué? —dijo Jess poniéndose otra vez a lavar los platos—. Ustedes nunca hacen ni caso.

Ya sabía cómo sonaba: como la mitad de los vecinos del barrio, hostil, dispuesta a la confrontación, maltratada. Ya no le importaba. Pero la agente era demasiado joven y bien dispuesta como para jugar a eso.

—Bueno, ¿cree que podría contarme lo ocurrido, de todas maneras? Solo le llevará cinco minutos de su tiempo.

Conque Jess se lo contó, en el tono desganado de quien no espera que le crean. Le habló de los Fisher y su historia con ellos y del hecho de que ahora tenía una hija a la que le daba miedo jugar en su propio jardín. Le habló de su perro bobalicón y grande como una vaca que estaba acumulando facturas en el veterinario por un importe parecido al de comprarle una suite en un hotel de lujo. Le habló de que ahora el único objetivo de su hijo era irse lo más lejos posible de esta ciudad y que, gracias a que los Fisher le habían hecho la vida imposible en el último año de colegio, era improbable que eso ocurriera.

La agente no parecía aburrida. Tomaba notas apoyándose en los muebles de la cocina. Luego pidió a Jess que le enseñara la valla.

—Ahí está —dijo Jess señalando por la ventana—. Puede ver dónde la he arreglado por la madera más clara. Y el accidente, si hay que llamarlo así, tuvo lugar unos cincuenta metros a la derecha.

Vio salir a la agente. Aileen Trent, empujando el carrito de la compra, saludó animadamente a Jess por encima del seto. Luego, al darse cuenta de quién estaba en el jardín, agachó la cabeza y cruzó rápidamente a la otra acera.

La agente Kenworthy estuvo allí fuera casi diez minutos. Jess estaba vaciando la lavadora cuando volvió a entrar.

—¿Puedo hacerle una pregunta, señora Thomas? —dijo, cerrando tras de sí la puerta de atrás.

—Ese es su trabajo —respondió Jess.

—Probablemente ya ha pasado por esto muchas veces, pero ¿contiene alguna cinta la cámara de circuito cerrado?

Jess vio las imágenes tres veces cuando la agente Kenworthy la citó en la comisaría, sentada junto a ella en una silla de plástico de la sala de interrogatorios número tres. Las tres veces se quedó helada: la figura pequeña, las mangas con las lentejuelas brillantes al sol, caminando despacio por el borde de la pantalla, deteniéndose para ajustarse las gafas. El coche que reduce la velocidad, la puerta que se abre. Uno, dos, tres chicos. El pequeño paso atrás de Tanzie, la mirada nerviosa hacia atrás, calle abajo. Las manos levantadas. Y luego ellos se le echan encima y Jess ya no puede mirar.

—Yo diría que es una prueba bastante concluyente, señora Thomas. Y las tomas son de buena calidad. La Fiscalía General del Estado estará encantada —dijo animosa, aunque Jess tardó unos momentos en comprender lo que significaba. Que alguien estaba tomándolos verdaderamente en serio.

Al principio Fisher lo había negado, claro. Dijo que estaban «bromeando» con Tanzie.

—Pero tenemos el testimonio de Tanzie. Y dos testigos que han comparecido. Y tenemos las entradas de la cuenta de Facebook de Jason Fisher donde describe cómo lo iba a hacer.

—¿Hacer qué?

Se le borró la sonrisa unos momentos.

—Algo no precisamente agradable a su hija.

Jess no preguntó nada más.

Habían recibido un chivatazo anónimo de que empleaba su nombre como contraseña. El muy idiota, dijo la agente Kenworthy. Lo dijo con un marcado acento irlandés.

—Entre nosotras —concluyó mientras dejaba salir a Jess—, puede que esta prueba hackeada no sea estrictamente admisible ante el tribunal, pero digamos que nos ha dado una ventajilla.

Al principio, la noticia del caso se dio sin concretar. Varios jóvenes de la localidad, dijeron los periódicos. Detenidos por ataque e intento de secuestro a una menor. Pero a la semana siguiente ya salieron con sus respectivos nombres. Por lo visto, habían dado a la familia Fisher instrucciones de abandonar su casa de protección oficial. Los Thomas no eran los únicos en haber sufrido acoso. Según el Instituto de la Vivienda, la familia ya llevaba mucho tiempo siendo advertida de ello.

Nicky levantó el periódico por encima del té y leyó el reportaje en voz alta. Quedaron todos en silencio por un momento, sin dar crédito a lo que habían oído.

—¿De verdad dice que los Fisher tienen que mudarse a otro sitio? —dijo Jess con el tenedor aún a medio camino de la boca.

—Eso es lo que dice —dijo Nicky.

—Pero ¿qué les va a pasar?

—Bueno, aquí dice que se van a mudar a Surrey, a vivir con unos parientes.

—¿Surrey? Pero...

—Ya no están bajo la responsabilidad del Instituto de la Vivienda. Ninguno de ellos. Jason Fisher, su primo y su familia. —Buscó por la página—. Se mudan a casa de algún tío. Mejor todavía, tienen una orden de alejamiento que les prohíbe volver a este barrio. Mira, aquí hay dos fotos de su madre llorando y diciendo que todo ha sido un malentendido y que Jason no haría daño a una mosca. —Acercó el periódico por encima de la mesa para que lo leyera Jess.

Jess leyó dos veces el reportaje, para estar segura de que él lo había entendido correctamente. Y que ella también lo había entendido correctamente.

—O sea, que si vuelven, los detienen.

—¿Lo ves, mamá? —dijo él masticando un trozo de pan—. Tenías razón. Las cosas pueden cambiar.

Jess se quedó inmóvil. Miró el periódico, luego a él, hasta que Nicky cayó en la cuenta de cómo la había llamado y ella lo vio ruborizarse, deseando que ella no diera al hecho demasiada importancia. Así que Jess tragó saliva y luego se secó los ojos con las palmas de las manos y se quedó mirando el plato unos momentos antes de volver a hablar.

—Perfecto —dijo con voz ahogada—. Bien. Son buenas noticias. Muy buenas noticias.

—¿Crees de verdad que las cosas pueden cambiar? —dijo Tanzie con sus ojos grandes, oscuros y recelosos.

Jess dejó el cuchillo y el tenedor.

—Creo que sí, cariño. Aunque todos tenemos nuestros momentos de bajón. Pero sí, creo que sí.

Y Tanzie miró a Nicky y a Jess y luego siguió comiendo.

La vida siguió su curso. Jess fue a The Feathers un sábado a la hora del almuerzo, ocultando su cojera los últimos veinte metros, y solicitó que volvieran a darle trabajo. Des le dijo que había tomado a una chica de The City of Paris.

—¿Sabe desmontar los dispensadores cuando van mal? —dijo Jess—. ¿Arregla la cisterna del servicio de caballeros?

Des se apoyó en la barra.

—Probablemente no, Jess. —Se pasó una mano rechoncha por el pelo largo—. Pero necesito a alguien fiable. Tú no eres fiable.

—Oh, vamos, Des. Una semana de ausencia en dos años. Por favor. Necesito esto. Lo necesito de verdad.

Él dijo que se lo pensaría.

Los chicos volvieron al colegio. Tanzie quiso que Jess fuera a recogerla todas las tardes. Nicky se levantaba sin que ella tuviera que ir seis veces a despertarlo. Cuando ella salía de la ducha, él ya estaba desayunando. No pidió renovar la receta de la medicación contra la ansiedad. La raya del ojo le salía perfecta.

—Lo he estado pensando. Quizá no deje el colegio. Quizá me quede y termine la secundaria. Y luego, ya sabes, estaré por ahí cuando Tanzie la empiece.

Jess parpadeó.

—Es una gran idea.

Siguió limpiando con Nathalie, escuchando sus chismes sobre los últimos días de los Fisher, que habían arrancado todos los enchufes de las paredes y hecho agujeros en los tabiques de la cocina antes de dejar la casa de Pleasant View. Alguien, dijo con un gesto significativo, había prendido fuego a un colchón ante las oficinas del Instituto de la Vivienda el domingo por la noche.

—Pero debes sentir alivio, ¿no?

—Claro —dijo Jess.

—Entonces, ¿vas a hablarme del viaje? —Nathalie se estiró y se frotó la espalda—. Quiero decir, ¿qué tal todo el trayecto hasta Escocia con el señor Nicholls? Debe de haber sido raro.

Jess se apoyó en el fregadero e hizo una pausa, mirando por la ventana la curva infinita del mar.

—Estuvo bien.

—¿No te quedaste sin temas de conversación, encerrada en el coche? A mí me habría pasado.

A Jess le asomaron las lágrimas a los ojos, de manera que tuvo que fingir que estaba frotando una marca invisible en el acero inoxidable.

—No —dijo—. Por curioso que parezca, no.

Esta era la verdad: Jess sentía la ausencia de Ed como una pesada manta que lo asfixiaba todo. Echaba de menos su sonrisa, sus labios, su piel, la zona donde un rastro de suave vello negro subía hacia su ombligo. Echaba de menos sentirse como cuando él estaba ahí y ella era inexplicablemente más atractiva, más sexy, más todo. Echaba de menos sentir que todo era posible. No podía creerse que perder a alguien que conocías desde hacía tan poco tiempo pudiera ser como perder una parte de sí misma, que pudiera hacer que la comida tuviera mal sabor y los colores parecieran monótonos.

Jess veía ahora que, desde que se fue Marty, todo lo que había sentido estaba relacionado con asuntos prácticos. Se había preocupado de cómo les afectaría a los niños su marcha. Se había preocupado del dinero, de quién los cuidaría si le tocaba hacer el turno de noche en el pub, de quién sacaría los cubos de la basura los jueves. Pero lo que había sentido sobre todo había sido una especie de alivio.

Ed era diferente. Su ausencia era una patada en el estómago al levantarse por la mañana, un agujero negro en plena noche. Ed era una conversación que le rondaba constantemente por la cabeza: «Lo siento, no era mi intención. Te quiero».

Lo que más odiaba era que un hombre que había visto en ella solo lo mejor ahora pensara lo peor. Ahora no era para Ed mejor que ninguna de las otras personas que lo habían decepcionado o destrozado la vida. De hecho, probablemente era peor. Y todo por su culpa. Ese era el hecho que no podía obviar.

Lo pensó durante tres noches y luego le escribió una carta. Estas eran las últimas líneas:

En un momento de insensatez me convertí en la persona que siempre he enseñado a mis hijos que no hay que ser. Todos somos sometidos a prueba alguna vez y yo fallé.

Lo siento.

Te echo de menos.

P. D. Sé que nunca me creerás. Pero siempre tuve en mente devolvértelo.

Añadió su número de teléfono y veinte libras en un sobre, con la indicación «PRIMER PLAZO». Y se lo dio a Nathalie y le pidió que lo dejara con el correo de Ed en la recepción de Beachfront. Al día siguiente Nathalie dijo que habían puesto un cartel de SE VENDE en el número dos. Miró a Jess de reojo y dejó de hacer preguntas sobre el señor Nicholls.

Cuando hubieron transcurrido cinco días y Jess comprendió que él no iba a contestar, estuvo toda una noche despierta y luego tomó la firme decisión de que no podía seguir sintiéndose una desgraciada. Era hora de actuar. El desconsuelo era un lujo demasiado caro para una madre sola.

Un lunes se hizo una taza de té, se sentó a la mesa de la cocina y llamó a la empresa de tarjetas de crédito. Le dijeron que tenía que aumentar el pago mínimo mensual. Abrió una carta de la policía que decía que le impondrían una multa de mil libras por conducir sin haber pagado los impuestos y sin seguro y que, si quería recurrir la sanción, debería acudir a los tribunales en los próximos días. Abrió la carta del depósito de vehículos, que decía que debía ciento veinte libras por la custodia del Rolls hasta el jueves pasado. Abrió la primera factura del veterinario y volvió a introducirla en el sobre. Eran demasiadas noticias para digerirlas en un solo día. Recibió un mensaje de Marty, que quería saber si podía ir a ver a los chicos a mediados de curso.

—¿Qué pensáis? —les dijo durante el desayuno.

Ellos se encogieron de hombros.

Tras el turno de limpieza del martes, fue a los abogados de bajo coste y les pagó veinticinco libras para que redactaran una carta a Marty solicitando el divorcio y el pago de los atrasos en la pensión para los chicos.

—¿Cuánto tiempo? —preguntó la mujer.

—Dos años.

La mujer ni siquiera levantó la vista. Jess se preguntó qué clase de historias oiría cada día. Tecleó algunas cantidades, luego giró la pantalla al lado de la mesa donde estaba Jess.

—Este es el total. Una buena cantidad. Él solicitará pagarlo a plazos. Es lo que suelen hacer.

—Perfecto. —Jess tomó su bolso—. Haga lo que tenga que hacer.

Repasó metódicamente la lista de asuntos que tenía que resolver e intentó hacerse una visión de conjunto más allá de aquella pequeña ciudad. Más allá de una pequeña familia con problemas financieros y una breve historia de amor partida por la mitad antes de que empezara realmente. A veces, se dijo para sus adentros, la vida era una serie de obstáculos que había que salvar, posiblemente con fuerza de voluntad. Contempló el azul turbio del inmenso mar, aspiró profundamente, levantó la barbilla y decidió que podía sobrevivir a esto. Podía sobrevivir prácticamente a todo. Al fin y al cabo, ser feliz no era algo privativo de nadie.

Jess caminó por la playa de guijarros, hundiendo los pies, pasando por encima de los rompeolas, e hizo recuento de lo que tenía con tres dedos, como si estuviera tocando el piano en el bolsillo: Tanzie estaba sana y salva. Nicky estaba sano y salvo. Norman estaba mejorando. Al final, eso era lo importante, ¿no? Lo demás eran minucias.

Dos tardes después estaban sentados en el jardín en las viejas sillas de plástico. Tanzie se había lavado la cabeza y estaba en el regazo de Jess mientras esta le pasaba el peine para desenredarle el pelo mojado. Jess les contó por qué no iba a volver el señor Nicholls.

Nicky se quedó mirándola.

—¿Del bolsillo?

—No. Se le había caído del bolsillo. Fue en un taxi. Pero yo sabía de quién era.

Se quedaron callados de asombro. Jess no podía ver la cara de Tanzie. No estaba segura de querer ver la de Nicky. Siguió peinándola delicadamente, alisando el pelo de su hija, con voz tranquila y razonable, como si eso pudiera dotar de razón a lo que había hecho.

—¿Qué hiciste con el dinero? —Tanzie tenía la cabeza insólitamente inmóvil.

—Ahora no puedo recordarlo —dijo Jess tragando saliva.

—¿Lo usaste para mi inscripción?

Siguió peinándola. Alisar y peinar. Tirar, tirar, soltar.

—La verdad es que no lo puedo recordar, Tanzie. Además, lo que hiciera con él carece de importancia.

Jess pudo notar todo el rato la mirada de Nicky fija en ella mientras hablaba.

—¿Por qué nos lo cuentas ahora?

Tirar, alisar, soltar.

—Porque…, porque quiero que sepáis que cometí un terrible error y lo lamento. Aun cuando pensaba devolvérselo, nunca debí haberme quedado con ese dinero. No hay excusa que valga. Y Ed…, el señor Nicholls, tenía todo el derecho del mundo a irse cuando lo descubrió porque, bueno, la cosa más importante que tienes con otra persona es la confianza. —Le resultaba cada vez más difícil mantener la voz comedida y neutra—. Por eso quiero que sepáis que siento haberos decepcionado. Sé que siempre os he dicho cómo comportaros y yo he hecho todo lo contrario. Os lo cuento porque, si no, me convertiría en una hipócrita. Pero también os lo cuento porque quiero que veáis que cometer errores tiene consecuencias. En mi caso he perdido a alguien que me importaba. Mucho.

Ninguno de los dos dijo nada.

Al poco, Tanzie alargó una mano. Sus dedos buscaron los de Jess y los entrelazó con los de ella.

—Está bien, mamá —dijo—. Todos cometemos errores.

Jess cerró los ojos.

Cuando volvió a abrirlos, Nicky levantó la cabeza. Se le veía realmente confuso.

—Él te lo habría dado —dijo con un inconfundible deje de enfado en la voz.

Jess lo miró fijamente.

—Te lo habría dado. Si se lo hubieras pedido.

—Sí —dijo ella, aún con las manos en el pelo de Tanzie—. Sí, eso es lo peor. Creo que probablemente lo habría hecho.

CAPÍTULO 36

NICKY

*P*asó una semana. Tomaban el autobús para ver a Norman todos los días. El veterinario le había cosido la cuenca del ojo, de manera que ya no tenía agujero, pero seguía teniendo un aspecto muy lúgubre. La primera vez que Tanzie lo vio rompió a llorar. Les dijeron que podía chocarse con las cosas cuando se levantara y se moviera. Les dijeron que pasaría mucho tiempo durmiendo. Nicky no comentó que creía que nadie iba a notar la diferencia. Jess acarició la cabeza de Norman y le dijo que era un chico valiente y maravilloso, y, cuando movió levemente la cola en el suelo embaldosado de su jaula, ella parpadeó mucho y apartó la mirada.

El viernes Jess pidió a Nicky que la esperara en recepción con Tanzie y se dirigió al mostrador central para hablar de la factura con la mujer. Él supuso que era sobre la factura. Imprimieron una hoja de papel, luego una segunda hoja, luego, increíblemente, una tercera, y ella recorrió todas con el dedo y ahogó un grito al llegar al final. Ese día volvieron a casa a pie, aunque Jess todavía cojeaba.

La ciudad comenzó a animarse a medida que el mar pasó del gris sucio al azul resplandeciente. Al principio resultaba raro que los Fisher se hubieran ido. Como si no acabaran de creérselo. A nadie le rajaban las ruedas. La señora Worboys volvió a ir a pie al bingo por las noches. Nicky pudo ir y venir a pie a la tienda y se dio cuenta de que las mariposas que seguía sintiendo en el estómago no tenían por qué estar ahí. Se lo repitió varias veces, pero ellas se negaron a recibir el mensaje. Tanzie no salía a menos que Jess fuera con ella.

Nicky no miró el blog en casi diez días. Había colgado «Mi familia de perdedores» cuando el accidente de Norman y estaba tan lleno de ira que tenía que sacarla por algún lado. Nunca había sentido cólera, auténtica cólera, de la de querer romper cosas y pegar a la gente, pero la sintió los días que siguieron a que los Fisher hubieran hecho lo que hicieron. Le hervía en la sangre como un veneno. Le entraban ganas de ponerse a gritar. Al menos, en aquellos pocos días terribles le había ayudado escribirlo y colgarlo en la red. Había sido como contárselo a alguien, aunque ese alguien no supiera quién eras y probablemente no le importara. Se conformaba con que alguien se enterara de lo que había sucedido y viera lo injusto que era.

Pero luego, cuando se había calmado y se enteraron de que los Fisher iban a tener que pagar, Nicky se sintió como un idiota. Como cuando te vas de la lengua con alguien y sientes que te has pasado y las semanas siguientes rezas para que olvide lo que has dicho, por miedo a que pueda utilizarlo contra ti. Además, ¿qué sentido tenía colgarlo en la red? Los únicos que querrían mirar toda esa mierda sentimental eran la clase de gente que reduce la velocidad para mirar los accidentes de tráfico.

Abrió el blog con intención de eliminar lo que había colgado. Pero luego pensó: «No, hay gente que lo habrá visto. Pareceré más estúpido todavía si lo quito». Decidió escribir algo breve sobre la expulsión de los Fisher como colofón. No iba a nombrarlos, pero quería colgar algo bueno para que, si alguien se lo encontraba, no pensara que su familia era una auténtica tragedia. Releyó lo que había escrito la semana pasada —con las emociones a flor de piel— y contrajo los dedos de los pies de vergüenza. Se preguntó si lo habría leído alguien en el ciberespacio. Se preguntó cuánta gente del mundo pensaría ahora que era tonto de remate además de friki.

Y en ese momento llegó al final. Y vio los comentarios.

¡Aguanta, Goticboy! La gente así me pone enfermo.

Me ha enviado tu blog un amigo y me ha hecho llorar. Espero que tu perro esté bien. Por favor, dinos algo cuando puedas.

Hola Nicky. Soy Viktor desde Portugal. No te conozco pero un amigo mío enlazó con tu blog en Facebook y solo quería decirte que hace un año estuve como estás tú ahora y que las cosas mejoraron. No te preocupes. ¡Paz!

Siguió bajando un poco más. Un mensaje tras otro. Tecleó su nombre en Google: lo habían copiado y enlazado cientos, luego miles de veces. Nicky miró las estadísticas, luego se recostó en el respaldo de la silla y se quedó mirando incrédulo: lo habían leído 2.876 personas. En una sola semana. Casi tres mil personas habían leído sus palabras. Más de cuatrocientas se habían tomado la molestia de enviarle un comentario. Y solo dos lo habían llamado gilipollas.

Pero eso no era todo. La gente había enviado dinero. Dinero contante y sonante. Alguien había abierto una cuenta de donación online para contribuir a los gastos de veterinario y había dejado un mensaje diciéndole cómo podía entrar en ella mediante una cuenta PayPal.

Hola Goticboy (¿¿te llamas así de verdad??), ¿has pensado en adoptar un perro de un refugio? De ahí siempre puede salir algo bueno. ¡Adjunto aportación! Los centros de refugio siempre necesitan donaciones ;-)

Una pequeña ayuda para los gastos de veterinario. Dale a tu hermana un abrazo de mi parte. Me fastidia mucho lo que os ha ocurrido.

A mi perro lo atropelló un coche y lo salvó la sociedad protectora de animales. No sé si tendrás alguna cerca. He pensado que estaría bien ayudarte un poco, igual que me ayudaron a mí. Por favor acepta mis diez libras para su recuperación.

De otra chica pirada por las matemáticas. Por favor dile a tu hermana pequeña que no se rinda. Que no deje que ellos ganen.

Había 459 Compartir. Nicky contó 130 nombres en la página de donaciones, la menor de dos libras y la mayor, de 250. Un desconocido había enviado 250 libras. El montante total ascendía a 932,50 libras, después de la entrada de la última aportación una hora antes. Releyó la página y repasó los números, por si se hubieran equivocado al poner la coma.

El corazón le estaba haciendo cosas raras. Se llevó la palma de la mano al pecho, preguntándose si era esa la misma sensación que un ataque al corazón. Se preguntó si estaría a punto de morir. Pero no tardó en descubrir que lo que quería era reír. Quería reír por la esplendidez de unos perfectos desconocidos. Por su amabilidad y bondad y por el hecho de que hubiera por ahí buenas personas que se portaban bien y daban dinero a otras personas que no conocían ni conocerían nunca. Y porque, lo más tronchante de todo, tanta amabilidad y esplendidez se debiera precisamente a sus palabras.

Jess estaba junto al aparador con un paquete envuelto en papel rosa en la mano cuando asomó él por el cuarto de estar.

—Eh —dijo—, mira.

Le tiró del brazo, arrastrándola al sofá.

—¿Qué?

—Deja eso.

Nicky abrió el portátil y se lo puso a ella sobre las piernas. Jess dio un respingo, como si le resultara doloroso estar tan cerca de algo perteneciente al señor Nicholls.

—Mira —dijo señalando la página de donaciones—. Mira esto. La gente ha enviado dinero. Para Norman.

—¿Qué quieres decir?

—Pero mira, Jess.

Miró a la pantalla frunciendo el ceño, subiendo y bajando la página al leerla.

—Pero… no podemos aceptarlo.

—No es para nosotros. Es para Tanzie. Y Norman.

—No entiendo. ¿Por qué iba a mandarnos dinero gente que no conocemos?

—Porque les disgusta lo ocurrido. Porque se dan cuenta de la injusticia. Porque quieren ayudar. Qué sé yo.

—Pero ¿cómo se han enterado?

—Escribí un blog sobre eso.

—¿Que hiciste qué?

—Una cosa que me contó el señor Nicholls. Simplemente… lo colgué. Lo que nos había pasado.

—Enséñamelo.

Entonces Nicky cambió de página y le enseñó el blog. Ella lo leyó despacio, arrugando el ceño de concentración, y de pronto él se sintió violento, como si estuviera mostrándole algo de sí que no hubiera mostrado a nadie. Inexplicablemente, era más difícil enseñar todo aquel rollo sentimental a alguien conocido.

—Por cierto, ¿cuánto cuesta el veterinario? —le preguntó cuando vio que había terminado.

—Ochocientas setenta y ocho libras. Y cuarenta y dos peniques. De momento —dijo como aturdida.

Nicky levantó las manos.

—Entonces vamos bien, ¿no? Mira el total. ¡Vamos bien!

Ella lo miró y Nick pudo ver en su cara la misma expresión que él debía de haber tenido media hora antes.

—¡Es una buena noticia, Jess! ¡Alégrate!

Y por unos momentos brillaron lágrimas en sus ojos. Y luego se quedó tan perpleja que él se inclinó hacia delante y la abrazó. Fue el tercer abrazo voluntario en tres años.

—El rímel —dijo Jess al separarse.

—Oh. —Él se secó por debajo de los ojos. Ella también.

—¿Ya?

—Sí. ¿Y yo?

Jess se inclinó hacia delante y pasó el pulgar por el borde exterior del ojo de Nicky.

Luego resopló y de pronto volvió a ser la Jess de siempre. Se levantó y alisó los vaqueros.

—Tendremos que devolvérselo, por supuesto.

—La mayoría son de, por ejemplo, tres libras. Menudo lío repartirlas.

—Tanzie lo resolverá. —Jess tomó el paquete de papel rosa y luego, por si acaso, lo dejó en el aparador. Se apartó el pelo de la cara—. Y tienes que enseñarle los mensajes sobre las matemáticas. Es muy importante que los vea.

Nick alzó la vista hacia la habitación de Tanzie.

—Vale —dijo, y se quedó unos momentos como abatido—. Pero no estoy seguro de que eso vaya a cambiar las cosas.

CAPÍTULO 37

JESS

Norman volvió a casa.

—Ha llegado la hora de decir adiós a nuestro gran héroe, ¿eh, viejo amigo? —dijo el veterinario dando palmaditas a Norman en el costado.

Por la forma de hablarle y la forma en que Norman se echó inmediatamente al suelo para que le rascara la barriga, Jess pensó que no era la primera vez que lo hacía. Mientras se agachaba, vio a la persona, más allá del escrupuloso protocolo profesional. Su sonrisa ancha, el brillo en los ojos cuando miraba al perro. Y oyó la frase de Nicky que le rondaba por la cabeza últimamente: la amabilidad de los desconocidos.

—Me alegro de que tomara la decisión que tomó, señora Thomas —dijo poniéndose de pie, mientras ambos hacían caso omiso del chasquido de sus rodillas. Norman seguía echado panza arriba, con la lengua fuera, siempre confiado. O quizá demasiado gordo como para levantarse—. Merecía esta oportunidad. De haber sabido el origen de sus lesiones, habría sido un poco menos reticente en cuanto a la operación.

Tanzie fue pegada al enorme cuerpo negro de Norman todo el camino a casa, con la correa enrollada dos vueltas a la muñeca. La caminata desde el veterinario fue la primera vez en tres semanas que salió sin insistir en ir de la mano de Jess.

Jess abrigaba esperanzas de que tenerlo de vuelta levantaría el ánimo de su hija. Pero Tanzie seguía siendo como una sombra, yendo detrás de ella en silencio por la casa, asomándose por las esquinas, esperando angustiada junto a su profesora la llegada de Jess a la puerta del colegio al acabar la jornada escolar. En casa leía en su habitación o se tumbaba en silencio en el sofá a ver dibujos animados, con una mano en el perro que estaba a su lado. El señor Tsvangarai había estado fuera desde principios de curso por asuntos familiares y Jess sentía una tristeza instintiva cuando se imaginaba contándole la decisión tomada por Tanzie de desterrar las matemáticas de su vida, la desaparición de la niña extraña y singular que había sido. A veces le daba la sensación de haber cambiado una niña triste y silenciosa por otra.

Llamaron del St. Anne's para hablarle del día de la presentación de Tanzie en el colegio y Jess tuvo que decirles que no iba a ir. Las palabras se le atragantaron.

—Bueno, se lo recomendamos vivamente, señora Thomas. Los niños se adaptan mucho mejor si ya están familiarizados unos con otros. Además, es bueno que conozca a algunos compañeros. ¿Se trata de un problema con el horario de su actual colegio?

—No. Quiero decir… que no va a ir.

—¿Que ya no va a venir?

—No.

Un breve silencio.

—Oh —dijo la secretaria. Jess la oyó revolver papeles—. Pero ¿no es Costanza, la niña con un noventa por ciento de beca?

—Sí. —Notó cómo se ruborizaba.

—¿Acaso va a ir a Petersfield Academy? ¿También le han ofrecido una beca?

—No. No es eso —respondió Jess, cerrando los ojos mientras hablaba—. Mire, ¿supongo que no... hay alguna forma de que pudieran... incrementar la beca?

—¿Incrementarla? —dijo sorprendida—. Señora Thomas, ya era la beca más generosa que hemos ofrecido jamás. Lo siento, pero no es posible.

Jess insistió, aprovechando que nadie podía ver la vergüenza que le daba.

—Si pudiera reunir todo el dinero para el próximo curso, ¿podrían reservarle la plaza?

—No estoy segura de que se pueda. Ni si es justo con respecto a otras candidaturas. —Titubeó, quizá al caer en la cuenta del silencio de Jess—. Pero, por supuesto, lo consideraríamos favorablemente si alguna vez quisiera volver a presentar la solicitud.

Jess miró al punto de la alfombra con la mancha de aceite de la moto que Marty había metido en la habitación. Se le había formado un nudo en la garganta.

—Bueno, gracias por decírmelo.

—Mire, señora Thomas —dijo la mujer en tono súbitamente conciliatorio—. Queda todavía una semana hasta que concluya el plazo de matrícula. La esperaremos hasta el último minuto.

—Gracias. Muy amable de su parte. Pero, la verdad, no tiene sentido.

Jess lo sabía y la mujer también. Era imposible. Había saltos que no podía dar.

Pidió a Jess que transmitiera a Tanzie sus mejores deseos para el nuevo colegio. Al colgar el teléfono, Jess la imaginó consultando la lista en busca del siguiente candidato factible.

No se lo contó a Tanzie. Dos noches antes había descubierto que Tanzie había sacado todos los libros de matemáticas de la estantería y los había apilado en el rellano de arriba junto con los que quedaban de Jess, mezclándolos entre las novelas de suspense e históricas para que ella no se diera cuenta. Jess se los había llevado a su armario para que no los viera. No estaba segura de estar ayudando con este gesto a Tanzie o a sí misma.

Marty recibió la carta del abogado y llamó por teléfono, protestando y bramando que no podía pagar. Ella le dijo que el tema ya no estaba en sus manos. Que esperaba que pudieran resolverlo civilizadamente. Que sus hijos necesitaban zapatos. Él no dijo nada de venir a mitad de curso.

Jess recuperó el trabajo en el pub. Por lo visto, la chica de The City of Paris se había largado al Texas Rib Shack al tercer día de trabajar allí. Las propinas eran mejores y no había ningún Stewart Pringle echándote mano al trasero a la mínima de cambio.

—No es ninguna pérdida. No sabía estar callada durante el solo de guitarra de *Layla* —bromeó Des—. ¿Qué clase de camarera es la que no sabe callarse durante el solo de guitarra de *Layla*?

Limpiaba cuatro días a la semana con Nathalie y evitaba el número dos de Beachfront. Prefería trabajos como fregar hornos, donde era improbable mirar casualmente por la ventana y verlo, con su airoso letrero azul y blanco de SE VENDE. Si Nathalie pensaba que se estaba comportando de un modo un poco raro, al menos no dijo nada.

Puso un anuncio en el quiosco de prensa ofreciendo sus servicios para hacer chapuzas. No Hay Trabajos Demasiado Pequeños. El primer encargo le llegó en menos de veinticuatro horas: montar un armario de baño a una pensionista de Aden Crescent. La mujer quedó tan contenta del resultado que dio a Jess cinco libras de propina. Dijo que no le gustaba tener hombres en casa y que en los cuarenta y dos años que había estado casada con su marido solo la había visto con la camiseta de lana puesta. Recomendó a Jess a una amiga que dirigía una residencia y necesitaba sustituir una lavadora e instalar antideslizantes para las alfombras. Siguieron otros dos trabajos, también para pensionistas. Jess envió un segundo plazo en efectivo al número dos de Beachfront. Nathalie lo llevó. El cartel de SE VENDE seguía puesto.

Nicky era el único miembro de la familia que estaba animado de verdad. Como si el blog le hubiera marcado un nuevo rumbo en la vida. Escribía casi todas las noches, colgando noticias de la mejoría de Norman, fotos de su vida, o chateaba con sus nuevos amigos. Conoció a uno de ellos ELVR, dijo, traduciéndoselo a Jess: En La Vida Real. Era genial, decía. Y no, no en ese sentido. Quiso ir a los días de puertas abiertas de dos colegios diferentes. Estaba hablando con su tutor sobre cómo solicitar una beca por bajos ingresos familiares. Lo miraría. Sonreía, a menudo varias veces al día, sin que se lo pidieran, caía de rodillas encantado cuando veía a Norman meneando la cola en la cocina, saludaba con la mano sin avergonzarse a Lola, la chica del cuarenta y siete (que, había observado Jess, se había teñido el pelo del mismo color que él) y tocaba solos con una guitarra imaginaria en la sala de estar. Iba a menudo a la ciudad, a zancadas más firmes de sus piernas larguiruchas, con los hombros no exactamente para atrás, pero ya no caídos, derrotados, como había ocurrido en el pasado. Incluso una vez se puso una camiseta amarilla.

—¿Dónde está el portátil? —dijo Jess, una tarde que entró en su habitación y se lo encontró trabajando con el ordenador antiguo.

—Lo he devuelto —dijo encogiéndose de hombros—. Nathalie me dejó pasar.

—¿Lo viste a él? —dijo sin poder contenerse.

Nicky apartó la mirada.

—Lo siento. Allí están sus cosas, pero todo metido en cajas. No estoy seguro de que siga viviendo ahí.

No debería haber sido una sorpresa pero, al bajar, Jess se encontró sujetándose el estómago con ambas manos, como si le hubieran dado un puñetazo.

CAPÍTULO 38

ED

Su hermana lo acompañó al juzgado varias semanas después, un día que amaneció sin viento y caluroso. Ed le había dicho a su madre que no fuera. Ya no estaban nunca seguros de si era acertado dejar solo a su padre ni siquiera un rato. Mientras atravesaban Londres, su hermana iba echada hacia delante en el asiento del taxi, tamborileando impaciente con los dedos en la rodilla y con la mandíbula tensa. Ed se sentía perversamente relajado.

La sala del juzgado estaba prácticamente vacía. Gracias a la explosiva combinación de un asesinato particularmente horripilante en el Old Bailey, un escándalo amoroso de un político y los problemas públicos de una joven actriz británica, el juicio de dos días no se había considerado historia muy noticiable, salvo para un corresponsal de tribunales de una agencia y un becario del *Financial Times*. Además, Ed, en contra de la opinión de su equipo de asesores legales, ya se había declarado culpable.

Las alegaciones de inocencia de Deanna Lewis se habían visto socavadas por la prueba de una amiga, una banquera, que al parecer le había informado sin lugar a dudas de que lo que se disponía a hacer era claramente tráfico de información privilegiada. La amiga había podido mostrar un correo electrónico que había enviado a Deanna informándole de ello y una respuesta de Deanna acusando a su amiga de «quisquillosa», «irritante» y «francamente un poco meticona en mis asuntos. ¿No quieres que tenga la oportunidad de prosperar?».

Ed estuvo viendo tomar notas al taquígrafo del tribunal, y a los abogados inclinados unos hacia otros, señalando documentos, y todo eso le pareció muy decepcionante.

—Tengo en cuenta que usted se ha declarado culpable y que, por lo que respecta a la señorita Lewis y a usted, esto parece ser un comportamiento delictivo aislado, motivado por factores ajenos al dinero. No puede decirse lo mismo de Michael Lewis.

La Autoridad de Servicios Financieros, por lo visto, había seguido la pista de otras transacciones «sospechosas» efectuadas por el hermano de Deanna, propagación de apuestas y opciones sobre acciones.

—Sin embargo, es necesario enviar una señal de que este tipo de comportamiento es completamente inaceptable, con independencia de las circunstancias. Destruye la confianza de los inversores en el honrado movimiento de los mercados y debilita toda la estructura de nuestro sistema financiero. Por esa razón estoy dispuesto a garantizar que el grado de la pena sea un claro elemento disuasorio para quienquiera que crea que esto es un delito «sin víctimas».

Ed se levantó del banquillo, tratando de imaginar qué iba a ser de él, y lo condenaron a una multa de setecientas cincuenta mil libras más las costas del proceso y una pena de seis meses de cárcel, en libertad condicional durante doce meses.

Se acabó.

Gemma suspiró estremecida y dejó caer la cabeza entre las manos. Ed permaneció extrañamente impasible.

—¿Esto es todo? —dijo en voz baja. Ella lo miró con gesto de incredulidad. El alguacil abrió la puerta del banquillo para dejarle salir. Paul Wilkes le dio una palmada en la espalda al salir al pasillo.

—Gracias —dijo Ed.

Era lo más adecuado que podía decir.

En el pasillo vio a Deanna Lewis en animada conversación con un hombre pelirrojo. Parecía que estaba tratando de explicarle algo y ella no hacía más que negar con la cabeza, interrumpiéndolo. Se quedó mirando un momento y luego, casi sin pensar, fue derecho a ella por entre la gente.

—Quería decirte que lo siento —dijo—. Si hubiera pensado un solo momento que...

Ella dio media vuelta, con unos ojos como platos.

—Oh, que te jodan —dijo con una mueca de ira, y lo apartó de un empujón—. Puto perdedor.

Algunos se volvieron a mirar al oír su voz, vieron a Ed y luego apartaron la vista incómodos. Alguno se rio por lo bajo. Ed estaba aún con la mano levantada, como si quisiera decir algo, cuando oyó una voz al oído.

—No es tonta, sabes. Debería haber sabido que no debía contárselo a su hermano.

Ed se volvió y vio que detrás de él estaba Ronan. Con su camisa de cuadros, sus gafas de gruesa montura negra, el portátil en bandolera. Algo dentro de él se aflojó de alivio.

—¿Has... estado aquí toda la mañana?

—Estaba un poco aburrido en el despacho. Se me ocurrió venir a ver en persona cómo era un juicio.

Ed no podía dejar de mirarlo.

—Sobrevalorado.

—Sí. Eso mismo pienso yo.

Su hermana había estado estrechando la mano de Paul Wilkes. Apareció a su lado, estirándose la chaqueta.

—Bien. ¿Nos vamos a llamar por teléfono a mamá, para darle la buena noticia? Dijo que tendría el móvil encendido. Con un poco de suerte, se habrá acordado de cargarlo. Hola, Ronan.

Él se inclinó hacia delante y la besó en la mejilla.

—Me alegro de verte, Gemma. Cuánto tiempo.

—¡Demasiado! Vamos a mi casa —dijo volviéndose a Ed—. Hace siglos que no ves a los chicos. Tengo espaguetis a la boloñesa en el congelador para cenar esta noche. Eh, Ronan. Puedes venir también tú, si quieres. Seguro que podemos echar un poco más de pasta en la fuente.

Ronan apartó la mirada, como cuando Ed y él tenían dieciocho años. Dio una patada a algo que había en el suelo. Ed se volvió a su hermana.

—Gem, ¿te importa que lo dejemos hoy? —Procuró no fijarse en que a ella se le había borrado la sonrisa—. Ya iré en otra ocasión. Es que... hay algunas cosas que me gustaría hablar con Ronan. Ha sido...

Gemma los miró a ambos.

—Claro —dijo animosa, apartándose el flequillo de los ojos—. Bueno. Llámame.

Se echó el bolso al hombro y tomó el camino de las escaleras.

Él grito en el pasillo atestado de gente, de manera que algunos levantaron la vista de sus documentos y lo miraron.

—¡Eh! ¡Gem!

Su hermana se volvió, con el bolso debajo del brazo.

—Gracias. Por todo.

Ella lo miró sin volverse del todo.

—Te lo agradezco de veras.

Gem asintió con la cabeza, una sombra de una sonrisa. Y luego desapareció, perdida entre el gentío del hueco de la escalera.

—En fin. ¿Te apetece tomar algo? —Ed procuró no parecer que se lo estaba suplicando. No estaba seguro de haberlo conseguido—. Invito yo.

Ronan dejó sin contestar la propuesta. Un momento. El muy cabrón.

—Bueno, en ese caso…

Había sido su madre quien le había dicho a Ed en cierta ocasión que los amigos de verdad son esos con los que puedes retomar las cosas en el punto exacto en el que las dejásteis, tanto si ha transcurrido una semana como dos años. Ed nunca había tenido suficientes amigos para comprobarlo. Ronan y él tomaron unas pintas de cerveza sentados a una mesa cojitranca del concurrido pub, al principio un poco recelosos y luego cada vez más sueltos, gastándose las bromas habituales entre ellos, como un pimpampúm de objetivos a batir, con discreto placer. Ed se sentía como si hubiera estado varios meses desconectado y por fin alguien lo hubiera enchufado a tierra. Se encontró observando a su amigo a hurtadillas: su risa, sus enormes pies, su forma de inclinarse, incluso en una mesa de pub, como si estuviera ante una pantalla. Y otras cosas que no había captado de él antes: cómo se reía con más facilidad, sus nuevas gafas con montura de diseño, una especie de tranquila seguridad en sí mismo. Cuando abrió el billetero para sacar dinero, Ed vio fugazmente la foto de una chica que destacaba entre las tarjetas de crédito.

—Oye…, ¿qué tal la chica del comedor social?

—¿Karen? Está bien. —Sonrió—. Está bien. De hecho, nos vamos a ir a vivir juntos.

—Ah, ¿sí? ¿Ya?

Él lo miró casi en tono desafiante.

—Ya llevamos seis meses. Y con los precios de los alquileres de Londres, esos comedores sociales sin ánimo de lucro no ganan precisamente una fortuna.

—Magnífico —balbuceó Ed—. Una noticia fantástica.

—Sí. Bueno. Está bien. Ella es magnífica. Soy muy feliz.

Se quedaron callados un momento. Ed se fijó en que Ronan se había cortado el pelo. Y llevaba una chaqueta nueva.

—Me alegro mucho por ti, Ronan. Siempre he pensado que hacíais buena pareja.

—Gracias.

Le sonrió y Ronan le devolvió la sonrisa poniendo cara de circunstancias, como si el rollo de la felicidad le hiciera sentirse un poco incómodo.

Ed miró su pinta de cerveza, procurando no sentirse desplazado mientras su amigo más antiguo se enfrentaba a un futuro más radiante y feliz. El pub estaba lleno de trabajadores que habían terminado su jornada laboral. Lo asaltó una súbita sensación de disponer de poco tiempo y la importancia de dejar las cosas claras.

—Lo siento —dijo.

—¿Qué?

—Todo. Lo de Deanna Lewis. No sé por qué lo hice —dijo con voz entrecortada—. Odio haberlo estropeado todo. Quiero decir, estoy triste por el trabajo, pero sobre todo me revienta que nos haya separado a ti y a mí. —No podía mirar a Ronan, pero se sentía más aliviado después de decir eso.

Ronan dio un trago a la cerveza.

—No te preocupes. He pensado mucho en eso estos meses pasados y, aunque no quiera reconocerlo, hay muchas probabilidades de que, si Deanna Lewis se hubiera acercado a mí, yo hubiera hecho lo mismo. —Esbozó una sonrisa triste—. Era Deanna Lewis.

Siguió un breve silencio. Ronan se recostó en el respaldo de la silla. Dobló el posavasos en dos, luego en cuatro.

—Sabes, también tiene cierto interés que ya no estés allí —dijo al poco—. Me ha hecho comprender algo. No me gusta mucho trabajar en Mayfly. Prefería cuando estábamos tú y yo solos. Todo eso de los Trajeados, el rollo de las pérdidas y ganancias, los accionistas, no me va. No es lo que yo quería. No es por lo que lo montamos.

—A mí tampoco.

—Hablo de las reuniones interminables…, teniendo que pasar las ideas por el departamento de marketing incluso para realizar código básico. Teniendo que justificar la actividad de cada hora. ¿Sabes que quieren implantar estadillos de horarios para todo el mundo? Estadillos de verdad.

Ed esperó.

—No te pierdes gran cosa, te lo aseguro.

Ronan negó con la cabeza, como si tuviera algo más que decir y no quisiera.

—Ronan.

—¿Sí?

—Tengo una idea. Desde hace una o dos semanas. Sobre un nuevo software. He estado haciendo pruebas, trabajando en un dispositivo de software de predicción, una cosa muy sencilla, que sirva a la gente para planificar las finanzas. Una especie de hoja de cálculo para personas a quienes no les gustan las hojas de cálculo. Para personas que no saben administrar el dinero. Con alertas que saltarían cuando el usuario estuviera a punto de quedar en descubierto. Tendría un cálculo de opciones para mostrar los diferentes abonos de intereses en un determinado periodo de tiempo. Nada demasiado complicado. Se me ocurrió que podría ser la típica cosa que distribuyeran en la Oficina de Atención al Ciudadano.

—Interesante.

—Tendría que ser compatible con ordenadores baratos. Un software que podría tener unos cuantos años. Y los móviles más baratos. No estoy seguro de que se ganara mucho dinero, solo es algo en lo que he estado pensando. Pero...

Ronan se quedó pensativo. Ed pudo ver trabajar a su mente, dándole vueltas ya a los parámetros.

—La cuestión es que haría falta alguien que sea realmente bueno programando. Para construirlo.

Ronan siguió mirando su cerveza, con expresión neutra.

—Sabes que no puedes volver a Mayfly, ¿verdad?

Ed asintió con la cabeza. Su mejor amigo desde la universidad.

—Sí. Ya lo sé.

Ronan lo miró y de pronto ambos sonrieron.

CAPÍTULO 39

ED

Después de tantos años no se sabía de memoria el número de su hermana. Habían vivido juntos en la misma casa durante doce años y todavía tenía que mirar su dirección. Ed parecía tener una lista en aumento de cosas por las que sentirse mal.

Se había quedado a la puerta de The King's Head mientras Ronan se dirigía a la boca de metro para reunirse con la agradable chica que hacía sopa, cuya presencia había aportado otra dimensión a su vida. Ed pensó que no podía ir a su piso vacío, rodeado de cajas.

Le costó seis llamadas que ella contestara. Y luego oyó un grito de fondo antes de que ella empezara a hablar.

—¿Gem?

—¿Sí? —dijo sin aliento—. ¡Leo, no tires eso por las escaleras!

—¿Sigue en pie el ofrecimiento de los espaguetis?

Estaban inexplicablemente encantados de verlo. La puerta de la pequeña casa de Finsbury Park se abrió y él pasó entre las bicis y los montones de zapatos y el abultado perchero que parecía extenderse a todo lo largo del recibidor. Arriba, el implacable ritmo del pop retumbaba a través de las paredes de papel. Competía con el sonido de un juego de guerra en alguna videoconsola.

—¡Hola! —Su hermana lo atrajo hacia sí y le dio un fuerte abrazo. Se había quitado el traje y llevaba unos vaqueros y una sudadera—. Ya no me acuerdo de la última vez que estuviste aquí. ¿Cuándo fue la última vez que estuvo aquí, Phil?

—Con Lara —llegó una voz por el pasillo.

—¿Hace dos años?

—¿Dónde está el sacacorchos, cariño?

La cocina estaba llena de vapor y olor a ajo. Al fondo, dos tendederos doblados por el peso de varias coladas. Todas las superficies, la mayoría de pino natural, estaban cubiertas de libros, montones de papeles o dibujos de los chicos. Phil apareció, le estrechó la mano y luego se excusó.

—Tengo que contestar unos correos electrónicos antes de cenar. ¿No te importa?

—Debes de estar alucinado —dijo su hermana dándole un vaso—. Tendrás que disculpar el desorden. Últimamente he estado saliendo tarde, Phil ha estado a tope y no hemos tenido limpiadora desde que se fue Rosario. Las demás son un poco caras.

Él echaba de menos semejante caos. Echaba de menos la sensación de formar parte de un corazón ruidoso y palpitante.

—Me encanta —dijo, y ella lo miró inmediatamente por si lo había dicho con sarcasmo—. No. En serio. Me encanta. Da la sensación de...

—Desorden.

—Eso también. Está bien.

Se sentó en la silla de la cocina y resopló.

—Hola, tío Ed.

Ed parpadeó.

—¿Quién eres tú?

Una adolescente con el pelo teñido de color dorado y varias capas de rímel en cada ojo le sonrió.

—Qué gracioso.

Ed buscó ayuda en su hermana. Ella levantó las manos.

—Ha pasado el tiempo, Ed. Crecen. ¡Leo! Ven a saludar al tío Ed.

—Creía que el tío Ed iba a ir a la cárcel —llegó el grito desde la otra habitación.

—Disculpa un momento.

Su hermana dejó la fuente de salsa y desapareció por el pasillo. Ed procuró no oír el chillido distante.

—Mamá dice que has perdido todo el dinero —dijo Justine, que se había sentado enfrente y estaba quitando la corteza a una rebanada de pan.

El cerebro de Ed se afanaba desesperadamente en relacionar a la desmañada niña flaca como un junco que había visto la última vez con este milagro ámbar oscuro que lo miraba con cierto regocijo, como si fuera una curiosidad de museo.

—Casi todo.

—¿Has perdido tu despampanante piso?

—En cualquier momento.

—Maldita sea. Iba a pedirte si podíamos celebrar allí mi decimosexto cumpleaños.

—Bueno, me ha evitado la molestia de una negativa.

—Eso es exactamente lo que dijo mi padre. Pero ¿estás contento de que no te encierren?

—Oh, creo que voy a ser el ejemplo de escarmiento para la familia durante una temporada.

Ella sonrió.

—No seas como el malvado tío Edward.

—¿Así lo están planteando?

—Oh, ya conoces a mi madre. En esta casa no se desaprovecha ninguna lección moral: «¿Ves lo fácil que es acabar en el mal camino? Lo tenía absolutamente todo y ahora…».

—Pido para comer y conduzco un coche con siete años.

—No está mal. Pero el nuestro todavía aventaja al tuyo en tres años. —Miró al pasillo, donde su madre estaba hablando con su hermano en voz baja.

—Pero no debes ser malo con mi madre. ¿Sabes que ayer estuvo todo el día al teléfono para conseguirte la libertad condicional?

—¿De verdad?

—Estaba muy nerviosa. Le oí decir a alguien que no durarías ni cinco minutos en Pentonville.

Notó una punzada de algo que no fue capaz de concretar. Estaba tan abstraído en compadecerse a sí mismo que no se había puesto a pensar en cómo afectaba a los demás que él fuera a la cárcel.

—Probablemente tenga razón.

Justine se llevó a la boca un mechón de pelo. Se notaba que estaba disfrutando.

—¿Y qué vas a hacer ahora que eres la vergüenza familiar, sin trabajo y posiblemente sin coche?

—Ni idea. ¿Debería hacerme drogadicto? Para rematarlo.

—Uff. No, los drogatas son muy aburridos. —Quitó sus largas piernas de la silla—. Además, mi madre ya está bastante ocupada. Aunque, en realidad, debería decir que sí. Porque nos has quitado toda la presión a Leo y a mí. Ahora tenemos muy pocas cosas de las que estar a la altura.

—Me alegro de ser útil.

—Ahora en serio. Me alegro de verte. —Se inclinó hacia delante y susurró—: En realidad, le has alegrado el día a mi madre. Incluso ha limpiado el servicio de abajo por si te daba por venir.

—Sí. Bien. Procuraré venir más a menudo.

Ella entrecerró los ojos, como si estuviera dilucidando si Ed hablaba en serio, luego dio media vuelta y desapareció escaleras arriba.

—Bueno, ¿qué pasa? —Gemma se sirvió ensalada de lechuga—. ¿Qué le ha pasado a la chica del hospital? ¿Joss? ¿Jess? Pensé que vendría hoy.

Era la primera comida casera que tomaba en mucho tiempo y le supo deliciosa. Cuando los demás ya habían terminado, Ed repitió por tercera vez, tras recobrar repentinamente el apetito que había perdido en las últimas semanas. El último bocado había sido un poco excesivo, por lo que tuvo que estar masticando un rato antes de contestar.

—No quiero hablar de eso.

—Nunca quieres hablar de nada. Vamos. Es el precio por una comida casera.

—Hemos roto.

—¿Cómo? ¿Qué? —Tres vasos de vino la habían vuelto locuaz y meticona—. Se os veía muy felices. Más que con Lara, desde luego.

—Y lo era.

—¿Entonces? Dios, hay veces que pareces idiota, Ed. Hay una mujer que parece normal del todo, que parecía saber bregar contigo y sales corriendo.

—De verdad que no quiero hablar de eso, Gem.

—¿Qué ha pasado? ¿Miedo al compromiso? ¿Demasiado pronto después del divorcio? No estarás colgado de Lara, ¿verdad?

Tomó un pedazo de pan y rebañó la salsa del plato. Masticó más tiempo del necesario.

—Ella me robó.

—¿Que ella qué?

Dejándolo caer así, pareció un as en la manga. Arriba los chicos estaban discutiendo. Ed se encontró pensando en Nicky y Tanzie, haciendo apuestas en el asiento de atrás. Si no contaba la verdad a alguien, acabaría explotando. Así que se la contó a ella.

La hermana de Ed apartó el plato. Se inclinó hacia delante, con la barbilla apoyada en la mano y el ceño levemente fruncido mientras escuchaba. Le contó la historia del circuito cerrado de televisión, que había sacado los cajones de la cómoda para trasladarla al otro lado de la habitación y que en unos calcetines azules cuidadosamente doblados había encontrado su rostro plastificado.

Iba a decírtelo.

«No es lo que parece». La mano en la boca.

Quiero decir, es lo que parece, pero, oh, Dios, oh, Dios...

—Creía que era diferente. Creía que era la más grande, valiente, con principios, asombrosa... Pero, joder, era igual que Lara. Como Deanna. Interesadas solo en lo que pudieran sacar de mí. ¿Cómo pudo hacer eso, Gem? ¿Y por qué no puedo reconocer a estas mujeres a un kilómetro de distancia?

Acabó, se recostó en el respaldo de la silla y esperó.

Ella no habló.

—¿Qué? ¿No vas a decir nada? ¿Sobre mi falta de criterio? ¿Sobre el hecho de que una vez más haya dejado que una mujer se lleve lo que es mío? ¿Sobre cómo he vuelto a hacer el idiota?

—Desde luego, no iba a decir nada de eso.

—¿Qué ibas a decir?

—No lo sé. —Se quedó mirando al plato, sin manifestar ninguna sorpresa. Él se preguntó si era fruto de diez años de trabajo social, si ahora era consustancial a ella parecer visiblemente neutral por impactante que fuera lo que oyera—. ¿Que he visto cosas peores?

—¿Que robarme? —dijo mirándola fijamente.

—Oh, Ed. No tienes ni idea de lo que es estar desesperado de verdad.

—Eso no hace que sea bueno robar.

—No, desde luego. Pero... uno de nosotros ha estado hoy ante el tribunal declarándose culpable de tráfico de información privilegiada. No estoy segura de que seas el mejor árbitro moral sobre este particular. Las cosas pasan. La gente comete errores. —Se levantó y empezó a retirar los platos—. ¿Café?

Él seguía mirándola fijamente.

—Tomaré eso como un sí. Y mientras recojo puedes hablarme un poco más de ella.

Se movía con grácil dinamismo por la cocina mientras él hablaba, pero sin mirarle a los ojos.

Cuando acabó de hablar, ella le lanzó un paño de secar.

—Bueno, así es como yo lo veo. Ella está en apuros, ¿no? A sus chicos los acosan. Al hijo le abren la cabeza. Ella teme que le ocurra lo mismo a la niña. Encuentra un fajo de billetes en el pub o donde sea. Se los queda.

—Pero sabía que eran míos, Gem.

—Pero no te conocía.

—¿Y eso cambia las cosas?

Su hermana se encogió de hombros.

—Una nación de defraudadores del seguro diría que sí. —Y antes de que él pudiera protestar, añadió—: Es verdad que no puedo decirte qué pensaba. Pero puedo asegurarte que las personas en apuros hacen cosas estúpidas, impulsivas e imprudentes. Lo veo a diario. Cometen locuras por razones que creen justas y unos se van de rositas y otros no. —Como él no decía nada, siguió—: Vale, ¿nunca te has llevado a casa un bolígrafo del trabajo?

—Eran quinientas libras.

—¿Nunca se te ha «olvidado» pagar el parquímetro y te has llevado un alegrón?

—Eso no es lo mismo.

—¿Nunca has conducido a más velocidad del límite permitido? ¿Nunca has cobrado en negro? ¿Nunca le has robado el wifi a nadie? —Se inclinó hacia delante—. ¿Nunca has exagerado los gastos en la declaración de la renta?

—Eso no es lo mismo para nada, Gem.

—Solo quiero dejar claro que muy a menudo la opinión sobre un delito depende de tu posición. Y tú, mi querido hermano, hoy eras un buen ejemplo de eso. No estoy diciendo que no estuviera mal hacerlo. Solo estoy diciendo que en otras circunstancias no sería lo único que la definiera a ella. O a tu relación con ella.

Terminó de fregar, se quitó los guantes de goma y los dejó cuidadosamente en el escurreplatos. Luego hizo café para los dos y se quedó apoyada en el fregadero.

—No sé. A lo mejor es que yo creo en las segundas oportunidades. Si tú asistieras al desfile de sufrimientos al que asisto yo todos los días en mi trabajo, puede que tú también creyeras en ellas. —Se irguió y lo miró—. Yo de ti, al menos querría oír lo que ella tenga que decir. —Le pasó una taza—. ¿La echas de menos?

¿La echaba de menos? Como si le hubieran arrancado algo de sí mismo. Estaba permanentemente procurando evitar pensar en ella, huyendo de la dirección que tomaba su propia mente. Procurando disimular que todo cuanto veía —comida, coches, cama— le recordaba a ella. Discutía con ella una docena de veces antes de desayunar y se reconciliaba apasionadamente otras mil antes de ir a dormir.

Un zumbido rítmico procedente de una habitación de arriba rompió el silencio.

—No sé si puedo confiar en ella —dijo.

Gemma lo miró como hacía siempre que él decía que no podía hacer algo.

—Yo creo que sí, Ed. En algún lugar. Creo que probablemente puedes.

Terminó él solo el vino que había quedado y luego se bebió la botella que había llevado, echado en el sofá de su hermana. Despertó sudoroso y desaliñado a las cinco y cuarto de la mañana, dejó a su hermana una nota de agradecimiento y fue a Beachfront para echar cuentas con los agentes inmobiliarios. Había vendido el Audi la semana pasada, junto con el BMW que tenía en Londres, y ahora tenía un Mini de tercera mano con el parachoques de atrás abollado. Había pensado que sería un recordatorio mejor de lo que había hecho.

Era una mañana cálida y apacible, las carreteras estaban despejadas e incluso a las diez y media, hora a la que llegó, el parque de vacaciones bullía de visitantes, la principal zona de bares y restaurantes llena de gente aprovechando el sol, camino de la playa, cargados con toallas y sombrillas. Condujo despacio, con una cólera irracional por aquel estéril simulacro de comunidad donde todo el mundo estaba en la misma horquilla de ingresos y algo tan desestabilizador como la vida real jamás traspasaba sus floridos límites perfectamente alineados.

Detuvo el coche en el pulcro camino de la entrada del número dos y, al salir del coche, hizo una pausa para oír las olas del mar. Entró con plena conciencia de que le traía sin cuidado que fuera la última vez que lo hacía. Dentro de una semana ultimaría la venta del piso de Londres. El resto del tiempo, sin entrar en detalles, había previsto pasarlo con su padre. No tenía ningún plan más allá de eso.

El pasillo estaba lleno de cajas con el nombre de la empresa de mudanzas. Cerró la puerta tras de sí, oyendo el eco de sus propios pasos en la casa vacía. Subió despacio, pasando por delante de las habitaciones vacías. El martes siguiente vendría una furgoneta, cargaría las cajas y se las llevaría hasta que Ed pudiera decidir qué hacer con ellas.

Hasta ese momento creía que había pasado las que, desde luego, eran las peores semanas de su vida. Visto desde fuera, parecía alguien lúgubremente obsesionado, regodeándose en su castigo. Había bajado la cabeza y había seguido adelante. Quizá hubiera bebido demasiado, pero, oye, teniendo en cuenta que había perdido trabajo, casa, esposa y estaba a punto de perder a su padre en menos de doce meses, podría decirse que estaba haciéndolo bastante bien.

Y entonces vio los cuatros sobres marrones apilados en la encimera de la cocina, con su nombre escrito a bolígrafo. Al principio se figuró que sería correspondencia de la agencia inmobiliaria, pero luego abrió uno y se encontró con la filigrana morada de un billete de veinte libras. Lo sacó, junto con la nota que lo acompañaba, que decía simplemente «TERCER PLAZO».

Abrió los otros, rasgando con cuidado el sobre al llegar al primero. Al leer su nota, se le vino espontáneamente a la cabeza la imagen de ella y quedó abrumado por su súbita proximidad y por la forma en que había estado esperando allí tanto tiempo. Su expresión, tensa y cautelosa al escribir, quizá tachando y reescribiendo palabras. Aquí se quitaría la goma de la coleta y se la volvería a hacer.

Lo siento.

La voz de ella en su cabeza. «Lo siento». Y fue entonces cuando algo comenzó a resquebrajarse. Ed tenía el dinero en la mano y no sabía qué hacer con él. No quería sus disculpas. No quería nada de eso.

Salió de la cocina y volvió al salón, con los billetes arrugados en la mano. Quiso tirarlos. No quería librarse jamás de su resentimiento. Iba de una punta a otra de la casa, de un lado a otro. Miró las paredes que nunca había tenido la oportunidad de rayar y las vistas del mar que ningún invitado había disfrutado jamás. El pensamiento de que nunca podría encajar en ningún sitio, estar a gusto en ningún sitio, lo desbordaba. Paseó arriba y abajo por el pasillo, agotado e intranquilo. Abrió una ventana por si lo calmaba el ruido del mar, pero los gritos de las familias felices de los alrededores le supieron a reproche.

Doblado sobre una de las cajas había un periódico gratuito que tapaba algo que había debajo. Agotado por el implacable torbellino de sus pensamientos, se detuvo y lo levantó sin pensar. Debajo había un portátil y un móvil. Tuvo que pensárselo para entender qué hacían allí. Ed titubeó, luego tomó el móvil y le dio la vuelta. Era el que le había dado a Nicky en Aberdeen, cuidadosamente oculto a la vista de los que pasaran por allí.

La cólera por la traición lo había dominado durante semanas. Cuando ese primer sentimiento se templó, buena parte de él se había petrificado. Se había sentido seguro por el agravio, a salvo por la flagrante injusticia. Ahora Ed tenía en la mano un móvil que un adolescente que no poseía prácticamente nada se había sentido obligado a devolverle. Al escuchar las palabras de su hermana, algo había empezado a quebrarse dentro de él. ¿Qué demonios sabía él de nada? ¿Quién era él para juzgar a nadie?

Joder, se dijo para sus adentros. No puedo ir a verla. Simplemente, no puedo.

¿Por qué tendría que hacerlo?

¿Qué le diría, en tal caso?

Fue de una punta a otra de la casa vacía, seguido del eco de sus pisadas en el suelo de madera, apretando los billetes en el puño.

Miró al mar por la ventana y, de pronto, lamentó que no lo hubieran encarcelado. Que su mente no se hubiera llenado de los problemas físicos inmediatos de seguridad, logística y supervivencia.

No quería pensar en ella.

No quería ver su rostro cada vez que cerraba los ojos.

Se iría. Se iría lejos, a otro lugar, otro trabajo, y empezaría de nuevo. Y dejaría atrás todo esto. Y las cosas serían más fáciles.

Un ruido agudo —un tono telefónico que no reconoció— rompió el silencio. Su antiguo teléfono, modificado según las preferencias de Nicky. Miró la pantalla rítmicamente reluciente. Número desconocido. Al cabo de cinco llamadas, cuando el sonido se hizo insoportable, acabó por contestar.

—¿Está la señora Thomas?

Ed apartó el teléfono un momento, como si fuera radiactivo.

—¿Es una broma?

Una voz nasal, estornudando.

—Lo siento. Una horrible fiebre del heno. ¿He marcado bien? ¿Son los parientes de Costanza Thomas?

—¿Qué? ¿Quién es usted?

—Me llamo Andrew Prentiss. Le llamo de la Olimpiada.

Tardó un instante en reaccionar. Se sentó en las escaleras.

—¿La Olimpiada? Lo siento…, ¿cómo ha conseguido este número?

—Estaba en nuestra lista de contactos. Lo dejaron ustedes durante el examen. ¿He marcado bien?

Ed recordó que el teléfono de Jess se había quedado sin saldo. En su lugar, debió de haber dicho el número del teléfono que él había dado a Nicky. Apoyó la cabeza en la mano libre. Alguien de ahí arriba tenía un gran sentido del humor.

—Sí.

—Oh, gracias a Dios. Llevamos cuatro días buscándolos. ¿No ha recibido ninguno de mis mensajes? Le llamo por el examen… La cosa es que hemos descubierto una anomalía cuando estábamos corrigiendo los ejercicios. La primera pregunta contenía una errata de imprenta, que hacía el algoritmo imposible de resolver.

—¿Qué?

El otro hablaba como si recitara una serie de declaraciones manidas.

—Nos dimos cuenta después de cotejar los resultados finales. La pista fue que todos los estudiantes fallaron en la primera pregunta. Al principio no caímos, porque teníamos a varias personas corrigiendo. De todas maneras, lo sentimos mucho… y nos gustaría ofrecer a su hija la posibilidad de repetir. Vamos a repetir todo el examen.

—¿Repetir la Olimpiada? ¿Cuándo?

—Bueno, esa es la cuestión. Es esta tarde. Tenía que ser un fin de semana porque no podíamos pretender que los estudiantes dejaran de ir a clase por el examen. Llevamos toda la semana tratando de dar con ustedes en este número, pero no hemos tenido respuesta. Le he llamado esta vez como última oportunidad.

—¿No pretenderá que vaya a Escocia… en cuatro horas?

El señor Prentiss hizo una pausa para estornudar otra vez.

—No, esta vez no es en Escocia. Tuvimos que encontrar un local disponible. Pero, mirando sus datos, veo que este podría venirles mejor, dado que ustedes viven en la costa sur. Está prevista la celebración del examen en Basingstoke. ¿Tendrá la amabilidad de pasar el mensaje a Costanza?

—Eeeh….

—Muchas gracias. Espero que estas cosas solo pasen en nuestro primer año. Bueno, ¡uno menos! ¡Solo me queda otra llamada pendiente! El resto de la información está en la página web por si la necesita.

Un potente estornudo. Y el teléfono enmudeció.

Y Ed se quedó en la casa vacía, mirando al móvil.

CAPÍTULO 40

JESS

Jess había estado tratando de convencer a Tanzie de que abriera la puerta. El psicólogo del colegio le había dicho que sería una buena forma de empezar a reconstruir su confianza en el mundo exterior, mientras estuviera en casa. Ella podía atender la puerta, con la seguridad de tener a Jess detrás. Esa confianza se extendería poco a poco a otras personas, a estar en el jardín. Sería un paso. Estas cosas iban despacio.

Era una buena teoría. Con tal de que Tanzie estuviera de acuerdo con ella.

—Puerta. Mamá. —Su voz llegó por encima de los dibujos animados.

Jess se estaba preguntando cuándo ponerse seria con ella sobre lo de ver la televisión. La semana pasada había calculado que pasaba más de cinco horas al día echada en el sofá.

—Ha sufrido un trauma —había dicho el psicólogo—, pero creo que se sentiría mejor antes si estuviera haciendo algo más constructivo.

—No puedo ir, Tanze —dijo Jess—. Tengo las manos en un balde de lejía.

—¿No puedes decirle a Nicky que abra? —dijo Tanze en tono lastimero, novedad de los últimos días.

—Nicky ha ido a la tienda.

Silencio.

Ascendió por las escaleras el ruido de carcajadas pregrabadas. Jess pudo sentir, aun sin ver, la presencia de alguien esperando a la puerta, por la silueta detrás del cristal. Se preguntó si sería Aileen Trent. En las dos últimas semanas se había presentado cuatro veces sin previo aviso con «gangas irrepetibles» para los chicos. Jess se preguntó si se habría enterado del dinero del blog de Nicky. En el vecindario parecían haberse enterado todos.

—Estaré en el rellano de las escaleras. No tienes que hacer más que abrir —dijo Jess.

El timbre volvió sonar, dos veces.

—Venga, Tanze. No te va a pasar nada malo. Mira, ponle la correa a Norman y llévalo contigo.

Silencio.

Como no la veía, bajó la cabeza y se secó las lágrimas con el interior del codo. No podía pasarlo por alto: Tanzie estaba peor, no mejor. En los últimos quince días le había dado por dormir en la cama de Jess. Ya no se despertaba llorando, pero recorría el pasillo de puntillas a altas horas de la noche y se metía, de manera que Jess despertaba a su lado sin saber desde cuándo estaba allí. No había tenido valor para decirle que no lo hiciera, pero el psicólogo había dejado claro que ya era un poco mayor para comportarse así indefinidamente.

—¿Tanze?

Nada. El timbre sonó por tercera vez, ahora con impaciencia.

Jess esperó. Iba a tener que bajar a abrir ella.

—Espere —alzó fatigosamente la voz.

Empezó a quitarse los guantes de goma, pero se detuvo al oír pisadas por el pasillo. El cansino y jadeante andar de Norman con la correa puesta. La voz cariñosa de Tanzie convenciéndole de que la acompañara, tono que últimamente solo empleaba con él.

Luego la apertura de la puerta. Su satisfacción al oírla se vio interrumpida porque recordó que no le había dicho a Tanzie que dijera a Aileen que se fuera. A la menor oportunidad, entraría con su bolsa negra de ruedecillas, derecha al sofá donde extendería las «gangas» con lentejuelas en el suelo del cuarto de estar, tan a la medida de la debilidad de Tanzie que sería imposible que Jess dijera que no.

Pero lo que oyó no fue la voz de Aileen.

—Hola, Norman.

Jess se quedó de piedra.

—Uau. ¿Qué le ha pasado en la cara?

—Ahora solo tiene un ojo. —Era la voz de Tanzie.

Jess fue de puntillas al rellano de las escaleras. Pudo verle los pies. Las zapatillas Converse. Se le desbocó el corazón.

—¿Ha sufrido algún accidente?

—Él me salvó. De los Fisher.

—¿Que él qué?

Y luego la voz de Tanzie abriendo la boca y dejando salir las palabras a borbotones.

—Los Fisher quisieron meterme en un coche y Norman atravesó la valla para salvarme, pero lo atropelló un coche y no teníamos dinero y entonces…

Su hija. Hablando como si no pudiera parar.

Jess bajó un peldaño y luego otro.

—Casi se muere —dijo Tanzie—. Casi se muere y el veterinario ni siquiera quería operarlo porque estaba muy malito por las lesiones internas y creía que debíamos dejarlo morir.

Pero mi madre dijo que no quería y que debíamos darle una oportunidad. Y entonces Nicky escribió su blog sobre todo lo que nos había pasado y hubo gente que le envió dinero. Y tuvimos bastante para salvarlo. Así que Norman me salvó a mí y personas que no conocemos lo salvaron a él, que es algo fantástico. Pero ahora solo tiene un ojo y se cansa mucho porque todavía está convaleciente y no hace gran cosa.

Ahora pudo verlo. Se había puesto en cuclillas y estaba acariciando la cabeza de Norman. Y ella no pudo contener las lágrimas. El pelo castaño, la forma de los hombros bajo la camiseta. La camiseta gris. Algo brotó en ella y le salió un sollozo ahogado, de manera que tuvo que taparse la boca con el brazo. Y entonces él levantó la vista hacia Tanzie y se puso muy serio.

—¿Estás bien?

Ella levantó una mano y se retorció un mechón de pelo, como si estuviera decidiendo cuánto contarle.

—Así, así.

—Oh, cariño.

Tanzie titubeó, haciendo girar en el suelo el dedo gordo de un pie por detrás de ella, y luego, sencillamente, avanzó y se echó en brazos de él.

Ed la abrazó, como si lo hubiera estado esperando, dejando que apoyara la cabeza en su hombro y así se quedaron. Jess le vio cerrar los ojos y tuvo que retroceder un peldaño donde no pudiera verla porque temía que, si la veía, no sería capaz de contener las lágrimas.

—Bueno, sabes, ya lo sabía —dijo él cuando se soltaron, en tono extrañamente resuelto—. Sabía que ese perro tenía algo especial. Pude verlo.

—¿De verdad?

—Oh, sí. Tú y él. Un equipo. Cualquier persona con un poco de sensibilidad se daría cuenta. ¿Y sabes una cosa? Está muy guay con un solo ojo. Le hace más duro. Nadie va a meterse con Norman.

Jess no sabía qué hacer. No quería bajar porque no podía soportar que él la viera como la veía antes. No podía moverse. Ni podía bajar ni podía moverse.

—Mi madre nos ha contado por qué ya no venías a vernos.

—¿Os lo ha contado?

—Es porque te quitó dinero.

Un doloroso y largo silencio.

—Dice que cometió un gran error y no quiere que nosotros hagamos lo mismo. —Otro silencio—. ¿Has venido a que te lo devuelva?

—No. No he venido por nada de eso. —Miró por detrás de ella—. ¿Está aquí?

No había escapatoria. Jess bajó un peldaño. Y luego otro, con la mano en la barandilla. Se quedó en las escaleras con los guantes de goma puestos y esperó mientras él levantaba la vista hacia ella. Ed abrió la boca para decir lo último que ella se hubiera esperado.

—Tenemos que llevar a Tanzie a Basingstoke.

—¿Qué?

—La Olimpiada. La otra vez había una errata en la hoja del examen. Y lo van a repetir. Hoy.

Tanzie se volvió y miró a su madre con el ceño fruncido, tan confusa como ella. Y luego, como si se hubiera encendido una bombilla en su cabeza, dijo:

—¿En la primera pregunta?

Ed asintió con la cabeza.

—¡Lo sabía! —Y sonrió, una sonrisa súbita y radiante—. ¡Sabía que había algún error!

—¿Quieren repetir todo el examen?

—Esta tarde.

—Pero eso es imposible.

—En Escocia, no. En Basingstoke. Da tiempo.

Ella no sabía qué decir. Pasó revista a todas las formas en que había destruido la confianza de su hija obligándola a participar en la Olimpiada la vez anterior. Pensó en sus quimeras, en cuánto daño y dolor había causado un simple viaje.

—No sé…

Ed seguía en cuclillas. Alargó una mano y tocó el brazo de Tanzie.

—¿Quieres probar?

Jess pudo ver sus dudas. Tanzie apretó con la mano la correa de Norman. Ella descansó el peso del cuerpo primero en un pie, luego en el otro.

—No tienes por qué hacerlo, Tanzie —dijo—. No pasa nada si no lo haces.

—Pero tienes que saber que nadie respondió bien a esa pregunta —añadió Ed con voz tranquila y segura—. El hombre me dijo que era imposible. Ni una sola persona de toda el aula del examen acertó la primera pregunta.

Nicky había aparecido detrás de él, de regreso de la tienda con una bolsa de plástico llena de artículos de papelería. Era difícil saber cuánto tiempo llevaba allí.

—Así que sí, tu madre tiene razón, no tienes ninguna obligación de hacerlo —dijo Ed—. Pero tengo que reconocer que, personalmente, me gustaría verte zurrar a esos chicos en matemáticas. Y sé que puedes hacerlo.

—Di que sí, renacuajo —dijo Nicky—. Ve a demostrarles de qué pasta estás hecha.

Tanzie miró a Jess y luego se dio la vuelta y se ajustó las gafas arregladas en la nariz.

Es posible que los cuatro contuvieran la respiración.

—De acuerdo —dijo—, pero solo si podemos llevar a Norman.

Jess se llevó la mano a la boca.

—¿Estás segura de querer hacerlo?

—Sí. Sabía contestar a todas las demás preguntas, mamá. Solo que me entró pánico cuando no supe resolver la primera. Y a partir de ahí todo me salió mal.

Jess bajó dos peldaños más, con el corazón al galope. Le habían empezado a sudar las manos dentro de los guantes de goma.

—Pero ¿cómo vamos a llegar allí a tiempo?

Ed Nicholls se incorporó y la miró a los ojos.

—Yo os llevo.

No es fácil ir cuatro personas y un perro grande en un Mini, sobre todo si hace calor y el coche no tiene aire acondicionado. Sobre todo si el sistema digestivo del perro está peor que antes y tienes que ir a velocidades superiores a los sesenta y cinco kilómetros por hora con las consecuencias por todos conocidas. Fueron con todas las ventanillas abiertas, prácticamente en silencio, con Tanzie murmurando para sus adentros al intentar acordarse de todo lo que había llegado a convencerse de que había olvidado y metiendo, de vez en cuando, la cara en la bolsa de plástico estratégicamente situada.

Jess consultó el mapa, porque el nuevo coche de Ed no llevaba GPS incorporado, y utilizando el teléfono de él trató de establecer una ruta libre de los atascos de autopistas y centros comerciales. Llegaron en menos de una hora y tres cuartos, transcurrida prácticamente en silencio, a un edificio de cemento y vidrio de la década de los setenta, con una hoja de papel donde ponía OLIMPIADA ondeando al viento, pegada con cinta adhesiva a un cartel de NO PISAR EL CÉSPED.

Esta vez iban preparados. Jess firmó la inscripción de Tanzie, le dio unas gafas de repuesto («Ahora nunca va a ningún sitio sin gafas de repuesto», le contó Nicky a Ed), un bolígrafo, un lápiz y una goma de borrar. Luego todos la abrazaron y tranquilizaron quitándole importancia al examen y se quedaron en silencio mientras Tanzie entraba a batallar con un puñado de números abstractos y, posiblemente, con los demonios de su propia cabeza.

Jess se inclinó sobre el mostrador para terminar de firmar la documentación, muy atenta a la charla que mantenían Nicky y Ed al otro lado de la puerta abierta, al borde del césped. Los miraba de reojo. Nicky estaba enseñando al señor Nicholls algo en su antiguo teléfono. El señor Nicholls meneaba la cabeza de vez en cuando. Se preguntó si sería el blog.

—Lo va a hacer fenomenal, mamá —dijo Nicky animado, cuando salió Jess—. Relájate. —Llevaba a Norman con la correa. Había prometido a Tanzie que no irían a más de ciento cincuenta metros del edificio, para que ella pudiera sentir el vínculo especial que los unía incluso a través de los muros del aula del examen.

—Sí. Lo hará estupendamente —dijo Ed con las manos en los bolsillos.

Nicky los miró a ambos y luego a Norman.

—Bueno. Vamos a dar un paseo para aliviarnos. El perro, no yo —dijo—. Vuelvo dentro de un rato.

Jess lo vio irse despacio por el patio cuadrado y tuvo que reprimir el impulso de decir que se iba con él.

Y luego se quedaron solos los dos.

—Bueno —dijo ella.

Se quitó una pizca de pintura de los vaqueros. Lamentó no haber tenido oportunidad de ponerse algo más elegante.

—Bueno.

—Nos has salvado otra vez.

—Por lo que se ve os salváis vosotros solos perfectamente.

Se quedaron callados. En el aparcamiento frenó en seco un coche de cuyo asiento trasero salieron disparados hacia la puerta una madre con su hijo.

—¿Qué tal el pie?

—Ahí anda.

—Sin chanclas.

Ella se miró las deportivas blancas.

—No. Nunca más.

Él se pasó la mano por el pelo y miró al cielo.

—He recogido tus sobres.

Ella no podía hablar.

—Los he recogido esta mañana. No estaba pasando de ti. Si hubiera sabido... todo... no te habría dejado para que lo afrontaras sola.

—No hay problema —dijo ella con energía—. Ya has hecho bastante.

Delante de ella había un gran trozo de pedernal incrustado en la tierra. Quitó un poco de tierra con el pie bueno para desenterrarlo—. Y has sido muy amable trayéndonos a la Olimpiada. Pase lo que pase siempre te estaré...

—¿Quieres dejar eso?

—¿Qué?

—Dejar de dar patadas a las cosas. Y dejar de hablar como... —Se volvió hacia ella—. Venga. Vamos a montar en el coche.

—¿Qué?

—Y hablar.

—No..., gracias.

—¿Qué?

—Es que... ¿no podemos hablar aquí fuera?

—¿Por qué no podemos montar en el coche?

—Preferiría que no.

—No lo entiendo. ¿Por qué no podemos montar en el coche?

—No hagas como si no lo supieras. —Asomaron lágrimas a sus ojos y se las secó furiosa con la palma de la mano.

—No lo sé, Jess.

—Entonces no puedo decírtelo yo.

—Oh, esto es absurdo. Vamos a montar en el coche.

—No.

—¿Por qué? No me voy a quedar aquí a menos que me des una buena razón.

—Porque... —se le quebró la voz—, porque es donde fuimos felices. Donde yo fui feliz. Más feliz de lo que había sido en muchos años. Y no puedo hacerlo. No puedo montar ahí, tú y yo, ahora que...

Le falló la voz. Se apartó de él porque no quería que viera lo que sentía. No quería que viera sus lágrimas. Lo oyó acercarse. Cuanto más se acercaba, menos podía respirar ella. Quería decirle que se fuera, sabiendo que no soportaría que lo hiciera.

Él le habló en voz baja casi al oído.

—Quiero decirte algo.

Ella clavó la vista en el suelo.

—Quiero estar contigo. Ya sé que hemos armado un lío monumental, pero sigo estando mejor cuando nos equivocamos juntos de lo que me suelo sentir cuando todo está supuestamente bien, pero sin ti. —Una pausa—. Joder. No se me dan bien estas cosas.

Jess se volvió despacio. Él se estaba mirando los pies, pero levantó la vista de repente.

—Me contaron cuál era el error de la pregunta de Tanzie.

—¿Qué?

—Tiene que ver con la teoría de la emergencia. La emergencia fuerte afirma que la suma de un número puede ser mayor que sus partes constituyentes. ¿Sabes a lo que me refiero?

—No. Soy muy mala en matemáticas.

—Significa que no quiero volver sobre lo mismo. Lo que hiciste tú. Lo que hice yo. Lo que quiero es… intentarlo. Tú y yo. Quizá resulte una enorme cagada. Pero asumo el riesgo.

Alargó el brazo y luego tiró suavemente del cinturón de los vaqueros de ella. La atrajo hacia sí. Ella no podía apartar los ojos de las manos de él. Y luego, cuando al fin levantó la vista, él la estaba mirando fijamente y ella se encontró con que estaba llorando y sonriendo.

—Quiero ver cuánto podemos sumar, Jessica Rae Thomas. Todos nosotros. ¿Qué dices?

CAPÍTULO 41

TANZIE

El uniforme del St. Anne's es azul marino con vivos amarillos. No pasas desapercibida con una chaqueta del St. Anne's. Algunas chicas de mi clase se la quitan cuando vuelven a casa, pero a mí no me molesta. Cuando te esfuerzas mucho por lograr algo, es muy bonito decir a la gente dónde estás. Lo curioso es que, cuando ves a otro estudiante del St. Anne's fuera del colegio, la costumbre es saludarse con la mano. A veces, un gran saludo, como el de Sriti. Es mi mejor amiga, y siempre parece estar en una isla desierta tratando de atraer a un avión de paso. Otras veces es un leve gesto con los dedos sobre la cartera del colegio, como Dylan Carter, a quien le da vergüenza hablar con cualquiera, incluso con su propio hermano. Pero todos lo hacen. Puede que no conozcas a la persona que saludas, pero lo haces por el uniforme. Es lo que siempre se ha hecho en el colegio. Muestra que, en principio, formamos todos una familia.

Yo siempre saludo, sobre todo si voy en autobús.

Ed me recoge martes y jueves porque es cuando tengo club de matemáticas y mi madre acaba tarde con las chapuzas. Ahora tiene tres personas trabajando para ella. Según dice, trabajan «con» ella, aunque siempre está enseñándoles cómo hacer las cosas, diciéndoles a dónde tienen que ir y Ed dice que a ella le resulta todavía un tanto incómoda la idea de ser la jefa. Dice que se va acostumbrando. Tuerce el gesto al decirlo, como si mi madre fuera su jefa, pero se nota que le gusta.

Desde el comienzo del curso en septiembre, mi madre libra los viernes por la tarde, viene a recogerme al colegio y hacemos galletas juntas, solas ella y yo. Ha sido bonito, pero voy a tener que decirle que prefiero quedarme en el colegio después de clase, sobre todo ahora que tengo que preparar el examen de bachillerato en primavera. Mi padre no ha tenido ocasión de venir todavía, pero hablamos por Skype todas las semanas y dice que vendrá. Ha vendido el Rolls a un hombre del depósito de la policía. La semana que viene tiene dos entrevistas de trabajo y montones de proyectos.

Nicky está haciendo segundo de bachillerato en Southampton. Quiere hacer Bellas Artes. Tiene una novia que se llama Lila, que según mi madre fue una sorpresa mayúscula. Sigue haciéndose la raya en el ojo, pero está dejando que el pelo le crezca de su color natural, que es castaño oscuro. Ya le saca una cabeza a mi madre y, a veces, cuando están en la cocina, le parece divertido apoyar el codo en el hombro de ella, como si fuera un mostrador o algo así. A veces sigue escribiendo en el blog, pero últimamente dice que está muy ocupado y prefiere Twitter, así que estaría bien que yo me hiciera cargo un tiempo. La semana que viene habrá menos asuntos personales y más matemáticas. Espero que a muchos de vosotros os gusten las matemáticas.

Devolvimos el setenta y siete por ciento del dinero que nos enviaron para Norman. El catorce por ciento dijo que prefería que se lo diéramos a una organización benéfica y al otro nueve por ciento no hemos sido capaces de localizarlo. Mi madre dice que está bien, porque lo importante era intentarlo y que, a veces, está bien aceptar la generosidad de otras personas, siempre que se sepa ser agradecidos. Dice que te dé las gracias a ti, si eres uno de ellos, y que jamás olvidará la amabilidad de los desconocidos.

Ed está aquí literalmente todo el rato. Vendió la casa de Beachfront y ahora tiene un piso pequeño en Londres, donde Nicky y yo tenemos que dormir en camas plegables cuando vamos, aunque la mayor parte del tiempo está en nuestra casa. Trabaja en la cocina con el portátil y habla con su amigo de Londres con unos cascos guays y va y viene a reuniones en el Mini. Sigue insistiendo en comprar otro coche, porque en ese es difícil caber todos cuando vamos a alguna parte, pero, curiosamente, ninguno de nosotros quiere que lo haga. Tiene su cosa el coche pequeño, todos apretujados, y en ese coche me preocupan menos las babas.

Norman es feliz. Hace todo lo que el veterinario dijo que podría hacer, y dice mi madre que con eso nos basta. La ley de las probabilidades en combinación con la ley de los grandes números sostiene que, para lograr algo contra todo pronóstico, a veces tienes que repetir un acto un número creciente de veces para obtener el resultado deseado. Cuantas más veces, más probabilidades. O, como le explico a mi madre, básicamente tienes que insistir.

He sacado a Norman al jardín y le he lanzado la pelota ochenta y seis veces esta semana. Todavía no me la trae nunca.

Pero creo que lo conseguiremos.